SCHÖNER SCHEIN »Tonya ist eine erfolgreiche Influencerin« erzählt Mia, die Mutter von Kommissar Angermüllers Nachbarin, ihm stolz. Der Kommissar wiederum weiß eigentlich gar nicht, was das genau ist. Gleichzeitig ist Mia in Sorge, denn Tonya wollte längst von einer Reise zurück sein. Als in einem geschlossenen Strandbad am Pönitzer See eine verbrannte Frauenleiche gefunden wird, ist Angermüller alarmiert. Ist es etwa die junge Frau von nebenan? Doch die Tote wird als Jasmina Bogdanovic identifiziert, jung, hübsch, ebenfalls Influencerin und ziemlich vertrauensselig. Zu vertrauensselig? Tonya hingegen bleibt verschwunden. Als sie auch zu Mias Geburtstagsfeier nicht auftaucht und ihre Schwester Vicky feststellt, dass jemand Tonyas Wohnung durchsucht hat, wendet sie sich an Kommissar Angermüller. Kurz darauf entdeckt Vicky das abgestellte Auto ihrer Schwester in Lübeck und die hinzugezogenen Beamten machen im Kofferraum einen überraschenden Fund …

© Sarah Koska

Ella Danz, gebürtige Oberfränkin, lebt seit ihrem Publizistikstudium in Berlin. Nach Jahren in der Ökobranche ist sie mittlerweile als freie Autorin tätig. Ihr spezielles Interesse gilt der genauen Beobachtung von Verhaltensweisen und Beziehungen ihrer Mitmenschen. In ihren Angermüller-Krimis wird gern gekocht und gegessen, mischt sich Spannung mit Genuss. Und der Kommissar, ein sympathischer Oberfranke im Lübecker Exil, kämpft nicht nur gegen das Verbrechen, sondern auch gegen schlechtes Essen.

ELLA DANZ

Trugbilder

ELLA DANZ

Trugbilder

Angermüllers 11. Fall

Personen und Handlung sind frei erfunden.
Ähnlichkeiten mit lebenden oder toten Personen
sind rein zufällig und nicht beabsichtigt.

FSC MIX
Papier aus verantwortungsvollen Quellen
FSC® C083411
www.fsc.org

Besuchen Sie uns im Internet:
www.gmeiner-verlag.de

Im Ehnried 5, 88605 Meßkirch
Telefon 07575/2095-0
info@gmeiner-verlag.de

1. Auflage 2021

Lektorat: Claudia Senghaas, Kirchardt
Herstellung: Mirjam Hecht
Umschlaggestaltung: U.O.R.G. Lutz Eberle, Stuttgart
unter Verwendung eines Fotos von: © manza49 / Pixabay
Druck: CPI books GmbH, Leck
Printed in Germany
ISBN 978-3-8392-2790-9

Für Moni und für W.!

KAPITEL I

»Hi, Schatzi!«, zwitscherte es hinter ihm. Überrascht drehte er sich um. Kaskaden rotblonder Locken umrahmten das Gesicht, das fast zur Hälfte von einer monströsen schwarzen Sonnenbrille bedeckt wurde. Die Trägerin konnte höchstens Schemen wahrnehmen, denn der Himmel war bedeckt, und es herrschte abendliches Zwielicht. Kannte er die Frau? Verwechselte sie ihn mit jemandem? Ehe er sich darüber weiter Gedanken machen konnte, hing sie an seinem Hals.

»Wie schön, dass du schon da bist!«

Sie hauchte ihm ein Küsschen auf beide Wangen, dann gab sie ihn frei. Ihre auffällig geschminkten Lippen verzogen sich zu einem reizenden Lächeln, gleichzeitig schob sie mit beiden Händen den Kragen ihres eleganten Mantels hoch.

»Ach bitte, mach schnell. Mir ist so kalt!«

Leicht irritiert tat Angermüller wie ihm geheißen und schloss die Haustür auf. Mittlerweile dämmerte ihm, wer ihn da so stürmisch begrüßt hatte. Seine Nachbarin richtete den Blick zum Gartentor.

»Na dann tschüs, Tonya, wir sehen uns«, rief ihr von dort jemand zu. Auch Angermüller schaute sich um. Ein dicklicher junger Mann stand auf dem Bürgersteig, hob eine Hand zum Gruß und wandte sich dann zum Gehen. Er wirkte enttäuscht.

»Ja, bye-bye, Fabi, hoffentlich bis bald mal wieder!«, rief die junge Frau freundlich, schlüpfte schnell in den Hausflur, nahm die Sonnebrille ab und lehnte sich an die Wand. Plötzlich wirkte sie zugleich erschöpft und verärgert.

»Entschuldigung, dass ich mich so an Sie rangeschmissen habe, aber das war ein Notfall«, sie seufzte hörbar, »der Typ ist etwas aufdringlich, den wäre ich bestimmt so schnell nicht losgeworden.«

Doch im nächsten Moment schon stand sie wieder aufrecht, zeigte dieses zauberhafte Lächeln und schien ihre Worte von eben zu bereuen.

»Ach, ich rede nur irgendeinen Quatsch. Also, vielen Dank für Ihre Hilfe, und einen schönen Abend noch!«

Damit drehte sie sich zu ihrer Wohnungstür, die der von Angermüller gegenüberlag, und schloss auf. Sie wohnte erst seit ein paar Monaten hier und hatte sich nie vorgestellt. Laut Namenschild hieß sie K.B. Frederiksen. Bis auf einen kurzen Gruß hie und da im Vorübergehen hatten sie noch nie miteinander gesprochen.

»Frau Frederiksen, wenn der Mann von eben Sie öfter verfolgt oder Sie schon einmal bedroht hat, sollten Sie besser etwas unternehmen. Solche Leute können manchmal zu gefährlichen Stalkern werden.«

Die junge Frau wandte sich zu ihrem besorgten Nachbarn um.

»Ach nein, der Fabi ist eigentlich ganz harmlos. Er war einer meiner ersten Follower und ist eine treue Seele, verteidigt mich immer, wenn irgendwelche Idioten mal Gemeinheiten gegen mich posten. Aber auch solche lieben Fans können manchmal ein bisschen anstrengend sein.«

Sie winkte ihrem Nachbarn noch einmal anmutig zu und schloss die Tür. Auch Angermüller betrat seine Wohnung, und während er sich die Hände wusch, verweilten seine Gedanken kurz bei der jungen Frau. Aus dem Wenigen, was sie gesagt hatte, schloss er, dass sie viel im Netz unterwegs war, vielleicht sogar beruflich? Besonders viel wusste er nicht über Leute, die mit Clicks und Likes auf Internetplattformen ihr Geld verdienten. Bei nächster Gelegenheit würde er seine Töchter mal danach fragen, die kannten sich bestimmt mit *Instagram*, *Facebook* und wie das alles hieß, um einiges besser aus als er.

Ein relativ ruhiger Tag in der Lübecker Kriminalinspektion lag hinter Georg Angermüller. Nach ein paar Monaten Auszeit war der Kriminalhauptkommissar Anfang des Jahres in den Dienst zurückgekehrt, voller Energie und Lust auf den Job. Auch auf die Zusammenarbeit mit den Kollegen hatte er sich gefreut, zumindest mit den meisten.

Man hatte ihm einen herzlichen Empfang bereitet. Claus Jansen, der schon seit mehreren Jahren sein Partner war, nicht gerade vor Gefühlen überschäumte und keine großen Worte machte, hatte ihm kräftig auf die Schulter geklopft und ihn mit einer zwar kurzen, aber festen Umarmung willkommen geheißen. Das hatte Angermüller richtig gerührt.

Seit seinem Dienstantritt verliefen die Tage recht geruhsam. Sie hatten kein aktuelles Tötungsdelikt zu bearbeiten, sodass sogar pünktlicher Feierabend meist die Regel war. Das hatte zur Folge, dass der Kriminalhauptkommissar am Abend des Öfteren einkaufen gehen und sich Köstliches ganz nach seinem Geschmack zubereiten konnte. Ein seltener Luxus! Heute war er trotz des nasskalten Wetters mit dem Fahrrad noch in die Innenstadt gefahren und hatte in dem kleinen Fischladen in der Hüxstraße zwei dicke Stücke Skrei erstanden. Die Saison für den schmackhaften Winterkabeljau dauerte nur wenige Monate, und das musste man nutzen.

Noch von unterwegs hatte er versucht, Derya anzurufen, denn der Fisch würde auch für zwei reichen. Doch sie ging nicht an ihr Handy. Nun hatte er ausnahmsweise einmal ziemlich geregelte Arbeitszeiten und bekam Derya trotzdem kaum zu Gesicht.

Wie oft hatte sie sich vor und auch während seiner Auszeit, vor allem, als er ihr zuliebe den Privatermittler spielen musste, beschwert, dass er nie Zeit für sie hatte. Und jetzt? Jetzt war Derya ständig beschäftigt, fand nicht einmal Gelegenheit zum Telefonieren, und wenn, dann war sie ziemlich kurz angebunden. Das fand Georg zwar doof, aber sie war nun mal selbstständig mit einem Catering Service für mediterrane Spezialitäten, und die Geschäfte liefen zurzeit scheinbar auf vollen Touren. Wahrscheinlich sollte er sich für Derya darüber freuen. Seit mehr als einer Woche hatten sie sich nicht gesehen. Noch einmal versuchte er, sie zu erreichen, und sprach, als es wieder nicht klappte, seine Einladung zum Abendessen auf ihre Mailbox.

Er hätte es schön gefunden, heute Abend Derya zu bekochen. Sie, die für ihre Kunden oft Tage in der Küche zubrachte, liebte es, von ihm verwöhnt zu werden. Andererseits hatte Georg auch kein Problem damit, nur für sich allein ein exzellentes Abendessen zuzubereiten und es in aller Ruhe zu genießen. Voller Vorfreude betrat er seine Küche, suchte alle Zutaten zusammen und begann mit der Arbeit.

Er schichtete gewaschene, in Spalten geschnittene Kartoffeln in eine kleine Auflaufform, benetzte sie mit etwas Öl, würzte mit Salz und Kümmel und stellte alles in den Backofen. Zu glasig gedünsteter Zwiebel gab er gekochte gewürfelte Rote Beete und schmeckte mit Rotwein, Ahornsirup und ein paar Gewürzen süßsäuerlich ab.

Als Angermüller gerade die dicken weißen Skreifilets in das erhitzte Öl in der Pfanne legen wollte, klingelte das Telefon. Ah, vielleicht konnte Derya doch noch zum Essen kommen!

»Guten Abend, Georg, störe ich?«

»Du störst doch nie«, antwortete Angermüller großzügig und nahm die Pfanne vom Feuer. Er hatte sofort registriert, dass Astrids Stimme nicht klang wie gewohnt.

»Ist irgendwas mit den Kindern?«

»Nein, mit Julia und Judith ist alles in Ordnung. Aber mein Vater ist heute in den frühen Morgenstunden gestorben …«

»Ach, Heini? Das tut mir aber leid«, sagte Georg betroffen, »ich mochte deinen Vater, er war so ein offener, liebenswerter Mensch.«

Georg hatte Heini als einen ruhigen, humorvollen Mann kennengelernt, für den es in dem weiblich dominierten Haushalt mit seiner Frau Johanna und den drei Töchtern manchmal nicht einfach war, sich Gehör zu verschaffen. Aus Astrids ganzer Sippe war ihm sein Schwiegervater immer der Liebste gewesen.

»Wart ihr bei ihm?«

»Ja, Mama hatte noch in der Nacht angerufen, und meine Schwestern und ich sind sofort zu ihr und Papa gefahren.«

»Wie geht es Johanna?«

»Du kennst sie ja. Sie hält sich tapfer. Aber wahrscheinlich hat sie es noch gar nicht richtig begriffen.«

Das letzte Mal hatte er den alten Mann an dessen 85. Geburtstag gesehen, überlegte Angermüller. Auf dem Fest hatte sein Schwiegervater ziemlich munter gewirkt, eine kurze, aber launige Rede gehalten, nach Herzenslust gegessen und getrunken und die Anwesenheit von Familie und Freunden offensichtlich sehr genossen. Er schien von den vielen Infekten, die ihn immer wieder zu Bettruhe gezwungen hatten, augenscheinlich komplett erholt.

»An seinem Geburtstag vor ein paar Wochen machte Heini noch einen putzmunteren Eindruck auf mich. Wie konnte das so schnell gehen?«

»Na ja, kurz nach dem Fest begann Vater wieder zu kränkeln. Er musste mehrmals ins Krankenhaus, wurde immer schwächer. Und als er sich jetzt noch eine Lungenentzündung zuzog, da konnte man nichts mehr machen. Wir haben damit gerechnet. Er ist zu Hause gestorben, ohne langes Leiden, wir konnten bei ihm sein. Das ist mir ein Trost …«

Sie stockte. Nach einem kurzen Räuspern fuhr sie fort:

»Also, ich wollte nur, dass du das weißt, Georg. Die Bestattung wird irgendwann nächste Woche sein. Ich muss noch ein paar Leute anrufen. Dann sag ich mal tschüs …«

»Ich danke dir fürs Bescheidgeben. Kann ich vielleicht irgendwie helfen?«

»Vielen Dank, ich bin ja nicht allein. Julia und Judith kümmern sich sehr lieb um mich.«

»Aber sag wirklich Bescheid, falls ich etwas für dich tun kann.«

»Das mach ich, Georg, ganz bestimmt. Und spätestens, wenn wir den genauen Bestattungstermin wissen, melde ich mich wieder bei dir.«

Durchs Telefon konnte Georg deutlich spüren, wie mitgenommen Astrid war. Wenn man sich so lange kannte wie sie beide, dann las man in der Seele des anderen wie in einem Buch.

»Dann mach's gut, Astrid. Ich denke an euch.«

Während er sich wieder der Vollendung seines Fischgerichts widmete, füllten Erinnerungen seinen Kopf. Vor fast 20 Jahren hatte sich der Oberfranke Angermüller in Astrid verliebt und war ihretwegen in Lübeck, wo er während seines Jurastudiums ein Praktikum in der Kriminalinspektion absolvierte, hängengeblieben. Sie hatten geheiratet, die Zwillinge bekommen, schöne Jahre erlebt, schwierige Jahre gemeistert, bis sich ein unüberhörbarer Misston zwischen ihnen einschlich. Angermüller konnte nicht genau sagen, wann das angefangen hatte oder wer daran die Schuld trug. Ab einem bestimmten Moment spielten Astrid und er nicht mehr im selben Team, sondern gegeneinander.

Warum, weshalb – oft hatte er sich darüber schon den Kopf zerbrochen und nach einem Ausweg gesucht. Ihre Beziehung war ihm so wertvoll erschienen, das tiefe Vertrauen zueinander, der feste Zusammenhalt, so leicht wollte er das alles nicht aufgeben. Immer wieder hatte er versucht, einen neuen Anfang zu machen, und war jedes Mal gescheitert.

Auch in diesem Moment nahm er wieder einmal wahr, wie viel ihm seine Frau noch bedeutete. Seit über zwei Jahren lebten sie schon räumlich getrennt, trotzdem waren sie noch nicht geschieden. Sie schienen beide vor diesem endgültigen Schritt zurückzuschrecken, obwohl Georg schon eine ganze Weile mit Derya liiert war und Astrid – nun ja, eigentlich konnte er immer noch nicht sagen, ob sie mit ihrem Arbeitskollegen Martin mehr als eine Freundschaft verband.

Georg wiederum scheute das Zusammenziehen mit Derya, die nicht direkt, aber mit versteckten Andeutungen des Öfteren um dieses Thema kreiste. Sie hätte einen gemeinsamen Hausstand wohl für gut befunden. Seit einiger Zeit allerdings hatte Derya nichts mehr davon erwähnt, wie ihm gerade auffiel, und er war darüber eigentlich ganz erleichtert. Trotzdem irgendwie merkwürdig, dachte er, aber wir sehen uns ja momentan sowieso kaum.

Wenig später lagen goldgelb gegarte Kartoffelscheiben neben dem violettroten Gemüse, auf dem schneeweiße Skreifilets thronten. Schon wollte Georg den ersten Bissen auf die Gabel nehmen, da hielt er inne. Er goss sich von dem dunklen, kräftigen *Negroamaro* ein, den er so liebte, und hob feierlich sein Glas.

»Auf dich, Heini! Warst ein liebenswerter Mensch, ruhe in Frieden.«

Angermüller wollte sich gerade auf den Weg zur Arbeit machen, als seine Nachbarin mit einem magentafarbenen Rollkoffer aus ihrer Wohnung kam.

»Guten Morgen, Frau Frederiksen. Sie wollen verreisen?«

Er zeigte auf das Gepäckstück.

»Dann wünsche ich Ihnen ein erholsames Wochenende.«

»Ach, ich muss nur zu einem beruflichen Termin«, wehrte die junge Frau ab. In ihrem grauen Hosenanzug, ein ebenfalls magentafarbenes Tuch um den Hals geschlungen, wirkte sie sehr mondän.

»Na dann, trotzdem gute Reise und viel Erfolg!«

Sie lächelte hinter ihrer großen Sonnenbrille, die sie trotz der frühen Stunde an diesem recht trüben Tag schon wieder trug. Wenn sie sich dahinter verstecken will, dachte Angermüller, erreicht sie mit diesem auffälligen Modell eher das Gegenteil.

»Vielen Dank«, antwortete die junge Frau und ging auf hohen Stiefelabsätzen Richtung Ausgang. Auf einmal blieb sie stehen und drehte sich zu ihm um.

»Könnten Sie mir wohl einen Gefallen tun und mich zu meinem Wagen begleiten? Der steht fast direkt vor der Tür.«

Da seine Nachbarin kein Gepäck außer ihrem Rollkoffer hatte, wunderte sich der Kommissar zwar ein wenig, doch er sagte: »Klar, kein Problem.«

Wie selbstverständlich überließ sie Angermüller ihren Koffer, der ihn gehorsam hinter ihr her zum Auto rollte. Und nun erkannte er auch, warum ihn Frau Frederiksen um seine Begleitung gebeten hatte. Nicht weit von ihrem Wagen entfernt, lehnte der junge Mann von vor zwei Tagen an einem Gartenzaun und sah zu ihnen herüber.

Der Kommissar hievte das Gepäck in den Kofferraum des auffälligen gelben Mini Clubman, in dem bereits eine große Tasche und andere Utensilien lagen, die zu einer Fotoausrüstung zu gehören schienen.

»Vielleicht sollten Sie sich doch überlegen, ob Sie was gegen den jungen Mann unternehmen, wenn er Sie andauernd belästigt«, meinte Angermüller leise, während er den Kofferraum schloss. Frau Frederiksen lächelte und nahm die Sonnenbrille ab.

»Keine Sorge. Außerdem bin ich ja bald zurück. Also dann, mach's gut, mein Schatz!«, sagte sie, ohne die Stimme zu senken. Sie umarmte Angermüller zum Abschied, gab ihm wieder zwei Küsschen auf die Wangen und stieg in ihr Auto.

»Gute Reise, Tonya!«, rief der am Gartenzaun Wartende herüber.

»Danke, Fabi!«, antwortete Angermüllers Nachbarin freundlich, schloss die Tür und startete den Wagen. Der junge Mann sprintete zu einem am Straßenrand geparkten Motorroller und fuhr hinterher.

Am Dienstag der darauffolgenden Woche versammelte sich eine ansehnliche Trauergesellschaft auf dem Burgtorfriedhof, um Heini Dittmer die letzte Ehre zu erweisen. Jedermann wusste, dass die große Aufmerksamkeit, die man Heinis Abschied entgegenbrachte, nicht nur ihm, sondern vor allem auch seiner Frau Johanna geschuldet war, die der angesehenen Lübschen Kaufmannsfamilie Tiedemann entstammte.

Die Kapelle konnte gar nicht all die Menschen aufnehmen, sodass ein Teil unter dem zementgrauen Märzhimmel stehen musste, was angesichts scharfer, eisiger Windböen ziemlich unangenehm war. Auch Georg hatte den vorwiegend älteren Herrschaften den Vortritt gelassen und trat mit hochgezogenen Schultern von einem Fuß auf den anderen. Mit Bedauern dachte er an seinen langen, warmen Lodenmantel, der ihn zuverlässig vor der beißenden Kälte geschützt hätte.

»Und, Georg, darf ich dich noch um einen Gefallen bitten?«, hatte Astrid zum Schluss gefragt, als sie ihm telefonisch Ort und Zeit für die Bestattung durchgab.

»Ziehst du bitte zur Beerdigung den schicken, kurzen Wollmantel an, den wir mal zusammen gekauft haben?«

Es war eine rhetorische Frage, das wusste Georg sofort. Über ihre Vorstellung von Kleiderordnung konnte man mit Astrid nicht diskutieren. Und seinen geliebten alten Lodenmantel hatte sie schon immer gehasst.

Angermüller war froh, als die Trauerfeier vorüber war und man sich zum beeindruckenden Tiedemannschen Familiengrab bewegte, wo Heini zu seiner letzten Ruhe gebettet wurde. Da er und Astrid noch nicht geschieden waren, zählte Georg offiziell immer noch zur Familie und musste deshalb nicht allzu lange ausharren, um Heini zum Abschied drei Schaufeln Sand und eine weiße Rose ins Grab zu werfen. Und da er den Auftrag hatte, mit seinen Töchtern Heinis hochbetagte Schwester zu dem Traditionscafé am Burgfeld zu fahren, in dem der Leichenschmaus stattfinden sollte, durfte er sich zum Glück alsbald entfernen.

Im Café war es warm. Man reichte Canapés und eine heiße Rinderkraftbrühe, die nach den schneidenden Temperaturen auf dem Friedhof richtig guttat. Natürlich ließ sich am Familientisch die Begegnung mit Astrids beiden Schwestern und ihrem Anhang nicht vermeiden. Sie verlief, wie schon seit Längerem üblich, eher frostig. Abgesehen davon hatte Angermüller unter seiner angeheirateten Verwandtschaft von Anfang an dieses Fremdkörpergefühl empfunden. Gut verstanden hatte man sich nie.

Er schaute sich um. Wo steckte eigentlich Martin? Hatte der wieder gekniffen, wie immer, wenn es schwierig wurde? Na ja, das konnte ihm eigentlich egal sein. Nachdem Kaffee und ein buttriger Streuselkuchen, Beerdigungskuchen, wie sie hier sagten, serviert worden waren, begannen sich viele der Gäste zu verabschieden, so auch Angermüller. Johanna sah erschöpft aus, als sie seine Hand nahm und lange drückte.

»Komm mich doch mal besuchen, Georg«, forderte sie ihn auf, »wir haben heute ja kaum sprechen können.«

Die Einladung freute ihn, und er versprach es. Wahrscheinlich würde sie das Leben allein erst einmal hart ankommen, nach mehr als 50 Jahren, die sie an Heinis Seite verbracht hatte. Er nahm sich vor, der alten Dame so bald wie möglich einmal seine Aufwartung zu machen.

Die Luft im Café war zum Schluss etwas stickig geworden. Weit ausschreitend machte er sich zu Fuß auf den Heimweg und genoss die halbe Stunde an der frischen Luft.

Eine nicht sehr große, etwas rundliche Frau verschloss gerade die Tür der Nachbarwohnung, als Angermüller in den Hausflur trat. Schon ein paar Mal war er ihr begegnet, und immer hatten sie sich freundlich gegrüßt, manchmal ein paar Worte über das Wetter gewechselt. Er nahm an, dass sie in der Wohnung gegenüber putzte. Sie drehte sich nach ihm um, und wie üblich wünschten sie sich Guten Tag.

»Sie sind doch der direkte Nachbar von Tonya. Darf ich Sie was fragen?«, sprach ihn die Frau an, als Angermüller seine Tür aufschließen wollte.

»Ja, sicher.«

»Haben Sie Tonya in den letzten Tagen mal gesehen?«

»Meine Nachbarin? Mmh … das war letzte Woche, da sind wir uns über den Weg gelaufen, sogar zweimal«, sagte der Kommissar nach kurzem Nachdenken. »Warum fragen Sie?«

Für Mode hatte Angermüller sich noch nie interessiert, aber wieder fiel ihm bei dieser Frau ihre fröhlichfarbige Kleidung auf, der türkise Anorak, die orangefarbene Hose, dazu Schal und Stulpen, bunt und wild gemustert. Ziemlich individueller Stil, fand er. Auch das kurz geschnittene Haar leuchtete in einem kräftigen Kupferrot. Die Dame liebte es offensichtlich bunt. Er schätzte sie auf Ende 40, einige Jahre älter als er selbst. Und jetzt, wo er sie länger reden hörte, bemerkte er ihren leichten Akzent.

»Meine Tochter wollte am Wochenende verreisen, nach Dänemark. Montagmittag wollte sie zurück sein. Aber bis jetzt ist sie immer noch nicht da.«

Die Art, wie sie alle S stimmlos aussprach, und dieser ganz leichte Singsang, das spricht für eine dänische Herkunft, dachte Angermüller.

»Stimmt, ich habe sie Freitagmorgen mit ihrem Koffer getroffen. Na ja, heute ist ja erst Dienstag«, meinte Angermüller beschwichtigend. »Hat sie sich denn gar nicht bei Ihnen gemeldet?«

Die Frau schaute ihn einen Moment zweifelnd an, dann zuckte sie mit den Schultern und ließ ein fröhliches Lachen hören, das so gar nicht zu ihrer besorgten Miene passen wollte.

»Na ja, immerhin hat sie Sonntagabend eine Nachricht geschickt, dass sie eine super Location aufgetan haben, und sie erst Montag zurückkommt. Tonya ist viel auf Reisen, und wenn sie beruflich unterwegs ist, meldet sie sich nicht so oft. Und ich soll sie auch nicht anrufen. Sie sagt, ich störe dann immer nur, wenn sie gerade Aufnahmen machen und so. Die jungen Leute halt …«

Wieder lachte sie.

»Ist Ihre Tochter Fotografin?«

»Nein, nein, sie ist keine Fotografin. Tonya hat sogar ihre eigenen Fotografen, die sie in den Kollektionen bekannter Modefirmen fotografieren. Meine Tochter ist eine ziemlich bekannte Influencerin, wissen Sie, macht Werbung im Internet, *Youtube*, *Instagram* und so. Tonya hat schon 500.000 Follower«, erklärte sie mit offenkundigem Stolz.

»Tut mir leid«, bedauerte Angermüller, »mit diesen Sachen kenne ich mich überhaupt nicht aus.«

»Ich mich eigentlich auch nicht«, lachte sie, »erst seit meine Tochter das macht, gucke ich mir das an. Na ja, was tut man nicht alles für die Kinder!«

»Ja, das stimmt«, bestätigte Angermüller und wollte sich wieder seiner Wohnungstür zuwenden, um zu signalisieren, dass er die Unterhaltung beenden wollte. Da streckte die Frau plötzlich ihre Hand aus.

»Wir sind uns ja schon öfters begegnet. Mein Name ist übrigens Mia Frederiksen.«

»Freut mich, Frau Frederiksen. Ich heiße Angermüller«, stellte sich Georg notgedrungen ebenfalls vor und schüttelte die dargebotene Hand. Sie nickte.

»Ja, ich weiß, hab ich schon auf Ihrem Namenschild gelesen.«

»Na dann, bis zum nächsten Mal, Frau Frederiksen. Ich drücke die Daumen, dass Ihre Tochter bald was von sich hören lässt.«

»Ja, ich hoffe«, seufzte Frau Frederiksen und bückte sich nach dem großen Korb, den sie neben sich abgestellt hatte.

»Hab die Blumen gegossen und den Goldfisch gefüttert. Dann geh ich jetzt nach Hause und meine Kanelsnegle nehme ich wieder mit. Hab ich extra für Tonya gebacken. Die mag sie doch so gern, jedenfalls, wenn sie mal nicht auf Diät ist«, erzählte Frau Frederiksen, schnitt eine Grimasse und zupfte sorgfältig das blau-weiß karierte Geschirrtuch über dem Inhalt des Korbes glatt.

»Wie heißt das Gebäck?«, fragte Angermüller nach, dem schon die ganze Zeit so ein angenehmer Duft in die Nase gestiegen war, und deutete auf ihren Korb.

»Kanelsnegle, nichts Besonderes, einfach nur Zimtschnecken. Die essen wir in Dänemark zum Frühstück, zum Nachmittagskaffee, ach, eigentlich immer. Möchten Sie mal kosten?«

Erwischt. Neuen kulinarischen Köstlichkeiten gegenüber war Angermüller ja immer aufgeschlossen.

»Äh, also ja, gerne.«

Frau Frederiksen schlug das Geschirrtuch zurück und griff in den Korb.

»Am besten holen Sie mal was, wo ich die Zimtschnecken drauflegen kann.«

Sie sprach das Sch wie S in Zimtschnecken, und wieder lachte sie.

»Die sind nämlich ein bisschen süß und klebrig.«

Gleich darauf hatte Angermüller drei von den köstlich duftenden Hefeteilchen auf seinem Teller.

»Mmh, die sehen ja verlockend aus.«

»Und die schmecken, sag ich Ihnen! Ja, ich muss dann mal wieder. Tonyas Schwester kommt heute zu uns zum Abendessen. Tschüs, Herr Angermüller.«

»Ja, tschüs und vielen Dank, Frau Frederiksen.«

»Gerne. Bis zum nächsten Mal!«

KAPITEL II

Lustlos stocherte Vicky in ihrem Blumenkohlgratin. Es schmeckte gar nicht schlecht. Doch der intensive Schweinebratengeruch, der über dem Esstisch hing, verdarb ihr den Appetit, genau wie das andauernde Gejammer ihrer Mutter.

»Heute Nachmittag hab ich auch ihren Nachbarn nach Tonya gefragt. Ein netter Mann. Aber der wusste natürlich auch nichts.«

Etwas zu geräuschvoll legte Vicky ihre Gabel auf das Porzellan.

»Mann, Mia, ich versteh nicht, warum du jedes Mal so einen Bohei machst. Gibt doch gar keinen Grund. Sie hat dir am Sonntag diese Nachricht geschickt, dass alles gut ist, sie nur noch etwas länger braucht.«

Bei dem Gedanken an Karolines Nachrichtentext spürte Vicky gleich wieder ihre Wut im Bauch: »Super Location hier! Bin Montag spät zurück. Bitte Goldie füttern, Wasser mal wechseln, Blumen gießen. NICHT MEHR ANRUFEN!!! Hab zu tun.« Und Mia nahm das einfach so hin, tat, was Karoline ihr auftrug, und sorgte sich ohne Ende.

»Außerdem ist sie doch erst einen Tag im Verzug. Ist doch schon öfter vorgekommen, dass Karoline länger wegbleibt als angekündigt, viel länger. Denk nur an die Story mit Mallorca damals! Da ist sie fast zwei Wochen geblieben, ohne sich nur einmal zu melden.«

»Du hast ja recht. Eine Mutter macht sich halt Sorgen«, kam kleinlaut die Antwort.

»Klaro, wird ja auch erst 23, dein Baby.«

»Sie hat schon seit Sonntag nichts mehr gepostet. Dabei wollte sie Aufnahmen machen. Deshalb ist sie doch weggefahren.«

»Wahrscheinlich ist unser Supermodel nicht schön genug auf den Fotos und muss die Bilder erst noch aufpimpen, damit sie ordentlich viele Likes kriegt«, meinte Vicky spöttisch, »wenn Karoline dich für irgendwas braucht, meldet die sich sowieso. Wetten?«

»Ach, Vicky, warum redest du immer so schlecht über deine Schwester? Und warum nennst du sie eigentlich immer Karoline? Du weißt doch, dass sie den Namen nicht mag.«

Genau deswegen, dachte Vicky trotzig und schüttelte unwillig das weißblonde Haar, das sich in einem wilden Gewirr kleinster Löckchen um ihren Kopf bauschte.

»Für mich ist und bleibt sie Karoline. Sie ist meine Schwester. Warum sollte ich sie bei ihrem Künstlernamen nennen?«

Früher war sie für alle Karoline und hatte auch kein Problem damit. Aber als sie begann, sich im Internet auszustellen, fand sie den Namen auf einmal altmodisch und unpassend, und außerdem hatte sie gelesen, es wäre ein Name, den Bauern gern ihren Kühen geben. Und ihr zweiter Name Bertonia klang ihr viel zu sehr nach dicker Berta. Und so wurde sie zu Tonya – mit dem extravaganten Y!

»Ich will doch nur, dass du dir keine Sorgen machst, Mia! Du müsstest inzwischen eigentlich wissen, dass meine große Schwester immer erst mal ihr Ding macht, und alles andere zweitrangig ist. Du wirst sehen, zu deinem Geburtstag am Wochenende ist sie bestimmt zurück.«

»Deine große Schwester kann eben Prioritäten setzen. Tonya will was aus sich machen, im Gegensatz zu dir.«

»Hat dich jemand um deine Meinung gebeten?«

Nur kurz richtete Vicky einen kalten Blick auf Ralf Ziegner, der am Kopfende saß, vor sich eine gewaltige zweite Portion Schweinebraten.

»Glaubst du, ich lass mir von dir in meinem eigenen Haus den Mund verbieten? Ausgerechnet von dir?«

Kurz überlegte Vicky, ihm eine passende Antwort zu geben. Aber es hatte keinen Sinn, und eigentlich wollte sie das auch nicht. Nicht, dass Vicky Angst gehabt hätte, mit ihm zu streiten, ihm an den kahl rasierten Kopf zu werfen, was für ein Idiot er war. Liebend gern hätte sie das getan. Aber sie wusste, wie sehr ihre Mutter unter diesen Auseinandersetzungen litt, die eh nichts brachten außer schlechter Stimmung. Sie hatte sich schon oft gefragt, wie Mia diesen Mann nur hatte heiraten können. Ob sie ihn wohl wirklich liebte? Oder wollte sie nur einfach nicht allein sein?

Vicky schluckte ihren Ärger runter. Die Klügere gab nach. Sie platzierte ihr Besteck ordentlich auf dem Teller.

»Vielen Dank für das Essen, Mia. Ich muss dann mal wieder.«

»Aber du hast ja kaum was angerührt, Kind! Ich hab doch extra für dich den vegetarischen Gratin gemacht«, beklagte sich ihre Mutter.

»Ach ja, die Dame ist ja Vegetarierin. Verdient man

damit eigentlich Geld?«, nuschelte Ralf mit vollem Mund, aus dem ein paar Fleischfasern hingen, deren Anblick bei Vicky einen leichten Brechreiz auslösten. Schnell sah sie weg und atmete einmal tief durch.

»Ich hab zum Nachtisch Æbleskiver gemacht. Weihnachten ist zwar lange vorbei, aber die magst du doch so gern. Ich geb dir wenigstens ein paar davon mit«, sagte Mia und holte aus der Küche einen großen Teller mit dem duftenden Gebäck und eine Plastikdose, in die sie eine ordentliche Anzahl der außen goldbraun gebackenen, innen fluffigen Kugeln schichtete.

»Es gibt auch noch Kanelsnegle, wenn du willst …«

»Vielen Dank für die Æbleskiver, die reichen mir. Und die Zimtschnecken kannst du für Karoline aufheben, die sind doch ihr Lieblingsgebäck. Dann sag ich noch mal danke und tschüs, Mia.«

Vicky gab ihrer Mutter zum Abschied einen Kuss auf die Wange.

»Bleib ruhig hier, ich finde allein raus. Sollte ich was von Karoline hören, sag ich dir Bescheid.«

»Ja bitte, aber wahrscheinlich hast du recht, und ich bin einfach zu ängstlich.«

Mia Frederiksen lächelte schief.

»Du kommst doch nächsten Dienstag wieder zum Essen?«

»Klar, Mia. Ich komme gern. Aber erst mal sehen wir uns ja an deinem Geburtstag, sofern du mich einlädst«, scherzte Vicky.

»Aber natürlich, Kind, so gegen elf Uhr zum Geburtstagsbrunch!« Geübt sah Vicky über ihren Stiefvater hinweg, als sie zur Tür ging. Auch der beachtete sie nicht, war er doch voll damit beschäftigt, sich die nächste schwer beladene Gabel mit Fleisch und Kartoffeln in den Mund zu schieben.

Vor der Haustür schlang sich Vicky ihren kuscheligen Schal um den Hals, zog den Reißverschluss des Parkas bis ganz nach oben und zog ihre dicken Fingerhandschuhe aus Wolle über. Es wehte immer noch ein unangenehm kalter Wind, und erste feine Tropfen segelten vom Himmel. Sie setzte den Helm auf, stieg auf ihr Rad und blickte zurück zum Haus, das mit seinen erleuchteten Fenstern Wärme und Gemütlichkeit ausstrahlte. Es war das kleinste in seiner Nachbarschaft, bescheiden und bodenständig zwischen zum Teil recht klotzig wirkenden Bauten.

Vicky fuhr los. Vom Neubaugebiet am Bornkamp waren es knapp 20 Minuten bis zu ihrer Wohnung in der Innenstadt. Warum nur fiel es ihr so schwer, schlicht und einfach einen schönen Abend mit Mia und Ralf zu verbringen? Sie liebte ihre Mutter, aber es tat ihr in der Seele weh, wie sie sich für alle anderen aufribbelte, sich von Ralf kommandieren ließ, wie Karoline sie ausnutzte – und Mia nahm das einfach alles hin und wehrte sich nicht. Das machte Vicky so unglaublich wütend, und Mia schien nicht einmal zu bemerken, wie die anderen mit ihr umsprangen. Auch die Chefin des Cafés, für das sie in den Sommermonaten leckere Torten, Kuchen und andere Backwaren fertigte und wo sie manchmal als Bedienung aushalf, beutete sie nach Vickys Meinung aus und zahlte ihr ein absolut lächerliches Geld.

»Aber ich hab doch viel Spaß dran! Das Geld ist mir dabei gar nicht so wichtig«, sagte Mia immer nur, wenn man sie darauf ansprach.

Dabei konnten sie das Geld gut gebrauchen. Auch wenn Ralf stets den Eindruck erweckte, Geld spiele für ihn keine Rolle, war das Häuschen, in das sie vor fünf Jahren gezogen waren, natürlich noch nicht abbezahlt, und seine Pension war ausreichend, aber nicht üppig. Außerdem ging ein Großteil davon für seinen alten Hummer Geländewagen drauf, den er ehrfurchtsvoll »der General« nannte, und den er mit teuren Originalersatzteilen am Leben erhielt. Fast täglich putzte oder bastelte er daran herum. Okay, jeder hatte das Recht auf ein noch so bescheuertes Hobby, doch mit diesem Spritschlucker tagein tagaus sinnlos durch die Landschaft zu kurven, war allein aus ökologischen Gründen nicht mehr akzeptabel.

Womit Vicky aber überhaupt nicht klar kam, war Ralfs Mackergehabe. Allein wie er mit herausgedrückter Brust stolzierte, statt zu gehen, wie dröhnend er sprach, als ob er Befehle erteilte, das alles rief ihren Widerspruch hervor. Frauen schien er ohnehin keiner vernünftigen Unterhaltung für fähig zu halten. Entweder er flachste nur herum mit blöden Zweideutigkeiten, oder er erklärte ihnen, wo es langging, benahm sich wie der Boss, dem seine Frau und die beiden Stieftöchter sich unterordnen sollten. Natürlich konnte er mit beiden Methoden bei Vicky nicht landen.

Nach dem Unfalltod des Vaters von Vicky und Karoline gab es in Dänemark bis auf ihre Schwiegermutter, zu der sie aber ein recht distanziertes Verhältnis hatte, keine familiären Bindungen mehr für Mia. Also war sie mit ihren Töchtern nach Deutschland gezogen, wo ihr Bruder schon seit mehreren Jahren in Lübeck lebte. Als junge Witwe mit einer vier- und einer sechsjährigen Tochter glaubte sie, nie mehr einen Mann zu finden. Doch dann lernte sie nach ein paar Jahren Ralf Ziegner kennen.

Vicky war neun, als er in ihrem Leben auftauchte. Anfangs kam er nur zu Besuch, und das Kind Vicky fand es merkwürdig, dass man mit diesem Mann überhaupt nicht spielen konnte. Er sagte immer so merkwürdige Erwachsenensachen, die sie nicht verstand, die er aber für lustig hielt, denn er lachte dabei dröhnend, sodass Vicky jedes Mal einen Schrecken bekam. Von Anfang an wahrte sie lieber eine gewisse Distanz diesem eigenartigen Menschen gegenüber.

Nicht, dass Karoline von Mias neuem Freund begeistert gewesen wäre, aber sie behielt für sich, was sie an ihm störte, begegnete ihm stets freundlich, gab keine Widerworte und machte trotzdem, was sie wollte. Das konnte Vicky nicht. Sie sagte schon immer, was sie dachte. Und als Mia und Ralf schließlich heirateten, behielt sie ihre Ablehnung nicht für sich. Es wurde auch genauso schlimm, oder schlimmer, als sie es sich vorgestellt hatte. Er mischte sich in alles ein, war der Herr im Haus, und Mia wurde immer unselbstständiger, überließ ihm in allem die Regie. Je länger Vicky mit Mia und dem Stiefvater zusammenleben musste, desto mehr sehnte sie sich nach dem Tag, an dem sie endlich volljährig wurde und ausziehen konnte. Karoline war nach dem 18. Geburtstag zu ihrem damaligen Freund gezogen, zu Marten, der … Aber daran wollte Vicky jetzt nicht auch noch denken. Jedenfalls wurde es für sie als Zurückbleibende nicht einfacher. So verschieden sie auch waren, zuweilen fehlte ihr Karoline. Vicky liebte ja ihre Schwester – manchmal – irgendwie jedenfalls.

Tief in ihre Gedanken versunken, trat sie kräftig in die

Pedale, auch weil sich der Regen mittlerweile verstärkt hatte. Als plötzlich das Klinkergebäude in der Krähenstraße vor ihr auftauchte, wo sie sich unter dem Dach eine Wohnung mit zwei jungen Frauen teilte, war Vicky überrascht, schon zu Hause angekommen zu sein.

Kaum war sie 18 geworden, hatte Vicky die Schule abgebrochen. Das Lernen von Lateinvokabeln und das Pauken von Matheformeln waren ihr so sinnlos vorgekommen. Sie hatte das Haus am Bornkamp verlassen und war zu ihrer Oma Bente nach Kopenhagen geflohen. Natürlich machte Mia sich Sorgen, wie es mit Vicky weitergehen sollte. Ralf Ziegner dagegen, den das nun wirklich gar nichts anging, regte sich nur mächtig auf, wie sie so dämlich sein konnte, kurz vor dem Abi die Schule zu schmeißen.

»Hau doch ab zu deiner Hippie-Oma! Du wirst schon sehen, wo du noch landest! Aber komm bloß nicht hier an, wenn du Kohle brauchst. Von mir kriegst du nämlich keinen Cent, damit das klar ist!«

Da brauchte sich der Arsch wirklich keine Sorgen zu machen. Niemals würde sie einen wie ihn auch nur um ein Glas Wasser bitten – selbst in der Wüste nicht. Er hatte Oma Bente nie getroffen, schien sie aber für eine heruntergekommene Kifferin zu halten, da sie in den 70ern mit ihrem kleinen Sohn ein paar Jahre unter Besetzern in der Freistadt Christiania gelebt hatte.

Ziegner hatte keine Ahnung! Bente hatte ein in ganz Kopenhagen bekanntes Yoga-Studio, lebte im bunt durchmischten Nørrebro in einer geschmackvoll und gemütlich eingerichteten Wohnung und war eine Frau mit klaren Vorstellungen und Ansagen.

Hatte die Enkelin die ersten Wochen in Kopenhagen

ziemlich planlos dahingelebt, lenkte ihre Großmutter immer wieder sehr geschickt ihre Gespräche auf mögliche Perspektiven für ihre Zukunft, ließ Vicky sich selbst befragen, was sie wirklich wollte. Und das war gar nicht so einfach, wenn man gerade mal 18 war. Vicky brauchte eine Weile, doch dann kristallisierte sich heraus, dass sie ein freiwilliges soziales Jahr machen würde, was sicher eine Entscheidungshilfe für ihren weiteren Weg bringen würde.

Vickys Telefon klingelte.

»Hej, Bente! Grade hab ich an dich gedacht.«

»Hej! Na hoffentlich waren es gute Gedanken! Wie geht es dir, min slangekrøller?«

Bente sagte oft »mein Löckchen« zu ihrer Enkelin, genau wie früher zu ihrem Sohn Viggo, von dem Vicky die weißblonde Lockenpracht geerbt hatte. Ihre nicht sehr große und etwas stämmige Statur dagegen hatte sie eher Mia zu verdanken, zu ihrem Leidwesen.

»Ach, alles gut eigentlich. Warte bitte mal einen Moment, es pladdert hier grade wie aus Eimern.«

Schnell schob Vicky ihr Rad in den Hausflur.

»So, da bin ich wieder. Ich war gerade bei Mia zum Essen, wie meistens am Dienstag. Und sonst passiert außer Arbeiten und Lernen nicht viel.«

»Flittige pige! War es nett mit Mia?«

»Geht so. Er war leider auch da.«

»Du scheinst den Mann ja wirklich überhaupt nicht leiden zu können. Ist er wirklich so schlimm? Ich kenne ihn ja nicht.«

»Da hast du auch nichts verpasst.«

»Karoline scheint aber ganz gut mit ihm auszukommen.«

»Wenn Karoline will, und vor allem, wenn es ihr nutzt, kommt sie doch mit allen Menschen aus.«

Vicky merkte, wie sie das Thema aufbrachte. Sie wollte diese negativen Gefühle eigentlich nicht, nicht gegenüber ihrer Schwester und schon gar nicht bei einem Telefonat mit Bente.

»Aber lass uns von was anderem reden, Bente. Wie läuft's bei dir? Was macht das Studio?«

»Ich kann nicht klagen, es läuft super. Es suchen ja immer mehr Menschen nach Wegen für gesunde Entspannung im ganzheitlichen Sinne. Wir sind immer ausgebucht. Gerade haben wir eine fantastische neue Lehrerin für Kurse in Hormon Yoga gefunden. Also, alles gut. Aber sag mal, ich wollte vor allem fragen, wo deine Schwester steckt?«

»Das kann ich dir leider nicht sagen. Mia hat auch schon geklagt, dass Karoline sich nicht meldet …«

»Und mir hatte sie eigentlich für Sonntag ihren Besuch angekündigt. Nach fast zwei Jahren immerhin. Aber sie ist hier nicht aufgetaucht und hat auch sonst nichts hören lassen.«

»Hatte sie denn fest zugesagt?«

»Na ja, nicht so ganz. Wenn sie es schafft, kommt sie mal kurz vorbei, hat sie geschrieben. Ich hab ein paar Mal vergeblich versucht, sie anzurufen, und auf meine Nachrichten hat sie auch nicht reagiert.«

»Dann ist doch alles wie immer, Bente. Unsere Influencerin arbeitet an ihrer Karriere. Soweit ich weiß, wollte sie für Modeaufnahmen nach Dänemark. Sie hätten eine super Location gefunden, hat sie am Sonntag an Mia geschrieben.«

»Weißt du, mit wem sie unterwegs ist?«

»Keine Ahnung. Ich kenne kaum jemanden von Karolines Leuten. Vielleicht mit einem Fotografen. Aber mach dir keine Sorgen. Ihre Karriere ist ihr heilig, da vergisst sie alles andere, auch dich und Mia und mich.«

»Nein, ich sorge mich nicht. Ich kenne deine Schwester ja auch ein bisschen. War schön, dich zu hören, aber ich muss jetzt los, treffe mich gleich mit einer Freundin auf ein Glas Wein. Wann kommst du mich denn mal wieder besuchen?«

»Oh, ich würde so gerne kommen! Im Moment stecke ich in Prüfungsvorbereitungen und schaffe das nicht. Aber sobald ich kann, bin ich da, ich versprech's!«

»Es wäre mir eine solche Freude, dich mal wieder in meine Arme zu schließen, min skat!«

Nach einer verregneten Nacht war der Mittwoch grau, Feuchtigkeit hing in der Luft, und es war kalt. Wie schon die ganzen Wochen seit Angermüllers Rückkunft, gestaltete sich auch dieser Tag im K1 ruhig und unaufgeregt. Sie waren seit Jahresbeginn zu keinem größeren Einsatz gerufen worden und beschäftigten sich vor allem mit der Aufarbeitung alter Fälle. Alles war fast wie früher. Jansen und Angermüller saßen jeder in seinem engen überheizten Büro, bei geöffneten Türen, sodass sie sich über den Verbindungsflur unterhalten konnten, ohne ihre Schreibtische verlassen zu müssen.

Nur eines war anders: Neben dem betagten Filterkaffeeautomaten, der in ihrem kleinen Flur stets leise vor sich hin gurgelte, produzierte jetzt eine ziemlich luxuriöse Espressomaschine aromatische heiße Shots und herrlich dichten Milchschaum. Jansen hatte sich in ihrer Zweiergemeinschaft all die Jahre für die Zubereitung des

Kaffees zuständig gefühlt. Er trank das gefilterte Gebräu in rauen Mengen, und ab und zu nahm Angermüller das Angebot seines Teampartners an und ließ sich ebenfalls eine Tasse servieren. Er bereute es jedes Mal. Mit Kaffee hatte die dunkle Flüssigkeit nicht allzu viel zu tun.

Das chromblitzende Teil, das auch die meisten Kollegen gern und häufig nutzten, war die Hinterlassenschaft von Sebastian Eichhorn, der Angermüller während seiner Auszeit vertreten hatte. Der junge Mann hatte sich eine noch luxuriösere Ausgabe zugelegt, als er sich seiner neuen Freundin wegen überraschend nach Kiel versetzen ließ. Seine alte Espressomaschine hatte er großzügig dem Team vom K1 vermacht.

Hinter vorgehaltener Hand und mit einem Grinsen schilderte man Angermüller, wie Jansen dem jungen Kollegen, als der den Filterkaffeeautomaten gerade ausmustern wollte, das Gerät kurzerhand weggenommen hatte. Er hatte es auf seinen gewohnten Platz gestellt und geknurrt: »Ich will keinen Caffè Crema, oder wie dat Zeug heißt, ich will einfach nur einen stinknormalen Kaffee. Verstanden?«

Seither existierten die beiden Teile nebeneinander, und Jansen war und blieb der Einzige, der den altersschwachen Kaffeebereiter nutzte. Nie wieder sprach er das Thema an, aber er brachte der neuen Maschine sture Missachtung entgegen. Und er sah gnädig darüber hinweg, dass Angermüller sich mittlerweile fast täglich am Nachmittag eine große Tasse schaumigen Milchkaffee genehmigte.

»Hallo, Derya, dich wollte ich auch schon anrufen.« Angermüller ging mit seinem Handy hinaus in den Etagenflur.

»Heute kein Großauftrag? Hast du etwa mal wieder Zeit für dein Privatleben? Und für mich?«

Tatsächlich, seine Freundin wollte heute Abend vorbeikommen.

»Prima, das freut mich! Ich koch uns was Schönes. Worauf hast du Lust? Oder soll ich dich überraschen?«

Er müsse doch nicht extra was kochen, meinte Derya, ein Glas Wein wäre ausreichend.

»Aber ich mach das doch gern, für dich sowieso! Und wenn ich mal die Gelegenheit habe, nach Feierabend noch was einkaufen zu gehen, sollte man das ausnutzen. Also, ich denk mir was Schönes aus, dann sehen wir uns gegen sieben Uhr. Bis dahin – ich freu mich!«

Irgendwie komisch, dass Derya das Essen heute nicht so wichtig war. Das hatte er bisher fast nie bei ihr erlebt. War sie krank? Oder mal wieder auf Diät? Egal, ihm würde schon was einfallen, womit er ihren Appetit wecken konnte. Ja, er freute sich auf den gemeinsamen Genuss und fing sofort an zu überlegen, womit er sie verwöhnen könnte.

Es dämmerte. Versonnen sah Angermüller nach draußen. In ungefähr einer halben Stunde würde er Feierabend machen und anschließend ein paar nette Sachen besorgen, aus denen er ein schönes Abendessen für sie beide zaubern würde. Beim Gedanken an gebratene Nudeln mit Rindfleisch und Pak Choi, kräftig gewürzt mit Sojasoße, Knoblauch und Ingwer, wässerte ihm schon jetzt der Mund. Ein lautes Klingeln des Telefons auf seinem Schreibtisch unterbrach ihn in seinen Küchenfantasien.

»Moin, Angermüller, hier Ahrens vom Kriminaldauerdienst! Schluss mit der Gemütlichkeit. Die Streife aus

Scharbeutz meldet einen Leichenfund am Pönitzer See. Das kann ich dann wohl direkt an euch weiterleiten. Die Kriminaltechnik hab ich auch schon alarmiert«, teilte der Kollege mit, »gratuliere, geht ja gleich in die Vollen für dich, Angermüller.«

»Wieso, was meinst du?«

»Überraschung! Schön medium«, kicherte Ahrens, »frohes Schaffen!«

Mit einem knappen »Tschüs« legte Angermüller auf. Einige Minuten später saß er auf dem Beifahrersitz des Golf 7, den sie zurzeit als Dienstwagen nutzten, während sich Jansen durch den Lübecker Feierabendverkehr in Richtung Autobahn kämpfte, dabei jede Lücke und jede Möglichkeit zum Überholen gnadenlos nutzend. Endlich erreichten sie die A1, und Jansen trat das Gaspedal durch.

»Überraschung, hat dieser Ahrens gesagt. Komischen Humor hat der. Ich liebe keine Überraschungen, bei Leichenfunden schon gar nicht«, murmelte Angermüller halb zu sich selbst, während draußen die Landschaft vorbeiflog, über die sich nun die Dunkelheit senkte. Leichenfunde waren immer irgendwie Überraschungen, die aber grundsätzlich keine Freude bereiteten. Trotz jahrelanger Erfahrung berührte Georg der Anblick der gewaltsam zu Tode Gekommenen jedes Mal tief in seinem Inneren, und tröstlich war nur der Gedanke, zumindest die aufzuspüren und zur Rechenschaft zu ziehen, die jenes Leben ausgelöscht hatten.

Jansen sagte nichts, sah nur aufmerksam in den Rückspiegel, blieb konsequent auf der linken Spur und ließ alle anderen Fahrzeuge weit hinter sich. Angermüllers erster großer Einsatz seit einem Dreivierteljahr. Er verspürte eine merkwürdige Anspannung, fast so etwas wie Lampenfieber. Nach ungefähr 20 Minuten wechselten sie von der Autobahn auf eine Bundesstraße, bis sie schließlich auf einer schmalen Landstraße landeten, die durch einen dichten Laubwald führte. Als rechts vor ihnen ein heller Lichtschein durch die Bäume schimmerte, hatten sie ihr Ziel erreicht.

Jansen lenkte ihren Wagen an den Straßenrand hinter die bereits hier parkenden Fahrzeuge, und die Kommissare stiegen aus. In den hohen, winterkahlen Bäumen rauschte leise der Wind. Es roch nach feuchter Erde und moderndem Laub. »Seebadeanstalt« stand auf einem Schild. Sie folgten dem unbefestigten Weg, und nach ein paar Schritten tauchten vor ihnen mehrere Flachbauten auf, in deren Mitte sich ein Durchgang öffnete, der mit Flatterband versperrt war. Zwei uniformierte Kollegen hielten Wache, um Unbefugte am Betreten des Geländes zu hindern. Vor ihnen stand ein einzelner Mann mit einem Hund an der Leine, rauchte, redete und reckte neugierig den Hals. Die Kommissare grüßten, und der eine Polizist musterte Angermüller und Jansen skeptisch, hob aber beim Anblick ihrer Dienstausweise wortlos das Absperrband und ließ sie passieren.

»Moin! Der Herr hier hat uns den Fund gemeldet«, meldete sich sein jüngerer Kollege zu Wort und deutete auf den Hundefreund, »wollen Sie mit dem sprechen?«

»Klar, wir werfen aber erst mal einen kurzen Blick«, gab Jansen zurück und folgte Angermüller auf den Platz hinter dem Durchlass, den zwei große Scheinwerfer erhellten. Am Ende des Gebäudes, das augenscheinlich Umkleidekabinen beherbergte, und vor einem dichten Gebüsch kauerte ein Mensch im weißen Schutzanzug, ein zweiter suchte den Boden ab, und etwas entfernt davon umrundete ein dritter die Szene mit einer Kamera und verteilte Markierungsschilder.

Der Bau zur Linken beherbergte ein Café und war, genau wie die Badeanstalt, im Winterhalbjahr geschlossen. Davor lag außerhalb der Scheinwerferkegel eine Rasenfläche, hinter der im Dämmer das Wasser des Sees glitzerte, in den ein langer Steg führte, von dem jetzt nur die Umrisse zu erkennen waren.

Unwillkürlich war Angermüller stehen geblieben, um sich einen ersten Eindruck von der Szenerie zu verschaffen. Im Sommer war dies hier sicher eine beliebte Badestelle voller Erholungssuchender und planschender Kinder, aber um diese Jahreszeit ein sehr einsamer Platz. Und genau deshalb hatte sich jemand diesen Ort ausgesucht, um etwas zu tun, das niemand bemerken sollte. Er straffte sich und sah zu Jansen, der ebenfalls neben ihm verharrt hatte.

Als sie dem weiß gekleideten Grüppchen näherkamen, erkannte Angermüller seinen Freund Steffen. Der Kommissar war freudig überrascht, denn er hatte nicht damit gerechnet, dass der Rechtsmediziner heute schon wieder seinen Dienst versehen würde. Erst am Vorabend war er von einer ausgedehnten Asienreise mit seinem Mann David zurückgekehrt, weshalb er auch bei Heinis Trauerfeier gefehlt hatte. Angermüller jedenfalls freute sich auf die Zusammenarbeit mit Steffen, der ruhig und präzise agierte und ein echter Meister seines Fachs war. Woran genau der Rechtsmediziner gerade arbeitete, konnte er auf die Entfernung nicht erkennen.

»Stopp! Hier wird mir nicht durchgelatscht. Geht gefälligst da außen rum«, schnauzte der vor ihnen kniende Kriminaltechniker die beiden Kommissare an, »ihr müsst ja nicht noch mehr kaputt trampeln. Der Scheißregen heute Nacht hat sowieso kaum was übriggelassen.«

»Hallo, Andreas, schön, dass wir mal wieder zusammenarbeiten dürfen«, grüßte Angermüller den Mann. Natürlich bekam er keine Antwort. Verbissen fuhr der Kollege fort, am Boden nach Hinweisen zu suchen, die mit dem Leichenfund in Verbindung gebracht werden konnten, was angesichts des durchweichten Rasens ein ziemlich aussichtsloses Unterfangen war. Jeder hier wusste aber, dass die üble Laune von Andreas Meise nicht am Wetter lag, sondern sein persönliches Markenzeichen war.

»Mann, Ameise wieder. Das Genöle geht mir echt auf die Ketten. Als ob wir was für den Regen könnten«, brummte Jansen.

»Der ändert sich nicht mehr, Claus. Ich hör da gar nicht mehr hin. Ist vergeudete Energie, sich über Ameise zu ärgern. Hauptsache, er macht seine Arbeit ordentlich. Und da kann man ja nicht viel meckern«, meinte Angermüller leise, denn seinen Spitznamen durfte man Andreas Meise – klein von Gestalt, ein penibler Erforscher des Bodens an Fund- und Tatorten, und mit einem Schild »A. Meise« an seiner Bürotür – schon gar nicht hören lassen.

Mit einem freundlichen »Hallo, Kollegen« begrüßte Mehmet Grempel, ein weiterer Kriminaltechniker, um einiges jünger als Ameise, die Kommissare, während er ein Fundstück in einer verschließbaren Plastiktüte sicherte.

»Dein Urlaub schon wieder vorbei?«, fragte Angermüller.

»Tja, geht immer verdammt schnell. Aber hab eh nur meine Bude renoviert und war übers Wochenende mal in Coburg.«

»Ach, in der alten Heimat. Schön.«

Mehmet und der Kommissar stammten aus der gleichen Gegend in Oberfranken.

»Ich hab dir auch was mitgebracht. Kriegst du morgen«, verkündete Mehmet mit geheimnisvollem Lächeln.

»Oh, womit hab ich das verdient? Da bin ich ja gespannt«, freute sich Angermüller, »Und, hast du hier was Interessantes gefunden?«

»Was gefunden, ja. Eine Plastikkappe, wahrscheinlich von einem Kanister. Ob das interessant ist, wird sich noch rausstellen. Kleidung und sonstige persönliche Gegenstände leider bisher Fehlanzeige.«

Angermüller und Jansen waren an der äußeren Ecke der mit Steinplatten ausgelegten Umrandung vor den Umkleidekabinen angelangt, wo Doktor Steffen von Schmidt-Elm hockte und konzentriert seiner Arbeit nachging. Erst jetzt konnten die Kommissare ausmachen, was vor dem Rechtsmediziner lag. Beide stoppten gleichzeitig und starrten auf das gespenstisch anmutende Wesen. Der Anblick löste bei Angermüller mehr als Unbehagen aus. Schließlich räusperte er sich.

»Grüß dich, Steffen! Noch gar nicht richtig angekommen, schon wieder im Dienst.«

»Wat mutt, dat mutt. Grüß dich, Schorsch, hallo, Jansen.«

Mit einem kurzen Lächeln begrüßte Schmidt-Elm die Kommissare. Er war der Einzige hier, der die fränkische Version von Angermüllers Vornamen benutzte.

»Puh, schon ein bisschen heftig als Wiedereinstieg«, meinte Angermüller mit Blick auf die menschlichen Überreste, an denen Steffen gerade erste Untersuchungen vornahm: ein schwarzer Schädel ohne Haare, der

Mund mit seinen zwei Reihen Zähnen geöffnet wie zu einem Grinsen, die schwarzen gebeugten Arme wie gestikulierend in die Luft gereckt.

»Da stimme ich dir zu«, bestätigte Steffen und rückte seine Lesebrille zurecht.

»Magst du schon irgendwelche Erkenntnisse weitergeben?«, fragte Angermüller, auch wenn er befürchtete, dass es noch nicht viel sein konnte, und der Rechtsmediziner es ohnehin vorzog, seine Befunde erst durch die Obduktion zu verifizieren.

»Ich kann euch nur zum Offensichtlichen etwas sagen. Man gedachte, diesen Körper zu verbrennen, was sehr hohe Temperaturen, gute Belüftung und einen wirksamen Brandbeschleuniger in ausreichender Menge benötigt. Davon hat man sicher was auf das Opfer geschüttet, am Kopf angefangen, der ja sehr stark betroffen ist. Auch der Oberkörper wurde damit übergossen, und da es sich um eine schlanke Person handelt, haben wir diese typische sogenannte Fechterstellung aufgrund der durch die Hitze verkürzten Muskeln und Sehnen.«

Steffen wies auf die so geisterhaft ins Leere greifenden Arme des Leichnams.

»Doch insgesamt reichte die Menge Brandbeschleuniger nicht aus, denn wie ihr seht, ist der Körper von den Knien abwärts noch einigermaßen unversehrt.«

Den Anblick der zierlichen Füße mit den lackierten Nägeln fand Angermüller fast am schlimmsten, und er schaute schnell woanders hin. Es war ein so eindeutiger Hinweis auf ein Leben, das abrupt und gegen den Willen des Individuums beendet worden war, dass ihn schauderte.

»Im Übrigen handelt es sich eindeutig um eine Frau«, Schmidt-Elm wies auf den ebenfalls weniger versehrten

Beckenbereich, »noch recht jung wahrscheinlich. Sie war unbekleidet. Größe so um die 175 Zentimeter.«

Angermüller nickte.

»Ist das Feuer denn auch die Todesursache?«

Steffen hob die Schultern.

»Das, oder ob sie schon tot war, als man sie in Brand gesteckt hat, weiß ich erst nach der Obduktion. Mehr kann ich momentan noch nicht sagen.«

»Vielen Dank, Steffen. Wir versuchen's dann mal auf gut Glück mit der Vermisstendatei. Und wenn wir morgen den Zahnstatus haben, können wir bei den Zahnärzten eine erste Abfrage starten. Allerdings wird das leider dauern.«

»Mal schauen, ich hab da so meine Kontakte, zumindest hier in der Gegend, vielleicht kann ich das etwas beschleunigen.«

»Das wär natürlich gut. Okay, wir sehen uns hier noch ein wenig um. Dann bis morgen, nehme ich an. So um neun Uhr?«

»Ja, tschüs, bis dahin im Institut.«

Während der Rechtsmediziner sich wieder über sein Untersuchungsobjekt beugte, wandten sich Angermüller und Jansen in Richtung Ausgang, um erst einmal den Mann zu befragen, der den Fund gemeldet hatte.

»Und, Andreas, hast du schon was für uns?«, wollte Angermüller im Vorübergehen wissen.

»Komiker! Wie denn? Kein Schmuck, keine Textilreste, schon gar keine Papiere, und von Schuhabdrücken nur noch Überreste. Dieser bescheuerte Regen hat fast sämtliche Spuren beseitigt.«

»Dann gib dir mal Mühe«, forderte Angermüller ihn auf und schnitt eine Grimasse zu Jansen.

»Ihr könnt mich alle mal«, kam es böse zurück. Sie waren schon ein paar Meter weiter, da rief Ameise ihnen nach: »Im Übrigen, wenn ihr mich fragt: Ist doch noch ein bisschen zu früh zum Angrillen, oder?«

Es folgte ein meckerndes Lachen. Jansen stöhnte genervt. Ohne weiter von Ameise Notiz zu nehmen, gingen die Kommissare zu den Streifenpolizisten, die immer noch mit dem Zeugen zusammenstanden. Der eine überreichte ihnen einen Zettel mit den Daten des Mannes.

»Bitte entschuldigen Sie, dass Sie so lange warten mussten. Ja, dann erzählen Sie doch mal, Herr …«, Angermüller schaute auf seine Personalien, »Herr Burdinski, wann und wie Sie die tote Person aufgefunden haben.«

»Also, ich bin gestern spätabends hier angekommen. Ich komm aus Essen. Ich hab ein Ferienhaus gleich nebenan in der Siedlung, wissen Sie. Meine Frau hatte keine Lust mitzufahren, sie findet das hier immer so trostlos um diese Jahreszeit. Is ja auch niemand da von unseren Nachbarn. Ja …«

Der Mann im Trainingsanzug nickte selbstvergessen. Sein Rauhaardackel zerrte ungnädig an der Leine.

»Herr Burdinski, könnten Sie uns bitte schildern, wie Sie auf den Fund aufmerksam wurden und wann das war?«, versuchte Angermüller, den Mann zum Kern der Frage zu bringen.

»Ja, also, weil das ja so nass war heute Nacht, hab ich den Hund für sein Geschäft immer nur kurz in unseren Garten gelassen. Dann bin ich am Vormittag erst mal in den Supermarkt gefahren, weil ich hier nix zu beißen hatte. Und kein Bier!«

Er grinste die beiden Beamten an. Angermüller hörte seinen Kollegen schwer atmen. Wahrscheinlich litt der schon wieder Höllenqualen, denn wenn Jansen eine Tugend abging, war das Geduld.

»Und wann und wie sind Sie dann auf das Opfer gestoßen?«, hakte Angermüller noch einmal nach.

»Das war so vor zwei Stunden ungefähr. Ich hatte gut gegessen und dachte, Herbert, es regnet grad nicht, jetzt tust du mal ein paar Schritte, am besten runter zum See. Das tut der Susi gut und dir auch. Ja …«

Der Hund bellte, als sein Name fiel.

»Susi, still!«

»Und weiter?«

»Ach so, ja. Hier, meine Susi hat die Leiche gefunden. War nicht angeleint – ausnahmsweise, Herr Kommissar. Und plötzlich war sie weg und hat gebellt wie verrückt und nicht aufgehört, bis ich hinterher kam. Na, ich hab vielleicht einen Schrecken gekriegt! Sieht ja aus wie aus einem Gruselfilm, dat Dingens! Ich hab sofort mein Handy genommen und den Notruf gewählt. Ihre Kollegen waren zum Glück schon nach einer Viertelstunde hier.«

»Und sonst ist Ihnen nichts aufgefallen, weder am Abend zuvor noch heute?«

»Nee, wat soll mir denn aufgefallen sein?«

»Ungewöhnliche Geräusche, Lärm, fremde Autos oder Leute in der Siedlung«, zählte der Kommissar auf.

Der Zeuge schüttelte den Kopf.

»Nee, nix. Ich sach ja, hier is um die Jahreszeit tote Hose.«

»Ist gut, Herr Burdinski, vielen Dank. Das war dann alles«, resignierte Angermüller. Bei dem Menschen war wohl wirklich nichts mehr zu holen.

»Und wat is da jetzt eigentlich passiert, Herr Kommissar? Wer ist denn dat arme verbrannte Dingens?«

»Wir arbeiten daran, das herauszufinden.«

»Aha. Na ja, auch wenn Sie was wüssten, mehr erzählen Sie mir ja sowieso nich«, bedauerte Herbert Burdinski, »ein Glück jedenfalls, dass meine Frau nich hier ist. Die hätte vor Schreck 'n Herzkasper gekriegt. Na komm, Susi, dann gehen wir mal nach Hause. Tschüsskes!«

»Tschüs. Ihre Kontaktdaten haben wir ja, falls wir noch Fragen haben.«

Die beiden Kommissare wechselten noch einmal zurück auf das Gelände der Badeanstalt. Mit dem neuen Wissenstand, so gering der auch war, ließ jeder für sich die Umgebung erneut auf sich wirken, versuchte, auf seine Art zu ergründen, was sich hinter dem Wenigen, was sie wussten, verbarg, welches Drama sich hier abgespielt haben könnte.

Das Opfer war eine junge Frau, was Angermüller sofort an eine Beziehungstat denken ließ. Eifersucht setzte in manchen Menschen brutale Dämonen frei, die sie zu unvorstellbar grausamen Taten trieben. Wenn das Verbrennen nicht todesursächlich war, dann sollte es sicherlich Spuren verwischen, aber vielleicht auch komplett auslöschen, was der Täter einst geliebt hatte. Und warum hatte er sich genau diesen Ort für sein Tun ausgesucht? Gab es außer der Einsamkeit um diese Jahreszeit noch einen anderen Grund? »Schorsch! Kommst du bitte noch mal?«, unterbrach der Rechtsmediziner Angermüllers Überlegungen.

»Was gibt's?«

»Ich habe eben etwas entdeckt, was die Identifizierung unseres Opfers sehr beschleunigen kann. Siehst du, hier?«

Steffen deutete mit seinem behandschuhten Finger auf den Brustkorb der Toten. Angermüller schüttelte den Kopf, er sah nur Schwarz.

»Die junge Frau trug Brustimplantate. Und die haben üblicherweise Seriennummern und weitere Herstellerangaben. Zumindest das eine scheint nicht komplett verschmort. So könnt ihr über den Hersteller das Krankenhaus ermitteln und dort den Namen der Patientin – richterlichen Beschluss vorausgesetzt.«

»Na, das ist doch mal eine gute Nachricht.«

»Nicht wahr? Alles Weitere dann morgen. Bei der Gelegenheit wirst du auch die Nachfolgerin von unserem Freiburger Kollegen Eberle kennenlernen, Schorsch. Der Eberle ist ja im letzten Sommer zurück in die Heimat und hat inzwischen promoviert.«

»Und welchen Dialekt spricht seine Nachfolgerin?«, fragte Angermüller augenzwinkernd, da hin und wieder Verständigungsprobleme aufgetreten waren, wenn Manfred Eberle im Eifer des Gefechts in seinen badischen Dialekt verfallen war.

»Wenn überhaupt, dann Mecklenburger Platt. Doktor Maike Witt stammt aus Wismar.«

»Das ist quasi um die Ecke, die Frau spricht ganz normal«, stellte Jansen fest, der die Neue schon kennengelernt hatte.

»Richtig. Insofern dürfte es also keinerlei Verständigungsschwierigkeiten geben. Dann nochmals tschüs und bis morgen.«

»Ja tschüs, Steffen, und danke.«

Zwei Mitarbeiter eines Bestattungsinstituts tauchten auf. Sie trugen den Metallsarg, in dem die Überreste der Toten ins Institut für Rechtsmedizin transportiert würden. Die Kommissare machten sich auf den Rückweg nach Lübeck. Ruhig lenkte Jansen den Wagen über die leere Autobahn, und sie planten den nächsten Tag. Ein Kollege sollte die Datei für Vermisste und unbekannte Tote durchforsten, auch wenn sie vorerst nur die Kennzeichen »weiblich, jung, Norddeutschland« für den Abgleich hatten. Mehmet sollte bei Tageslicht den weiteren Bereich um den Fundort noch einmal genau absuchen, in der Hoffnung, doch noch auf Spuren, auf Beweismittel zu stoßen. Für sie selbst würde es um 9 Uhr mit der Obduktion beginnen, und anschließend wollten sie sich in der Gegend um den See noch einmal umhören. Vielleicht hatte ja irgendjemand etwas von einem Feuer bemerkt, und sie könnten zumindest den Zeitpunkt des Verbrennens näher bestimmen.

»Na dann, schönen Feierabend. Ich hol dich morgen früh ab«, verabschiedete sich Jansen.

»Danke, dir auch. Bis morgen.«

Es ging gegen 20 Uhr, und als Georg die Wohnungstür aufschloss, spürte er sehr deutlich seinen leeren Magen. Oh ja, nach den Stunden in der unwirtlichen Kälte hatte er sich ein schönes Abendessen verdient. Und auch sein von den schrecklichen Bildern aufgewühltes Gemüt würde der Genuss eines guten Essens beruhigend streicheln.

Er goss sich einen Rotwein ein und inspizierte seine Vorräte, von denen er immer ausreichend vorhielt, um, auch ohne extra einzukaufen, eine köstliche Mahlzeit zubereiten zu können. Gerade begann er zu überlegen, ob es ihn eher nach Pasta oder einem Pfannkuchen mit Speck und Champignons gelüstete, da durchfuhr es ihn wie ein Blitz. Derya! An seine Verabredung mit ihr um 19 Uhr hatte er überhaupt nicht mehr gedacht!

Aber irgendwie merkwürdig, dass sie gar nicht angerufen hatte. Wenn sie nicht auch den Termin vergessen hatte, was ziemlich unwahrscheinlich war, dann bedeutete das nichts Gutes. Wahrscheinlich war sie sauer, ziemlich sauer sogar. Sofort versuchte er, Derya auf dem Handy zu erreichen, doch immer wieder sprang nur ihre Mobilbox an. Nach dem dritten Mal sprach er drauf:

»Liebe Derya, ich muss mich tausendmal bei dir entschuldigen, aber wir sind gegen Abend zu einem Einsatz gerufen worden, eine unbekannte Tote, verbrannt … ja … sehr unschön das alles. Unsere Verabredung hab ich darüber völlig vergessen. Es tut mir wirklich unheimlich leid. Also, entschuldige noch mal, aber ich bin gerade erst nach Hause gekommen. Solltest du dich jetzt noch treffen wollen, ruf einfach kurz an – ich komme überall hin. Dann erst mal tschüs. Freu mich, wenn du dich meldest.«

Ach ja, manchmal ging einfach alles schief.

KAPITEL III

Mit lautem Quietschen stoppte ein Fahrrad neben ihr, und jemand sagte laut: »Viktoria Johanne Frederiksen! Guten Morgen.«

Erstaunt hob Vicky, die gerade vor ihrer Haustür die Reste einer verhedderten Plastiktüte aus den Fahrradspeichen pulte, ihren Kopf. Ein großer, schlanker Typ stand mit seinem Rad direkt vor ihr und grinste sie an. Ja, er kam ihr bekannt vor. Aber wer war das?

»Dich hab ich ja 100 Jahre nicht gesehen«, stellte er fröhlich fest. Er trug eine schmale Windjacke zu Jeans, und unter seinem Fahrradhelm sah ein dunkler Pferdeschwanz hervor. Auf jeden Fall sah er gut aus. In dem Moment fiel bei Vicky der Groschen, zugleich wurde sie unter ihren weißblonden Locken knallrot und wünschte sich sonst wohin.

»Ach, du bist das, Marten«, sagte sie betont gleichgültig, wohl wissend, dass ihr Erröten nicht zu übersehen war, »hab dich mit der neuen Frisur fast nicht erkannt.«

Was für eine blöde Bemerkung! Bis auf den hervorlugenden Zopf ließ der Fahrradhelm gar keinen Blick auf sein Haar zu. Vicky hätte sich ohrfeigen können! Aber Marten ging darauf gar nicht ein.

»Mensch, sag mal, wie lange ist das her, dass wir uns gesehen haben?«

Vicky hob unentschieden die Schultern. Sie konnte sich immer noch sehr gut erinnern, wann sie ihn das letzte Mal gesehen hatte, auch wenn das ungefähr drei Jahre her sein musste. Das war, als ihre Schwester bei Marten aus- und bei ihrem nächsten Freund eingezogen war. Aber alle Erinnerungen an die Zeit damals und besonders an Marten hatte sie in die hinterste Ecke ihres Gedächtnisses verbannt. Zu viel Kummer und Enttäuschung waren für Vicky damit verbunden, und für manches schämte sie sich noch heute.

Marten schaute sie an. Immer noch hatte er diesen Blick, der suggerierte, dass man das Einzige auf dieser Welt war, das ihm wichtig war, dem er seine ganze Aufmerksamkeit schenkte. Und wieder spürte sie, genau wie damals bei jedem Mal, wenn sie mit ihm zusammen traf, wie ihr die Knie weich wurden.

»Wie geht's dir, Vicky? Wohnst du hier? Was machst du?«

»Äh …«, sie musste erst einmal ihre plötzlich belegte Stimme wieder freikriegen.

»Ja, ich wohne hier in einer Wohngemeinschaft. Alles gut bei mir. Ich mach eine Ausbildung zur sozialpädagogischen Assistentin, und nebenher erwerbe ich die Fachhochschulreife, weil ich anschließend noch studieren will«, spulte sie ab, als ob sie in einem Bewerbungsgespräch säße.

Der junge Mann lächelte, spöttisch, wie sie sofort dachte. War ja auch zu peinlich, wie sie reagierte.

»Ich hab jetzt keine Zeit, aber lass uns doch bald mal einen Kaffee zusammen trinken. Hast du noch meine Handynummer?«

»Weiß ich nicht.«

Natürlich hatte sie die nicht gelöscht.

»Also, wenn deine noch die alte ist, müsst ich die noch haben.«

»Ist die alte. Aber ich muss jetzt echt los. Tschüs, Marten.«

Vicky fummelte an ihrem Fahrradhelm, ohne ihn aufzusetzen. Mit dem Ding fand sie sich total doof.

»Super, ich melde mich! Tschüs, Viktoria Johanne, hat mich echt gefreut.« Marten zwinkerte ihr zu, schwang sich auf sein Rad, und weg war er. Auch Vicky setzte ihren Helm auf und fuhr los. Zwei Minuten später bemerkte sie, dass sie in die falsche Richtung fuhr. Oh Mann, sie war ganz schön durch den Wind! Sie musste ja bei der Kardiologenpraxis vorbeifahren, wo Mia heute durchgecheckt werden sollte. Vicky sollte sich Karolines Hausschlüssel abholen, weil Mia erst heute Morgen bemerkt hatte, dass sie ihr Handy in der Wohnung vergessen hatte. Und sie hatte Vicky gebeten, es ihr von dort gleich vorbeizubringen, damit sie auch direkt mitbekam, wenn Karoline sich endlich meldete. Eigentlich fand Vicky das total übertrieben. Ob Mia das Handy nun drei Stunden früher oder später wieder hatte, meine Güte, das änderte doch wirklich nichts! Aber Mia klang so völlig aufgelöst, dass Vicky gar nicht anders konnte.

Von der Arztpraxis fuhr sie also zu der Adresse in der Nähe vom Brink. Sie war nur kurz nach Karolines Einzug einmal in der Wohnung ihrer Schwester gewesen. Es gab jetzt noch ein neues weißes Ledersofa und einen Schminktisch mit einem riesigen, von Glühbirnen umrahmten Spiegel, den Vicky noch nicht kannte. Darüber hing ein professionell gestaltetes Plakat mit einem Porträtfoto von Karoline, riesengroß. Außerdem standen ein paar unterschiedliche Stative herum, daneben zwei Studioleuchten – der Wohnraum und die angrenzende offene Küche waren zum Aufnahmestudio umfunktioniert worden. Vicky hatte schon lange nicht mehr durch Karolines *Instagram*-Profil gescrollt. Sie hatte durch Arbeit und Ausbildung sehr wenig Zeit, und die Videos ihrer Schwester über Mode, Work-outs, Schminktipps und kalorienarmes Kochen waren nicht so ganz ihre Welt.

Die Küche war sehr aufgeräumt, wirkte ziemlich unbenutzt, auch ein kleines Zimmer, das wohl als Büro diente, sah mit seinen Ordnern, der sortierten Post und dem ordentlichen Schreibtisch gut organisiert aus. Im Schlafzimmer dagegen herrschte Klamottenchaos – das war schon immer so gewesen. Überall lagen Schuhe, Unterwäsche und Kleider herum, dazwischen Pakete von den Modelabels, mit denen Karoline Werbeverträge hatte, die zum Teil noch gar nicht ausgepackt waren. So, wie es aussah, filmte sie sich ständig und immer, ihr ganzer Alltag war öffentlich. Auch im Schlafzimmer stand ein Stativ. Ein solches Leben konnte Vicky sich überhaupt nicht vorstellen. Aber Karoline war schon immer sehr zielstrebig und gleichzeitig kontrolliert gewesen. Sie wollte Karriere machen, berühmt werden, viel Geld verdienen, das waren ihre Ziele. Sie hatte einen Businessplan, dem sie alles andere unterordnete.

Finanziell schien es Karoline ja wirklich ganz gut zu gehen. Sie fuhr ein eigenes Auto, und in dieser Wohnung, die sie offenbar allein bewohnte, war alles schicker und neuer als in Vickys Wohngemeinschaft, deren bunt möblierten Zimmern und der gemütlichen Küche, in der sie oft zusammen kochten oder mit Freunden bis tief in die

Nacht klönten – aber irgendwie kam es Vicky hier auch ziemlich unpersönlich vor, und gemütlich war es schon gar nicht. Ob Karoline glücklich war? Sie sahen sich zu Ostern, an Weihnachten und zum Geburtstag ihrer Mutter, selten mal dazwischen. Im Grunde hatte Vicky keine Ahnung, wie es ihrer Schwester ging.

In einem kugeligen Glas auf dem Tresen zwischen Küche und Wohnraum zog ein einsamer Goldfisch seine Runden. So ein Fisch zur Dekoration – was für eine Tierquälerei! Schnell wechselte Vicky das Wasser für das arme Tier. Neben dem Goldfischglas lag ein aufgeklappter Laptop. Mias Handy fand sich in der Küche auf einer Arbeitsplatte neben dem Kühlschrank. Automatisch drückte Vicky den Home Button. Es waren keine neuen Nachrichten oder Anrufe eingegangen. Sie packte das Teil ein und ging zum Ausgang.

»Guten Morgen«, grüßte der große Mann, der aus der gegenüberliegenden Wohnung kam, als sie gerade die Wohnungstür abschloss.

»Guten Morgen«, murmelte Vicky.

»Ist Frau Frederiksen inzwischen zurück?«

Sie warf ihm einen prüfenden Blick zu. Er hatte dichtes dunkles Haar und einen Dreitagebart, sah eigentlich ganz freundlich aus. Aber was wollte der? Kannte er Karoline besser? Er bemerkte scheinbar ihr Zögern.

»Vorgestern Nachmittag ist mir die Mutter von Frau Frederiksen begegnet«, erklärte er. »Sie schien sich Sorgen zu machen, weil ihre Tochter nicht, wie verabredet, am Montag von einer Reise zurückgekommen ist. Deshalb frage ich.«

Ach stimmt, Mia hatte ja schon der ganzen Nachbarschaft ihre übertriebenen Befürchtungen mitgeteilt.

»Nein, Karoline ist noch nicht zurück. Aber das kommt öfter vor, dass meine Schwester ihre Pläne ändert und sich nicht meldet.«

»Ach so. Na dann …«

Der Nachbar zögerte kurz. Er schien nachzudenken. Schließlich sagte er:

»Mein Name ist Angermüller. Ich bin bei der Kriminalpolizei. Ihre Mutter schien mir sehr beunruhigt wegen des Ausbleibens von Karoline.«

Er holte eine Karte aus der Brusttasche seiner Jacke und überreichte sie Vicky.

»Sollte Ihre Schwester nicht bald auftauchen, kann Ihre Mutter sich gern bei mir melden, wenn sie vielleicht eine Vermisstenanzeige aufgeben will.«

Vicky schaute auf seine Karte. Zumindest sah die aus, als ob sie echt wäre. Aber eigentlich brauchte sie die nicht, denn natürlich würde Karoline bald zurückkommen, daran zweifelte Vicky nicht im Geringsten, und so bedankte sie sich nur kurz.

»Na dann tschüs, mein Kollege wartet. Einen schönen Tag für Sie«, verabschiedete sich der Nachbar.

»Danke, Ihnen auch«, entgegnete Vicky automatisch und las noch einmal genauer auf der Visitenkarte. »Kommissariat 1« stand da. War das nicht immer die Bezeichnung für die Mordkommission? Nahm dieser Polizist Mias übertriebene Befürchtungen etwa ernst, weil Karoline nichts von sich hören ließ und quasi verschwunden war? Auf keinen Fall würde sie Mia davon erzählen, denn dann würde die vollends durchdrehen.

Während sich Angermüller im Dienstwagen den Sicherheitsgurt anlegte, schweifte sein Blick zu der jungen Frau, die sich gerade vor dem Haus auf ihr Rad schwang. Sie schien sich nicht im Geringsten um den Verbleib von Karoline Frederiksen zu sorgen. Angermüller, der an den ihnen bevorstehenden Termin denken musste, an das noch nicht identifizierte Opfer, hoffte, dass ihr Optimismus angebracht war.

Nie wäre er darauf gekommen, dass dies die Schwester seiner Nachbarin sein könnte. Sie war viel kleiner, hatte wilde weißblonde Löckchen und trug sportlich-praktische Klamotten. Immerhin, eine gewisse Ähnlichkeit mit der Mutter konnte er feststellen – Größe, Figur und auch die Gesichtszüge glichen sich, wenn auch der Jüngeren die von Mia Frederiksen zur Schau getragene herausfordernde Fröhlichkeit fehlte.

»Nanu, was macht der denn schon wieder hier?«, murmelte Angermüller auf einmal.

»Wen meinst du?«

»Na, der Kerl, der da am Gartenzaun lehnt. Der scheint ein hartnäckiger Verehrer meiner Nachbarin zu sein. Der hängt unglaublich oft hier rum.«

Als der junge Mann mitbekam, dass Angermüllers Blick auf ihm ruhte, wandte er sich ab und ging schnellen Schrittes davon.

»Komischer Typ«, kommentierte Angermüller.

Gewohnt rasant legte Jansen den kurzen Weg zum Institut für Rechtsmedizin zurück, während vor Angermüller immer wieder das Bild seiner verschwundenen Nachbarin auftauchte. Die Frage, ob ihre Schwester Brustimplantate trug, hätte einiges klären können, doch wie hätte er die der jungen Frau stellen sollen, ohne sein Motiv zu erläutern? Und eigentlich wollte er sowieso nicht an so einen verrückten Zufall glauben.

Auf den Stufen zum Institutseingang trafen sie auf Staatsanwalt Lüthge.

»Guten Morgen«, erwiderte der den Gruß der Kommissare, »ich hätte mir gestern gern selbst ein Bild vom Tatort gemacht, aber wir stecken mitten in den Vorbereitungen für den Prozess gegen die Eltern des toten Babys …«

»Verstehe.«

Angermüller erinnerte sich, dass die sehr jungen Eltern den medizinischen Notruf gewählt hatten, um eine Totgeburt anzuzeigen, sich bei der Obduktion aber herausgestellt hatte, dass der kleine Junge lebend zur Welt gekommen war. Der Kommissar war froh, mit diesem bedrückenden Fall nicht näher befasst gewesen zu sein.

»Wir wissen bisher nicht, ob die Fundstelle in der kleinen Badeanstalt auch der Tatort ist«, erläuterte er dem Staatsanwalt, »aber vielleicht erfahren wir jetzt ja mehr.«

Jansen hielt ihnen die Tür auf, und wenig später standen die beiden Polizisten mit Lüthge im Sektionsraum, wo Steffen von Schmidt-Elm, Maike Witt, die neue Rechtsmedizinerin, und ein Assistent den durch die Hitze so schrecklich entstellten Körper vermaßen und wogen, oder besser das, was davon übrig war.

Wie immer war es einer der Termine, auf die Angermüller gern hätte verzichten können. Zeuge der Prozeduren in der Rechtsmedizin zu werden, empfand er als echte Zumutung. Mittlerweile bereitete er sich stets bewusst darauf vor, frühstückte am Morgen vor der Obduktion sehr bescheiden mit Knäckebrot und Tee und hatte damit seinen Magen ganz gut im Griff. Außerdem trug er an so einem Tag einen dicken Schal oder ein Tuch, um sich gegebenenfalls gegen die üblen Gerüche zu schützen. Meist allerdings brachte das nicht viel, so wie heute.

Roch es sonst oftmals faulig, süßlich, wenn ein gräulich aufgedunsener Körper auf dem Tisch lag, hing heute ein ausgeprägter Gestank nach verbranntem Fleisch in der Luft, nach Kohle, irgendwie bitter. Doch auch diese Duftnote war ein sehr unangenehmes Gemisch für Angermüllers Nase.

Schmidt-Elm und seine neue Kollegin, eine sehr große, sehr schlanke Frau mit kurzen blonden Haaren, arbeiteten konzentriert Hand in Hand, verständigten sich mit Blicken und Gesten, nur ganz selten fiel ein Wort. Für Angermüller verging die Zeit quälend langsam, aber irgendwann, mehr als eine Stunde war um, kam Steffen zu einem ersten Resümee.

»Der menschliche Körper brennt nicht so leicht und in diesem Fall auch nicht so lange, ich nehme an, maximal 15 Minuten. Der oder die Täter hatten sich von dem Feuer sicherlich mehr versprochen, wahrscheinlich das Vernichten des Körpers bis zur berühmten Unkenntlichkeit. Was wir bisher wissen: eine junge Frau, schlank, ein Meter 75 groß, wahrscheinlich langes Haar. So, unser Paul hat den Schädel bereits von der Kopfhaut befreit und wird ihn jetzt entlang der Hutkrempenlinie eröffnen.«

Mit fröhlichem Gesicht waltete der Präparator seines Amtes und entfernte mit der Handsäge die Schädeldecke. Der junge Mann hatte vor einiger Zeit seine weibliche Vorgängerin ersetzt, die vor allem durch ihre ausdauernd schlechte Laune aufgefallen war. Paul war das genaue Gegenteil, was Angermüller angesichts des Umfelds und der Tätigkeit immer noch ziemlich irritierte.

»Wenn Sie einmal schauen möchten …«

Der Rechtsmediziner hob die Gehirnschale an.

»Wir haben am hinteren Schädel zwei recht nah beieinander liegende geformte Brüche, verursacht durch äußere Gewalteinwirkung. Da diese oberhalb der Hutkrempenlinie liegen, sind sie nicht mit einem Sturz auf ebenen Boden zu erklären. Sie stammen wahrscheinlich von einem Schlag mit einem harten, kantigen Gegenstand, vielleicht so etwas wie eine große Rohrzange oder ein Scherenwagenheber. Und sehen Sie: Die massiven Schläge gegen den Kopf haben ein großes Epiduralhämatom verursacht, zu erkennen an dieser spindelförmigen Blutansammlung zwischen der harten Hirnhaut und dem Schädelknochen.«

Mit einer Pinzette deutete von Schmidt-Elm auf die entsprechende Stelle und gab dann dem Präparator ein Zeichen. Der trat näher, entnahm vorsichtig das Gehirn und brachte es zur Waage.

»Noch eine wichtige Information, bevor wir den Brustkorb eröffnen«, begann Steffen, »bereits am Fundort hatte ich ja festgestellt, dass das Opfer Brustimplantate trug. Das linke ist durch die Hitzeeinwirkung geplatzt, das rechte nur angeschmolzen. Die Wirkdauer des Feuers hat nicht ausgereicht, um die Kunststoffteile komplett zu zerstören. Dann wollen wir mal, Frau Witt, bitte.«

Die junge Kollegin musste ein wenig Kraft aufwenden, da das Material am Brustkorb haftete, dann hob sie vorsichtig mit ihrer Pinzette ein durch Hitzeeinwirkung leicht verformtes, mit Ruß überzogenes Kunststoffteil ab und hielt es für alle sichtbar in die Höhe. Als Doktor Maike Witt zum ersten Mal das Wort ergriff, war Angermüller erstaunt, wie laut und vor allem wie tief ihre Stimme war.

»Hier, auf der Rückseite findet sich noch gut erkennbar die Hersteller- und Seriennummer, anhand derer man relativ einfach den Hersteller ausfindig machen kann. Über die Seriennummer findet man dann die Klinik, in der der Eingriff vorgenommen wurde, und schließlich auch bei wem.«

Ja, das erleichterte wirklich ihre Nachforschungen, dachte Angermüller. So würden sie viel zügiger die Identität des Opfers aufdecken können, als wenn sie mit dem Zahnstatus und der aufwendigen Nachfrage bei Zahnärzten hätten arbeiten müssen.

»Da ein Brustimplantat nur volljährigen Personen eingesetzt wird, ist die junge Frau also mindestens 18 Jahre alt«, fuhr Maike Witt fort, »vom Zustand der Weisheitszähne her, und da die Wachstumsfugen am Schlüsselbein noch nicht ganz geschlossen sind, grenzen wir das Alter unseres Opfers zwischen 20 und 21 Jahre ein.«

Steffen nickte zustimmend und griff zur Rippenschere, um den nächsten Schnitt in Angriff nehmen. Währenddessen bewegten sich Angermüllers Augen unruhig hin und her, auf der Suche nach einer Ablenkung vom Geschehen auf dem Obduktionstisch. Sie blieben an der jungen Rechtsmedizinerin hängen, die mit interessierter Miene das Geschehen beobachtete, bereit, bei Bedarf einzugreifen.

Doch mehr noch als der Anblick auf dem Tisch war es vor allem das knirschende Geräusch der Schnitte, das Angermüller irritierte. Wie beim Tranchieren einer knusprig gebratenen Gans, ging es ihm durch den Kopf. Oh Gott, was für einen schrägen Gedanken hab ich da! Inständig sehnte der Kommissar das baldige Ende dieser schaurigen Vorführung herbei.

»So, Paul hat das Gehirn in Scheiben geschnitten. Die im Hirngewebe sichtbaren Kontusionsblutungen sind definitiv vital durch stumpfe Gewalteinwirkung entstanden. Mit anderen Worten steht fest, dass das Opfer durch Schläge gegen den Hinterkopf zu Tode gekommen ist und man mit der anschließenden Verbrennung versucht hat, sämtliche Spuren zu löschen.«

»Können Sie etwas zum Todeszeitpunkt sagen?«, wollte Staatsanwalt Lüthge wissen.

»Tut mir leid«, gab Steffen Auskunft, »durch die Hitzeeinwirkung werden Totenflecke auch an den abhängenden Körperpartien, die nicht verkohlt sind, hitzefixiert, und die eigentlichen Aufliegeflächen weisen ja keine Totenflecke auf. Temperaturmessung ergibt hier ebenfalls keinen Sinn. Klar ist nur, dass sie wohl mindestens seit gestern dort gelegen hat, denn der Leichnam war vom Regen in der Nacht von vorgestern auf gestern durchnässt.«

Erleichtert, dem Sektionsraum mit seiner schauerlichen Szenerie entkommen zu sein, standen Angermüller und Jansen mit Staatsanwalt Lüthge vorm Institut für Rechtsmedizin. Das Grau der vergangenen Tage hatte sich verzogen, es war ein klarer, sonniger Märztag. Immer noch wehte ein eisiger Wind. Bevor sich Lüthge verabschiedete, versprach er, sich schnellstmöglich um eine richterliche Anordnung für die Herausgabe der Daten des Herstellers der Brustimplantate und des Krankenhauses zu bemühen, das den Eingriff vorgenommen hatte. Sie alle hatten ein Interesse daran, möglichst frühzeitig die Identität des Opfers zu erfahren, die sie hoffentlich zu einem konkreten Ermittlungsansatz führen würde.

»Und jetzt fahren wir zum See und schauen, ob nicht jemand was von dem Feuer mitbekommen hat, oder, Claus?«

Jansen zeigte zum Einverständnis seinen hochgereckten Daumen.

»Aber vorher muss ich was essen, sonst kipp ich aus den Latschen. Hab heute Morgen nix gefrühstückt.«

»Mmh, ich hatte auch nur trockenes Knäckebrot zum Tee …«

Angermüller sah auf die Uhr. Ja, er war einem kleinen Imbiss nicht abgeneigt, aber seit der Obduktion hatte er den Kopf voller Fragen. Eine junge Frau um die 20, die an ihrem Körper Eingriffe zur vermeintlichen Optimierung hatte vornehmen lassen – was hatte sie sich davon erhofft? Schon im nächsten Jahr würden seine Töchter volljährig. Welche Wünsche würden sie sich erfüllen, wenn sie alles selbst entscheiden konnten? Was wohl war das Ziel der jungen Frau gewesen, die so abrupt aus dem Leben gerissen worden war, und für die es nun keine Träume, kein Ziel, keine Zukunft mehr gab.

»Wat is? Hast du etwa keinen Hunger?«, riss ihn Jansen aus seinen Grübeleien.

»Doch, doch. Lass uns mal über Niendorf fahren, so eilig haben wir's ja nicht.«

»Also Fisch zum Frühstück is ja nich so meins«, brummelte Jansen, der die Vorlieben seines Kollegen kannte, »auch wenn ich ab und zu schon mal welchen esse.«

Das ewige Thema bei ihren gemeinsamen Mahlzeiten. Trotz einiger Lernfortschritte aufgrund der Küche seiner Freundin Anja-Lena und Angermüllers sanfter Versuche von Geschmackserziehung, bevorzugte Jansen nach wie vor Deftigkeiten mit Fleisch, gerne in Form von Burgern oder Currywurst.

»Ach, Claus, du kennst mich doch.«

»Eben drum.«

»Komm, ich bin doch immer kompromissbereit. Wenn du jetzt nicht gerade ein Frühstück mit Marmeladenbrötchen willst, kommst du bestimmt auf deine Kosten, das garantier ich dir.«

Die Kommissare sprachen nicht, während sie den Weg aus der Stadt nahmen. Sie durchquerten den Herrentunnel, tauchten wieder in die helle Sonne und verließen bei Travemünde die Bundesstraße. Durch kleine Ortschaften, vorbei an Feldern und Wiesen, rollten sie nach Norden. Die Bäume und Büsche am Straßenrand umgab ein zarter grüner Schein, der den Frühling ahnen ließ.

»Du sachst ja gar nix«, bemerkte Jansen, der, wie meist, den Wagen lenkte, »was geht dir denn so durch den Kopf?«

Jansen selbst war kein Schnacker und stolz darauf, doch die andauernde Schweigsamkeit seines Kollegen, der sich sonst gern austauschte, schien ihn heute zu irritieren.

»Findest du das eigentlich normal, dass eine so junge Person Brustimplantate trägt?«, fragte Angermüller statt einer Antwort.

»Tscha«, machte Jansen und kaute auf seiner Unterlippe, »hört man ja öfter, dass die Leute sich immer jünger unters Messer legen – und nicht nur die Mädels.«

»Ja, stimmt. Die folgen irgend so einem Körperoptimierungswahn, wollen absolut perfekt sein und lassen einfach korrigieren, was ihnen nicht gefällt. Und wahrscheinlich glauben sie auch noch, mit einer neuen Nase oder einem strafferen Po wären alle Probleme ihres Lebens gelöst.«

»Wenn dat man so einfach wäre. Die sollten uns mal fragen, was, Kollege?«

»Wieso, hast du Probleme?«

»Nee, nur Hunger.«

»Da können wir was gegen tun. Wir sind ja schon in Niendorf. Fahr da mal rein, wo ›Hundestrand‹ auf dem Schild steht«, wies Angermüller seinen Kollegen an und deutete auf die kleine Straße, die rechts abging.

»Na, satt geworden?«

»Gerade so«, grinste Jansen, »nee, war gut der Burger, aber hätte ruhig 'n büschen mehr sein können.«

Angermüller hatte eine Niendorfer Fischsuppe genossen und war damit sehr zufrieden. An dieser recht schlicht aufgemachten Bude, die er vor einiger Zeit entdeckt hatte, schmeckte es ihm besser als in manch einem chic hergerichteten Restaurant.

Sie machten sich auf den Weg zum See, wo sie in der Siedlung neben der Badeanstalt mit ihren Befragungen begannen, allerdings ohne Ergebnis. Wie der Zeuge am Vortag geschildert hatte, standen die meisten Häuser um diese Jahreszeit noch leer, und die wenigen Bewohner, die sie angetroffen hatten, bedauerten, nicht weiterhelfen zu können.

In der Hoffnung auf mehr Erfolg fuhren die Kommissare weiter nach Klingberg, das auf der anderen Seite des Sees lag. Zumindest in dem Teil des hübschen kleinen Ortes, wo die Häuser etwas erhöht an der Uferstraße lagen, hatte man einen freien Blick auf die Badeanstalt am Ufer gegenüber.

Auch hier schienen viele Anwesen nur als Feriendomizile genutzt zu werden und waren momentan unbewohnt. Überall, wo sie bisher die Bewohner angetroffen hatten, äußerte man Bedauern, nicht weiterhelfen zu können. Niemand hatte etwas von einem Feuer bemerkt.

Sie warteten vor der Tür einer kleinen Villa, die wohl aus den 1920ern stammte, und der eine gründliche Restaurierung gutgetan hätte. Das Haus stand auf einem weitläufigen Grundstück in einem etwas verwilderten Garten mit vielen Obstbäumen. Gerade klingelte Jansen ein zweites Mal, da wurde die Tür aufgerissen.

»Wer stört?«

Ein massiger Typ in Jeans und Strickpulli musterte die Beamten missmutig über seine Lesebrille hinweg. Die Kommissare zückten ihre Dienstausweise, und Angermüller sagte zum wiederholten Mal seinen Spruch auf.

»Mein Name ist Angermüller, das ist mein Kollege Jansen. Wir sind von der Kripo Lübeck und würden gern wissen, ob Sie in den letzten Tagen am Pönitzer See etwas Ungewöhnliches beobachtet haben.«

»Ach, zwei echte Kommissare, wie interessant! Was könnte ich denn beobachtet haben?«

Der Mann schaute die beiden mit plötzlichem Interesse an.

»Das wollen wir ja von Ihnen wissen, Herr …«, Angermüller lugte auf das Klingelschild, »Herr Arthur Döpper?«

»Genau. Hat jemand Gift ins Wasser entsorgt? Oder gab's ein Bootsunglück? Wurde eine Leiche versenkt?«

»Dazu können wir leider nichts sagen«, der Kommissar zeigte zum Hochparterre, »aber Sie haben aus dieser Loggia ja einen perfekten Blick über den See.«

»Aber leider keine Zeit, den ganzen Tag die schöne Aussicht zu genießen.«

»Wie auch immer, haben Sie am gegenüberliegenden Ufer etwas von einem Brand bemerkt, Rauch, Feuer …?«

Nach kurzem Nachdenken verneinte Arthur Döpper mit einem Kopfschütteln und schien auch schon wieder das Interesse an der Unterhaltung verloren zu haben.

»Nee, da kann ich leider nicht mit dienen, meine Herren. Und jetzt entschuldigen Sie mich, ich muss zurück an meinen Schreibtisch.«

Damit wollte er die Haustür schließen, doch Jansen deutete auf die beiden Namenschilder unter der Klingel und fragte schnell:

»Was ist mit diesem Herrn Durand, Ihrem Mitbewohner? Könnten wir den mal sprechen? Vielleicht hat der ja was mitbekommen.«

»Tut mir leid, Alain Durand ist momentan nicht hier. Der ist sowieso eher selten da, hat seinen Hauptwohnsitz in Frankreich. Im Westen, bei Arcachon, wenn Ihnen das was sagt. Also dann, auf Wiedersehen, ich habe zu arbeiten, für Monsieur Durand im Übrigen.«

Er nickte mit einem schiefen Grinsen, das eher überheblich als sympathisch wirkte, und schob die schwere Haustür zu. Erstaunt über das abrupte Ende des Gesprächs sahen Angermüller und Jansen sich an und zogen dann weiter zum Nachbargrundstück, wo hinter einem hohen Zaun ein schickes, modernes Hanghaus mit riesiger Dachterrasse thronte.

»Wohl alle ausgeflogen bei der Familie. Ach so, Familie Bogdanovic«, meinte Jansen, als auf sein Klingeln nichts passierte und sah interessiert zu dem stattlichen Gebäude.

»Du sagst das so, *Familie Bogdanovic*. Kennst du die?«

»Weiß nicht, keine Ahnung. Ich hatte vor Jahren mal mit einem Bogdanovic zu tun, als ich noch beim Rauschgift war. Von der Terrasse da oben haben die jedenfalls einen Spitzenblick über den See. Schade, dass keiner daheim ist.«

In dem vollkommen von Efeu überwucherten Häuschen nebenan wurde, kaum, dass Angermüller den Klingelknopf betätigt hatte, über dem »Eleonora Dose« auf einem getöpferten Schild stand, sofort die Tür geöffnet.

»Ach, da sind Sie ja. Immer rin in die gute Stube«, forderte sie eine Frau mit langem weißem Haar auf. Sie trug einen auffällig gemusterten Kaftan und um den Hals eine mächtige Glasperlenkette. Es war Angermüller sofort klar, dass sie nicht die Kommissare erwartet hatte, und er zückte seinen Ausweis, auf den sie einen verdutzten Blick warf.

»Kriminalpolizei?«

»Frau Dose, nehme ich an? Mein Name ist …«

»Sind Sie nicht wegen des Interviews hier?« unterbrach sie ihn. »Ich erwarte nämlich ein paar Journalisten, die über meine Forschungen zur Geschichte von Klingberg berichten wollen. Sicher wissen auch Sie nicht, dass unser Ort Anfang des letzten Jahrhunderts als eine Siedlung von Freidenkern entstanden ist. Vegetarismus, Nudismus, organische Architektur, Reformpädagogik – all das hat es hier gegeben, bis dann …«

»Das hört sich sehr interessant an, Frau Dose, aber wir sind wegen anderen Ermittlungen unterwegs und haben nur eine kurze Frage: Haben Sie in den letzten Tagen um den Pönitzer See etwas Auffälliges bemerkt, zum Beispiel ein Feuer, ungewöhnliche Rauchentwicklung?«

»Nichts, gar nichts«, bedauerte Frau Dose. »Ich war zwar fast die ganze Zeit zu Hause, aber so mit meinen Studien beschäftigt, da vergesse ich alles um mich herum, wissen Sie.«

»Dann entschuldigen Sie bitte die Störung. Wiedersehen, Frau Dose«, verabschiedete sich Angermüller.

»Kein Problem. Ja, Wiedersehen, und falls Sie mal das letzte Originalgebäude aus Klingbergs Gründerjahren sehen wollen: Unser sehr reger Kulturverein ist in der *Kleinen Waldschänke* untergebracht, einfach auf der Seestraße ein paar 100 Meter rechts.«

Mit einem kurzen Winken verschwand Frau Dose hinter ihrer Tür.

»Mann, die konnte ja schnacken«, kommentierte Jansen leicht ermattet, als sie wieder auf die Straße traten.

»Aber war doch ganz interessant. Wusstest du, dass Klingberg mal ein Hort von Freigeistern war? Ich nicht.«

»Nee, ich auch nicht. Aber das bringt doch alles nix hier, wir verdaddeln nur unsere Zeit.«

»Na komm, ein paar Versuche noch.«

»Du kannst manchmal aber auch 'n echter Sturkopp sein!«

Jansens Laune ging immer weiter in den Keller, als sie im Haus nebenan niemanden antrafen und die Bewohner des nächsten wieder nichts mitbekommen hatten.

Ein Van fuhr in den Carport auf dem Nachbargrundstück, die Hintertüren sprangen auf, und drei Jungs rannten lärmend auf die Haustür zu.

»Hey, das geht ja wohl gar nicht! Könnt ihr mal was tragen helfen, ihr Faulbären?«, rief eine junge Frau und stieg aus der Fahrertür. Mit lautem Geheul stürmte die Truppe zurück und stürzte sich auf den Kofferraum.

»Moment! Lino, nimmst du bitte die Tüte mit den Brötchen und Levi die mit den Äpfeln. Leon, mein Großer, du trägst die Limoflaschen. So, Abmarsch!«

»Guten Tag, Sie wohnen hier?«

»Ja«, antwortete zögerlich die Mutter der munteren Kids.

»Entschuldigen Sie …« Angermüller zeigte den Dienstausweis, stellte Jansen und sich vor und stellte ihr die Frage nach Beobachtungen rund um den See. Auch sie schüttelte nach kurzem Nachdenken den Kopf.

»Tut mir leid, da kann ich nicht helfen.«

»Mama, Mama«, rief aufgeregt der älteste, vielleicht zehn Jahre alte Junge, der nicht seinen Brüdern zum Haus gefolgt war und die Frage der Kommissare gehört hatte.

»Ich hab was gesehen, Mama!«

»Was hast du denn schon wieder gesehen, Leon?«, fragte seine Mutter und verdrehte die Augen.

»Wissen Sie, der Leon ist ein sehr fantasiebegabtes Kind und erzählt oft richtig spannende Geschichten«, wandte sie sich an Angermüller und Jansen.

»Ich hab aber ehrlich was gesehen, Mama!«, beharrte der Sohn, sichtlich wütend und enttäuscht von der Reaktion seiner Mutter.

»Verrätst du mir, was du gesehen hast, Leon?«

Das Kind tat Angermüller leid, und außerdem fand er es alt genug, um Beobachtungen genau wiederzugeben.

»Ich habe ein Feuer gesehen«, Leon stockte, »nein, eigentlich kein Feuer …«

»Leon!«

Seine Mutter machte eine ungeduldige Geste.

»Ich habe Rauch gesehen am See. Da drüben habe ich Rauch gesehen.«

Zumindest deutete der Junge in die richtige Richtung.

»Und wann war das?«, wollte Angermüller wissen, »gestern, oder am Montag oder Dienstag?«

Leon schaute erst ein wenig ratlos, die Mutter war schon wieder genervt.

»Jetzt weiß ich, das war mit Papa, als der uns zurückgebracht hat! Und Papa hat das auch gesehen, kannst ihn ja fragen.«

»Dann war das am Dienstag, da hat mein Mann die Kinder am frühen Abend hier abgeliefert. Zu spät natürlich, wie immer. Wir leben nämlich getrennt.«

»Könnten Sie uns Namen, Adresse und Telefonnummer Ihres Mannes geben?«

»Klar.«

Die Frau diktierte Jansen die Kontaktdaten, die Polizisten bedankten sich bei Leon, der mit großen Ohren neben seiner Mutter stehen geblieben war. Der Stolz des Jungen war nicht zu übersehen. Aufrecht und gemessenen Schrittes ging er in Richtung Haustür, wo ihn seine kleinen Brüder neugierig erwarteten.

KAPITEL IV

Die Kaffeearomen waren überwältigend. Vicky hatte mit der Bestellung auf Mia warten wollen, doch wie immer kam ihre Mutter nicht pünktlich. Und so saß sie nun allein in der Rösterei vor ihrem kunstvoll dekorierten Milchkaffee, löffelte genüsslich von dem sahnigen Schaum und sah hinaus auf die Hüxstraße.

Freitags hatte sie keinen Dienst in dem Café des sozialen Projekts, wo sie im Rahmen ihrer Ausbildung Menschen mit Behinderung begleitete, die den Laden so eigenständig wie möglich betrieben. Eigentlich aber hatte sie den freien Tag nutzen und für ihre Prüfung lernen wollen. Als Mia frühmorgens angerufen hatte, war Vicky aber schon am Klang der Stimme klar, dass ihre Mutter sich in einem emotionalen Ausnahmezustand befand. Und ebenso klar war, dass ihr Idiot von Ehemann ihr nicht helfen konnte. Wahrscheinlich bekam er es nicht einmal mit. Also hatte sich Vicky notgedrungen mit ihrer Mutter für den späten Vormittag verabredet. Eine kleine Pause würde ihr beim Lernen vielleicht auch gut tun.

Inzwischen hatte sie ihren Kaffee schon halb ausgetrunken, als Mia auf dem Gehsteig gegenüber auftauchte. Mit ihrem geröteten Gesicht sah sie abgehetzt aus, von Fröhlichkeit keine Spur. Doch kaum entdeckte Mia ihre Tochter im Café, winkte sie ihr munter zu und setzte die vergnügte Miene auf, die alle Leute denken ließ, sie sei so ein wahnsinnig lustiger, unkomplizierter Mensch.

»Grüß dich, Vicky. Prima, dass du Zeit hast.«

»Hallo, Mia.«

Mia schälte sich aus ihrer Jacke, wickelte den lebhaft bunten Schal vom Hals und setzte sich ihr gegenüber, strahlend. Während sie sich neugierig in dem in einer liebevollen Mischung aus Alt und Neu eingerichteten Kaffeehaus umsah, tätschelte sie Vickys Hand.

»Ich find das richtig schön, nur wir zwei Hübschen in einem schicken Café! Du bist natürlich eingeladen.«

Sie griff nach der Karte.

»Was nehme ich denn mal? Weißt du schon, was du möchtest?«

Was war ihre Mutter doch für eine schlechte Schauspielerin. Es war so typisch, dass sie erst einmal auf eitel Sonnenschein machte – vielleicht merkte ja keiner, wie es in Wahrheit um sie stand.

»Ich möchte eines von den Panini, das mit Ziegenkäse und Gemüse«, verkündete Vicky, »und noch einen Milchkaffee.«

Mia winkte die Kellnerin heran, gab das Panino in Auftrag und bestellte für sich ein Croissant und einen handgefilterten Kaffee.

»Ich habe ja heute früh schon mit Ralf gefrühstückt und außerdem …«, sie tätschelte die kleine Wölbung ihres Bauchs und verzog das Gesicht. Ja, dachte Vicky, sie hat über den Winter wohl wieder zugenommen. Mia war eine begeisterte Köchin und Bäckerin, liebte aber mindestens ebenso das Essen und Genießen. In Vickys Erinnerung kämpfte ihre Mutter schon immer gegen zu viele Pfunde, versuchte die abartigsten Diäten mit wechselndem Erfolg, war total glücklich, wenn sie endlich ein paar Kilos verloren hatte, begann, wieder ihre Lieblingsspeisen zu kochen und zu essen, und alles ging wieder von vorne los.

»Na, wie geht's dir, mein Kind?«

»Gut.«

»Ach, Vicky, erzähl doch mal ein bisschen. Was treibst du so?« »Im Moment lerne ich vor allem für meine Prüfung, hab ich doch neulich schon gesagt.«

Mia nahm normalerweise keinen großen Anteil an Vickys Leben, im Gegensatz zu dem ihrer anderen Tochter. Früher hatte Vicky darunter gelitten. Inzwischen war es ihr egal. Ihre Mutter vergötterte Karoline, und die behandelte sie wie ihre Haushälterin, was Mia nicht zu stören schien. Wenn sie aber Probleme oder Sorgen hatte, meldete die Mutter sich bei Vicky.

»Was bist du für ein fleißiges Kind!«

Mehr hatte Mia dazu nicht zu sagen, keine Fragen nach Vickys Arbeit, ob sie damit zufrieden war, was sie sich wohl von ihrer Ausbildung versprach.

»Stell dir vor, gestern hat mich Frau Behrens angerufen«, erzählte sie stattdessen. Frau Behrens war die Besitzerin des Cafés am See, für das Mia während der Saison arbeitete, köstliche Torten und anderes buk und manchmal auch im Service aushalf.

»Frau Behrens möchte sich zurückziehen, sie wird 70 und findet, sie hat genug gearbeitet. Und jetzt hat sie mich gefragt, ob ich das Café übernehmen will!«

»Und, willst du?«

Vielleicht würde es Mia ja guttun, Verantwortung zu tragen, vor allem auch, um wieder mehr Selbstbewusstsein zu entwickeln, überlegte Vicky.

»Ja, ich hätte große Lust dazu. Natürlich müsste das mit der Finanzierung geklärt werden, aber Frau Behrens hat mir ein sehr günstiges Angebot gemacht. Ich könnte den Preis sogar in Raten zahlen …«, Mia stockte kurz, »aber Ralf ist dagegen.«

»Das hätte ich mir ja denken können«, murmelte Vicky erbost, »und nun machst du es nicht?«

»Wahrscheinlich nicht. Wenn Ralf recht behält und irgendwas dabei schiefgeht …«

Dieser Mann schaffte es, Mia schon im Vorhinein sämtlichen Mut und Elan zu nehmen, sodass sie sich gar nichts mehr zutraute.

»Na ja, ich hab ja noch Zeit, darüber nachzudenken.«

»Ja, mach das. Wenn das finanziell irgendwie zu stemmen ist, fände ich das ganz toll für dich.«

Das zustimmende Nicken ihrer Mutter fiel nicht sehr überzeugt aus. Eine Kellnerin servierte ihre Bestellungen. Mia schnüffelte anerkennend an ihrem Filterkaffee.

»Oh, der duftet aber gut!«

Und wechselte das Thema.

»Hat sich deine Schwester inzwischen bei dir gemeldet?«

Hatte Vicky es doch gewusst. Karolines Ausbleiben war der eigentliche Anlass für dieses Treffen.

»Bei mir? Bei mir meldet sie sich doch nie.«

»Mein Gott, aber ich hab auch noch nichts von ihr gehört«, seufzte Mia, »ich mach mir solche Sorgen!«

»Eigentlich müsstest du inzwischen wissen, wie Karoline ist. Das ist doch schon öfter vorgekommen, vor allem seit sie mehr unterwegs ist für ihr Modezeugs«, erklärte Vicky leicht gereizt und nicht zum ersten Mal. Es wäre ja auch zu schön gewesen, sie hätten mal nicht über ihre Schwester gesprochen. Mia kramte ein Taschentuch heraus. Sie schien den Tränen nahe. Als Vicky das bemerkte, begann sie, den Arm ihrer Mutter zu streicheln.

»Die kommt schon wieder, bestimmt«, versuchte sie zu trösten. Im Grunde hasste sie diese Rolle. Eigentlich müsste es umgekehrt sein, die Mutter tröstet das Kind. Doch das hatte Vicky fast nie erlebt. Sie war zwar die Jüngere, aber Mias ganze Zuwendung hatte stets Karoline gegolten. Vicky musste immer um Aufmerksamkeit kämpfen, durfte vernünftig sein, unterstützen, trösten, einfach, weil alle sie für so stark hielten.

Ihre Mutter schluckte ein paar Mal, dann sagte sie:

»Ich erzähle dir jetzt was, aber du musst mir versprechen, dass deine Schwester nicht erfährt, dass ich mit dir darüber gesprochen habe!«

»Ich schwöre.«

»Karoline geht es in letzter Zeit nicht so gut. Das hat Hardy neulich auch gesagt. Ich glaube, ihr bekommt das Alleinleben nicht.«

So ein Quatsch, dachte Vicky sofort und kaute an einem Bissen von ihrem Panino. Sie erinnerte sich noch sehr gut, wie Karoline letzte Weihnachten geschwärmt hatte, wie froh sie war, sich getrennt zu haben, und wie sehr sie seither das Alleinleben genieße, erst recht, seit sie in die neue Wohnung gezogen war.

»Also, soweit ich das weiß, hat Karoline doch damals selbst ihren Freund aus der Wohnung geschmissen«, stellte Vicky fest, »ich meine, über ihre aktuelle Situation weiß ich nichts, aber bisher hat sie die meisten ihrer Beziehungen doch von sich aus beendet. Wieso eigentlich Hardy?«

»Ja, ich weiß. Das waren eben alles nicht die richtigen Partner für sie«, meinte Mia bekümmert. »Ach ja, der Hardy! Der würde so gut zu ihr passen. Aber sie sind und bleiben nur gute Freunde, sagen alle beide.«

»Haben die denn noch Kontakt?«

Vicky hatte Hardy schon seit Langem nicht gesehen. Er war in Kinderzeiten Karolines bester Freund gewesen, und ihre große Schwester hatte Vicky, »das Baby«, von ihren Spielen meist ausgeschlossen. Rollenspiele mit ihr selbst als Heldin waren Karolines Leidenschaft – sie als Heidi, Hardy der Geißenpeter, sie Arielle, er Prinz Erik – und für Vicky fielen immer nur undankbare Nebenrollen ab, wenn überhaupt. Auch wenn Hardy drei Jahre älter war, er hätte sie bestimmt mitspielen lassen, war Vicky überzeugt, denn er war ein ausgesprochen netter Junge – eigentlich viel zu nett für ihre Schwester.

»Ja, sie sehen sich wohl hin und wieder noch. Ab und zu ruft Hardy auch bei mir an, fragt, ob er irgendwas helfen kann. Ist doch nett, oder? Auf jeden Fall meldet er sich immer an meinem Geburtstag, eine treue Seele. Er hat sogar schon einmal Blumen vorbeigebracht.«

»War es das, worüber du mit niemandem reden solltest?«

»Ach, natürlich nicht. Das war was anderes, was Schlimmes …«

Mia holte tief Luft, als ob sie Mut brauchte, um das folgende auszusprechen.

»Karoline macht seit Anfang des Jahres eine Therapie, aber davon soll niemand was wissen.«

»Aber Mia, was ist daran denn schlimm? Aus einer Therapie muss man auch kein Geheimnis machen. Es ist doch gut, wenn es jemanden gibt, der einem aus einer schwierigen persönlichen Lage heraushelfen kann.«

»Aber Tonya …«

»Meine Schwester heißt Karoline«, korrigierte Vicky ungehalten.

»Karoline will eben nicht, dass jemand davon erfährt. Also bitte, sag ihr auf keinen Fall, dass ich es dir erzählt habe!«

Vicky verdrehte die Augen.

»Okay. Weißt du etwas über ihren Therapeuten?«

»Sie geht zu einer Frau Doktor Hardhaus, Hardinghaus oder so, irgendwo an der Musterbahn. Und sie hat gesagt, das tut ihr gut.«

Vicky war nicht direkt überrascht, dass ihre Schwester eine Therapie machte. Überraschend fand sie höchstens, dass Karoline erst jetzt Probleme mit ihrem öffentlich ausgestellten Leben bekommen hatte, über das man ganz leicht die Kontrolle verlieren konnte. Sie schaute ihre Mutter fragend an.

»Und warum bist du dann so besorgt?«

Einen Moment druckste Mia herum, bevor sie gestand:

»Ich hab halt Angst, dass sie sich was angetan haben könnte. Es ging ihr wirklich sehr schlecht.«

»Ach, Mia, doch nicht Karoline! Und wenn sie sich psychologische Hilfe gesucht hat, dann ist sie ja schon auf einem guten Weg. Und ich wette, spätestens morgen zu deinem Geburtstag ist sie da!«

»So, die Kriminaltechnik ist auch eingetroffen, dann können wir gleich anfangen. Guten Morgen zusammen«, eröffnete Angermüller die Morgenlage des K1.

Undeutliches Gemurmel kam aus der kleinen Gruppe,

Ameise, der gerade erst zur Tür hereingehetzt war, ließ sich fluchend auf einen Stuhl in der hintersten Reihe fallen, während Harald Appels, der Leitende Kriminaldirektor, absichtlich laut als Einziger mit einem korrekten »Guten Morgen« antwortete. Nachdem er kurz etwas in sein iPad getippt hatte, schaute er aufmerksam wie ein Musterschüler zu Angermüller.

»Also vorgestern, am Mittwochnachmittag, entdeckte ein Hundebesitzer aus der Ferienhaussiedlung nebenan kurz nach 15 Uhr eine Brandleiche im Strandbad am Pönitzer See«, begann Angermüller, während Mehmet Grempel mit dem Beamer an der Wand Fotos des Fundortes mit dem teilverkohlten Körper aufflammen ließ.

»Bisher wissen wir nur, dass die Verbrennung der Leiche mit ziemlicher Sicherheit am späten Nachmittag, frühen Abend des Dienstag stattgefunden haben muss. Zeugen haben um die Zeit am Seeufer Rauch gesehen.«

Die Aussage des aufmerksamen Jungen aus Klingberg hatten sich die Kommissare noch am Donnerstag durch seinen Vater bestätigen lassen. Ja, Leon hatte am Dienstag als Erster und scheinbar Einziger die schmale Rauchsäule am anderen Ufer bemerkt und wäre am liebsten sofort zu der Stelle gefahren, da er vermutete, Indianer würden Rauchzeichen senden. Es war zwischen 16 und 17 am Nachmittag. Doch da sie ohnehin schon spät dran waren, wollte der Vater seine Söhne so schnell wie möglich bei seiner Frau abliefern, um Ärger zu vermeiden, und hatte Leons Wunsch abschlägig beschieden.

»Durch die Verbrennung der Leiche konnte die Rechtsmedizin den Todeszeitpunkt nicht mehr feststellen, wie im Bericht ausführlich begründet wird. Wir wissen also nur, dass sie mindestens seit Dienstag dort lag.«

Angermüller legte den Bericht beiseite und sah in die Runde.

»Leider werden unsere Ermittlungen dadurch weiter erschwert, dass es in der Nacht von Dienstag auf Mittwoch sehr stark geregnet hat, das heißt, es gibt keine gesicherten Erkenntnisse, ob der Fundort auch der Tatort ist. Andreas, berichtest du bitte mal«, forderte Angermüller den Kriminaltechniker auf.

»Da gibt's nix zu berichten«, beschwerte sich Ameise, als ob er einen der Anwesenden dafür verantwortlich machen wollte.

»Der Regen hat den Boden komplett aufgeweicht, weder Tritt- noch Schleifspuren waren auszumachen. Wir haben Zigarettenkippen eingesammelt und mehrere Verpackungen einer Sorte Schokoriegel. Mehmet war gestern noch einmal vor Ort und hat nichts Nennenswertes mehr entdeckt. Und auf den eingesammelten Fundstücken haben wir keine verwertbaren Spuren gefunden. Ist sowieso die Frage, ob sie überhaupt vom Täter stammen, da weder Kleidung noch sonstige persönliche Gegenstände in der Umgebung auszumachen waren. Der Mehmet hatte bei unserer ersten Inaugenscheinnahme nur so einen Verschluss entdeckt, wahrscheinlich von einem Kanister …«

Das Foto eines runden schwarzen Plastikverschlusses erschien an der Wand.

»Genau. Der könnte was mit der Tat zu tun haben, wie gesagt, *könnte*. Schon mal, weil es darauf gar keine Fingerabdrücke gibt. Ich habe ihn zum Brandsachverständigenteam zum LKA nach Kiel geschickt. Wenn überhaupt, dann können die ermitteln, ob und wenn ja, welcher Brandbeschleuniger sich in dem zugehörigen Kanister befunden hat.«

»Danke, Mehmet«, nickte der Kommissar, »die Obduktion hat ergeben, dass es sich bei dem Opfer um eine Frau handelt, 20, 21 Jahre alt, schlank, einen Meter 75 groß. Die Todesursache sind mehrere heftige Schläge mit einem harten, kantigen Gegenstand gegen den Hinterkopf.«

Mehmet untermauerte Angermüllers Ausführungen mit entsprechenden Aufnahmen der grausigen Details. Die Kollegen, auch Anja-Lena, die Jüngste im Team und einzige Frau, nahmen sie mit professionell unbewegten Mienen zur Kenntnis. Wie es dahinter aussah, ging keinen was an. Sie alle hatten im Job schon viele brutale Dinge ertragen müssen und jeder auf seine Art trainiert, damit umzugehen.

»Bis auf die Zeugen des Brandes hat niemand etwas von den Vorgängen am See bemerkt«, fuhr Angermüller fort.

»Anja-Lena und Thomas, ihr hattet euch die Datei der Vermissten und unbekannten Toten vorgenommen. Was gefunden?«

Niemann, der penible Aktenführer mit seinem phänomenalen Gedächtnis, schüttelte bedauernd den Kopf, genau wie Anja-Lena, die in diesem Fall mit ihm zusammenarbeitete.

»Wir haben wirklich gründlich geforscht, aber es haperte dann immer wieder an bestimmten Details, sodass sich kein einziges Match von unserem Opfer mit einer der vermissten Personen ergab, tut mir leid.«

»Dann hoffen wir mal auf unsere letzte Chance für eine schnelle Identifizierung. Das Opfer trug nämlich Brustimplantate.«

Ein Bild des verkohlten Brustkorbs mit den angeschmolzenen Kunststoffteilen erschien an der Wand.

»Auf dem einen Exemplar war die Seriennummer noch gut sichtbar.«

Ein leiser Pfiff ertönte aus der hinteren Stuhlreihe. Angermüller unterbrach sich und warf einen genervten Blick zu Ameise, der lüstern grienend mit seinen Händen zwei riesige Brüste vor seinem Oberkörper formte. Die Kollegen schüttelten unwillig die Köpfe, keiner lachte.

»Ich glaube, du bist irgendwie in der Pubertät stecken geblieben, Andreas, wenn dich nur die Erwähnung von Brustimplantaten dermaßen in Erregung versetzt«, kommentierte Angermüller ärgerlich, was bei Ameise nur ein Schulterzucken hervorrief.

»Staatsanwalt Lüthge hat schon vorgestern alles in die Wege geleitet, um möglichst schnell eine richterliche Anordnung für die Herausgabe der Daten durch die operierende Klinik zu erhalten. Damit können wir das Opfer sofort identifizieren.«

Mit besorgter Miene erhob sich der Behördenchef.

»Dann hoffen wir mal, dass wir bald Kontakt zu der Klinik bekommen, damit wir zügig an die Aufklärung gehen können.«

Wieder nett formuliert, dachte Angermüller, der wusste, wie seine Leute diesen Spruch hassten, denn der Einzige im Raum, der wenig bis gar nichts zur Aufklärung beitrug, war Harald Appels.

»Hat die Presse schon Wind von dem Fall bekommen?«, erkundigte der sich noch.

»Nicht, dass ich wüsste«, gab Angermüller Auskunft, »und ich hoffe, das bleibt auch noch eine Weile so.«

Nicht zuletzt wegen seines Chefs hoffte er das. Sobald ein spektakulärer Fall in den Medien landete, wollte Appels der Presse Erfolgsmeldungen liefern. In der Folge setzte er seine Leute ständig unter Druck, was sich eher negativ auswirkte, und manchmal musste man ihn sogar energisch daran hindern, mit seinen geschwätzigen Pressekonferenzen die Ermittlungsarbeit der ganzen Truppe zu torpedieren.

»Okay, Angermüller, du hältst mich auf dem Laufenden. Also, erfolgreichen Tag allerseits, ich muss weiter, Telefonkonferenz …«

Geschäftig eilte der Kriminaldirektor davon.

»Jaja, ist alles total wichtig, was der macht.«

Jansen schnitt eine Grimasse.

»Das war's fürs Erste. Sobald wir die Personendaten des Opfers aus der Klinik haben, können wir hoffentlich richtig loslegen«, löste Angermüller das Treffen auf.

»Hier, aus der Heimat, wollte ich dir eigentlich schon gestern geben.«

Mehmet Grempel überreichte dem Kommissar eine kleine Papiertragetasche. Angermüller schaute neugierig hinein und beförderte zwei Päckchen in Plastikfolie eingeschweißte Coburger Bratwürste nach draußen.

»Hey, vielen Dank, das ist ja nett von dir. Hab ich seit dem letzten Sommer nicht mehr gegessen.«

»Wusste doch, dass du bestimmt schon Entzugserscheinungen hast«, grinste Mehmet. »Dann wünsch ich dir guten Hunger. Tschüs.«

Diese Bratwürste gab es nur in seiner oberfränkischen

Heimat. Dort waberten weithin sichtbar die Duftwolken über den Marktplatz, wo die Spezialität in einer kleinen Bude über offenem Feuer auf Kiefernzapfen zubereitet wurde. Sie hatte einen ganz eigenen, köstlichen Geschmack, und Angermüller freute sich schon darauf. Allerdings drängten sich ihm beim Anblick der schlanken, auf dem Rost gebratenen Würste mit den schwarzen Bratspuren plötzlich ganz andere Bilder auf. Schnell schob er die Päckchen zurück in die Papiertüte und hoffte, die heimatliche Köstlichkeit irgendwann ohne makabres Kopfkino genießen zu können.

»So, ich muss dann los, was besorgen. Soll ich dir was zum Mittagessen mitbringen?«, fragte Angermüller seinen Kollegen, als sie wieder in ihren Büros saßen.

»Nee danke, ich wollte heute mal wieder einen Selbstversuch in der Kantine starten.«

»Du bist ja mutig! Dann wünsch ich gutes Überleben. Und wenn die Klinik sich wegen der Implantationsdaten melden sollte, ruf mich an.«

»Du bist mal wieder ein unverbesserlicher Optimist. Ich glaub nicht, dass wir da heute noch was erfahren.«

»Positiv denken, Claus! Spätestens am frühen Nachmittag bin ich zurück, ciao.«

Von seiner Dienststelle in der Possehlstraße bis zu der kleinen Straße hinterm Burgfeld benötigte Georg mit dem Fahrrad eine gute Viertelstunde. Dabei konnte er über sein Vorhaben nachdenken, seine privaten Dinge endlich wieder geradezurücken. Seit mehr als einer Woche hatten Derya und er sich nicht gesehen und kaum miteinander telefoniert.

Ihr Catering Service schien zurzeit wirklich zu brummen, sodass sie nicht zum Luftholen kam. Und die wenigen Male, die sie sich verabredet hatten, war ihm beruflich etwas dazwischengekommen oder er hatte es schlicht und einfach verbaselt so wie vorgestern. Immer mal wieder hatte Georg auch gestern versucht, seine Freundin telefonisch zu erreichen, aber jedes Mal vergeblich, und zurückgemeldet hatte sie sich auch nicht.

Angermüller konnte sich schon denken, was los war. Derya, normalerweise ziemlich gutmütig, war inzwischen wahrscheinlich stinksauer. Deshalb hatte er sich zu diesem spontanen Besuch entschlossen und unterwegs noch einen Strauß Rosen besorgt, wie man das eben so machte, wenn man ein schlechtes Gewissen hatte.

Hinter dem Rosenstrauß verborgen, drückte Georg auf die Klingel und freute sich auf das überraschte Gesicht seiner Freundin.

»Hallo! Ich nehme an, die sind nicht für mich, oder?«, hörte er eine Männerstimme fragen und senkte verdutzt die Blumen.

Ein Typ mit zusammengebundenen dunklen Haaren, nur wenig kleiner als er selbst, stand in der Tür und sah ihn belustigt an.

»Äh, nein. Ist Derya nicht zu Hause?«

Da sah er sie schon am Ende des Flurs auftauchen.

»Georg! Was machst du denn hier?«

Sie war nicht minder überrascht als er und genauso peinlich berührt.

»Wir haben uns ewig nicht gesehen, dauernd kam irgendwas dazwischen. Du hast nicht zurückgerufen, da hab ich gedacht, ich schau besser mal vorbei. Nicht, dass du seit Tagen schon irgendwo tot in einer Ecke liegst …«

Solche blöden Sprüche waren sonst gar nicht Georgs Art, aber der Typ, der da im Türrahmen lehnte und ihn und Derya aufmerksam beäugte, sollte keinen falschen Eindruck bekommen. Keinesfalls sollte der denken, dass dies ein Entschuldigungsbesuch war.

»Hier.«

Ziemlich uncharmant überreichte Georg ihr die Rosen und schaffte es gerade noch, Derya mit einem Wangenkuss zu begrüßen, bevor sie zurückwich.

»Danke. Hast du keinen Dienst?«

»Doch. Ich mach nur eine verlängerte Mittagspause.«

»Magst du kurz reinkommen?«

Es klang nicht unbedingt nach einer begeisterten Einladung. Umständlich schaute Georg auf seine Uhr.

»Na ja, ein bisschen Zeit hab ich noch.«

Er folgte den beiden in die Küche, wo auf dem üppig gedeckten Tisch zwei Gedecke bereitstanden.

»Möchtest du mit uns essen?«, fragte Derya ein wenig lahm. Sie wirkte weder besonders erfreut noch richtig locker. Außerdem, das ging Georg dauernd durch den Kopf, wer war der Mann?

»Ja gern, aber ich will nicht stören …«

»Du störst nicht. Es ist ja auch genug da. Derya denkt immer, wir werden nicht satt. Ach, übrigens, ich bin Yunus. Ein alter Freund des Hauses.«

»Georg«, stellte sich Angermüller vor, fragte sich, was für eine Art Freund der Mann war, und nahm die ihm dargebotene Hand.

»Ja, hab ich mir irgendwie schon gedacht.«

Yunus grinste, und während er ein drittes Gedeck auflegte, setzte sich Georg und beschloss, sich ganz unaufgeregt anzuschauen, was hier los war.

»Das sieht ja wieder sehr verlockend aus, Derya Schatz«, meinte er anerkennend und ließ den Blick über all die Köstlichkeiten schweifen. Schafkäse, Oliven, Omelette, eine Yufka-Pastete mit Lachs, ein Schälchen Hummus, frische Tomaten, goldbraunes Fladenbrot und ein Quarkkuchen, der aussah wie aus der Backstube von Georgs Schwiegermutter.

Er war hungrig. Also verdrängte Georg die etwas merkwürdigen Umstände und stellte sich einen bunten Teller mit all den Leckereien zusammen. Yunus kümmerte sich um den Tee und schenkte jedem ein Gläschen ein. Er schien sich hier wie zu Hause zu fühlen, und Georg wartete auf den richtigen Moment, um dem Rätsel seiner Anwesenheit auf den Grund zu gehen. Aber zuvor vertiefte er sich in den Wohlgeschmack der Speisen, die seinem Gaumen schmeichelten, und auch seine beiden Tischpartner sprachen nicht.

Zum Abschluss bediente Georg sich von dem köstlichen Quarkkuchen, den Derya noch mit Cranberries angereichert hatte, und nahm dazu den von Yunus angebotenen türkischen Mokka. Derya wirkte schlecht gelaunt und gleichzeitig irgendwie angespannt. War sie immer noch sauer, weil er sie versetzt hatte? Gerade überlegte er, ob er Yunus nicht ganz einfach fragen könnte, woher er und Derya sich kannten, da klingelte sein Telefon. Jansens Nummer erschien auf dem Display.

»Entschuldigung«, murmelte er und ging auf den Flur. »Was gibt's, Claus?«

»Wir haben die Daten der Implantate. Wo bist du?«

»In der Nähe vom Burgfeld, mit dem Fahrrad.«

»Kein Problem, das packen wir ins Auto. Ich hol dich ab.«

»Wo müssen wir denn hin?«

»Die junge Frau ist in Klingberg gemeldet.«

»Wahnsinn! Ich warte vor dem Amtsgericht auf dich.«

Jansen musste ja nicht mitbekommen, dass er in seiner Mittagspause seine Freundin besuchte, und das Amtsgericht lag praktischerweise um die Ecke. Er packte sein Handy in die Hosentasche und trat in die Küche.

»Das war mein Kollege. Tut mir leid, Derya, ich muss los. Vielen Dank für das wunderbare Essen«, er wandte sich zu Yunus, »war nett, dich kennenzulernen, tschüs.«

»Tschüs, ebenso«, nickte der, »auf bald.«

Derya sprang auf.

»Ich bring dich zur Tür.«

Einen Augenblick standen sie sich im Flur unschlüssig gegenüber. Dann verabschiedete ihn Derya mit einer kurzen Umarmung.

»Ich ruf dich an, Georg. Ich hoffe, wir können uns bald mal in Ruhe zusammensetzen.«

KAPITEL V

Leise glitt das große Tor zur Seite, nachdem sich die Kommissare über die Video-Klingelanlage angemeldet hatten, und gab den Weg frei auf ein weitläufiges Grundstück. Sicher war ein Gärtner für dessen gepflegtes Aussehen verantwortlich, vermutete Angermüller. In der geöffneten Haustür, am Ende einer geschwungenen Freitreppe, erwartete sie eine hochgewachsene Frau.

»Sie sind also von der Kriminalpolizei. Was wollen Sie?«, fragte sie ohne jede Spur von Freundlichkeit, die Kommissare kühl musternd. Ihre Kleidung war von unauffälliger Eleganz, und sie schien gewohnt, dass man ihr mit Respekt begegnete.

»Guten Tag. Frau Maria Bogdanovic?«, begann Angermüller. Ungeduldig bestätigte sie mit einem Nicken. Er stellte Jansen und sich vor und versuchte, sich zu wappnen für die schwere Aufgabe, die er nun erfüllen musste.

»Es geht um Jasmina Bogdanovic. Dürfen wir vielleicht reinkommen?«

»Meine Tochter ist nicht zu Hause. Was wollen Sie von ihr?«

Immer noch schien die Hausherrin nicht gewillt, die Beamten einzulassen. Nach einem kurzen Zögern sagte der Kriminalhauptkommissar:

»Frau Bogdanovic, wir müssen Ihnen eine traurige Mitteilung machen. Ihre Tochter wurde vorgestern tot aufgefunden. Es tut mir leid …«

Ihre ebenmäßigen Züge unter dem hochgesteckten dunklen Haar verhärteten sich. Die Frau machte einen Schritt zur Seite und gab die Tür frei. Die Kommissare traten ein, und sie dirigierte sie stumm in ein helles, geräumiges Wohnzimmer. Das Geräusch ihrer hohen Absätze tönte bei jedem Schritt hart auf dem Marmorboden. Eine Seite des Raumes bestand vom Boden bis zur Decke aus einer Front aus Glas, durch die man einen unverstellten Ausblick auf den See hatte. Auch auf das Ufer des Strandbades, wie Angermüller bemerkte, was bei ihm unangenehme Empfindungen auslöste.

Der Raum war geschmackvoll möbliert, edel und ziemlich teuer, soweit der Kommissar das beurteilen konnte. Frau Bogdanovic deutete auf eine Sitzgarnitur in grauem Leder, die sich um einen asiatisch anmutenden niedrigen Holztisch gruppierte, und sie nahmen Platz.

»Was ist passiert?«, waren ihre ersten Worte seit Angermüllers Nachricht vom Tod ihrer Tochter. Aufrecht saß sie den Beamten gegenüber, keine Gefühlsregung war ihr anzumerken.

»Am Mittwoch schon wurde Jasmina gefunden, aber es gab keinerlei Hinweise auf ihre Identität. Heute erst haben wir von der Kieler Klinik, in der Ihre Tochter sich hatte operieren lassen, erfahren, um wen es sich handelt«, erklärte Angermüller und wiederholte etwas hilflos, »es tut mir leid.«

»Aber was genau ist denn passiert? Hatte Jasmina einen Unfall?«

»Mama, wovon sprichst du?«

»Das ist Dragica, meine ältere Tochter«, erklärte Frau Bogdanovic den Beamten, ohne auf die Frage der jungen Frau einzugehen, die soeben ins Zimmer gekommen war. Anfang bis Mitte 30 schätzte sie der Kommissar, und die Ähnlichkeit mit ihrer Mutter war nicht zu übersehen, nur dass ihr Gesicht viel weicher wirkte. Sie schaute verwirrt von einem zum anderen. Auf dem Arm trug sie ein Kleinkind mit einem wilden Lockenkopf, das fröhlich vor sich hin brabbelte.

»Was ist los, Mama?«

»Jasmina ist tot.«

»Was? Oh nein!«, schrie sie voller Entsetzen auf, das Kind erschrak und fing an zu weinen.

»Lela! Lela, kommst du mal!«

Ein junges Mädchen eilte herbei.

»Ja, Madame?«

»Nimmst du bitte den Kleinen. Geh spielen mit ihm in sein Zimmer.«

Kaum waren die beiden verschwunden, sank Dragica neben ihrer Mutter aufs Sofa, Tränen begannen, ihr übers Gesicht zu fließen.

»Was ist denn mit Jasmina passiert? Mama, sag doch!«

»Das weiß ich auch noch nicht. Die Herren sind von der Polizei. Sie werden uns das erklären«, meinte die Hausherrin und richtete ihren Blick wieder auf die Beamten.

»Wir sind noch mitten in unseren Ermittlungen. Das Wenige, das wir wissen, ist äußerst unschön. Fühlen Sie sich denn in der Lage, sich das anzuhören?«

Angermüller wollte vor allem Jasminas Schwester nicht mit den grausigen Details behelligen, doch die Mutter verlangte einen ausführlichen Bericht. Also schilderte der Kommissar die Auffindeumstände, die tödlichen Verletzungen, das Verbrennen des Körpers, immer wieder unterbrochen durch Dragicas lautes Schluchzen und Schniefen.

»Und wo hat sich das abgespielt?«

Frau Bogdanovics Miene war vollkommen unbewegt, auch als Angermüller das Strandbad am See erwähnte. Wortlos stand sie auf, nahm aus der Schublade eines Sideboards ein Päckchen Papiertaschentücher und reichte es ihrer Tochter.

»Oh Gott!«, rief die verzweifelt und zeigte nach draußen auf das gegenüber so malerisch in der Sonne liegende Ufer, »das ist da drüben! Sie ist da drüben vor unseren Augen ermordet worden!«

»Wir wissen noch nicht, wo und wann Ihre Schwester getötet wurde«, entgegnete Angermüller, was natürlich auch kein Trost war, »fest steht nur, dass der Brand am Dienstagnachmittag stattgefunden hat und sie über Nacht dort lag, bevor sie am Mittwochnachmittag entdeckt wurde.«

»Oh mein Gott, wie schrecklich, oh mein Gott!«

Die junge Frau schlug die Hände vors Gesicht und weinte hemmungslos in die Papiertaschentücher. Angermüller hatte sich schon lange nicht mehr so unwohl gefühlt, ja, fast schuldig, obwohl er nur der Überbringer der Nachricht war. Auch Jansen, der wie meist seinem Kollegen die Gesprächsführung überließ und sich hin und wieder Notizen machte, wippte nervös mit einem Fuß und wusste nicht, wo er seinen Blick lassen sollte.

»Dragica, bitte hör auf zu weinen, das hilft uns jetzt gar nichts«, forderte Maria Bogdanovic, »lass uns lieber überlegen, seit wann Jasmina weg ist.«

Zum wiederholten Mal putzte sich die junge Frau die Nase.

»Dienstagmorgen«, sagte sie leise, »das war Dienstagmorgen.«

»Wissen Sie, was Ihre Schwester vorhatte?«, fragte Angermüller.

Aus dem Flur hörte man Geräusche, und kurz darauf erschien ein schlanker, gut gekleideter Mann gefolgt von einem anderen in Lederjacke von kurzer, sehr kräftiger Statur.

»Da sitzt ja der hohe Besuch«, bemerkte der Elegante mit Blick auf die Kommissare spöttisch, »hab den Wagen doch gleich erkannt.«

Er ging geradewegs auf Frau Bogdanovic zu und gab ihr einen Wangenkuss.

»Hallo, Mama«, begrüßte er sie, dabei die immer noch weinende Dragica nicht beachtend. Dann schaute er kurz zu dem Typen, der an der Tür stehen geblieben war und vor Muskeln gleich aus seiner Jacke zu platzen schien. Mit einer winzigen Bewegung seines Kopfes schickte er ihn hinaus.

»Guten Tag, meine Herren, ich bin Ante Bogdanovic. Was führt Sie zu mir?«, lächelte er verbindlich, doch der Spott seiner Worte war unüberhörbar. Gerade wollte Angermüller ihr Anliegen erläutern, da raunzte Jansen:

»Für organisierte Kriminalität sind wir nicht zuständig, Bogdanovic, wir vom K1 machen ausschließlich in Mord.«

Der Angesprochene sagte nichts und warf nur einen abschätzigen Blick auf Jansen.

»Setz dich doch«, forderte ihn seine Mutter auf, was er sogleich folgsam tat. Sie griff nach seiner Hand.

»Ante, die Polizei ist wegen Jasmina hier. Sie ist tot.«

Einzig ein kurzes Zucken seiner Lider ließ auf eine Gemütsregung schließen.

»Was ist passiert?«

Behutsam entzog er seiner Mutter die Hand und heftete seine dunklen Augen auf die Kommissare. Angermüller wiederholte die ermittelten Fakten, die er bereits den beiden Frauen erläutert hatte, und deren Wiederholung bei Dragica Bogdanovic erneut Sturzbäche von Tränen auslöste. Ihr Bruder hörte ruhig zu.

»Sehr viel wissen Sie ja noch nicht«, stellte er unzufrieden fest, als Angermüller geendet hatte.

»Wir stehen ganz am Anfang, Herr Bogdanovic. Erst seit zwei Stunden wissen wir, dass es sich bei der Toten um Jasmina handelt. Wir hatten zuvor ja keinerlei Hinweise auf ihre Identität.«

Die Klagelaute der jungen Frau wurden bei Angermüllers Erklärung wieder merklich lauter. Plötzlich hieb Ante Bogdanovic mit der flachen Hand auf den Tisch.

»Dragica, hör jetzt auf zu heulen«, rief er zornig, »hättet ihr auf mich gehört, wäre das wahrscheinlich gar nicht passiert!«

Seine Schwester presste sich ein Taschentuch vor den Mund, was ihr Jammern nur wenig dämpfte.

»Was meinen Sie damit, Herr Bogdanovic? Haben Sie einen Verdacht, wer Jasmina das angetan haben könnte?«, hakte Angermüller ein.

»Ich kann Ihnen keine konkrete Person nennen, wenn Sie das meinen.«

Die Antwort kam ruhig und konzentriert, als ob es den Ausbruch von soeben nie gegeben hätte.

»Unsere kleine Schwester wollte unbedingt ein Internetstar werden, dachte, sie wird reich, wenn sie sich im Netz zur Schau stellt. Ich habe das überhaupt nicht befürwortet.«

Bogdanovic schüttelte angewidert seinen Kopf.

»Aber hier«, er deutete auf Dragica, »fragen Sie meine Schwester, die fand das ›total geil‹, als Jasmina damit anfing, ihre Bilder und Filmchen ins Netz zu stellen, und hat jede noch so schräge Idee unterstützt. Stimmt doch, oder?«

»Auch wenn du das nicht hören willst«, wehrte sich Dragica, »Jasmina ist inzwischen sehr erfolgreich. Sie hatte endlich etwas gefunden, das ihr Spaß machte und mit dem sie Geld verdienen konnte.«

»Geld hätte sie auch bei uns verdienen können.«

Ungeduldig trommelte er mit den Fingern auf den antiken Tisch.

»Als Bedienung im Restaurant oder in der Buchhaltung?« Seine Schwester lachte bitter. »Da musst du mir aber erklären, wo der Spaß für eine junge Frau herkommt!«

»Du hast auch mal so angefangen … und immerhin hast du dadurch deinen Mann kennengelernt …«

»Von dem ich mich gerade getrennt habe!«

»Zum dritten oder wievielten Mal? Schauen wir mal, wie lange die Trennung diesmal anhält.«

»Ich weiß nicht, ob das jetzt weiterhilft«, griff die Mutter in den Streit der beiden ein, die sich finster musterten.

»Wie war Ihre Schwester denn im Internet aktiv?«, wandte sich Angermüller an Dragica Bogdanovic.

»Angefangen hat Jasmina so vor ungefähr zwei Jahren auf *Instagram*, da war sie 18. Es war nicht viel mehr als ein Spaß. Ich fand das toll, welche Ideen sie hatte, wenn sie sich beim Einkaufsbummel und in ihrer Freizeit gefilmt hat, ihre Lieblingsfilme und -musik gepostet hat, getanzt hat und ihre neuesten Klamotten dabei gezeigt hat. Und es hat ihr gut getan. Es war so süß, wie sie sich über jedes Herzchen gefreut hat, mit dem ihre Beiträge geliked wurden. Ihre Follower sind hauptsächlich Gleichaltrige, junge Mädchen, die in ihr eine Freundin sehen. Im letzten Jahr ist ihre Beliebtheit stark gestiegen, und sie war auf dem besten Weg, eine richtig erfolgreiche Influencerin zu werden. Mit ein paar Kosmetik- und Modefirmen hatte sie schon Werbeverträge, und immer mehr haben sich bei ihr gemeldet.«

»Und jeder kranke Perversling kann ihre Bilder sehen, schmierige Kommentare hinterlassen, sie beleidigen. Ekelhaft ist das«, warf ihr Bruder ein.

»Wurde Jasmina von Leuten gestalkt oder bedroht?«, wollte der Kommissar wissen.

Ante Bogdanovic zuckte mit den Schultern.

»Tut mir leid, so genau hab ich mich mit diesem Kram nicht auseinandergesetzt. Da müssen Sie meine Schwester fragen.«

Verärgert blickte er zu Dragica.

»Die fand ja auch die Idee mit der Brustvergrößerung super, und die beiden haben das heimlich durchgezogen. Wenn ich davon rechtzeitig erfahren hätte … Wozu hat sie das denn gemacht, wenn nicht, um sich im Netz halbnackt zu präsentieren?«

Er schüttelte den Kopf.

»Halten Sie mich für altmodisch, aber ich finde das nicht in Ordnung«, bekannte Bogdanovic, der nach Angermüllers Dafürhalten so um die 40 war.

»Ich auch nicht, Ante, ich auch nicht«, pflichtete ihm die Mutter bei und sah missbilligend zu ihrer älteren Tochter.

»Natürlich gab es ab und zu mal schräge Typen, die auf unangenehme Weise Kontakt zu Jasmina suchten. Aber ich hab eigentlich darauf immer geachtet und die sofort gesperrt«, hielt Dragica dagegen, erntete aber nur ablehnende Mienen.

»Wir sind vorhin unterbrochen worden. Wissen Sie, was Jasmina am Dienstag vorhatte? War sie verabredet?«, wollte Angermüller von ihr wissen. Sie schien ihre Verzweiflung inzwischen etwas besser unter Kontrolle zu haben.

»Darüber denke ich schon die ganze Zeit nach. Sie hatte eine Verabredung, die ihr sehr wichtig war. Aber sie machte ein großes Geheimnis daraus. Sie dürfe nicht darüber reden, sagte sie, aber es wäre ein ganz tolles Projekt. Das würde sie wahrscheinlich richtig vorwärts bringen. Einen großen Koffer mit Garderobe und Kosmetik wollte sie mitnehmen.«

»Was du den Herren von der Polizei auch sagen solltest, Dragica: Unsere kleine Schwester besaß eine große Portion Naivität und war immer in der Gefahr, ausgenutzt zu werden. Auch deshalb fand ich diesen Exhibitionismus im Internet für Jasmina überhaupt nicht angebracht.«

»Aber ich war doch immer an ihrer Seite und habe aufgepasst!«

»Das Ergebnis sehen wir jetzt ja«, stellte Ante Bogdanovic böse fest.

Betreten schaute Dragica zu Boden. Der Vorwurf ihres Bruders hatte gesessen.

»Jasmina hat Ihnen also nicht gesagt, wo sie am Dienstagmorgen hin wollte?«, nahm Angermüller den Faden wieder auf. Er wandte sich hauptsächlich an Dragica. Mutter und Bruder schienen zwar mit vielem nicht einverstanden, was die Jüngste so trieb, hatten es aber trotzdem der älteren Schwester überlassen, sich um sie kümmern.

»Nur, dass es ein beruflicher Termin wäre, hatte Jasmina gesagt, und ich sollte mich nicht wundern, wenn sie sich zwischendurch nicht meldet, sie würde arbeiten. Spätestens am Wochenende wäre sie wieder da.«

»Ist sie mit dem eigenen Wagen gefahren?«

»Nein, ihr Auto steht in der Garage. Sie wurde abgeholt, aber da war ich nicht zu Hause. Niemand war zu Hause.«

»Was ist mit Freunden und Bekannten von Jasmina? Können Sie uns da Namen und Adressen nennen?«

Von Ante und seiner Mutter erntete der Kommissar nur ratlose Blicke, während Dragica an ihren Fingern abzählte.

»Da ist Lisa, ihre beste Freundin, und Jule«, sie dachte nach. Weiter als zwei kam sie nicht. Sie sah zu den Beamten. »Also, einen großen Freundeskreis hat Jasmina eigentlich nicht. Da wäre noch Adrian. Jasmina hat ihn übers Internet gefunden und vor Kurzem als so eine Art Coach engagiert, deshalb war sie in letzter Zeit öfter mit ihm zusammen. Ich hab ihn bisher nicht kennengelernt. Aber er ist ein netter Typ, sagt sie, und hat wohl richtig Ahnung. Mit der wachsenden Zahl von Followern und Werbeverträgen schaffe ich das nicht mehr allein. Ich hab ja auch noch ein kleines Kind und arbeite ab und zu für unsere Restaurants. Deshalb soll Adrian das in Zukunft übernehmen.«

Antes Finger begannen wieder, auf den Couchtisch zu trommeln, was Dragica zu einem nervösen Blick auf ihn veranlasste.

»Ja, aber mit mehr Leuten hat sich Jasmina nicht getroffen, soweit ich weiß.«

»Wohnen diese Freundinnen und Adrian in Klingberg?«

»Nein. Lisa wohnt noch am nächsten von hier, in Scharbeutz, Jule in Travemünde und Adrian in Lübeck.«

»Mehr Personen fallen Ihnen nicht ein? Hatte Jasmina keine Clique, mit der sie ausging und feierte?«

»Nicht, dass ich wüsste. Jasmina hatte nicht so viel Zeit, wissen Sie. Sie war irgendwie den ganzen Tag beschäftigt, ihre Posts vorzubereiten. Das machte ihr großen Spaß. *Instagram* war ihre Welt.«

Ein wirklich *sehr* übersichtlicher Freundeskreis, ging es Angermüller durch den Kopf, und ein Bilderkosmos im Netz anstelle von echtem Leben. Er fand das merkwürdig für eine so junge Frau, aber er verstand ja auch nichts von diesen sogenannten Social Media Plattformen und hatte sich schon vor Langem bei seinen Töchtern darüber informieren wollen.

»Was ich noch sagen wollte: Auch wenn Jasminas Fotos und Auftritte im Netz ganz souverän wirken, sie war immer ein bisschen schüchtern, scheu gegenüber Fremden. Deshalb habe ich mich ja auch um sie gekümmert …«

Ihr Bruder ließ ein verächtliches Schnauben hören und verdrehte die Augen.

»Ich dachte einfach, diese Internetkarriere würde ihr guttun, ihr mehr Selbstbewusstsein geben«, schloss Dragica Bogdanovic trotzig.

»Gut. Geben Sie meinem Kollegen bitte noch die Namen und Kontaktdaten dieser Leute. Und dann würden wir uns jetzt gern in Jasminas Zimmer umsehen.«

Mutter und Bruder entschuldigten sich mit geschäftlichen Pflichten und überließen es Dragica, die Kommissare über eine Treppe in das obere Stockwerk zu führen. Jasminas Reich befand sich in einem sehr großen, hellen Raum, von dessen weiter Terrasse sich ebenfalls ein wunderbarer Blick über den See bot. Inmitten einer Fantasie aus Weiß und Rosé thronte ein Himmelbett mit Tüllvorhängen, die Wände zierten großformatige Fotos der Bewohnerin. Ein ausnehmend hübsches Mädchen schaute mit einem offenen Lächeln in die Kamera. Zum Teil waren die Aufnahmen ziemlich freizügig, was so gar nicht zu dem zarten, kindlichen Gesicht und dem Prinzessinnenambiente dieses Zimmers passen wollte. Angermüller kamen seine Töchter in den Sinn, die als kleine Mädchen für derartige Märchenwelten geschwärmt hatten. Doch jetzt waren sie 16 und würden wahrscheinlich nur mitleidig lächeln, offerierte man ihnen diesen rosaweißen Traum. Jasmina Bogdanovic war immerhin schon 20 Jahre alt, auch wenn sie noch wie ein Teenager aussah.

Einen eigenartigen Kontrast zu der romantisch verspielten Ausstattung bildete auch das technische Equipment, das überall herumstand: Stative, Scheinwerfer, zwei Laptops, Aufsteller, auf welche die Logos diverser Mode- und Kosmetikfirmen gepinnt waren. Es gab einen rundum beleuchteten professionellen Schminkspiegel, wie man ihn aus dem Theater kannte, vor dem auf einem Tisch ein Heer von Tuben, Flacons, Fläschchen und Stiften aufgereiht war.

Dieses Zimmer und auch das daneben, in dem eine Unmenge Outfits wie in einem Laden auf Kleiderstangen hing, geordnet nach Farbtönen, sah aufgeräumt und unglaublich ordentlich aus. Ebenso das angrenzende Badezimmer. Gehalten in reinem Weiß, bot es Wanne, Dusche, WC, Waschbecken und einen riesigen Spiegel und hatte die Ausmaße eines stattlichen Wohnzimmers. Auf mehreren Borden präsentierte sich eine ganze Sammlung von Shampoos, Duschgels und Bodylotions, nach Größe aufgereiht, und natürlich gab es auch hier Scheinwerfer und Stativ.

Offensichtlich hatte Dragica die staunenden Gesichter der Polizisten bemerkt.

»Jasmina war immer schon sehr ordentlich, und sie hat ihre Arbeit sehr ernst genommen. Die Firmen, für die sie Werbung machte, waren mit ihr sehr zufrieden. Immerhin hat sie im letzten Jahr die Zahl ihrer Follower auf fast 200.000 verdoppelt. Damit kann man schon auf mehrere 1.000 Euro im Monat kommen. Allerdings muss man dann täglich mindestens einen bezahlten Post haben. Jasmina war auf dem Weg dahin. Das meiste, was sie verdient hat, ist für weitere Ausrüstung draufgegangen. Aber gerade jetzt meldeten sich immer neue Marken, die mit ihr zusammenarbeiten wollten.«

Dragica brach ab, Tränen liefen ihr übers Gesicht.

»Entschuldigen Sie.«

Sie seufzte, wischte mit einem Taschentuch ihre Wangen trocken und trat vor das Fenster, wo der See in der Sonne glitzerte.

»Diese Vorwürfe von Ante und unserer Mutter … Das ist so gemein und total ungerecht. Die beiden waren kaum für Jasmina da. Sie haben das alles mir überlassen.

Seit unser Vater gestorben ist, führen mein Bruder und unsere Mutter die Geschäfte. Es ist ihr Leben. Das bedeutet, seit Jasmina drei war, hab ich mich um sie gekümmert. Und ich hab das gerne getan. Ich habe die Kleine quasi großgezogen, ich habe ihre Nase geputzt, ihre Tränen abgewischt, bin in die Schule zu den Lehrern, wenn es Probleme gab. Ich hab sie beschützt vor frechen Jungs und später vor den schlimmen Sachen im Netz.«

»Was meinen Sie mit schlimmen Sachen?«

»Drohungen, Hasskommentare, Beleidigungen. Da gibt's eine Menge Leute, die Social Media scheinbar nur dazu nutzen. Und nicht nur irgendwelche Männer, wie Ante meint. Auch junge Mädchen können sehr gemein und bösartig sein. Ich hab das genau beobachtet und alles gelöscht, Jasminas Account sauber gehalten, da ich wusste, wie verletzlich sie ist.« Sie drehte sich zu den Kommissaren um.

»Wissen Sie, ich kann mir gar nicht vorstellen, dass meine kleine Schwester nie mehr zurückkommt.«

Es klang unendlich traurig. Angermüller räusperte sich.

»Ihr Bruder erwähnte eine gewisse Naivität Ihrer Schwester, meinte, sie ließe sich ausnutzen. Stimmt das? War Jasmina so leichtgläubig?«

»Na ja, sie war schon immer ein sehr verträumtes Mädchen. Und sie war auch ein wenig langsam. Verstehen Sie mich nicht falsch, sie war nicht dumm, brauchte halt nur für manches länger, mehr Zeit zum Nachdenken. Und auch mit ihren 20 Jahren war sie noch ziemlich naiv. Aber das machte natürlich einen Teil ihres Charmes aus.«

»Und weshalb hat sie dann diesen Eingriff an der Brust vornehmen lassen? Sie war 19 zu der Zeit.«

»Sie fand sich selbst nicht schön genug.«

»Kommt das in dem Alter nicht öfter vor, so eine Unsicherheit mit sich selbst? Fanden Sie das denn auch? Sie haben ja Jasminas Entschluss unterstützt, sagt Ihr Bruder.«

»Für mich war Jasmina immer die Schönste. Aber warum nicht? Wenn es sie glücklich machte? Außerdem sind Schönheitsoperationen heutzutage doch was ganz Normales.«

»Ach ja?«

Auch Jansen, der sich an einen der Laptops gesetzt hatte, warf einen skeptischen Blick zu Dragica Bogdanovic.

»Ich glaube, meine Schwester wollte endlich auch als erwachsene Frau ernst genommen werden und dieses kindliche Image endgültig abstreifen.«

So ganz verstehen konnte Angermüller die Entscheidung für den Eingriff trotzdem nicht.

»Frau Bogdanovic, die beiden Laptops müssen wir mitnehmen«, erklärte Jansen, »vielleicht finden sich darauf ja Hinweise zu Jasminas Verschwinden und auf den Täter. Und Sie müssten uns bitte die Zugangsdaten für die Accounts Ihrer Schwester geben, sofern Sie die haben. Und wir brauchen auch ihre Handynummer.«

»Ja, natürlich, bekommen Sie alles.«

»Noch eine Frage zu Jasminas Schönheitsoperation«, schaltete sich Angermüller wieder ein, »so was ist ja nicht billig. Was hat die Brustvergrößerung denn gekostet?«

Die junge Frau zögerte ein bisschen.

»Ungefähr 7.000 Euro«

»Soweit ich weiß, kommen die Krankenkassen für solche ästhetischen Korrekturen nicht auf. Hat Jasmina das alles selbst bezahlt? Und wenn ja, woher hatte sie das Geld?«

»Ich hab doch schon gesagt, dass es mit ihren Werbeverträgen ganz gut lief.«

»Aber sie hat das meiste davon in ihre Ausrüstung gesteckt, meinten Sie vorhin.«

Dragica ging kurz auf den Flur, sah die Treppe hinunter und horchte auf die entfernten Stimmen im unteren Stockwerk.

»Ja, stimmt«, bestätigte sie dann und zog sacht die Zimmertür zu, »ich hab ihr natürlich auch was dazugegeben. Aber da ist noch jemand, den ich vorhin nicht erwähnt habe, von dem meine Mutter und mein Bruder nichts wissen, der hat Jasmina geholfen …«

»Interessant. Dann erzählen Sie uns doch über diesen Jemand bitte mal Genaueres.«

Deutsch, Englisch, Gemeinschaftskunde – mit den meisten Fächern hatte Vicky kein Problem, nur Mathe lag ihr quer. Seufzend griff sie nach dem Lehrbuch und fragte sich nicht zum ersten Mal, wozu sie sich als spätere Sozialpädagogin mit Differenzial- und Integralrechnung herumplagen sollte. Sie hatte nicht die geringste Lust auf diese Zahlenspiele. Beim Treffen mit Mia war ihr eingefallen, dass sie noch gar kein Geburtstagsgeschenk für ihre Mutter besorgt hatte. Vielleicht hätte sie nach Mias Wünschen fragen sollen?

»Ach, Vicky, ich hab doch alles, was soll ich mir denn wünschen? Höchstens, dass Karoline an meinem Geburtstag zurückkommt«, wäre wahrscheinlich die Antwort gewesen. Na ja, sie musste sich selbst was überlegen. Vielleicht irgendeine schöne Naturkosmetik?

Nee, die hatte sie ihr erst zu Weihnachten geschenkt. Die meisten Bücher blieben erfahrungsgemäß ungelesen, und Süßes wollte Mia nicht wegen der Figur.

Da kam ihr die rettende Idee: Wolle, sie würde Mia Wolle schenken! Pullover, Schals, Socken – Mia strickte eigentlich immer an irgendwas, und alles immer kunterbunt. Froh, die ungeliebte Beschäftigung mit dem trockenen Lernstoff unterbrechen zu können, machte sich Vicky zum zweiten Mal an diesem Tag auf den Weg in die Hüxstraße, die nur einen Katzensprung von ihrer Wohngemeinschaft entfernt lag.

Die Auswahl in dem kleinen Wollladen war verwirrend für eine Nichtstrickerin wie Vicky. Unschlüssig nahm sie mal dieses, mal jenes Knäuel aus dem Regal und legte es wieder zurück. Sie hatte keine Ahnung, wie viel Wolle man zum Beispiel für einen Pullover benötigte. Außerdem verfügte sie nur über ein begrenztes Budget, was die Sache noch komplizierter machte.

»Wenn ich Ihnen helfen kann, sagen Sie einfach Bescheid«, sprach die Verkäuferin sie an, die wahrscheinlich Vickys Unsicherheit bemerkt hatte.

»Oh ja, vielen Dank! Ich suche ein Geschenk und kenne mich überhaupt nicht aus mit Wolle und Stricken.«

»Was soll denn gestrickt werden? Ein Schal, Jacke, Strümpfe?«

»Das weiß ich eigentlich gar nicht. Ich dachte nur, Wolle wäre ein gutes Geschenk, weil meine Mutter gern strickt.«

»Ja, dann freut sie sich da sicher drüber. Was wollen Sie denn ausgeben?«

»Entschuldigung!«

Vickys Handy schlug an. Als sie Martens Nummer auf dem Display sah, blieb ihr fast die Luft weg. Sie atmete tief durch, bevor sie auf Empfang drückte.

»Hi«, meldete sie sich betont lässig.

»Hi, Viktoria Johanne, was machst du so?«

»Ich bin grade im Wollladen.«

»Echt? Kannst du mir ein paar Socken stricken? Blau ist meine Lieblingsfarbe.«

Sie sah ihn förmlich grinsen.

»Ich kann gar nicht stricken.«

»Was du dann im Wollladen machst, musst du mir irgendwann mal genauer erklären. Aber ich ruf eigentlich an, weil ich fragen wollte, ob wir uns nicht morgen zu einem gemütlichen Frühstück treffen wollen. Haste Lust?«

So ein Mist!

»Da kann ich nicht. Ich muss am Vormittag schon zu Mia, zu ihrem Geburtstagsbrunch.«

»Ach ja, Mia, eure nette Mutter, die immer so tolle Kuchen gebacken hat! Die hat also Geburtstag, ich hab sie ja ewig nicht mehr gesehen. Na gut, dann ein andres Mal. Tschüs.«

»Tschüs.«

In einer Mischung aus Hochgefühl und Frust schob Vicky ihr Handy in die Hosentasche zurück. Sie hatte nicht wirklich geglaubt, dass Marten sich bei ihr melden würde, und dann noch so schnell. Und nun hatte er es doch getan, und ausgerechnet diesen Sonnabend konnte sie nicht. Das war einfach zu doof. Hoffentlich versuchte er es wirklich noch mal.

»Sagen Sie, was halten Sie denn von einem Gutschein für Ihre Mutter? Dann kann sie sich Farbe und Material selbst aussuchen, das finde ich am vernünftigsten«, hörte sie die Verkäuferin hinter sich sagen.

»Das ist eine super Idee«, stimmte Vicky zu und landete wieder in der Wirklichkeit, »das mache ich!«

KAPITEL VI

»Sagen Sie mal, hat die Polizei nichts Besseres zu tun, als ehrliche Menschen bei der Arbeit zu stören?«

Die Kommissare traf der genervte Blick über die Lesebrille, den sie schon kannten. Der Mann hatte eine lange Schürze umgebunden, in der Hand hielt er ein großes Küchenmesser, und aus der Tür drang ein kräftiger, Appetit machender Duft.

»Tut uns leid. Aber wir müssten dringend mit Herrn Alain Durand sprechen.«

»Ich hab Ihnen doch gestern schon gesagt, dass der nicht hier ist.«

»Tja, Dragica Bogdanovic, Ihre Nachbarin, hat uns aber erzählt, dass sie gestern noch mit ihm gesprochen hat«, erklärte Angermüller geduldig.

»Was wollen Sie denn von Durand?«

Mit gekreuzten Armen, vorm Bauch das Messer, blieb der Hausbewohner in seiner Eingangstür stehen.

»Wissen Sie was, Sie Schlaumeier, wenn Sie weiter nerven und nicht kooperieren wollen, können wir Sie auch gern mit auf unsere Dienststelle nehmen«, beschied ihn Jansen mit gefährlichem Unterton. »Wäre Ihnen das lieber?«

»Jaja, ist ja gut«, wiegelte der andere ab, »wenn Sie mich so freundlich fragen, bin ich für eine einfache Lösung: Kommen Sie doch bitte herein.«

Nicht gerade begeistert gab der Mann den Weg frei, schloss hinter den Kommissaren die Tür und wies nach links.

»Ich komme gleich zurück mit Durand. Muss nur mal kurz nach meinem baskischen Huhn schauen!«

Der Raum war eine Mischung aus Arbeitszimmer und Bibliothek, wirkte gemütlich. Um einen großen Kamin gruppierten sich bequeme Sessel und ein altes Kanapee, davor ein hölzerner Couchtisch, die Wände vom Boden bis zur Decke mit übervollen Bücherregalen bedeckt. In einer verglasten Loggia mit herrlichem Blick auf den See stapelten sich auf einem Schreibtisch Papiere, Zeitschriften und aufgeschlagene Bücher, dazwischen erhob sich vor einer Tastatur ein Computerbildschirm. Neben dem Schreibtischstuhl stand eine große Pinnwand mit einem Sammelsurium an Zetteln, Fotos, Zeitungsausschnitten, Postkarten und dergleichen mehr.

»Bonjour, Messieurs, fangen wir doch noch mal an.«

Der Mann hatte die Schürze abgelegt, trug darunter, wie schon am Vortag, Jeans und Pulli. Er neigte leicht den Kopf, sodass ihm eine Strähne seines zwar langen, aber ziemlich spärlichen Haars in die Stirn fiel.

»Darf ich mich vorstellen, mein Name ist Alain Durand.«

»Bitte?«, fragte Jansen scharf. »Was soll der Mist?«

Auch Angermüller war etwas irritiert.

»Mein Name ist auch Alain Durand, hätte ich vielleicht sagen sollen. Ich bin Schriftsteller. Meine Krimis spielen in Frankreich, und da hat mein Verlag entschieden, dass sie sich mit einem französisch klingenden Autorennamen besser vermarkten lassen. Alain Durand ist mein Pseudonym.«

»Und warum haben Sie das nicht gleich gesagt?«

Arthur Döpper alias Alain Durand machte eine unbestimmte Bewegung.

»Ich dachte nicht, dass Sie sich für meine Bücher interessieren.«

»Tun wir garantiert nicht«, bestätigte Jansen unfreundlich, »aber Ihre Nachbarin scheint Sie nur als Alain Durand zu kennen.«

»Wissen Sie, manchmal hat es durchaus Vorteile, als Schriftsteller aufzutreten. Das macht Eindruck, vor allem bei den Damen«, grinste Döpper, um Verständnis werbend, »aber warum müssen Sie denn Alain Durand unbedingt sprechen? Wollen wir uns nicht setzen?«

Die drei Männer ließen sich in den Sesseln vor dem Kamin nieder, und Angermüller übernahm wieder.

»Familie Bogdanovic, Ihre Nachbarn – haben Sie zu denen viel Kontakt?«

»Na ja, man grüßt sich, und ab und zu wechselt man auch ein paar Worte. Wie man das mit Nachbarn halt so macht. Ist bei denen was Kriminelles im Busch? Wenn's um die Geschäfte vom Junior geht, würde mich das nicht wundern.«

»Auf jeden Fall haben Sie sich bei den Damen Bogdanovic als Alain Durand vorgestellt. Wollten Sie die auch mit Ihrem Schriftstellerdasein beeindrucken?«

»Mehr oder weniger«

Wieder dieses um Kumpanei buhlende Grinsen, das Angermüller mehr als unangenehm fand.

»Und Jasmina haben Sie besonders beeindruckt?«

»Jasmina?«

Einen Moment schien Arthur Döpper nachzudenken.

»Ach so, Sie meinen die Kleine«, sagte er dann, schlug die Beine übereinander und legte die Arme breit über die Seitenlehnen seines Sessels.

»Keine Ahnung, ich kenne das Mädchen kaum.«

Als die Kommissare ihn schweigend betrachteten, ließ seine betont entspannte Haltung etwas nach, doch er fügte seiner Antwort nichts hinzu.

»Hmm«, machte Angermüller, »Dragica Bogdanovic hat erzählt, dass Sie ihrer kleinen Schwester schon oft geholfen haben.«

»Na ja …«

Döpper rutschte an die Sesselkante und kreuzte die Arme vor der Brust.

»Als Jasmina noch zur Schule ging, hab ich sie ab und zu bei ihren Hausaufgaben unterstützt. In letzter Zeit geht es meist nur um ihren *Instagram*-Auftritt. Alles kein großes Ding.«

»Verstehe«, sagte Angermüller langsam, während Jansens linkes Bein zu wippen anfing. Ein untrügliches Zeichen, dass seine Geduld an ihre Grenze kam.

»Womit unterstützen Sie Jasmina bei *Instagram*? Kennen Sie sich damit so gut aus?«

»Das würde ich nicht behaupten. Es geht eigentlich meistens nur um Texte, die ich korrigieren soll. Und seit sich Jasmina im Netz unbedingt ›Mademoiselle Miracle‹ nennen wollte – fragen Sie mich nicht, warum – muss ich ab und zu ein paar französische Ausdrücke einflechten«, lächelte Arthur Döpper selbstgefällig.

»Ich versteh nicht, warum Sie behaupten, Jasmina kaum zu kennen, Herr Döpper«, wunderte sich Angermüller, »Sie machen doch eine ganze Menge mit ihr.«

»Ach, das ist doch alles so nebenbei, nur Kleinkram.«

Mit demonstrativer Gelassenheit lehnte sich der Schriftsteller wieder in seinen Sessel zurück.

»Ich verstehe. Aber eines müssen Sie mir noch erklären: Warum leihen Sie einer Nachbarin, die Sie kaum kennen, mehrere 1.000 Euro? Ich finde das merkwürdig.«

Kurz schien Irritation in der Miene des Mannes auf. Doch gleich darauf fing er sich wieder.

»Tja, so auf Anhieb kann ich Ihnen das auch nicht sagen. Aber verraten Sie mir jetzt erst einmal, warum Sie das überhaupt interessiert? Was ist passiert?«

»Wir befragen Sie als Zeugen in einem Mordfall, Herr Döpper. Vorgestern wurde Jasminas Leiche gefunden.«

War die Überraschung des Mannes ehrlich? Er begann, nachdenklich zu nicken und richtete seinen Blick nach draußen, wo friedlich der See in der Sonne ruhte.

»Vorgestern, sagen Sie. Das heißt, Ihr gestriger Besuch hing auch schon mit den Mordermittlungen zusammen, und das Verbrechen ist drüben am See passiert.«

»Woher wissen Sie das?«, fragte Jansen scharf, »wir haben davon nichts gesagt.«

»Aber Sie haben mich gestern nach meinen Beobachtungen im Zusammenhang mit dem See gefragt.«

Ein süffisanter Ausdruck glitt über das Gesicht des Schriftstellers.

»Auch wenn Sie meine Bücher nicht interessieren, vergessen Sie nicht: Ich schreibe Krimis.«

»Wie auch immer, zurück zu meiner Frage«, insistierte Angermüller, »warum haben Sie Jasmina mehrere 1.000 Euro geliehen?«

Arthur Döpper schwieg. Er schien nach einer plausiblen Antwort zu suchen.

»Um es genau zu machen: Warum leihen Sie einer jungen Frau, die Sie, Ihrer Aussage nach, kaum kennen, mehrere 1.000 Euro für eine Brustvergrößerung?«, platzte es aus Jansen heraus und er sprang auf. Ziellos tigerte er durch das Zimmer, bis er neben dem Schreibtisch, die Arme verschränkt, stehen blieb.

»Das Mädchen tat mir vor allem leid«, Döpper seufzte, »Jasmina ist wirklich ein reizendes Kind – freundlich, hübsch, hilfsbereit – aber eben mit Betonung auf Kind. Sie ist mit ihren 20 Jahren ziemlich naiv, nicht die Schnellste im Begreifen und in manchen praktischen Dingen einfach hilflos. Ihre Mutter ist so eine Art Clanchefin, eine herzlose Frau, nur am Geschäft interessiert, und dem Bruder stehen auch die Dollarzeichen in den Augen. Die große Schwester hat mit Mann und Kind selbst genug zu tun, war aber trotzdem die Einzige, die versucht hat, sich in der komischen Familie um Jasmina zu kümmern. Doch eigentlich war sie damit auch überfordert …«

»Aber das hübsche Kind hatte ja das Glück, Sie kennenzulernen, Herr Döpper«, ätzte Jansen vom Schreibtisch her, »und sie war wohl nicht die Einzige, der Sie beistanden, wenn ich mir Ihre Jungmädchengalerie hier so betrachte.«

Der Ermittler fuhr mit dem Finger über eine Reihe Fotos, die an der Pinnwand hingen.

»Lassen Sie das. Hören Sie, diese Fotos sind privat und haben mit Ihren Ermittlungen überhaupt nichts zu tun!«, wehrte sich der Zeuge.

»Das müssen Sie schon uns überlassen. Oder kommt Monsieur Durand bei diesen jungen Mädchen auch besser an als der Herr Döpper?«

»Können wir erst einmal unsere Frage klären: Warum haben Sie Jasmina das Geld für die Brustoperation geliehen?«, versuchte es Angermüller noch einmal.

»Sie hat mir gesagt, sie wolle sich ein Studio einrichten und brauche Geld für Ausrüstung und so, denn sie wolle doch eine professionelle Influencerin sein. Ich fand es auf eine Art rührend, wie ernst sie ihren Traum von der großen Karriere im Internet nahm, und ich glaube, sie tat mir auch irgendwie leid. Sie hatte ja nur Dragica, die sie unterstützte. Und da hab ich ihr die 3.000 Euro halt gegeben. Jasmina war überglücklich und hat auf einem schriftlichen Vertrag bestanden. Erst einige Zeit später habe ich erfahren, wozu sie das Geld wirklich verwendet hat.«

»Jasmina hat Ihnen nicht von ihrem Vorhaben erzählt?«

»Nein, sie schickte mir irgendwann eine Nachricht, ich solle mir mal wieder ihren *Instagram* Auftritt anschauen und da … da war alles schon passiert. Die Veränderung war nicht zu übersehen.«

Diese Darstellung klang sehr neutral. Der Kriminalhauptkommissar versuchte zu verstehen, was für eine Art der Beziehung der Bestsellerautor zu seiner jungen Nachbarin gepflegt hatte. Vom Alter her konnte er locker ihr Vater, wenn nicht sogar ihr Großvater sein. Angermüller schätzte ihn so um die 60. War er wirklich nur der hilfsbereite, väterliche Freund ohne Hintergedanken, als der er sich ausgab? Laut Dragica schwärmte ihre kleine Schwester regelrecht für den Nachbarn. Sie selbst glaubte zwar nicht, dass die beiden mehr als freundschaftliche Zuneigung verband, schien aber auch kein Problem damit zu haben, sollte es anders gewesen sein.

»Wie lange dauert das hier eigentlich noch?«

»Wir müssen Ihnen nur noch ein paar wenige Fragen stellen, Herr Döpper. Zum Beispiel, wann Sie Jasmina zum letzten Mal getroffen haben?«

»Da muss ich nachdenken, es ist mehrere Wochen her, dass Jasmina zum letzten Mal hier gewesen ist. Wir haben meistens mit Nachrichten übers Handy kommuniziert. Sie hatte eine Heidenangst vor ihrem cholerischen Bruder, der ihr jeden Kontakt zu mir verboten hatte, der Idiot! Jasmina war viel zu Hause. Ich hab sie manchmal zufällig durchs Fenster draußen gesehen, ist jetzt aber auch schon eine Weile her. In dieser Woche bestimmt nicht.«

»Wo waren Sie am Dienstag dieser Woche?«

»Wo wohl? An meinem Schreibtisch. Ich muss an meinem Manuskript arbeiten, ich habe einen Abgabetermin.«

»Waren Sie den ganzen Tag hier? Gibt es dafür Zeugen?«

»Zeugen hab ich sicher nicht. Aber doch, jetzt, wo Sie mich fragen, fällt mir ein, dass ich am frühen Nachmittag nach Lübeck gefahren bin, wo ich in einer Buchhandlung ein Gespräch wegen einer geplanten Lesung hatte.«

»Wie heißt die Buchhandlung und wo in Lübeck befindet sie sich?«

Während Döpper antwortete, warf er einen Blick auf die Wand gegenüber, wo das Pendel einer antiken Uhr hin und her schwang.

»So, ich müsste jetzt wirklich mal nach meinem Huhn schauen«, sagte er und stand auf, »bin gleich wieder da.«

Angermüller bedeutete Jansen, der protestieren wollte, ruhig zu bleiben, und begab sich stattdessen zu ihm an die Pinnwand, wo sein Kollege etwas entdeckt zu haben schien. Zu gerne hätte Angermüller auch einen Blick auf das baskische Huhn geworfen, dessen appetitanregender Duft, gemischt mit Paprika und Knoblauch, aus der Küche strömte. Doch er hielt sich zurück. Nicht jeder, der Freude am Kochen fand, war automatisch ein ehrlicher, guter Mensch, und was er von der Person dieses Schriftstellers halten sollte, wusste er überhaupt noch nicht. Außerdem ging die Ermittlung natürlich vor, und sein Kollege hatte ganz sicher nicht das geringste Verständnis für kulinarische Nachforschungen.

Mit vielsagendem Blick zeigte Jansen gerade auf sechs, acht Ausdrucke von Fotos junger Frauen, zum Teil in verführerischen Posen, die an der Pinnwand hingen. Drei der Bilder waren mit einem dicken, schwarzen Filzstift durchgestrichen. Eine Aufnahme von Jasmina fand sich nicht darunter.

»Schon ein bisschen crazy, oder?«, brummte Jansen und wies auf die ausgestrichenen Konterfeis. Der Kriminalhauptkommissar hob unschlüssig die Schultern.

»Ja, merkwürdig, aber lass uns erst mal die üblichen Fragen stellen, Claus, bevor wir den Mann zum Serienmörder hochstufen.«

Federnden Schrittes kehrte der Hausherr aus der Küche zurück. Er rieb sich zufrieden die Hände.

»Sieht alles sehr gut aus. Wie lange geht das hier noch? Ich erwarte nämlich einen Gast zum Abendessen.«

Ganz erfüllt von seiner Vorfreude, dauerte es einen Moment, bis Döpper die Kommissare vor der Pinnwand entdeckte und erkannte, worauf ihre Aufmerksamkeit fokussiert war. Ohne jede Freundlichkeit blaffte er:

»Ich habe doch deutlich gesagt, dass das private Aufnahmen sind! Würden Sie bitte Ihre Finger davon lassen?«

Es war gegen 17 Uhr, als sie den Rückweg nach Lübeck antraten, wo sich das Team noch einmal an diesem Tag zusammenfinden sollte, um die weiteren Ermittlungsschritte der aktuellen Lage anzupassen. Die Sonne stand inzwischen ziemlich tief am immer noch intensiv blauen Himmel, und aus dem Autofenster verfolgte Angermüllers Blick den langen Schatten, den ihr Wagen auf die Böschung warf. Nachdem Arthur Döpper sie an der Pinnwand überrascht hatte, gab es einen heftigen Disput. Der Schriftsteller beschwerte sich über ihr unerlaubtes Eindringen in seine Privatsphäre, wollte einen Durchsuchungsbefehl sehen und sie auf der Stelle hinauswerfen. Nur Angermüllers Diplomatie und seinem ausgleichenden Wesen war es zu verdanken, dass sie noch ihre letzten Fragen loswerden konnten, und erfuhren, dass Döpper alias Alain Durand auch ein Profil bei *Instagram* hatte.

»Das hat mir meine Agentin geraten, gerade für die jüngere Leserschaft. Also hab ich jetzt diesen Account und deshalb auch Kontakt zu den ganzen jungen Menschen«, erklärte der Mann selbstgefällig. »Allerdings kann ich Ihnen verraten, dass ich das gar nicht selbst bestücke. Für meine Social Media Kanäle – bin ja auch bei *Facebook* – hab ich zwei Jungs, nette Studenten, die posten für mich und beantworten die Fragen. Ich hätte dafür ja gar keine Zeit, angesichts der zig Kontakte jeden Tag.«

Nachdem Jansen noch Döppers Personalien aufgenommen hatte, verabschiedeten sich die Kommissare wenig später, nicht ohne darauf hinzuweisen, dass er sich für eventuell auftauchende Fragen zur Verfügung halten müsste. Angermüller fragte sich, welcher Art wohl der neutral angekündigte Gast war, den der Mann zum Essen erwartete. Ein gleichaltriger Kollege oder doch eine der jungen Damen von der Pinnwand?

»Na, was denkst du über ihn, Claus?«

»Über diesen Schreiberling? Was wohl? Ein aufgeblasener Angeber ist das! Ist 61, hat 'ne Wampe und kaum noch Haare, hält sich aber für unwiderstehlich und schmeißt sich an junge Mädels ran.«

»Er hat doch behauptet, das wäre umgekehrt. Seit er zwei Romane über so einen Psychokiller mit vielen grausigen Details veröffentlicht hat, laufen ihm junge Damen in Scharen nach, was ihn selbst erstaunt hat. Und die Mädchen auf den Fotos wären alles Fans oder Kolleginnen, hat er gesagt.«

»Vielleicht ist das so. Aber der nutzt das bestimmt aus, der alte Sack! Ich wette, der lässt sich nicht nur Fotos schicken.«

Das hatte Angermüller auch schon gedacht. Jasmina jedenfalls, so wie man sie ihnen geschildert hatte, musste ihrem Nachbarn völlig ausgeliefert gewesen sein, vertraute ihm, war ihm dankbar, und ihre ebenfalls ziemlich naive Schwester unterstützte das auch noch. Aber wäre Arthur Döpper zu so einer Gewalttat fähig? Gewiss, der Kommissar hatte gelernt, dass jeder zum Mörder werden konnte, wenn die Voraussetzungen stimmten. Aber warum Döpper, was wäre sein Motiv gewesen? Verdeckung einer Straftat? Auch wenn ihm die schmierige Kumpelhaftigkeit des Mannes ziemlich unangenehm war, mit Jansens Abneigung gegen den Schriftsteller konnte er nicht mithalten.

»Glaubst du denn, er hat was mit unserem Fall zu tun?«

»Wir werden ihn jedenfalls genau durchleuchten«, meinte Jansen grimmig, »und dann wird sich zeigen, ob es nicht ein paar dunkle Flecke auf der Weste von dem Jungmädchenfreund gibt.«

Der Kriminalhauptkommissar brummte noch zustimmend, dann schwiegen beide. Gerade hatten sie die Stelle passiert, an der zwei Tage zuvor die Leiche der jungen Frau entdeckt worden war. Angermüller ging die letzte Begegnung mit Ante Bogdanovic noch einmal durch den Kopf. Sie waren vorerst fertig mit der Spurensuche im Zimmer der jungen Frau und kehrten mit Dragica ins Erdgeschoss zurück, wo Ante Bogdanovic und seine Mutter ebenfalls gerade aufbrechen wollten. Als er Jasminas Laptops erkannte, die Jansen für ihre Ermittlungen in der Dienststelle unterm Arm hatte, fragte Bogdanovic barsch:

»Wieso beschlagnahmen Sie die? Dürfen Sie das überhaupt?«

Der gleichmütige Gesichtsausdruck von Jansen wechselte zu akuter Explosionsgefahr. Aber bevor sein Kollege den Mund auftun konnte, stellte Angermüller den Sachverhalt klar.

»Selbstverständlich dürfen wir das. Wir ermitteln in einem Mordfall und erhoffen uns von der Untersuchung der Geräte Hinweise, die zur Aufklärung beitragen. Ich verstehe im Übrigen nicht, was Sie daran stört.«

»Ich habe mit Ihresgleichen ziemlich schlechte Erfahrungen gemacht.«

»Und das aus gutem Grund«, knurrte Jansen feindselig.

»Ich wiederhole mich«, erwiderte Angermüller ruhig, »wir sind hier, um den Mord an Jasmina aufzuklären. Interessiert es Sie denn gar nicht, wer Ihrer Schwester das angetan hat?«

Für einen Moment war nichts zu hören von Bogdanovic, dann polterte er:

»Die ganzen geilen Kerle im Internet, von denen kann es doch jeder gewesen sein! Aber Jasmina musste ja unbedingt berühmt werden, oder, Dragica? Auch gegen ihren Kontakt mit diesem französischen Schmierfinken hast du rein gar nichts gehabt! Hätte ich da nicht eingegriffen, hätte sie ihn auch weiterhin besucht. Allein. In seiner Höhle da drüben!«

Dragica sagte nichts und senkte den Blick. Angermüller wollte sich die Reaktion ihres Bruders gar nicht vorstellen, erführe er vom wahren Umfang der Beziehung Jasminas zu ihrem Nachbarn.

»Glauben Sie denn, Alain Durand hat etwas mit Jasminas Tod zu tun?«

Bogdanovic zuckte mit den Schultern.

»Ich hatte ihr eigentlich klargemacht, dass sie sich von dem da drüben fernhalten soll. Hatte auch ein Auge drauf, aber konnte mich natürlich nicht rund um die Uhr um Jasmina kümmern.«

Dass seine Schwester die Augen verdrehte, bekam er nicht mit und setzte hinzu:

»Keine Ahnung, was die an dem Opa finden. Aber da drüben sieht man des Öfteren junge Mädels klingeln.«

Diese Aussage und die Fotosammlung an der Pinnwand waren jedenfalls Grund genug, die Person des Erfolgsautors nach allen Regeln der Kunst abzuklopfen, um zu sehen, ob da was dran war. Doch erst musste Angermüller seinem Kollegen noch eine Frage stellen:

»Sag mal, was ganz anderes: Was hast du eigentlich mit diesem Bogdanovic? Was treibt der so? Unser Schriftsteller hat ja auch ein paar Andeutungen gemacht.«

Jansen setzte den Blinker, um nach rechts in Richtung Autobahn abzubiegen.

»Hab doch gesagt, den kenne ich aus meiner Zeit beim Rauschgift. Damals liefen ihre Restaurants nicht mehr, und die Bogdanovics wollten sich wohl mit Drogen was dazuverdienen. Natürlich waren die Albaner, die den Stoff über die Balkanroute holen und in Nordeuropa den Ton angeben, von der Konkurrenz nicht begeistert. Die Bogdanovics stammen aus Serbien. Es gab jedenfalls 'ne Menge Ärger.«

»Das ist ja mindestens zehn Jahre her. Und jetzt?«

»Seit Vater Bogdanovic gestorben ist, hat sein Sohn übernommen. Er hat die Restaurants mächtig aufgepimpt und macht auf edel und teuer. Aber ich glaube, die hängen immer noch im Drogenhandel drin, haben sich mit den Albanern arrangiert und nutzen die Läden zur Geldwäsche. Meistens werden ja nur die Kleindealer erwischt, und Leuten wie Bogdanovic kannste selten was nachweisen – höchstens mal einem ihrer Leute schwere Körperverletzung oder unerlaubten Drogen- oder Waffenbesitz. Aber ihre Anwälte hauen sie immer wieder raus. Schweinebacken.«

»Sein Begleiter jedenfalls sieht nicht aus wie ein netter, harmloser Junge.«

»Nee, wirklich nicht! Wo der zuschlägt, wächst kein Gras mehr. Allein, dass der Bogdanovic so einen Bodyguard braucht, spricht doch schon Bände!«

»Reg dich nicht auf, Claus«, versuchte Angermüller, den Ärger seines Kollegen zu dämpfen, »lohnt sich nicht. Ich muss grade an das arme Mädchen denken. Die hatte es in der Familie wirklich nicht leicht. Riesige Villa, teure Autos, reichlich Geld, aber eine Mutter so eiskalt, dass einen friert neben ihr, und dazu der zwielichtige Bruder – kein Wunder, dass Jasmina in diese Parallelwelt abgetaucht ist. Und dass sie jemandem wie dem Döpper vertraut hat.«

»Tja, ausgerechnet«, kommentierte Jansen nur und setzte den Blinker nach rechts, um auf die Bundesstraße einzubiegen.

Obwohl er die lebende Jasmina nicht gekannt hatte, spürte der Kommissar eine tiefe Betroffenheit. Das Mädchen hatte auf den Fotos so lieb und harmlos gewirkt, dass der Kontrast zu ihrem schrecklichen Ende nicht größer sein konnte. Seine Töchter kamen ihm in den Sinn. Natürlich waren Eltern immer um ihre Kinder besorgt. Aber die Zwillinge verfügten über ein starkes Selbstbewusstsein, und auch wenn ihre Mutter und er mittlerweile getrennt lebten, wussten sie, dass ihre Eltern stets zur Stelle waren, wenn sie gebraucht wurden.

Er hatte im Großen und Ganzen das Gefühl, dass Astrid und er es mit den Mädchen ganz gut hinbekommen hatten. Trotz aller Schwierigkeiten durch die Trennung war die Bindung zu den beiden eng und vertrauensvoll, und sie wandten sich an Astrid oder Georg, wenn sie Probleme hatten oder Hilfe brauchten. Langsam aber wurde das immer weniger, denn in einem halben Jahr wurden sie 17 und immer selbstständiger, was Angermüller fast ein wenig bedauerte.

Er griff nach seinem Telefon. Ihm war eingefallen, dass er am Abend für die Mädchen kochen wollte. Endlich erreichte er Julia.

»Hallo, Julia, wir sind ja nachher zum Essen verabredet …«

»Hallo, Papa, ja, du wolltest lecker Kürbisrisotto machen. Klappt es nicht? Das wäre echt schade!«

»Doch, doch. Nur mit dem Einkaufen, das krieg ich nicht hin. Wir sind gerade erst auf dem Weg zur Posehlstraße und haben anschließend noch eine Besprechung. Kannst du oder deine Schwester ein paar Sachen besorgen?«

»Kann ich machen, kein Problem.«

Der Kriminalhauptkommissar diktierte seiner Tochter den Einkaufszettel, Julia wollte das Gemüse schon vorbereiten, damit sie gleich mit dem Kochen loslegen konnten, wenn er gegen halb acht nach Hause kam.

»Ach so, und vielleicht könnt ihr mir ein bisschen was über *Instagram*, Influencer und so erzählen. Ihr kennt euch da doch aus, oder?«

»Ach, Papa«, es klang irgendwie mitleidig, »wieso auskennen? Jeder, der ein Smartphone hat, nutzt das doch irgendwie – bis auf dich. Wieso interessiert dich das überhaupt plötzlich? Willst du jetzt etwa auch zu *Instagram*?«

»Erklär ich später. Bis dann!«

Gerade wollte er das Handy in die Jackentasche stecken, da erreichte ihn der nächste Anruf.

»Hallo, Steffen!«, meldete sich Georg, »was gibt's? Hast du noch irgendeine wichtige Info für uns?«

»Hallo, lieber Schorsch, nein, das ist ein rein privater Anruf.«

»Ah so, umso besser«, erwiderte der Kommissar erfreut und ein wenig überrascht, denn üblicherweise nutzte sein Freund für private Anrufe lieber das Festnetztelefon. Wie in vielerlei Hinsicht war er auch beim Telefonieren ganz Old School.

»Du warst zu Hause nicht zu erreichen, und ich nehme an, ihr seid mitten in den Ermittlungen. Ich will auch nicht lange stören. David und ich haben ganz spontan beschlossen, dich und Derya für morgen Abend zu uns zu einem kleinen Essen zu bitten, weil das auf lange Sicht für uns beide der einzig mögliche Termin ist. Würde das passen?«

»Was mich anbetrifft, passt es hervorragend. Ob Derya Zeit hat, weiß ich nicht.«

»Und ich wollte auch fragen, ob ihr schon um fünf Uhr kommen könntet? David und ich leiden nämlich noch heftig unter dem Jetlag, und spätestens um neun Uhr sind wir platt.«

»Ich frag bei Derya gleich nach, ob sie morgen einen Auftrag hat. Ihr Catering Service läuft zurzeit auf Hochtouren. Ich bekomme sie kaum noch zu Gesicht!«

»Freut mich, dass Derya so erfolgreich ist. Trotzdem hoffe ich, es klappt morgen mit euch. Wenn möglich, melde dich bitte noch heute, damit wir rechtzeitig mit den Vorbereitungen anfangen können.«

»Mach ich! Tschüs, Steffen«

Als er gleich darauf Derya nicht erreichte, sprach Georg ihr auf die Mobilbox und bat um Rückruf.

»Das also ist Jasmina Bogdanovic, 20 Jahre alt, die von einer großen Karriere als Influencerin geträumt hat«, nickte Angermüller und schaute in einer Mischung aus Unverständnis und Faszination zum Bildschirm, auf dem Anja-Lena den *Instagram*-Account von Jasmina aufgerufen hatte, Aufnahmen und Filmchen anklickte, welche die junge Frau in zahllosen Outfits, mit unterschiedlichen Frisuren und Accessoires zeigten. Sie war stets allein auf den Bildern und sah oft älter aus als 20 Jahre, teils sehr elegant und damenhaft, perfekt geschminkt und frisiert, teils leicht bekleidet in verführerischen Posen wie ein echter Vamp. Ein paar seltene Fotos zeigten ein fröhliches, unbeschwertes Mädchen, dessen Anblick so im Gegensatz zu ihrem grausamen Ende stand, dass es Angermüller schauderte. Er musste erst einmal durchatmen.

»Laut Aussage ihrer Schwester war Jasmina auf einem guten Weg, hatte schon einige Verträge von Kosmetik- und Modeherstellern unterschrieben und bekam ständig neue Angebote«, gab er wieder, was Jasminas Schwester erzählt hatte.

»Klar«, bestätigte Anja-Lena, »wenn jemand schon fast 200.000 Abonnenten hat, wird er für die Werbung interessant«, sie zeigte mit dem Cursor auf den Eintrag »198k Abonnenten«, der am Kopf des Profils von Jasmina Bogdanovic zu lesen war, »sie selbst folgt übrigens nur 98 Leuten.«

Sie waren die übliche Runde. Nur Harald Appels gab ihnen heute nicht die Ehre. Er nahm mal wieder an einem Empfang bei der Kultursenatorin teil. Dabei handelte es sich zwar eher um einen privaten Termin aufgrund seines Engagements für das *Schleswig-Holstein Musikfestival*, doch war der in seinem Kosmos natürlich immens wichtig. Seine Abwesenheit schmerzte keinen der Anwesenden.

»Warum eigentlich nennt sie sich ›Mademoiselle Miracle‹? Was soll das heißen?«, wollte Thomas Niemann wissen.

»So was wie Fräuleinwunder oder Fräulein Wunder, würde ich denken«, meinte der Kommissar, »aber wir haben dafür keine Erklärung. Auch der Nachbar, dieser Schriftsteller, der sie mit seinen Französischkenntnissen unterstützt hat, will nichts darüber gewusst haben. Nur, dass es Jasminas ausdrücklicher Wunsch war, genau unter diesem Namen auf *Instagram* aufzutreten.«

»Jedenfalls sieht Jasmina unglaublich lieb aus. Und sehr hübsch ist sie. Aber vor allem eben unglaublich niedlich und ein bisschen kindlich, trotz der vielen Fotos mit dem sexy Dekolleté. Und schaut doch mal, diese Herzchen-Ohrringe! Die sind auf allen Bildern, sie hat sie wohl nie abgelegt. Irgendwie rührend.«

Die innere Bewegung beim Anblick der jungen Frau war Anja-Lena deutlich anzumerken. Aber nicht nur ihr. Alle im Raum reagierten betroffen auf den Gegensatz zwischen der kindlich anmutenden Fröhlichkeit, die ihnen im Netz präsentiert wurde, und der Realität, die diesem Leben so ein abruptes Ende gesetzt hatte.

»Von diesen Ohrringen haben wir natürlich auch keine Überreste gefunden«, stellte Ameise vorwurfsvoll fest.

Mehmet Grempel nickte.

»Stimmt. Der oder die Täter haben wirklich ganze Arbeit geleistet und Klamotten, Schuhe, Schmuck, alles, was das Mädchen an sich hatte, verschwinden lassen.«

»Da wollte jemand die Identifizierung so schwierig wie möglich machen. Das mit den Registriernummern der Brustimplantate war ihm wahrscheinlich nicht bekannt oder er dachte, bei einer Verbrennung würde das Material sich komplett auflösen«, überlegte Angermüller.

»Anja-Lena und Thomas, ihr durchforstet das *Instagram*-Profil und was ihr sonst noch auf Jasminas Laptops findet, nach Hasskommentaren, potenziellen Stalkern und sonstigen zwielichtigen Kerlen. Zwar hat ihre

Schwester erzählt, sie hätte den Account alle paar Tage bereinigt, schaut ihn euch trotzdem an. Und bitte überprüft diesen Arthur Döpper alias Alain Durand, ob's bei dem dunkle Punkte gibt. Ebenso sein Alibi von Dienstagnachmittag. Angeblich hatte er einen Termin mit einer Buchhändlerin, Claus gibt euch Namen und Adresse.«

Kurz überlegte Angermüller die weitere Aufgabenverteilung.

»Also auf mich müsst ihr verzichten, hab morgen über Tag einen wichtigen privaten Termin«, stellte Ameise klar, »dafür abends Bereitschaft.«

»Okay, dann würde ich sagen, Mehmet, kümmerst du dich bitte um die Ortung von Jasminas Handy? Hier ist ihre Nummer. Vielleicht sehen wir so klarer, ob Tatort und Fundort identisch sind oder wo sie sich vor ihrem Tod noch aufgehalten hat.«

»Okay, wird gemacht.«

»Und schau bitte, ob du was über diesen sogenannten Coach, diesen Adrian, in Erfahrung bringen kannst.«

»Jungbluth heißt der«, ergänzte Jansen.

»Alles klar«, bestätigte Mehmet, die anderen nickten. Der Kriminalhauptkommissar sah in die kleine Runde.

»Gut, dann würde ich sagen, morgen um 14 Uhr hier wieder. Claus und ich kümmern uns um den sehr überschaubaren Freundeskreis von Jasmina, und wenn wir's schaffen, sehen wir uns noch mal in Klingberg um. Vielleicht hat ja doch jemand mitbekommen, von wem Jasmina dort abgeholt wurde. Und wenn ihr irgendwelche weiterführenden Erkenntnisse habt, einfach anrufen.«

»Oh Mann, Papa, das war wieder so gut!«, stöhnte Judith, »ich glaube, ich platze gleich!«

»Ich auch«, schloss ihre Schwester sich an, »und eigentlich gar keine große Kunst, so ein Risotto.«

Vom Kürbisrisotto, von dem Georg noch eine Portion für den nächsten Tag hatte retten wollen, war kein Rest geblieben.

»Ja, am wichtigsten ist Geduld und Zeit, fleißig rühren, Flüssigkeit aufgießen, fertig. Jetzt habt ihr ja wieder mitgekriegt, wie's geht. Nächstes Mal komme ich zu euch zum Risotto.«

»Au ja, dann machen wir eines mit Radicchio. Find ich auch so lecker!«, schwärmte Julia.

Judith kramte in ihrer Umhängetasche nach ihrem Notebook. »So, dann lasst uns den Tisch abräumen. Du wolltest doch was zu Social Media wissen, Papa. Oder gibt's noch Nachtisch?«

Kurz überlegte Angermüller.

»Ihr seid ja so satt. Aber wir könnten natürlich schnell noch einen Apple Crumble machen. Wollt ihr?«

Dazu sagten die beiden nicht Nein. In kürzester Zeit waren die Äpfel geschält und geschnippelt, mit Zimt und Zucker bestreut und der Krümelteig geknetet. Die feuerfeste Form stand im Backofen, und ein köstlicher Duft nach Butter und Zimt verbreitete sich in der ganzen Wohnung.

Auf dem Küchentisch vor Judith stand jetzt das geöffnete Notebook.

»So, Papa, ich hab schon mal *Instagram* aufgemacht. Was willst du denn wissen?«

»Mmh, das ist nicht so einfach. Ich weiß zum Beispiel überhaupt nicht, wozu man das braucht.«

»Hauptsächlich nehme ich das, um meine Fotos und Videos hochzuladen und mit meinen Freunden zu teilen. Und ich gucke mir auch gerne was mit Mode und Reisen an.«

»Aber es gibt nicht nur Klamotten, Schminktipps und so was, sondern auch interessante Leute oder Organisationen, denen man folgen und wo man sich über alles Mögliche informieren kann«, ergänzte Julia.

»Inwiefern interessant?«

»Na ja, die sich für irgendwas engagieren, so Umwelt und Politik … Wir gucken halt kein Fernsehen, sondern informieren uns anders. Auf *Insta* und *Youtube* kann man das machen, wann man will, und sehen, was man will. Und man kann es liken oder auch seine Meinung schreiben.«

»Ah ja. Jetzt zeig doch mal, wie das so aussieht.«

Judith klickte große Bilder und kleine Bilder an, kurze Filmchen, mal mit, mal ohne Ton – Georg saß davor und verstand den Zusammenhang nicht. Aber vielleicht gab es ja auch gar keinen.

»Wie gesagt, die meisten, denen ich folge, sind meine Freunde. Hey, guck doch mal, Julia, der Niko!«

In dem Filmchen, das aus lauter kurzen Bilderschnipseln bestand, rannte zwischen warm eingepackten Spaziergängern ein Junge in einer Bermuda ins Meer und wieder raus, schlug am Strand ein Rad und zeigte dann ein Victoryzeichen.

»Der hat das tatsächlich gemacht! Der ist verrückt, bei der Kälte«, kommentierte Julia beeindruckt und lachte sich scheckig, genau wie ihre Schwester.

»So Papa, ich like das jetzt mal. Da klicke ich einfach auf dieses Herzchen. Hier, siehst du?«

»Mmh. Und warum macht der Niko das? Bei den Temperaturen ist das ja nicht die reine Freude.«

»Na eben! Das ist ja grad der Witz bei dieser Challenge.«

»Challenge? Das heißt Herausforderung. Worum geht's denn da?«

»Es gibt Challenges für alles Mögliche – für Frisuren, Diäten, Tiere, Tänze. Die hier heißt Beach-Challenge – die meisten zeigen da Fotos von sich an tollen Stränden, Sonnenuntergänge, und Niko wollte einfach nur was Lustiges machen.«

Julia griff nach der Maus.

»Darf ich mal? Es gibt noch ganz andere Challenges, sportliche, auch ernsthaftere für veganes Essen, gegen Krieg und so.«

»Ah ja.«

Georg merkte schon, dass er nicht richtig durchschaute, was auf dem Bildschirm passierte. Die Zwillinge riefen weitere Fotos und Videos auf, von Freundinnen, denn in der Mehrzahl waren es Mädchen, mit denen sie in Verbindung waren.

»Und sind das jetzt Influencerinnen?«

»Nee, Papa«, lachte Judith, »da musst du schon ein paar mehr Follower haben und vor allem Firmen, die dich für Werbung bezahlen, wenn du zum Beispiel ihre Klamotten trägst. Ich glaub, das wird erst interessant ab 20.000. Guck mal hier. Die haben mindestens 400.000 Abonnenten und mehr.«

Judith zeigte zwei, drei Influencerinnen, denen sie folgte, durchweg gut aussehende, durchgestylte junge Frauen, die für bestimmte Modemarken warben.

»Das sind meistens welche, die damit Geld verdienen wollen. Es gibt aber auch Leute, die für mehr Nachhaltigkeit in unserem Alltag aufrufen und so«, meldete sich Julia zu Wort und führte wieder den Cursor, »oder die aktiv sind gegen Rechts oder in der Klimabewegung. Und du kannst nicht nur einzelnen Personen, sondern auch Organisationen folgen.«

Sie wechselte von Fotos von brennenden Wäldern mit Slogans zur Klimarettung zu Bildern von aussterbenden Tieren, dann zu Aufrufen für Solidarität mit Flüchtlingen in Seenot.

Für Angermüller war dieses *Instagram* wie eine neue Welt, eine Welt, die er nicht so richtig verstand. Das lag auch an der Art des Sehens, die ihn irgendwie frustrierte. Fotos, zum Teil mit Überschriften oder kurzen Kommentaren, Videoschnipsel mit und ohne Ton, die immer nur kurze Eindrücke wiedergaben. Georgs Sehweise kam das nicht entgegen. Wie so ein Account angelegt war, das hatte er inzwischen verstanden, doch er fand es immer noch ziemlich verwirrend, was sich da auf dem Bildschirm abspielte.

»Guck mal, bei mir, hier so.«

Julia klickte einige Bilder und Videos an, auf denen sie allein posierte oder mit anderen Mädchen und Jungs, auch mit ihrer Schwester. Sie saß mal vor einem Stück Torte, oder die ganze Gruppe tanzte, mal zeigte sie einen kaputten Schuh, schnitt dazu Grimassen – alles wirkte sehr ausgelassen, sehr lustig.

»Und das ist meiner.«

Judith übernahm die Maus. Ihr Auftritt unterschied sich für Georg kaum von dem ihrer Schwester. Wahrscheinlich sah es bei ihren Freundinnen und Freunden wenig anders aus.

»Was sagt eigentlich eure Mutter zu euren *Instagram*-Aktivitäten?«

»Na ja, so richtig toll hat sie das am Anfang nicht gefunden. Aber wir haben uns ja private Profile angelegt, und da können nur unsere Freunde sehen, was wir posten. Das findet sie okay«, erklärte Julia, »und weil eigentlich alle aus der Schule dabei sind, da mag sie es nicht verbieten.«

»Aber sie sagt immer wieder, wir sollen vorsichtig sein. Und das sind wir ja auch«, beteuerte Judith, »wenn irgendwelche Leute, die wir nicht kennen, sich ranwanzen wollen, dann klicken wir das weg.«

»Verstehe. Dann vielen Dank erstmal für die Einführung. Übrigens, der Apple Crumble müsste jetzt fertig sein. Passt der Nachtisch jetzt noch rein?«

»Logisch«, rief Julia und sprang auf, um Schalen und Löffel zu holen, »und falls du noch Vanilleeis dazu hast …«

Georgs Handy meldete sich.

»Hallo, Derya, schön, dich zu hören. Sag mal, magst du nicht rumkommen? Die Mädchen sind hier, und der Apple Crumble ist grade fertig geworden … nein, du störst doch nicht!«

Doch Derya war nicht zu überzeugen, schien irgendwie keine rechte Lust zu haben. Es kostete Georg auch einige Mühe, ihr die Einladung bei Steffen und David, ihren direkten Nachbarn, schmackhaft zu machen, obwohl sie für dieses Wochenende keinen Auftrag hatte. Schließlich ließ sie sich überreden, unter der Bedingung, dass Georg eine Stunde früher zu ihr nach Hause käme und sie abholte.

»Kein Ding, das mach ich gerne. Ich freu mich. Bis morgen.«

»Schöne Grüße!«, riefen Julia und Judith gleichzeitig, und Derya ließ zurück grüßen. Aber irgendwie benahm sie sich komisch, fand Angermüller. Na ja, das würde sich ja morgen hoffentlich klären lassen. Schnell sagte er Steffen noch für den nächsten Abend zu, und kurz darauf löffelten Georg und die Mädchen in genussvollem Schweigen die noch warme, buttrig-zimtige Apfelspeise, von einer Kugel Vanilleeis gekrönt – es schmeckte köstlich.

»So, Papa«, Judith schob ihre geleerte Schale beiseite, »willst du jetzt dein Profil anlegen?«

»Bloß nicht, wie kommst du darauf?«

»Na ja, weil du dich plötzlich so dafür interessierst.«

»Nee, das sollte nur so zur Information sein. Ich brauch das für die Arbeit.«

»Ach so? Schade.«

»Lass mal, Judith«, winkte Julia ab, »du weißt doch, seinen *Facebook*-Account, den wir ihm angelegt haben, nutzt er auch nicht. Grade mal zehn Freunde hat er da! Dabei ist *Facebook* genau richtig für Leute in deinem Alter, Papa. Bei *Insta* sind eigentlich sowieso nur Jüngere.«

KAPITEL VII

Mit dem sonnigen, frischen Märzwetter war es am Sonnabendmorgen erst einmal vorbei. Der Himmel war grau, dunkle Wolkenberge trieben dahin, angeschoben von einem kräftigen Wind. Es sah ausgesprochen ungemütlich draußen aus, aber zumindest war es noch trocken. Wie immer hatte Mia gefragt, ob Vicky ein bisschen früher kommen, beim Tisch decken und in der Küche helfen könnte. Und wie immer war wahrscheinlich alles fix und fertig und perfekt, wenn Vicky dort eine halbe Stunde vor der Zeit eintreffen würde. Das war bisher bei jeder Feier so gewesen.

Ach ja, diese Familienfeiern waren nicht gerade Vickys Sache. Einzig, Irmi bei der Gelegenheit mal wieder zu treffen, war ein Lichtblick. Irmi, eher klein an Statur, war mindestens doppelt so breit wie Mia und ein Mensch, der durch nichts aus der Ruhe zu bringen war. Irmi wohnte in dem Haus, in dem sie nach dem Umzug aus Dänemark ihre erste Wohnung gefunden hatten, bevor sie in die Villa der Stolzes gezogen waren. Sie passte damals des Öfteren auf Vicky und Karoline auf. Bald wurde sie Mias beste Freundin und blieb es bis heute. Alleinstehend, unabhängig und mehr als schlagfertig war sie so ganz anders als die brave Mia – aber vielleicht war gerade das die Grundlage ihrer Freundschaft.

Vicky war sich zu 100 Prozent sicher, dass ihre Schwester zu Mias Geburtstagsfeier erscheinen würde. Was würde sie wohl diesmal erzählen, warum sie sich nicht gemeldet hatte die ganze Woche? Wahrscheinlich hatten sich die Modeaufnahmen der neuen, unglaublich spannenden Sommerkollektion in einer unglaublich spannenden Location ewig hingezogen und na ja, Blablabla … In jedem Fall hätte sie wieder einen großen Auftritt, das war ja klar.

Den Gutschein aus dem Wollladen steckte Vicky in einen Umschlag und versah ihn mit einer roten Schleife, den Tulpenstrauß wickelte sie fest in Zeitungspapier und versenkte beides in ihrem großen Kurierrucksack. Sie war sehr früh dran, und so entschied sie sich, noch einen Schlenker über die Musterbahn einzulegen. Sie wollte dort einfach nur so aus Neugier nach der Praxis von Karolines Therapeutin schauen. Nicht, dass sie an deren Existenz zweifelte, aber bei ihrer Schwester wusste man nie … Natürlich würde Vicky darüber schweigen, wie sie Mia versprochen hatte, das war ja klar.

Langsam rollte sie mit dem Fahrrad über das Pflaster, dabei nach Praxisschildern an den Hauseingängen Ausschau haltend. Plötzlich bremste sie abrupt. Der Autofahrer direkt hinter hier ließ ein aggressives Hupen ertönen, und als sie sich umblickte und eine beschwichtigende Geste machte, zeigte er ihr einen Vogel und zog ganz knapp mit aufheulendem Motor links an ihr vorbei.

Rechts vor ihr parkte ein Wagen, der aussah wie Karolines. So ein dottergelbes Kabrio gab es bestimmt nicht so oft in Lübeck. Als Vicky das Kennzeichen lesen konnte, erhielt sie die 100-prozentige Bestätigung: Karolines Initialen und ihr Geburtstag – kein Zweifel, das war der

Mini Clubman ihrer Schwester, den sie sich vor mehr als zwei Jahren gekauft hatte und auf den sie sehr stolz war. Dann musste die Therapeutin ja wohl irgendwo hier in der Nähe sein. Vicky stieg vom Rad und schob es auf dem Bürgersteig voran, weiter nach einem Hinweis auf eine Praxis suchend. Welchen Namen hatte Mia noch genannt?

Da, nur ein paar Schritte hinter Karolines Auto, auf dem Schild an einem historischen Bürgerhaus, da stand es doch: »Doktor Magdalena Hardinghaus, Psychotherapie, Praxis Parterre im Hof, Termine nach Vereinbarung« Noch während Vicky überlegte, ob sie etwas unternehmen sollte, damit Karoline auf jeden Fall zu Mias kleiner Feier käme, öffnete sich die Tür zum Hofdurchgang.

»Wollen Sie rein?«, fragte ein Mann, der ebenfalls ein Fahrrad schob, und hielt ihr die Tür auf.

»Ja gerne, vielen Dank«, lächelte Vicky und schlüpfte mit ihrem Rad auf den Hof, stellte es direkt neben dem Eingang zu der psychotherapeutischen Praxis ab und studierte erst einmal in Ruhe das Schild an der Tür mit den Sprechzeiten. Komisch, von Sonnabend stand da nichts. Sollte sie einfach klingeln und nach Karoline fragen? Da öffnete sich wie von Zauberhand die Tür, und Vicky sah in das erschrockene Gesicht einer Frau, die wohl nicht erwartet hatte, dass jemand direkt vor ihr stand.

»Was tun Sie hier?«, fragte sie mehr als verwundert und sah Vicky durch ihre sehr kleinen, rot umrandeten Brillengläser an. Die Frau, Vicky schätzte sie auf Mitte bis Ende 50, war groß und schlank und trug das dicke dunkle, von grauen Fäden durchzogene Haar locker am

Hinterkopf zusammengesteckt. »Entschuldigung! Aber ich dachte, meine Schwester wäre bei Ihnen, weil ihr Auto fast direkt vor dem Haus parkt.«

»Am Sonnabend finden keine Therapien statt.«

Mit dem Rücken zu Vicky verschloss sie die Tür.

»Sind Sie Frau Doktor Hardinghaus?«

Sie drehte sich um.

»Das bin ich. Lassen Sie mich bitte vorbei? Ich habe es eilig. Notieren Sie sich doch die Telefonnummer, steht auf dem Praxisschild, und rufen Sie Montag an.«

»Das hilft mir jetzt nicht weiter. Ich dachte, Karoline wäre hier bei Ihnen. Unsere Mutter feiert nämlich heute ihren Geburtstag, und wenn Karoline nicht kommt – na ja, sie wäre mehr als enttäuscht.«

Ein skeptischer Blick aus dem auffälligen roten Brillengestell traf Vicky.

»Tut mir leid, aber ich fürchte, da kann ich Ihnen nicht weiterhelfen.«

»Es geht um meine Schwester, sie heißt Karoline Frederiksen, nennt sich auch Tonya. Ist sie denn diese Woche bei Ihnen gewesen?«

»Das darf ich Ihnen weder jetzt noch am Telefon sagen, Datenschutz«, entgegnete die Therapeutin mit einer bedauernden Geste.

Vicky setzte eine fragende Miene auf, so besorgt sie nur konnte, und verfluchte still ihre selbstsüchtige Schwester. Mann, was tat sie hier eigentlich für die doofe Karoline? Quatsch, sie tat es für Mia, die war schon unglücklich genug, korrigierte sie sich sofort.

»Schade. Unsere Mutter macht sich nämlich große Sorgen, weil Karoline sich die ganze Woche nicht gemeldet hat. Aber trotzdem danke.«

Mit einem leisen Seufzer griff Vicky nach ihrem Fahrrad.

»Ihre Schwester hatte diese Woche gar keinen Termin bei mir. Wenn Ihnen das weiterhilft …«

Die Frau deutete ein Lächeln an und wandte sich zum Hofausgang.

»Dankeschön«, rief Vicky ihr nach und begab sich ebenfalls zurück auf die Straße. Das hatte ja nun gar nichts gebracht. Sie ging noch mal zu dem dottergelben Mini und lugte durch die Scheiben. Die Rücksitze waren umgeklappt, aber eine Sichtblende verhinderte den Blick in den Kofferraum. Wo steckte Karoline nur? Hatte sie vielleicht einen neuen Freund? Na ja, wahrscheinlich würde sich das Rätsel bald lösen, wenn die großartige Tonya heute ihren Auftritt bei Mias Geburtstagsfeier hinlegte.

Das Haus, in dem Lisa während der Semesterferien bei ihren Eltern wohnte, lag am südlichen Rand von Scharbeutz. Doch die Beamten hatten dort niemanden angetroffen. An der Promenade betrieben die Eltern von Jasminas bester Freundin ein Strandbistro, und Angermüller und Jansen entschieden, dort ihr Glück zu versuchen.

Trotz des trüben Wetters war die Fußgängerzone an diesem Sonnabendvormittag recht belebt. Im Außenbereich des Strandbistros saßen in einem Wintergarten aus Plastikfolie einige hartgesottene Raucher unter elektrischen Heizstrahlern, vor sich ein kühles Helles. Die Vorstellung, morgens um 10.30 Uhr bei diesen Temperaturen ein Bier zu trinken, ließ Angermüller frösteln – trotz der umweltschädlichen Außenheizung.

Im Inneren des aus Holz errichteten Lokals umfingen sie bullige Wärme und eine Geruchsmischung aus Kaffee und Frittierfett, was nicht wirklich angenehm war. Auch hier war schon einiges los, Leute frühstückten Croissants oder Marmeladenbrötchen, manche herzhaft mit Rührei und Kartoffelrösti, einige tranken Kaffee, andere Bier.

»Was kann ich Ihnen Gutes tun?«, fragte die hagere Frau hinterm Tresen auf herb-freundliche Weise. Als die Beamten ihre Ausweise präsentierten, wurde ihr Verhalten merkbar reserviert.

»Worum geht's?«

»Frau Kopp?«

Sie nickte.

»Wir wollten mit Ihrer Tochter Lisa sprechen.«

»Lisa? Warum denn?«

»Ist Ihre Tochter hier?«

Mit heftigen Bewegungen drückte sie zwei Biergläser über die Bürsten im Spülbecken und warf Angermüller und Jansen einen ärgerlichen Blick zu.

»Nee, Lisa ist verreist. Die ist schon seit zwei Wochen auf La Gomera. Jobbt da in einem Restaurant. Hätte sie auch hier haben können. Na ja. Hat sie was angestellt?«

»Nein, alles in Ordnung. Wir hätten nur ein paar Fragen an sie. Wann kommt sie denn wieder?«

»Das hat sie uns nicht verraten. Aber ich denke, spätestens im April, wenn die Uni wieder losgeht, ist sie zurück.«

»Den Weg hätten wir uns sparen können«, nörgelte Jansen, als sie wieder ins Auto stiegen. Diese Zeugin konnten sie also von der ohnehin sehr überschaubaren Liste von Jasminas Kontakten streichen.

Mühelos fanden sie in der Straße hinter dem Kurpark in Travemünde einen Parkplatz, wo unter dem Dach eines kleinen Klinkerhauses die andere Freundin des Opfers wohnte.

»Jule Neitzel?«

»Ja«, nickte die junge Frau mit großen Augen, als sich die Kommissare vorstellten. Zwei lustige Grübchen verliehen ihrem Gesicht einen fröhlichen, sympathischen Ausdruck. Jule war nicht sehr groß und nicht gerade schlank.

»Sie kennen Jasmina Bogdanovic?«

Wieder nickte sie.

»Wir hätten ein paar Fragen zu Jasmina. Dürfen wir reinkommen?«, fragte Angermüller freundlich.

Jule Neitzel führte sie in die Küche, wo sie am Tisch unter einer Dachschräge Platz nahmen. Die Einrichtung war funktional, der Enge des Raumes angepasst und sah sehr neu, hell und geschmackvoll, aber auch ein bisschen unpersönlich aus.

»Sie wohnen hier allein?«

»Im Moment ja. Was ist denn mit Jasmina?«

»Wann haben Sie Ihre Freundin das letzte Mal gesehen?«, begann Angermüller, ohne auf Jules Frage einzugehen.

»Das war an irgendeinem Abend letzte Woche. Ich habe wochentags nicht so viel Zeit, da muss ich arbeiten.«

»Was machen Sie, wenn ich fragen darf?«

»Ich mache eine Ausbildung als Zahntechnikerin. Jasmina ist ja selbstständig und kann sich ihre Zeit frei einteilen, die hat's in der Hinsicht besser.«

»Wann und wo genau haben Sie sich gesehen?«

»Moment.«

Die junge Frau zog ihr Handy aus der Hosentasche, tippte kurz darauf und rief offensichtlich ihren Terminkalender auf.

»Also das war Mittwoch um fünf Uhr. Da hat mich Jasmina zum Italiener eingeladen.«

»Gab es dafür einen besonderen Anlass?«

Auch wenn Jule Neitzel immer noch ein wenig zögerlich sprach und ihr Gesicht ein großes Fragezeichen war, antwortete sie doch recht ausführlich.

»Na ja, Jasmina macht das öfter mal. Sie ist sehr großzügig. Sie verdient genug, sagt sie immer. Aber letzte Woche wollte sie auch ein bisschen feiern. Eigentlich sind wir gar nicht so eng miteinander. Wenn ich ehrlich bin: Jasmina ist total lieb und nett, aber auch ein bisschen langweilig. Eigentlich ist Lisa ihre beste Freundin. Aber seit die in Hamburg studiert und nur an den Wochenenden und in den Ferien nach Hause kommt, hält sich Jasmina mehr an mich. Und jetzt ist Lisa für einen Ferienjob auf den Kanaren, na ja, da meldet sich Jasmina noch öfter bei mir. Aber was ist denn nun mit ihr?«

Angermüller und Jansen tauschten einen kurzen Blick.

»Jasmina wurde am Mittwoch dieser Woche tot aufgefunden.«

Erschrocken öffnete sich Jule Neitzels Mund.

»Oh mein Gott! Was ist passiert? Hatte sie einen Unfall?«

»Nein«, Angermüller zögerte kurz, »sie ist einem Verbrechen zum Opfer gefallen.«

Fassungslos sah die junge Frau zu den Beamten.

»Jasmina … aber warum? Sie ist doch so ein harmloses Wesen. Wirklich nur lieb. Wer hat das denn getan?«

In ihren Augen schimmerten Tränen.

»Das versuchen wir herauszufinden, Frau Neitzel. Was hat Jasmina denn letzte Woche mit Ihnen gefeiert?«

Tief atmend bemühte sich die Zeugin, sich wieder zu fassen.

»Das hat sie leider nicht so genau gesagt. Sie machte ein großes Geheimnis darum, meinte nur, dass sie einen Termin hätte, der ihrer Internetkarriere einen echten Schub geben würde. Oh nee, was ist ihr denn bloß passiert? Sie wissen ja vermutlich, dass Jasmina ganz erfolgreich als Influencerin auf *Instagram* unterwegs ist?«

Die Kommissare nickten.

»Was sie da geschafft hat, ist wirklich toll. Wir kennen uns noch aus der Schule, und das hätte sich damals in unserer Klasse sicher keiner vorstellen können, dass ausgerechnet die schüchterne, liebe Jasmina mal Zigtausende Follower hat und damit ganz gut verdient. Aber natürlich gibt's im Internet auch 'ne Menge Idioten, die Cybermobbing geil finden, und grad Jasmina kann sich gegen so was ganz schlecht wehren. Ihre Familie hat da zwar sehr aufgepasst, wie sie erzählt hat, zumindest ihre große Schwester. Aber vielleicht hat ja irgend so ein Stalker oder sonst wie Verrückter …«

Die junge Frau verstummte, sichtlich schockiert über diese Vorstellung.

»Der Termin, in den sie so große Hoffnungen setzte – hat Jasmina noch Genaueres dazu gesagt?«

Stumm schüttelte Jule den Kopf.

»Aus dem wenigen, was sie erzählt hat – großen Koffer mit diversen Outfits für mehrere Tage packen und, dass sie abgeholt wird – hab ich geraten, dass es um ein Fotoshooting gehen muss. Vielleicht mit einer großen

Modemarke an einer ganz speziellen Location, so was halt. Jasmina hat überhaupt nie angegeben mit ihrem Erfolg auf *Instagram*, was ich eigentlich total klasse finde. Aber so war sie eben.«

Auf dem Gesicht der Freundin mischte sich in der Erinnerung ein kleines Lächeln in die Trauer.

»Doch da fällt mir noch was ein: Jasmina hat ganz begeistert von einem Coach oder Manager erzählt, den sie jetzt hätte. Ich war ein bisschen skeptisch, weil, bei ihr musste man immer befürchten, dass Jasmina auf irgendwelche Sprüchemacher reinfällt und sich ausnutzen lässt. Außerdem hatte ich auch das Gefühl, dass sie ganz schön verknallt war. Aber dieser Typ müsste doch eigentlich genau wissen, was Jasmina vorhatte, wenn er ihr ›Manager‹ war.«

»Wissen Sie, wie dieser Mann heißt?«

Sie überlegte einen Moment.

»Wie hieß der noch? Irgendwas mit A, glaube ich. War's Aaron oder Armin? Ach ja, Adrian, das war's, Adrian. Aber mehr als den Vornamen weiß ich nicht.«

»Kennen Sie außer Lisa noch andere Personen aus Jasminas Freundeskreis?«

»Nee, niemanden. Ich glaube, sie hat nicht so viele Freunde.«

»Gut, Frau Neitzel. Dann vielen Dank für Ihre Auskünfte. Ich lass Ihnen meine Karte hier – falls Ihnen doch noch was einfällt.«

»Schöne Wohnung haben Sie«, meinte Angermüller, als sie auf dem Weg zum Ausgang am Wohnzimmer vorbeikamen, dessen Einrichtung ausgesprochen stilvoll und genau wie in der Küche farblich perfekt abgestimmt war.

»Das Haus gehört meiner Oma, und eigentlich ist das

hier ’ne Ferienwohnung. Bin grad bei meinem Freund ausgezogen und kann hier wohnen, bis ich was Eigenes gefunden hab.«

»Na, dann hoffen wir mal, dass uns Adrian Jungbluth Aufklärung über Jasminas geheimnisvollen Termin verschaffen kann«, ächzte Angermüller, als er seine ein Meter 95 auf den Beifahrersitz des Dienstwagens quetschte. In den Wintermonaten hatte er mal wieder deutlich an Gewicht zugelegt. Er war einfach zu vielen kulinarischen Verführungen erlegen – mit Wonne erlegen. Als Astrid noch über sein Essverhalten wachte und ihn regelmäßig zur Zurückhaltung ermahnte – was er überhaupt nicht liebte – hatte sich das Hüftgold der Wintermonate in annehmbaren Maßen gehalten. Mit Derya war das anders. Die hatte vollstes Verständnis, wenn man bei köstlichen Speisen schwach wurde, erging es ihr selbst doch nicht anders.

Angermüller zückte sein Handy.

»Ich frag mal nach bei Mehmet, ob der was über diesen sogenannten Coach in Erfahrung bringen konnte, und ich stell laut, dann kannst du gleich mithören.«

Der Kollege meldete sich sofort.

»Moin, ihr beiden. Also, polizeilich ist der Jungbluth scheinbar noch nie auffällig worden. Ich hab alles über ihn gegoogelt. Er hat in den letzten Jahren beruflich einiges ausprobiert: mit Luxusautos gehandelt, Versicherungen verkauft, wollte wohl möglichst schnell möglichst viel Geld verdienen. Aber anscheinend alles sauber. Fing an, selbstständig Immobilien zu makeln, und seit über einem Jahr ist er angestellt bei *Dahnsdorf und Partner*. Das ist eine sehr erfolgreiche, renommierte Firma.«

»Das war's?«

»Ja, mehr hab ich nicht über den Mann gefunden.«

»Danke, Mehmet, bis später.«

»So ein richtiges Unschuldslamm also«, kommentierte Jansen, »dann sind wir mal gespannt.«

Sie nahmen die Route durch den Herrentunnel und erreichten in weniger als einer halben Stunde die Gegend um den Adolfplatz, wo Adrian Jungbluth wohnte.

»Mann, was für eine bescheidene Hütte«, bemerkte Jansen, als sie vor dem dreigeschossigen Gebäude standen, das in seiner Verbindung von sachlicher Moderne mit wenigen klassischen Anklängen vor allem edel und teuer wirkte. Angermüller klingelte und fragte nach Adrian Jungbluth.

»Ja, das bin ich. Wer fragt?«

Die Kommissare zückten ihre Ausweise, und Angermüller kündigte über die Videosprechanlage den Besuch der Kriminalpolizei an.

»Kriminalpolizei? Worum geht's denn?«

Neben der Männerstimme klang keifendes Hundegebell aus dem Lautsprecher.

»Können wir das vielleicht persönlich und ohne Nebengeräusche klären, Herr Jungbluth? Oder ziehen Sie eine Befragung bei uns im Kommissariat vor?«

Jansen gab sich gar nicht erst Mühe, seine Ungeduld zu verbergen.

»Viel Zeit hab ich nicht, eigentlich gar keine. Aber dann kommen Sie halt hoch, wenn es so verdammt wichtig ist.«

Mit dem Fahrstuhl schwebten sie in den dritten Stock, wo sie in der Wohnungstür ein Mann im Bademantel empfing, auf dem Arm ein winziges weißes Hundetier, das im Verhältnis zu seiner Größe ein unwahrscheinlich lautes Kläffen von sich gab.

»Mensch, Mizzi, jetzt sei endlich still!«, verlangte er erfolglos. »Also, worum geht's?«

»Wir haben ein paar Fragen zu Jasmina Bogdanovic.«

»Jasmina, Jasmina? Ach ja …«

Sichtlich irritiert rückte Jungbluth seine Brille zurecht, ein modisches Modell mit großen Gläsern in dünnem goldfarbenem Metallrahmen.

»Was ist mit ihr?«

Sein Blick ging unruhig zwischen den Beamten hin und her, während der Hund sich gar nicht beruhigen wollte.

»Tut mir leid, der hört nicht auf mich. Ich bin nur der Hundesitter. Mizzi gehört meiner Verlobten. Kommen Sie rein. Was ist denn nun mit Jasmina?«

Auf Angermüllers Auskunft vom Auffinden des toten Mädchens reagierte der Mann mit argwöhnischer Miene und streichelte hektisch das Tier auf seinem Arm.

»Jasmina? Tot?«

Jungbluth klang ungläubig. Als er keine Antwort erhielt, setzte er den kleinen Hund, der scheinbar den Ernst der Lage erfasst und sich beruhigt hatte, auf den Boden.

»Wenn Sie bitte da drüben am Tisch Platz nehmen. Bin gleich bei Ihnen, zieh mir nur kurz was über. Komm, Mizzi.«

Er verschwand in der Tiefe des Flurs. Das Hündchen folgte ihm auf dem Fuß.

Der riesige rohe Holztisch, an dem Angermüller und Jansen ihre Stühle zurechtrückten, beherrschte den großen Raum, der sich in einen Essbereich und die, durch eine Kochinsel abgetrennte, offene Küche teilte. An deren moderner anthrazitfarbener Einrichtung hatte man nicht gespart, weder an kostbaren Materialien noch an luxuriösen Hightech-Küchengeräten. Der Kommissar zweifelte allerdings, ob dieses Juwel auch ausgiebig genutzt wurde, so sauber, ja fast steril, wie es hier aussah.

Er blickte nach draußen, wo vor der gesamten Breite des Raumes eine weitläufige Terrasse lag, die von zurzeit noch blattlosen Baumwipfeln umgeben war. Diese Wohnlage konnte man nur als exzellent bezeichnen: nicht weit von der Innenstadt, aber ruhig und grün. Der junge Mann musste über ein beachtliches Einkommen verfügen, sich diesen Luxus leisten zu können.

Im taillierten mintfarbenen Hemd und schmal geschnittenen Jeans, sein dunkelblondes Haar kunstvoll verwuschelt, erschien Adrian Jungbluth wieder auf der Bildfläche, von Mizzi aufgeregt umtänzelt. Er setzte sich zu ihnen an den Tisch und schaute nervös nach der Uhrzeit auf seinem Smartphone.

»Also, wie gesagt, ich hab eigentlich gar keine Zeit. Gleich werde ich abgeholt.«

»Als Erstes würde ich gern Ihre Personalien aufnehmen«, verlangte Jansen unbeeindruckt und nahm Jungbluths Angaben zu Protokoll. Noch bevor die Beamten ihre Befragung starten konnten, stellte der 30-Jährige fest:

»Eines will ich von vornherein klarstellen: Ich kenne das Mädchen nur flüchtig, und nicht ich bin auf Jasmina zugekommen, sondern es war umgekehrt. Sie stand eines Tages vor meiner Tür und ließ sich nicht abweisen.«

»Wann war das? Und was wollte sie?«

»Das ist noch nicht so lange her, es war irgendwann Anfang des Jahres. Sie hätte gehört, ich könnte ihr helfen, ihr Standing auf *Instagram* zu verbessern, mehr Follower, mehr Firmen und so.«

»Ist das Ihr Beruf? Influencerinnen managen?«

Verächtlich zog Jungbluth die Brauen hoch.

»Natürlich nicht. Ich bin in der Immobilienbranche.«

»Aber wie kam Jasmina dann auf die Idee, Sie engagieren zu wollen?«

Der Mann begutachtete seine Fingernägel und schien zu überlegen, dann sagte er:

»Ich hab das mal für ein paar Mädels aus meinem Bekanntenkreis gemacht, das ist schon ewig her. Manche sind inzwischen ganz erfolgreich. Jasmina hatte das scheinbar mitbekommen und hielt mich für einen Fachmann auf dem Gebiet.«

»Und warum haben Sie nicht einfach Nein gesagt?«

Er machte ein ratloses Gesicht.

»Irgendwie fand ich die Kleine halt auch rührend. Die Ernsthaftigkeit, mit der sie mich um Hilfe gebeten hat. Ich hab natürlich erst mal abgelehnt, aber sie war unglaublich hartnäckig. Sie ließ sich einfach nicht abweisen.«

Als er die skeptischen Mienen von Angermüller und Jansen sah, bekräftigte er mit einem hilflosen Lächeln:

»Ich wollte Jasmina wirklich nur helfen, glauben Sie mir.«

Wieder schaute er nach der Uhrzeit.

»Und was haben Sie konkret für Jasmina getan?«

Die Frage war ihm peinlich, das spürte Angermüller genau.

»Wie gesagt, dass ich auf *Instagram* unterwegs war, ist lange her. Das hab ich ihr ja auch zu erklären versucht, aber sie war nicht zu überzeugen. Und da hab ich halt mit ihr zusammen ihren Account durchgeschaut und ein paar Tipps gegeben.«

»Das war alles?«

»Na ja, nicht viel mehr. Sie hat mir zum Beispiel auch Firmen genannt, die Kontakt zu ihr aufgenommen hatten, und wollte wissen, ob ich die Zusammenarbeit befürworten würde. Sie fragte, wie viele Posts in der Woche ich empfehlen würde für ausreichende Präsenz, lauter solche Sachen. Und ich sollte demnächst auch noch den Job von ihrer Schwester übernehmen und ihren Account von Hassposts und anderen Belästigungen freihalten. Ich hab ihr aber ehrlich gesagt, dass ich nicht wüsste, ob ich dafür die Zeit habe. Sie wollte es trotzdem mit mir versuchen.«

Nachdenklich hörte sich Angermüller die ausführlichen Erklärungen des Zeugen an.

»Könnte es vielleicht sein, dass Jasmina auch ein bisschen in Sie verliebt war? Und Sie haben das genossen und konnten deshalb nicht Nein sagen? So ein junges, ausgesprochen hübsches Mädchen?«

Einen Moment wand er sich unter dieser Frage.

»Kann sein, vielleicht«, gestand er schließlich trotzig, »aber wir haben uns wirklich nur ein paar Mal gesehen. Oh Mann, irgendwie hab ich ja gleich geahnt, dass ich mir mit dem Mädchen Ärger einhandeln würde.«

»Wieso glaubten Sie, es gäbe Ärger wegen Jasmina?«

»Ach, das war nur so ein Gefühl … Aber wie gesagt, ich hab's furchtbar eilig. Sind wir fertig?«

Jansen, der sich die ganze Zeit im Hintergrund gehalten hatte und dem wahrscheinlich alles schon wieder viel zu zäh vor sich ging, ärgerte diese Frage offensichtlich.

»Nee, Herr Jungbluth, wir fangen gerade erst an. Zum Beispiel wüssten wir gerne, wann Sie das Mädchen denn zum letzten Mal gesehen haben?«

»Pfff …«, nachdenklich guckte der Zeuge nach draußen, »vorletzte Woche, letzte Woche?«

Jansens Miene wurde immer düsterer.

»Haben Sie keinen Terminkalender?«

»Das steht nicht bei mir im Kalender. Wie gesagt, ich hab Jasmina nur wenige Male gesehen, und dann immer eher kurzfristig.«

»Können Sie sich vielleicht trotzdem auf ein Datum festlegen, wann und wo es zum letzten Mal war?«, forderte Claus Jansen gereizt.

»Ich denke, das war letzte Woche, ja, letzte Woche Montag, hier bei mir zu Hause.«

»Haben Sie seitdem noch mal mit Jasmina telefoniert oder Nachrichten geschickt?«

»Nicht, dass ich wüsste.«

»Soll heißen nein, nehme ich an.«

Solche unklaren Formulierungen schätzte Jansen überhaupt nicht.

»Nein.«

»Hat Jasmina sonst irgendwas von ihren Plänen erzählt? Wussten Sie über ihre Verabredungen oder Termine Bescheid?«, übernahm Angermüller wieder.

»Sie hat einiges erzählt, was sie zukünftig machen wollte. Aber nicht so konkret. Irgendeine große Sache hatte sie vor, etwas, von dem sie sich sehr viel versprach. Sie durfte aber nicht drüber reden, hat sie gesagt. Ich muss gestehen, ich habe mir das auch gar nicht alles gemerkt. Vielleicht ging's um ein Fotoshooting mit einem großen Sponsor, keine Ahnung.«

»Und hat sie Ihnen verraten, wann und wo das stattfinden sollte?«

»Nein, wie gesagt, sie durfte angeblich nichts darüber ausplaudern. Hören Sie, ich hab jetzt wirklich keine Zeit mehr …«

»Sie leben allein?«, stellte Angermüller unbeeindruckt fest. Jungbluth bestätigte mit einem Nicken, spielte mit seinem Smartphone, checkte erneut die Uhrzeit, wirkte immer nervöser.

»Wo waren Sie am Dienstag dieser Woche?«

»Vormittags im Büro, wie meistens, und am Nachmittag hatte ich mehrere Termine außer Haus, Besichtigungen mit Kunden.«

»Die das sicherlich bestätigen können?«

»Davon gehe ich aus.«

»Wie heißt die Firma, bei der Sie arbeiten?«

»*Dahnsdorf und Partner Immobilien GmbH*. Ich wäre Ihnen übrigens sehr dankbar, wenn Sie dort nicht wegen dieser Sache vorstellig würden.«

»Das kommt ganz drauf an, Herr Jungbluth, wie relevant Ihre Beziehung zu Jasmina für unsere Ermittlungen ist. Ich kann Ihnen das nicht garantieren.«

»Soll ich Ihnen eine Liste meiner Termine von Dienstag ausdrucken, damit Sie die verifizieren können?«

»Ja bitte, machen Sie das, inklusive Kontaktdaten.«

»Mach ich sofort.«

Jungbluth verschwand im Nebenzimmer, kam kurz darauf mit einem Din A4-Blatt zurück und überreichte es dem Kriminalhauptkommissar. Der Hund, der ihm auf Schritt und Tritt gefolgt war, lief plötzlich laut kläffend zur Wohnungstür, wo sich in dem Moment ein Schlüssel drehte.

Eine große, schlanke Frau erschien in der geöffneten Tür, die Arme voller Einkaufstüten. Täuschte sich Angermüller, oder wurde Adrian Jungbluth wirklich blass von einer Sekunde zur andern? Jansens Gesichtsausdruck wiederum wirkte wie hypnotisiert. Er verfolgte gebannt jede Bewegung der dunkelhaarigen Schönheit, die von dem Schoßhündchen begeistert begrüßt wurde.

»Mizzi, beruhig dich bitte! Ich leg mich noch lang, wenn du so zwischen meinen Füßen rumspringst! Schatz, kannst du mir bitte mal was abnehmen? Mizzi, pfui!«

»Ja klar!«

In den wie erstarrt verharrenden jungen Mann am Tisch kam Bewegung, und er sprang auf, um die Frau von ihrer Last zu befreien.

»Hallo, mein Herz, danke«, stöhnte sie erleichtert und küsste Adrian Jungbluth auf den Mund, »bist du fertig, können wir gleich los?«

Er nickte.

»Stell dir vor, ich habe inzwischen den perfekten Ort gefunden, wo wir nach dem Standesamt einen kleinen Empfang geben können! Da gibt es so eine hübsche Grünanlage hinter der Wasserkunst an der Wakenitz. Da kann Lorenzo seine Proseccobar und ein bisschen Fingerfood aufbauen, das wird im Juni bei schönem Wetter sicher ganz fantastisch. Bin ich nicht genial?«

Sie hob den Hund vom Boden auf und kraulte sein dichtes weißes Fell.

»Ja, Mizzi, du bist auch ganz toll!«

Erst jetzt entdeckte sie die Beamten am Tisch.

»Ach, du hast Besuch!«

Mit einem strahlenden Lächeln schritt sie auf ihren halsbrecherisch hohen, dünnen Absätzen auf die Männer zu und gab den beiden die Hand. Angermüller schätzte sie auf Mitte bis Ende 30, eine erfolgsgewohnte Geschäftsfrau, die wusste, was sie wollte.

»Guten Tag, ich bin Konstanze Dahnsdorf, freut mich.«

»Kriminalhauptkommissar Georg Angermüller, mein Kollege Claus Jansen, Kripo Lübeck«, stellte Angermüller vor.

»Kripo? Was ist denn passiert, Adrian?«

Weniger verunsichert als sehr bestimmt, wandte sich die Frau an ihren Verlobten, der umständlich die Einkaufstüten auf dem Küchenblock ablegte und nach einer passenden Antwort zu suchen schien. Das dauerte ihr offensichtlich zu lange.

»Weswegen sind Sie hier, Herr Kommissar?«

Sie zog sich einen Stuhl an den großen Tisch heran.

»Wir ermitteln in einem Mordfall und befragen Herrn Jungbluth als Zeugen.«

»Mord?«

Nur ganz kurz zeigte Konstanze Dahnsdorf so etwas wie Verunsicherung, dann fragte sie streng: »Was hast du damit zu tun, Adrian?«

»Ich hab gar nichts damit zu tun«, kam die Antwort von der Kochinsel, an die sich der Mann betont lässig lehnte, »du hörst doch, ich werde nur als Zeuge befragt.«

»Davon gehe ich mal aus, dass du niemanden umgebracht hast«, stellte die Frau mit einem ironischen Lacher fest, »aber irgendwas scheinst du ja damit zu tun haben, sonst wäre die Polizei nicht hier. Oder, Herr Kommissar?«

Angermüller antwortete mit einem unverbindlichen Lächeln. Er war gespannt, wie der Heiratskandidat seiner Braut die Verbindung zu Jasmina erklären würde.

»Adrian? Was ist passiert?«

»Eine Frau ist tot aufgefunden worden. Ich kenne sie eigentlich kaum …«

»Was für eine Frau?«

»Sie heißt Jasmina und versucht sich als Influencerin.«

»Eine ehemalige Freundin von dir?«

»Wie kommst du jetzt darauf?«, fragte Jungbluth verwirrt, »nein, wie gesagt, sie war nur eine flüchtige Bekannte. Ich hab sie ein paar Mal getroffen. Sie hatte gehört, dass ich früher ein paar Mädchen unterstützt hatte, die heute als professionelle Influencerinnen unterwegs sind, und suchte so eine Art Coach für ihren *Instagram* Auftritt, aber ich hab ihr gleich gesagt, dass ich dazu gar keine Zeit habe.«

»Ah ja«, kommentierte Konstanze Dahnsdorf mit undurchdringlicher Miene, die Augen auf ihren Verlobten geheftet, und Angermüller ahnte in dem Moment, dass Adrian noch ein hartes Verhör bevorstand – aber nicht im Rahmen seiner Ermittlungen. Da er es nicht besonders geschickt fand, Jungbluth in Anwesenheit seiner Zukünftigen noch zu weiteren Details seiner Beziehung zu Jasmina zu befragen, gab er Jansen ein Zeichen.

»Herr Jungbluth, dann verabschieden wir uns fürs Erste, würde ich sagen.« Die Polizisten standen auf. »Wir melden uns demnächst nochmals.«

Der Ton von Jansens Handy erklang, wie schon seit Jahren die Mundharmonika aus *Spiel mir das Lied vom Tod*, und der Kollege entfernte sich Richtung Ausgang.

»War nett, Sie kennenzulernen, Frau Dahnsdorf, schönes Wochenende noch!«, wünschte Angermüller freundlich und folgte Jansen zur Tür.

»Danke ebenso. Auf Wiedersehen.«

Mit professioneller Höflichkeit verabschiedete sich Konstanze Dahnsdorf, schenkte den Kommissaren sogar ein verbindliches Lächeln, bevor sie sich ihrem Verlobten zuwandte.

»Sag mal, warum hast du dich eigentlich so schnell verabschiedet? Wir hatten den Mann doch noch gar nicht richtig in die Mangel genommen«, wollte Jansen wissen, als sie im Aufzug nach unten fuhren, »da war doch bestimmt was mit Jasmina.«

Statt zu antworten, stellte sein Kollege eine Gegenfrage.

»Hast du gehört, wie die schöne Frau heißt, die unseren Zeugen zu heiraten gedenkt?«

»Dahnsdorf – ja klar! Wie die Firma!«

»Genau. Der hätte doch total dicht gemacht, wenn wir ihn vor der Braut und Firmenerbin nach Details seiner Beziehung zu Jasmina befragt hätten. Ich denke nämlich auch, dass er was mit dem Mädchen hatte. Für unsere nächste Befragung bestellen wir ihn in die Possehlstraße, und dann wird er reden.«

»Tscha, vielleicht hast du ja recht.«

»Über seinen Terminkalender müssen wir auch noch einmal sprechen. Am Dienstagnachmittag hatte er nämlich gerade mal einen Termin um 14 Uhr, und den auch noch in Sierksdorf, quasi um die Ecke von unserem Fundort. Also sein Alibi für den Tag ist ziemlich dürftig.«

»Allerdings«, bestätigte Jansen, »übrigens, das war Anja-Lena eben am Telefon. Sie hat ein paar interessante neue Erkenntnisse über unseren Schriftsteller durchgegeben.«

Natürlich war für Vicky nichts mehr zu tun, als sie eine Viertelstunde vor der Zeit zu Mias Geburtstagsfeier eintraf. Die Duftmischung des Büfetts und das Aroma des Kaffees, der schon durch die Maschine lief, stiegen einem gleich im Flur in die Nase.

»Hallo, Mia Mama, alles Gute zum Geburtstag!«

Für ihre Begriffe hatte sich Vicky in Schale geworfen. Eine weiße Bluse mit Sternchenmuster, darüber ein schwarzes Baumwolljackett zu ebenfalls schwarzen Cordjeans. Hoffentlich wusste ihre Mutter das zu würdigen. Doch diese Hoffnung war vergebens. Vicky sah sofort, dass Karoline sich immer noch nicht gemeldet hatte. Mia war krank vor Sorge, so gequält wie sie lächelte und gar nicht richtig anwesend war. Vicky übergab ihr Geschenk, und sie umarmten sich.

»Danke, meine Kleine«, flüsterte Mia, und Vicky fürchtete schon, sie würde in Tränen ausbrechen.

»Dann pack doch mal aus«, versuchte sie, ihre Mutter abzulenken, »ich hol eine Vase für die Blumen.«

Im Wohnzimmer saß Ralf Ziegner breitbeinig vor der Glotze, wo eine bescheuerte Dokusoap über aufgemotzte Autos lief, und versperrte den Weg zum Schrank mit den Vasen. Er warf Vicky einen abschätzigen Blick zu.

»Na, haste dich heute schick gemacht?«

Statt einer Antwort drückte ihm Vicky den Tulpenstrauß in die Hand.

»Mach dich mal nützlich und organisiere eine Vase.«

»Ich weiß doch gar nicht, wo die sind.«

»Da gleich neben dir, im Schrank.«

Im Flur stand immer noch Mia und starrte auf den ausgepackten Gutschein aus dem Wollladen, ohne ihn wirklich wahrzunehmen.

»Ich dachte, so kannst du dir selbst die richtige Wolle und die richtige Farbe aussuchen. Besser, als wenn ich was Falsches anbringe.«

»Ja, natürlich. Das wäre wirklich nicht nötig gewesen. Ich weiß doch, dass du kein Geld hast. Aber vielen Dank, Vicky. Ich kann dir ja was stricken. Auf jeden Fall ist das eine sehr gute Idee.«

Geistesabwesend griff Mia nach der Hand ihrer Tochter und drückte sie. Wahrscheinlich wartete sie nur auf das nächste Klingeln in der Hoffnung, ihr am meisten ersehnter Gast würde auftauchen. Kurz überlegte Vicky, ob sie ihrer Mutter von Karolines Auto und der Psychologin erzählen sollte, entschied sich aber dagegen. Wahrscheinlich würde Mia ständig rätseln, was das zu bedeuten hatte, und erst damit aufhören, wenn Karoline endlich aufgetaucht wäre.

Kurz darauf klingelte es, dann ging es Schlag auf Schlag, und die Gäste trudelten einer nach dem anderen ein – nur ihre große Schwester ließ auf sich warten. Vicky unterstützte ihre Mutter, nahm ihr Geschenkpapier ab, stellte Blumen in Vasen und bat ins Esszimmer, wo der Tisch auf seine äußerste Größe ausgezogen war, sodass zehn Personen, dicht gesetzt, daran Platz fanden.

Mias Bruder Jesper und seine Frau waren die Ersten, dann erschien Ralfs Schwester – eine etwas verbitterte Person, die der ganzen Welt die Schuld an ihrem Unglück gab, nämlich ihrer Scheidung vor mittlerweile fünf Jahren, die sie immer noch nicht überwunden hatte. Ralf hatte sich inzwischen vom Fernseher losgerissen, stand neben Mia im Flur, begrüßte die Leute und kloppte blöde Sprüche – was auch sonst. Als sein Kumpel Ulf auftauchte, ein ehemaliger Berufssoldat wie er, zog Ralf ihn von seiner Frau

Beate weg ins Wohnzimmer, wo sie sogleich dröhnend von den angeblichen Heldentaten während ihrer Dienstzeit schwadronierten. Beate blieb verloren zwischen den anderen Gästen stehen, die sie wohl kaum kannte.

Immer, wenn die Klingel ertönte, war Mias Spannung nicht zu übersehen. Wie hypnotisiert schaute sie zur Tür, jedes Mal hoffend, dass Karoline endlich davorstünde. Ihre Hoffnung wurde jedes Mal enttäuscht. Die Letzte, die eintraf, war ihre Freundin Irmi.

»Sollen wir jetzt vielleicht das Büfett eröffnen?«, fragte Mia zögerlich in die Runde, »Karoline fehlt zwar noch, aber wann sie kommt, weiß ich nicht.«

Mia war für ihre Kochkünste berühmt, und Vicky hatte den Verdacht, dass manche Gäste vor allem deshalb zu ihren Einladungen kamen. Auch heute strömten aufs Stichwort alle sofort in die Küche, wo auf hübschen blau-weiß bestickten Tischdecken eine appetitliche Vielfalt von dänischen Köstlichkeiten bereitstand.

Bis auf Grünkohlbouletten, die Mia extra ihretwegen nach einem neuen Rezept zubereitet hatte, gab es außer Brot, Käse und Kuchen nichts rein Vegetarisches. Da Vicky zuweilen immer noch Fisch und Meeresfrüchte auf ihrem Speisezettel hatte, wenn auch mit schlechtem Gewissen, konnte sie sich zumindest an die Lakserilette halten, einen Aufstrich aus Lachs mit Creme Fraiche und Schnittlauch. Außerdem entdeckte sie neben Mias luftigen dänischen Frikadellen und ihrer warmen Leberpastete auch einen Rejesalat, einen Krabbensalat mit Äpfeln und Dill, den sie sehr mochte.

»Soll ich dir einen Becher Kaffee mitbringen?«, bot sie Irmi an, als sie ihren Teller vor dem Platz neben ihr abstellte.

»Gerne, Vicky, mit viel Milch!«

Wie stets erntete Mia viel Lob für ihr Buffet, und alle griffen reichlich zu. Auch Vicky arbeitete sich mit Genuss durch die Auswahl auf ihrem Teller. Mia war wirklich eine hervorragende Köchin und Bäckerin und träumte schon lange von einem eigenen Café. Durch das Angebot ihrer Chefin war dieser Traum in greifbare Nähe gerückt. Nur dass der Doofmann das leider ganz anders sah. Angewidert schaute Vicky zu Ralf Ziegner, der gerade in eine Boulette biss, die er auf seine Gabel gespießt hatte und mit vollem Mund auf seinen neben ihm sitzenden Kumpel einredete, bis der in ein äußerst dreckiges Lachen ausbrach. Auch wenn sie sich nicht viel davon versprach, vielleicht sollte sie ja doch mal mit Ralf über die Übernahme des Cafés reden.

»Sag mal, meine Freundin sieht heute nicht besonders glücklich aus«, raunte Irmi leise, »was ist denn los?«

»Ach, es ist wegen Karoline«, gab Vicky ebenso leise zurück, »die ist letzte Woche weggefahren, irgendwohin, wahrscheinlich zu Modeaufnahmen, und hat sich seit Sonntag nicht mehr bei Mama gemeldet. Die macht sich natürlich Sorgen. Aber das ist nichts Besonderes, das hat Karoline schon öfter gemacht. Sie ist inzwischen zurück und wird heute zum Geburtstag auftauchen, da bin ich sicher.«

Seit Vicky das Auto ihrer Schwester gesehen hatte, war sie davon mehr denn je überzeugt.

»Modeaufnahmen, wow«, machte Irmi beeindruckt, »deine Schwester wird noch richtig berühmt!«

Gleichgültig zuckte Vicky mit der Schulter.

»Und was machst du eigentlich so?«

Vicky erzählte von ihrer Ausbildung zur sozialpädagogischen Assistentin in den Cafés der gemeinnützigen Stiftung, wo sie die dort arbeitenden Menschen mit Behinderung begleitete und unterstützte, und von ihrer Vorbereitung aufs Fachabitur.

»Na sag mal, du traust dich ja was! Toll! Aber ich wusste schon immer, dass du Power hast, mein Mädel. Man muss dich nur lassen.«

Irmi tätschelte Vickys Hand und flüsterte nah bei ihrem Ohr:

»Sei froh, dass du Mias Mann nicht mehr jeden Tag ertragen musst. Ich werde nie begreifen, was deine Mutter an dem findet.«

»Na, ihr beiden!«

»Mia, setz dich doch zu Irmi. Ich bin erst mal fertig mit essen. Soll ich dir einen Kaffee holen?«

Vicky machte ihren Stuhl frei.

»Aber ich muss mich doch ums Buffet kümmern und die Getränke …«, versuchte Mia, sich zu entziehen.

»Das kann ich doch machen. Du hast schließlich Geburtstag, Mama!«

Endlich hatte Mia neben ihrer Freundin Platz genommen, als der schrille Ton der Türglocke durch die Wohnung schallte.

»Das wird endlich Tonya sein«, rief sie erfreut, sprang gleich wieder auf und lief eilig zur Tür.

»Tonya, wieso Tonya?«, fragte Irmi verständnislos.

»Karoline nennt sich doch so auf *Instagram*. Ist quasi ihr Künstlername«, erklärte Vicky und schnitt eine Grimasse.

KAPITEL VIII

»Sie schon wieder?«

Die Tür gerade mal einen Spaltbreit geöffnet, war Döpper anzusehen, dass er sie den Kommissaren am liebsten gleich wieder vor der Nase zugeschlagen hätte. Jansen hielt schon einmal seinen rechten Fuß bereit, um im Fall des Falles einen Bremsblock setzen zu können.

»Was wollen Sie denn noch?«

»Nur ein paar kleine Fragen, Herr Döpper. Sie sind ein wichtiger Zeuge. Lassen Sie uns freundlicherweise eintreten?«

Als der Bestsellerautor immer noch keine Anstalten machte, die Tür freizugeben, machte Angermüller eine minimalistische Kopfbewegung in Richtung des Bogdanovic-Anwesens nebenan.

»Wir wollen doch kein Aufsehen erregen. Was sollen denn Ihre Nachbarn denken?«

Auf dem obersten Absatz der Freitreppe zum Eingang der Villa standen Ante Bogdanovic und sein Muskelmann und starrten herüber.

»Kommen Sie rein.«

Eilig schloss Döpper die Tür hinter seinen Besuchern, und Jansen steuerte von sich aus das Bibliothekszimmer an, das sie vom Vortag kannten. Dort stellte er sich direkt vor die Pinnwand und begutachtete interessiert die Sammlung von Fotos junger Frauen.

»Habe ich Ihnen nicht schon gestern gesagt, dass diese Fotos meine Privatsache sind und Sie nichts angehen?«

Äußerst ungehalten machte Döpper einen Schritt auf Jansen zu, der mit verschränkten Armen klarmachte, dass er nicht von seinem Platz weichen würde.

Angermüller schaute zum Couchtisch vor dem Kanapee, auf dem ein silberner Flaschenkühler stand, in dem kopfüber eine offenbar geleerte Champagnerflasche steckte, daneben zwei benutzte hochstielige Gläser. Das war offensichtlich der Auftakt oder Abschluss des Dinners mit dem baskischen Huhn am Vorabend gewesen.

»Ich bin mir nicht so sicher, dass uns Ihre Beziehungen zu jungen Frauen nichts angehen«, widersprach der Kriminalhauptkommissar langsam. »Sie als Krimiautor können sich natürlich denken, dass wir Informationen über Sie eingeholt haben.«

»Und?«

»Es gab mehrere Anzeigen …«

»Dann ist Ihnen bestimmt auch aufgefallen, dass diese Geschichten Jahre zurückliegen, und ich in keinem Fall verurteilt wurde«, unterbrach Döpper den Kommissar aufgebracht.

»Weil die jungen Frauen in allen fünf Fällen ihre Anzeigen wegen sexueller Nötigung zurückgezogen haben, da man sich außergerichtlich geeinigt hat. Wo Ihre Bücher damals gerade anfingen zu laufen, konnten Sie natürlich eine solche negative Publicity überhaupt nicht brauchen. Hat Sie eine Stange Geld gekostet, oder?«

»Meine Sache.«

»Das ist also ein paar Jahre her. Und jetzt wollen Sie uns erzählen, Sie haben sich Ihre Vorlieben abgewöhnt?«, insistierte Angermüller. Döpper tat, als ginge ihn die Frage nichts an.

»Sieht aber nicht so aus, als habe sich da viel geändert«, warf Jansen ein und fuhr mit dem Finger die Bildergalerie junger Frauen ab, die auf der Pinnwand versammelt waren, was Döpper gehörig gegen den Strich ging.

»Das sind vor allem vielversprechende junge Kolleginnen«, protestierte er aufgebracht, »denen ich mit meiner Erfahrung unter die Arme greife.«

»Das glaube ich Ihnen aufs Wort«, ätzte Jansen, und sein Kollege schaltete sich wieder ein: »Das mag so sein, aber zurück zu Jasmina. So desinteressiert, wie Sie es gestern darstellten, waren Sie nicht an ihr. Oder sind Sie nicht der Inhaber des privaten *Instagram* Accounts unter dem Namen ›Alain Amoureux‹, den unsere Rechercheure entdeckt haben? Dieser Verehrer, der Jasmina folgte, ständig Küsschen und Herzchen schickte und ihr sehr eindeutige Komplimente machte? Komplimente zu ihrer vergrößerten Oberweite zum Beispiel? Wusste Jasmina, dass Sie dahinter steckten?«

»Natürlich wusste sie es, sonst hätte sie mich doch längst gesperrt. Das war ein Spiel zwischen uns, nicht mehr!«

Wenig überzeugt musterten Angermüller und Jansen den Schriftsteller, der von einem Bein aufs andere trat und unruhig in seinen dünnen Haaren wühlte.

»Noch was anderes, Herr Döpper: Sie hatten angegeben, am Dienstag in der Buchhandlung in Lübeck gewesen zu sein. Wann genau, sagten Sie noch mal, war das?«

»Früher Nachmittag?«

»Ja, das behaupteten Sie. Aber laut unseres Kollegen erinnert sich die Buchhändlerin, dass Ihr Gespräch erst nach 18 Uhr stattgefunden hat und sich bis in den Feierabend zog. Was ist mit dem restlichen Tag? Was haben Sie am Vormittag und am Nachmittag gemacht?«

Döpper dachte kurz nach, dann hob er resigniert die Schultern.

»Ja, kann sein, dass ich erst später im Buchladen gewesen bin. Dann bin ich wohl den Rest des Tages am Schreibtisch gesessen und habe gearbeitet. Sie wissen ja, der Abgabetermin …«

Er versuchte sich an einem entschuldigenden Grinsen.

»Fällt Ihnen heute vielleicht auch ein, wann genau Sie Jasmina zum letzten Mal gesehen haben?«

Der Mann wirkte von den Fragen der Kommissare zunehmend gestresst. Mit immer fahrigeren Bewegungen fuhr er sich durch das dünne Haar.

»Was haben Sie nur mit mir? Irgendwie wollen Sie mir nicht glauben …«

»Warum wohl?«, regte sich Jansen auf, »Sie haben uns ja schon ein paar Mal ganz schönen Mist erzählt!«

»Aber wenn es nun mal stimmt, dass ich Jasmina vor Wochen zum letzten Mal getroffen habe! Wir haben wirklich nur per WhatsApp kommuniziert und ab und zu telefoniert, und auch das ist schon eine Weile her.«

»Würden Sie uns Ihr Handy überlassen, um Ihre Angaben überprüfen zu können?«

Empört schaute Döpper die Beamten an.

»Natürlich nicht. Ich kenne meine Rechte. Erst, wenn Sie mir einen Beschluss vom Staatsanwalt zeigen.«

»Kein Problem. Besorgen wir uns. Komm, Claus, lass uns gehen«, forderte Angermüller seinen Kollegen auf und drehte sich zum Ausgang. »Ach ja, und halten Sie sich zur

Verfügung. Wir kommen heute Nachmittag mit einem richterlichen Beschluss wieder.«

»Hören Sie: Ja, ich habe mit Jasmina auf *Instagram* geflirtet – aber ich wollte doch keinen Ärger mit ihrem Bruder. Schon als ich ihr damals Nachhilfe für die Schule gegeben habe, ist der bei mir aufgetaucht und hat mich bedroht.«

Auf eine Art wirkte der Mann in die Enge getrieben. Er wollte plötzlich gar nicht aufhören zu reden.

»Aus Vorsicht haben Jasmina und ich uns nur ganz selten getroffen, wenn es sich gar nicht vermeiden ließ, und möglichst auch nicht hier, sondern irgendwo im Café oder am Strand. Die geliehene Summe hat sie mir in Raten zurückgezahlt, und ansonsten lief unser Kontakt nur noch übers Internet und das Telefon. Außerdem brauchte sie meine Hilfe für *Instagram* ja auch immer weniger.« Er hielt kurz inne.

»Wegen Adrian Jungbluth?«

»Genau, Adrian«, wiederholte er in einem leicht abfälligen Tonfall, »das wissen Sie also schon.«

»Sie mögen den jungen Mann nicht?«, erkundigte sich der Kriminalhauptkommissar.

»Ich kenne diesen Adrian doch gar nicht.«

»Aber er war scheinbar der Grund, dass Sie für Jasmina weniger wichtig waren, oder?«

»Und wenn? Ich bin nicht eifersüchtig, falls Sie das denken«, erregte sich Döpper. Angermüller sagte nichts und sah ihn nur an.

»Aber Sie sollten sich diesen Adrian lieber genauer anschauen, von dem hat sie nämlich regelrecht geschwärmt.«

»Machen wir, Herr Döpper, verlassen Sie sich drauf. Bis später dann!«

»Moment noch!«

Der Krimiautor fummelte sein Handy aus der Hosentasche, tippte kurz darauf herum und hielt es Angermüller entgegen.

»Ich will einfach nur meine Ruhe. Schauen Sie sich den Chatverlauf auf WhatsApp ruhig an und auch die Daten meiner Telefonate mit Jasmina. Dann werden Sie sehen, dass es überhaupt keinen Grund gibt, mich weiter zu verdächtigen.«

»Na, so eine Überraschung!«, hörte man Mia aus dem Flur rufen, »woher weißt du, dass ich heute Geburtstag habe? Leg doch ab und komm rein. Du hast hoffentlich Hunger. Das Buffet steht in der Küche.«

Mit einer langstieligen Rose in der Hand kam Mia zurück zu den anderen, und Vicky dachte, ach, Mama, es tut mir so leid für dich! Sie konnte sich vorstellen, welche Kraftanstrengung es Mia kostete, ihre Enttäuschung zu überspielen, denn wer auch immer gekommen war, es war jedenfalls nicht ihre Schwester.

Im nächsten Moment spürte Vicky eine heiße Welle über ihr Gesicht fluten. Sie senkte den Kopf, um ihre Röte zu verbergen, ging schnell in die Küche und räumte geschäftig auf dem Buffet herum.

»Hej, Viktoria Johanne! Hatte ich nicht eine klasse Idee? Jetzt frühstücken wir einfach hier zusammen. Oh Mann, und deine Mutter hat auch wieder ihre fantastischen Schokobrötchen gebacken, lecker!«

Was sag ich denn jetzt? Irgendwas Witziges am besten. Verdammt, ihr fiel natürlich nichts ein, ihr Kopf fühlte sich an wie ein absolut leerer Kürbis.

»Hallo, Marten, dich hätte ich ja nicht hier erwartet«, erwiderte sie schließlich lahm.

»Ich dich schon«, grinste er und wandte zum Glück seine ganze Aufmerksamkeit gleich den Köstlichkeiten des Geburtstagsbuffets zu.

»Kannst du mir verraten, welche Gerichte für einen Pflanzenfresser wie mich geeignet sind?«

»Da gibt es nicht so viel. Die Grünkohlbouletten, Käse natürlich, Brot und die Kuchen. Du isst auch keinen Fisch und so?«

Auch Marten machte da hin und wieder eine Ausnahme, wie er sagte. Das gibt's doch nicht, dachte Vicky beglückt, das ist ja genau wie bei mir, und zeigte ihm, wovon er sich noch bedienen konnte.

»Wie geil ist das denn? Drømmekage gibt's auch! Ich liebe den!«

Begeistert lud Marten sich einen Teller voll.

»Was ist das denn? Dieses grüne Teil sieht ja auch cool aus.«

»Das ist ein Matchacake, weißt schon, Superfood. Wollte Mia mal ausprobieren.«

»Ja, das Zeug ist total angesagt. Den grünen Tee mag ich nicht so, aber Matcha Eis ist lecker. Wie ist der Kuchen?«

»Mir schmeckt er.«

Vicky füllte noch einen Kaffee in ihren Becher.

»Willst du auch einen?«, fragte sie Marten.

»Gerne. Ich such uns mal zwei Plätze am Tisch.«

»Wer ihn nicht kennt: Marten ist ein Freund von Tonya«, stellte Mia ihn gerade vor, als Vicky mit den Kaffeebechern aus der Küche kam. Natürlich, ein Freund von Tonya! Mia sprach schon wieder von Tonya, wie albern. Verdammt, ihr Name war Karoline, und Marten war der Ex-Freund, von dem sich ihre Schwester nach nicht mal einem Jahr Zusammenleben getrennt hatte.

Oder er sich von ihr. Sie wusste es nicht so genau. Außerdem war das schon über zwei Jahre her. Dass Marten ihretwegen hier sein könnte, auf die Idee kam Mia natürlich nicht. Aber auch Marten widersprach nicht, schickte nur ein freundliches Lächeln in die Runde und stürzte sich auf seinen gut gefüllten Teller.

»Jetzt verrat mir doch, wo ist denn deine schöne Schwester? Ich dachte, ich sehe sie hier vielleicht mal wieder.«

Bei dieser Bemerkung verdunkelte sich Vickys Miene. Also doch! Schon bei ihrer zufälligen Begegnung am Donnerstag hatte sie befürchtet, dass Marten sich bei ihr vor allem nach Karoline erkundigen wollte. Es war wie damals. Er interessierte sich gar nicht für sie. Er benutzte sie nur als Vehikel, um an ihre Schwester ranzukommen. Darauf würde sie diesmal aber nicht wieder reinfallen.

»Karoline ist letzte Woche verreist, hat sich seit Sonntag nicht mehr bei Mia gemeldet, und die ist schon ganz krank vor Sorge. Aber sie wird bestimmt heute noch aufkreuzen. Ist schließlich Mamas Geburtstag«, erklärte Vicky.

Doch Marten schien gar nicht richtig zuzuhören und stand auf.

»Ich hol mir erst nochmal Nachschub«, zwinkerte er ihr zu, ging in die Küche und kehrte mit einem Teller voller Drømmekage, Matchacake und Schokobrötchen zurück.

»Mmh, das schmeckt so toll! Mia«, rief er über den Tisch, »dein Gebäck und überhaupt alles, es schmeckt wieder super!«

»Freut mich, Marten, danke!«

Mia strahlte. Natürlich freute sie sich über das Kompliment, aber Vicky wusste, dass sie nur an Karoline dachte, hoffte und bangte, dass ihre Schwester bald auftauchen würde.

»Sag, Vicky, wollen wir nicht bei mir mal was zusammen kochen? Ich find das cool, viel besser, als irgendwo essen zu gehen.«

»Ja«, machte Vicky gedehnt, die an ihre überschaubaren Kochkünste dachte. Ihre Mitbewohnerinnen nahmen ihr das Kochen oft ab, da sie häufig spät nach Hause kam. Und wenn sie dran war, gab es meist im Ofen geröstete Gemüse mit Joghurtsoße und Reis, was wenig Arbeit machte und billig war.

»Ja oder ja?«, grinste Marten.

»Ja gerne. Wann?«

»Warum nicht gleich morgen? So um 17 Uhr bei mir? Dann besorge ich heute noch ein paar Sachen dafür. Gibt's was, das du gar nicht magst?«

»Bis auf Fleisch esse ich eigentlich alles.«

»Das ist doch einfach, genau wie ich. Das krieg ich hin. Klasse, dann haben wir jetzt eine Verabredung für morgen.«

»Ja, prima«, rang sich Vicky einen Ausdruck der Freude ab, obwohl sie äußerst verunsichert war, was Marten wirklich bezweckte.

»Ach, könntest du den Nachtisch morgen beisteuern?«

Auch das noch, dachte Vicky, hoffentlich fällt mir was ein.

»Klar, kann ich machen. Wo wohnst du eigentlich?«

»Immer noch in dem Haus an der Effengrube, inzwischen mit einem Kumpel. Allein könnte ich mir das nicht leisten.«

»Okay, dann weiß ich ja, wo das ist.«

»Super, dann sehen wir uns morgen. Den Auftritt deiner schönen Schwester werde ich leider verpassen. Bin zum Fußballspielen mit meinen Jungs verabredet und muss jetzt los, wenn wir noch ein bisschen im Trockenen kicken wollen. Sieht nach Regen aus. Tschüs, Viktoria Johanne!«

»Tschüs. Und du darfst mich Vicky nennen«, erwiderte sie mit einer Grimasse. Marten grinste und strich ihr kurz über die Schulter.

»Tschüs, Vicky«

»Ja, bis morgen!«, lächelte Vicky und rätselte, nachdem er gegangen war, immer noch weiter, ob sein Interesse nun ihr oder ihrer Schwester galt.

»Na, hast du einen neuen Verehrer?«, fragte Irmi, die ihr gegenübersaß und sie offensichtlich genau beobachtet hatte.

»Sieht nett aus, der junge Mann!«

Das Team hatte sich gerade um einen Tisch im Besprechungsraum versammelt, da schritt der Behördenchef schwungvoll durch die Tür. Karierte Hose, Poloshirt unter schmal geschnittener Thermoweste, weiße Schuhe mit schwarzen Zierkappen – auch dem Letzten musste bei dieser Verkleidung klar werden, dass er es mit einem Golfer zu tun hatte.

»Guten Tag, die Herrschaften, wie sind wir denn vorangekommen?«

Jansen, der neben dem Kriminalhauptkommissar saß, senkte den Blick auf die Tischplatte und atmete hörbar tief durch. Es kostete ihn augenscheinlich riesige Überwindung, einen bösen Kommentar zu unterdrücken.

»Hallo, Harald, setz dich. Wir wollten gerade anfangen«, begrüßte Angermüller den Chef. Der zog sich nach einem schnellen Blick auf seine Armbanduhr einen Stuhl heran und setzte sich dem kleinen Grüppchen der anderen gegenüber.

»Mehmet, fang du doch bitte mal an. Was hat die Funkzellenabfrage von Jasminas Handy ergeben?«, forderte Angermüller den Kollegen auf.

»Leider nicht viel. Das Handy war am Dienstag bis zum späten Vormittag in einen Mast südwestlich von Klingberg eingeloggt, also da, wo das Mädchen wohnte, anschließend in den Handymast neben der Dienststelle der Autobahnpolizei Scharbeutz, zum letzten Mal um Virtel vor vier. Das ist der nächststehende Mast zum Fundort am See. Demnach scheint es also denkbar, dass Tatort und Fundort identisch sind und sie irgendwann am Dienstag gestorben ist. Und nach dem Mord hat der Täter Akku und Simkarte aus dem Handy genommen und alles entsorgt.«

»Ja, durchaus möglich. Danke, Mehmet. Wir sollten auf jeden Fall nachprüfen, mit wem Jasmina in den letzten Tagen über ihr Handy kommuniziert hat. Harald, gut, dass du hier bist. Du hast ja doch die besten Verbindungen. Wenn du dich persönlich um einen richterlichen Beschluss zur Herausgabe der Kommunikationsdaten kümmerst, dann hat das Ganze doch mehr Gewicht.«

»Selbstverständlich, Georg, das mach ich.«

Angermüller, wusste, wie er seinen Chef zu Höchstleistungen motivierte, und lehnte sich zufrieden zurück.

»Bitte noch heute, Harald, wenn das möglich ist. Das kann uns nämlich sehr weiterhelfen.«

»Ich werd's gleich versuchen, klar. Aber nicht vergessen, es ist Wochenende«, erinnerte Harald Appels die Kollegen.

»Ach was? Wochenende?«, konnte Jansen sich nicht beherrschen zu bemerken, »das ist mir noch gar nicht aufgefallen.«

Die anderen grienten, während der Behördenchef den Einwurf geflissentlich überhörte.

»Und ich bräuchte vor allem noch ein paar Angaben. Die Nummer, den genauen Namen der Teilnehmerin, die Zeiten und so weiter«, erinnerte der Behördenchef.

»Mehmet, übernimmst du das?«

Der Kollege nickte.

»Gut«, wandte sich der Kommissar an Anja-Lena und Thomas, »hat sich beim Durchforsten des *Instagram*-Accounts von Jasmina noch was Interessantes ergeben?«

Mehmet schob ein Blatt mit den Informationen zu Jasminas Handy zum Behördenchef über den Tisch. Der erhob sich hüstelnd.

»Ja, dann werd ich gleich versuchen, den richterlichen Notdienst zu kontaktieren. Weiß im Moment gar nicht, ob die rund um die Uhr erreichbar sind.«

Alle Augen waren auf Harald Appels gerichtet, und das war ihm sichtlich unangenehm, denn jeder wusste natürlich, dass er vor allem so schnell wie möglich in Richtung Golfplatz entschwinden wollte. Wenn auch das Wetter sehr durchwachsen war – es gab ein schickes Restaurant in seinem Klubhaus, wo man sich zumindest theoretisch mit Golf beschäftigen konnte, und das ganz gemütlich.

»Dann viel Erfolg, Leute! Georg, ich geb dir durch, wenn ich was erreicht habe.«

»Alles klar, Harald, mach das. Dir einen interessanten Golfnachmittag.«

»Wo steckt eigentlich Ameise?«, fragte Thomas Niemann nach dem Abgang des Chefs.

»Hast du's nicht gehört gestern? Der hat sich doch freigenommen für einen wichtigen privaten Termin. Der muss nämlich Küchen angucken«, wusste Mehmet. »Seine Frau möchte eine neue. Der hat richtig Stress heute.«

»Fehlt er dir, Thomas?«

Spöttisch schaute Jansen zu seinem Kollegen. Der schnitt nur eine Grimasse.

»Manchmal geht es auch ohne ihn, erstaunlicherweise«, stellte Angermüller fest, »aber wo waren wir stehen geblieben, bevor der Chef den Abflug machte?«

»Beim *Instagram*-Account des Opfers. Thomas und ich haben den sehr genau durchgeschaut. Die Follower sind etwa zu einem Drittel Männer, und die sind sicher weder an Damenmode noch an Schminktipps interessiert, genau wie unser Alain Amoureux. Die haben vor allem Herzchen bei Jasminas Fotos mit viel Haut hinterlassen, verliebte Sprüche und immer wieder die Versuche, ein Date mit ihr zu vereinbaren. Aber richtig böse Anmache oder auch Cybermobbing konnten wir in Jasminas Account kaum finden. Da hat die große Schwester gut für gesorgt und wahrscheinlich die üblen Posts immer sofort gelöscht.«

Nach einer kurzen Pause fuhr Anja-Lena nachdenklich fort.

»Ich glaube, Jasmina war gar nicht klar, wie manche männliche Follower auf ihre Bikini-Posen und die Dekolleté-Fotos reagieren würden. Sie scheint wirklich so naiv gewesen zu sein, wie ihre Schwester das euch gegenüber dargestellt hat. Sie fand sich einfach nur schön und wollte das allen zeigen.«

Keiner der Kollegen im Raum sagte darauf etwas.

»Ja, ich weiß, schwieriges Thema. Ihr wisst ja, was einer Frau vorgeworfen wird, die in sehr kurzem Rock rumläuft und belästigt wird oder gar vergewaltigt …«

Anja-Lena lächelte resigniert.

»Was ich damit sagen will: Jasminas Posts sind von bestimmten Männern sicher falsch verstanden worden. Da der schlimmste Mist aber immer gleich gelöscht wurde, können wir solche Stalker nicht mal eben so rausfiltern. Das Wiederherstellen von gelöschten Posts müssten wir beim Betreiber ebenfalls über einen Gerichtsbeschluss erwirken. Das kann dauern, denn diese Social Media Unternehmen sind auf dem Gebiet ja nicht gerade kooperativ.«

»Hmm«, überlegte Angermüller, »vielleicht sollten wir uns erst einmal auf die Männer konzentrieren, mit denen Jasmina im echten Leben zu tun hatte, und die wir schon kennen.«

»Entschuldigung, noch was«, meldete sich Thomas Niemann, »ihren letzten Post hat Jasmina am Montag eingestellt. Ein Selfie mit dem Hinweis auf eine große Überraschung, die sie für ihre Follower vorbereitet. Und dass sie deshalb eine kurze *Instagram*-Pause einlegt.«

»Eine Überraschung – was auch immer das bedeutet«, meinte der Kriminalhauptkommissar mit ratloser Miene, »jedenfalls waren wir heute auch bei Adrian Jungbluth, den Jasmina unbedingt als ihren Coach engagieren wollte.«

»Dieser Immobilienmakler?«, warf Mehmet ein.

»Genau, der bei dem renommierten Büro von *Dahnsdorf und Partner* arbeitet.«

»Und demnächst die Tochter des Chefs heiraten wird«, verkündete Jansen nicht ohne Häme.

»Wow! Das ist ja ein rasanter Aufstieg«, staunte Mehmet, »so leicht geht das also!«

Angermüller lachte.

»Nicht immer, Kollege. Selbst wenn dein Chef eine Tochter im heiratsfähigen Alter hätte, würde dir das nichts nutzen. Hast du was über Jungbluths *Instagram*-Aktivitäten gefunden? Er hat sich nämlich um die Accounts von ein paar Influencerinnen gekümmert, ist wohl schon eine Weile her, und außerdem muss er da nicht unbedingt persönlich in Erscheinung getreten sein.«

Mehmet verneinte.

»Unter seinem echten Namen jedenfalls nicht, und den musst du bei diesen Social Media ja nicht angeben. Daher auch im Internet diese ganzen Hasskommentare und so. Unter ihrer wahren Identität würden sich manche dieser Idioten das gar nicht trauen.«

»Da hast du aber verdammt recht«, stimmte Thomas Niemann zu, auch die anderen nickten.

»Nach unserem Besuch heute Morgen glaube ich ja, dass Jasmina in Adrian Jungbluth heftig verliebt war und er das ausgenutzt hat«, berichtete Angermüller, »und da er in einigen Monaten die Tochter seines Chefs zu heiraten gedenkt … na ja, die fände das sicher nicht witzig, wenn sie das mitkriegte. Mit anderen Worten: Der junge Mann hätte auch ein echtes Motiv.«

»Was hat er dazu gesagt?«

»Wir haben ihn noch nicht konkret danach gefragt. Seine Verlobte ist aufgetaucht, während wir da waren, und ich denke nicht, dass wir in ihrem Beisein der Wahrheit auch nur einen Millimeter nähergekommen wären. Wir werden ihn also für die nächste Befragung besser hierher bestellen.«

»Wenn er das Verhör durch seine Verlobte überlebt«, frotzelte Jansen, »der muss er jetzt nämlich erst mal einiges erklären.«

»Konntet ihr mit den Infos über den Schriftsteller, diesen Döpper, was anfangen?«, wollte Anja-Lena wissen und sah zu Angermüller.

»Schwierige Frage … der hat natürlich gesagt, diese ganzen Verfahren wegen sexueller Belästigung sind schon ewig her, und er wurde nicht in einem einzigen verurteilt. Klar ist, Döpper hat sich die Probleme mit Geld vom Hals geschafft. Was natürlich nicht bedeutet, dass er nicht weiterhin hinter jungen Frauen her ist, je jünger, je lieber. Zwar hat er uns nach einigem Zureden sein Handy selbst ausgehändigt, und die Nachrichten, die zwischen ihm und dem Opfer ausgetauscht wurden, waren wirklich relativ harmlos. Aber er kann ja auch alles Mögliche gelöscht haben. Oder sie haben übers Festnetz telefoniert.«

»Was sagt er denn, wann er zum letzten Mal mit Jasmina Kontakt gehabt hat?«

»Laut den gespeicherten Daten in seinem Handy tatsächlich vor zwei Wochen. Aber falls er wirklich Gespräche gelöscht hat, werden wir das zumindest über Jasminas Telefonverbindungen rauskriegen. Ah, Moment, Appels!«

Angermüller nahm das Gespräch auf dem Flur entgegen.

»Also, der richterliche Beschluss geht klar. Frühestens morgen Nachmittag kriegen wir die Kommunikationsdaten«, verkündete er seinem Team kurz darauf. »Was würden wir nur ohne unseren Chef anfangen?«

Die anderen lachten.

»Bevor ich es vergesse«, ergriff Mehmet noch einmal das Wort, »der Brandsachverständige vom LKA hat sich inzwischen gemeldet, wegen dieses Plastikverschlusses, den wir am Tatort gefunden haben. Sie haben Spuren von Avgas gefunden, Flugzeugtreibstoff. Das war der Brandbeschleuniger, den der Täter eingesetzt hat.«

»Okay, dann sollten wir recherchieren, wo es in der Nähe Tankmöglichkeiten für Flugzeuge gibt«, schlug Angermüller vor.

»Hab ich schon.«

Mehmet sah auf seine Notizen.

»Die nächsten Flugzeugtankstellen liegen am Flughafen Lübeck und auf den Flugplätzen Grube und Rendsburg.«

»Sehr gut. Das müssen wir später noch recherchieren. Behältst du das bitte im Auge Mehmet?«

»Klar, Chef.«

»Zurück zu Döpper. Habt ihr noch mehr zu seiner Anmache als Alain Weiß-der-Geier-wie bei *Instagram* gefunden?«, wollte Jansen wissen.

»Ach, der Alain Amoureux kann einem fast ein bisschen leidtun«, spottete Thomas Niemann. »Bis vor einigen Monaten hat Jasmina sich ja sehr um ihn gekümmert, auf seine Posts immer sofort reagiert. Aber seit ein paar Wochen beachtet sie ihn kaum mehr, auch wenn er ihr ständig Herzchen mit dicken Tränen schickt, der Arme.«

»Jasminas aktueller Favorit scheint dieser Adrian Jungbluth gewesen zu sein, da war der Schriftsteller sozusagen abgeschrieben. Schöne Formulierung, oder?«, freute sich Angermüller. »Und Eifersucht ist natürlich auch ein starkes Motiv.«

Wie Vicky am enttäuschten Gesichtsausdruck ihrer Mutter ablesen konnte, war der neue Gast immer noch nicht Karoline.

»Vielen, vielen Dank!«

Mia trug einen Strauß im Arm und versenkte ihre Nase in das üppige Gebinde aus gelben Rosen und weißen Lilien. Sie strahlte übers ganze Gesicht, als sie es wieder hob.

»Die sind wirklich wunderschön!«

Unglaublich, wie sie sich im Griff hatte und vor allen, die sie nicht so gut kannten, ihre wahren Gefühle verbergen konnte, wunderte sich Vicky wieder einmal.

»Nun komm doch rein. Wenn du schon mal hier bist, kannst du auch auf einen Kaffee bleiben!«

Ein großer Schlaks folgte hinter Mia und grüßte mit verhaltenem Lächeln in die Runde. Tatsächlich, es war Hardy, der ihren Geburtstag nie vergaß, wie Mia gestern im Café erzählt hatte. Vicky winkte ihm zu und zeigte auf den leeren Stuhl an ihrer Seite. Er kannte wahrscheinlich niemanden sonst in der Runde.

»Mensch, Hardy, das find ich ja gut, dass wir uns mal wieder sehen. Ich freu mich!«, begrüßte sie ihn, als er vor ihr stand.

»Hallo, Vicky, ja, das find ich auch. Ist ja ewig her!«

Hardy reichte ihr die Hand. Er sah gut aus, groß und schlank, kurzes blondes Haar und blaue Augen hinter einer runden Hornbrille, hatte er immer noch was von einem großen Jungen.

»Dann geh dir doch erst mal was vom Buffet holen. Es gibt viele leckere Sachen. Ich halte dir den Platz frei.«

Kurz darauf kam er nur mit einem Becher Kaffee zurück.

»Na sag mal, früher hast du doch immer Berge von Bouletten und Kuchen verdrückt! Was ist los? Auf Diät bist du ja wohl nicht?«

Hardy lachte.

»Nee. Vielleicht greif ich später zu. Ich hab ziemlich spät und recht üppig gefrühstückt.«

Er setzte sich auf den freien Platz neben ihr.

»Erzähl mal, was machst du so, Vicky?«

In seinen ordentlichen Jeans und einem Pullunder über einem blau-weiß gestreiften Hemd fand sie ihn ja ein bisschen spießig, aber Hardys freundliche Art ließ Vicky ihre Vorurteile vergessen. Sie konnte sich schon vorstellen, dass Mia in diesem sympathischen Typen einen idealen Schwiegersohn sah. Geduldig lauschte er Vickys Worten, machte hin und wieder Anmerkungen und fragte nach ihren Plänen. Und sie freute sich, dass sich jemand für ihre Ausbildung und ihr Fach interessierte.

»So, nun weißt du fast alles über mich und die Sozialpädagogik. Jetzt hab ich dich aber genug damit gelangweilt. Was treibst du denn so?«

»Das war doch sehr aufschlussreich«, widersprach Hardy, »ja, was ich so treibe … Im Moment arbeite ich in der Kanzlei meiner Eltern.«

»Bist du etwa schon fertig mit deinem Jurastudium?«, staunte Vicky. »Na ja, du warst ja schon immer so ein Wunderkind.«

»Quatsch, war ich nie«, protestierte Hardy, »nur in den Semesterferien jobbe ich hin und wieder in der Kanzlei. Sonst bin ich ja fürs Studium in Hamburg, und ich bin auch noch lange nicht fertig.«

»Und wie geht's deinen Eltern?«

Diese Frage stellte Vicky eher aus Höflichkeit denn aus echtem Interesse.

Einige Monate, nachdem Mia in Lübeck gelandet war, hatten Hardys Eltern sie als Haushälterin und Kinderfrau angestellt, was Mia wie das große Los empfand. Denn so konnte sie eine Wohnung im Souterrain der Stolze-Villa beziehen, arbeiten und sich gleichzeitig um ihre zwei kleinen Kinder kümmern. So wuchsen Vicky und Karoline mehrere Jahre mit Hardy fast wie Bruder und Schwestern auf.

Die Stolzes waren Anwälte und Notare, erfolgreich, wohlhabend, durchaus nett, allerdings wirklich interessiert nur an Leuten, die ihnen irgendwie nützlich schienen. Kinder gehörten nicht dazu, wie Vicky immer wieder enttäuscht feststellen musste. Herr und Frau Stolze fragten zwar, habt ihr schön gespielt, habt ihr leckeres Eis gegessen oder wart ihr mit Mia am Strand – auf die Antwort warteten sie aber nie.

»Meinen Eltern geht's gut. Sie sagen zwar immer wieder, sie wollen endlich weniger arbeiten und viel öfter in ihr Ferienhaus nach Spanien fliegen, aber wenn sie es zweimal im Jahr dorthin schaffen, ist das viel.«

»Dann ist ja alles wie immer.«

»Genau«, lachte Hardy, »wird sich wahrscheinlich nie ändern.«

»Na, vielleicht, wenn du den Laden mal übernimmst.«

»Vielleicht …«

»Wohnst du bei deinen Eltern, wenn du in Lübeck bist?«

Er zog die Brauen hoch.

»Nee, das wär mir nix. Ich bin immer noch in dem kleinen Häuschen An der Mauer. Du kennst das auch, da hat Karoline mal ihren Geburtstag gefeiert.«

»Stimmt! Dieses schicke Teil, ich erinnere mich.«

Sie schwiegen beide. Dann fiel Vicky etwas ein.

»Sag mal, weißt du zufällig, wo Karoline steckt?«

»Wie kommst du darauf?«

Er sah sie verwundert an.

»Mia hat gesagt, ihr seht euch öfter mal.«

»Öfter? Ab und zu, würde ich sagen. Ich bin ja nicht so oft in Lübeck, und Karoline hat doch immer so wahnsinnig viel zu tun. Der Weg einer Influencerin an die Spitze ist scheinbar anstrengend und steinig.«

Hardy sagte das nicht spöttisch. Mit Befriedigung nahm Vicky zur Kenntnis, dass auch er ihre Schwester nach wie vor Karoline nannte.

»Das mag ja sein«, erwiderte Vicky, »aber ich finde, zu Mias Geburtstag könnte meine Schwester wirklich auftauchen. Sie hat sich schon fast eine Woche nicht gemeldet, und Mia macht sich natürlich Sorgen.«

»Klar, das verstehe ich. Aber sie kann doch noch kommen.«

»Schauen wir mal«, murmelte Vicky ohne große Überzeugung. Mia hatte zu einem Geburtstagsfrühstück geladen, und inzwischen war es Nachmittag, und die ersten Gäste verabschiedeten sich bereits.

»Aber ich finde es richtig nett, dass du an Mias Geburtstag gedacht hast. Darüber freut sie sich wirklich sehr.«

»Ich melde mich ab und zu mal bei ihr. Ich mag Mia einfach«, sagte er.

Wahrscheinlich war Mia in seiner Kindheit so eine Art Ersatzmutter für ihn gewesen, denn seine karrierebesessenen Eltern hatten ja nie Zeit für das Kind.

»Ich fang jetzt an, ein bisschen aufzuräumen.«

Vicky stand von ihrem Stuhl auf.

»Ich hänge hier schon seit elf rum und muss mich auch mal ein bisschen bewegen.«

Sie holte ein Tablett aus der Küche und schichtete das benutzte Geschirr von der Geburtstagstafel darauf. Fast alle Gäste waren inzwischen gegangen. Draußen wurde es immer dunkler, jede Minute würde es anfangen zu regnen. Hoffentlich nicht für lange, denn sie wollte mit dem Rad gerne trocken nach Hause kommen.

Vicky sah, wie Hardy sich neben ihre Mutter setzte, die ihm mit kummervoller Miene etwas erzählte, bis er schließlich tröstend seinen Arm um sie legte. Vickys Überzeugung, dass ihre Schwester spätestens an Mias Geburtstag wieder auftauchen würde, war mit jeder Stunde, die verging, auf fast nichts zusammengeschmolzen. Sie zog sich kurz ins Badezimmer zurück und versuchte nun selbst, Karoline auf dem Handy zu erreichen. Doch sie erhielt nur die Ansage, dass die Teilnehmerin nicht verfügbar war. In Vicky wuchs die Überzeugung, dass man nun etwas unternehmen müsste, und sie beschloss, sich am besten selbst darum zu kümmern. Die Angst, dass Karoline doch etwas zugestoßen sein könnte, kämpfte sie fürs Erste erfolgreich nieder.

Mittlerweile hatte der Himmel seine Schleusen geöffnet, und Wassermassen stürzten aus den bleigrauen Wolken.

»Mann ey«, fluchte Vicky leise und sah aus dem Küchenfenster.

Hardy trat mit einem Tablett schmutziger Gläser neben sie.

»Was ist? Worüber ärgerst du dich?«

»Eigentlich wollte ich gleich nach Hause, aber so, wie das pladdert! Ich bin mit dem Fahrrad da.«

»Ich bin mit dem Wagen hier. Ich kann dich mitnehmen.«

»Und mein Fahrrad?«

»Kein Problem, das kriegen wir auch noch unter.«

»Echt? Das ist natürlich klasse. Ich wollte den Tisch noch fertig abräumen, ist das okay für dich?«

»Das kriegen wir hin, ich helfe dir, dann geht's schneller.«

»Super, danke!«

Als die gröbsten Aufräumarbeiten in der Küche getan waren, ging Vicky zu Mia und schloss sie in die Arme.

»Ich muss jetzt los. Das war eine richtig nette Feier heute, vielen Dank! Ich hoffe, dir hat's auch gefallen.«

»Ja, war sehr nett«, bestätigte Mia, »aber sag mal, bei dem Regen wirst du auf dem Fahrrad ja völlig durchgeweicht.«

»Hardy nimmt mich und das Rad mit dem Auto mit.«

»Ach, das ist ja nett!«

»Ja, find ich auch«, sagte Vicky und neigte sich zu Mias Ohr. »Ich kümmere mich. Karoline ist bald wieder da, versprochen«, flüsterte sie, »ich nehme ihren Schlüssel mit und schau noch mal in ihrer Wohnung vorbei. Ich füttere den Goldfisch und melde mich dann.«

»Das ist lieb von dir, Vicky.«

Mia drückte fest ihre Hand. Vicky war fast dankbar für Hardys Gegenwart, die sicher der Grund war, dass Mia sich so zusammenriss und nicht in Tränen ausbrach.

Auch er umarmte ihre Mutter zum Abschied, was ihr sichtlich guttat.

Sein Wagen war ein älterer, aber geräumiger Van, ein Chevy aus den 80ern, wie er auf Vickys Frage erklärte. Er ließ sie schnell einsteigen, holte ihr Fahrrad im strömenden Regen zum Auto und hievte es durch die Heckklappe. Früher nannte man so was einen Kavalier, dachte Vicky beeindruckt. Kein Wunder, dass ihre Schwester an dieser Freundschaft festhielt. Karoline konnte immer Leute brauchen, die sie für sich einspannen konnte.

Als sie nach einer guten Viertelstunde die Krähenstraße erreicht hatten, führten sie ihre angeregte Unterhaltung noch eine ganze Weile fort. Schließlich tauschten sie ihre Telefonnummern, und Hardy stieg aus und hob Vickys Fahrrad aus dem Auto.

»Vielen Dank fürs Bringen.«

»Kein Ding. Nächste Woche fahre ich wieder nach Hamburg. Aber ich melde mich, wenn ich wieder in Lübeck bin. Tschüs, Vicky.«

»Mach's gut, Hardy!«

Der Regen hatte inzwischen schon stark nachgelassen. Vicky winkte dem Van zum Abschied nach. Hardy mal wieder zu sehen, war richtig schön gewesen, und es hatte großen Spaß gemacht, sich zuletzt noch über gemeinsame Kindheitserinnerungen auszutauschen. Mal sehen, ob sie es schaffen würden, in Kontakt zu bleiben.

KAPITEL IX

Auf einer Reise durch Franken im letzten Sommer hatte Georg direkt beim Winzer einen köstlichen *Tauberschwarz* erstanden. Steffen war von dem würzigen tiefroten Jahrgang ganz begeistert gewesen, und so hatte Georg zwei Flaschen für seinen Freund beiseitegelegt, die ihm heute als perfektes Gastgeschenk dienen würden.

Er freute sich auf einen entspannten Abend mit seinen Freunden und Derya. Die Runde im K1 hatte sich bis auf Weiteres vertagt. Falls es bereits am Sonntag neue Erkenntnisse geben würde, über die Verbindungen von Jasminas Handy zum Beispiel, wollten sie sich auf Abruf zusammensetzen. Gerade wickelte Angermüller die Weinflaschen dick in Zeitungspapier, um sie in seinem Fahrradkorb unbeschadet befördern zu können, als es an der Tür klingelte.

»Hallo, entschuldigen Sie bitte die Störung. Ich heiße Viktoria Frederiksen und …«

Das junge Mädchen mit den weißblonden Locken stand vor ihm.

»Hallo, ja, ich erinnere mich. Sie sind die Schwester meiner Nachbarin. Was gibt's?«

»Also ich weiß gar nicht, ob Sie mir helfen können. Aber Sie hatten mir ja Ihre Karte gegeben …«

Im Gegensatz zu vorgestern kam sie Angermüller heute ziemlich unsicher vor.

»Ist schon okay. Ist Ihre Schwester immer noch nicht zurück?«

Sie schüttelte den Kopf.

»Heute hat unsere Mutter Geburtstag, und ich war total sicher, dass Karoline spätestens da auftaucht. Aber sie ist nicht zu der Feier gekommen. Und zu Hause ist sie auch nicht.«

»Und jetzt wollen Sie Ihre Schwester als vermisst melden?«

»Ja, vielleicht. Aber etwas anderes ist auch komisch …«

»Wieso? Was ist passiert?«

»Es war jemand in ihrer Wohnung.«

»Ein Einbruch?«

»Ich weiß nicht. Könnten Sie sich das vielleicht mal anschauen?«

Zwar war Angermüller schon spät dran und Derya sicherlich nicht erfreut, wenn er wieder mal nicht pünktlich kam, doch das hier war ja fast ein dienstlicher Termin.

»Okay.«

Er zog seinen Schlüssel ab, die Tür hinter sich zu und folgte der jungen Frau nach nebenan. Das Schloss an der Wohnungstür war unversehrt, und auch die Überprüfung sämtlicher Fenster und der Balkontür ergab keine Anhaltspunkte für einen Einbruch.

»Also, mit Gewalt hat sich niemand Zutritt verschafft. Wer auch immer hier drinnen war, hatte ziemlich sicher einen Schlüssel. Könnte es vielleicht Ihre Schwester selbst gewesen sein?«

Viktoria Frederiksen zuckte mit den Schultern.

»Natürlich wäre das möglich, aber ich weiß es nicht. Ich erreiche sie nicht auf ihrem Handy und, wie gesagt, zum Geburtstag von Mia ist sie auch nicht aufgetaucht.

Komisch finde ich auch das Chaos in ihrem Arbeitszimmer, als ob jemand was gesucht hätte. Außerdem lag ihr Laptop vorgestern noch in der Küche. Der ist jetzt weg.«

Sie zeigte Georg in dem besagten Zimmer aufgezogene, zum Teil am Boden liegende Schubladen, drum herum ein Haufen Sachen, die sich wohl darin befunden hatten. Es herrschte eine unglaubliche Unordnung auf dem Schreibtisch und in den Regalen.

»Wenn das bei Karolines Klamotten so aussieht und im Badezimmer mit ihrem ganzen Kosmetikkram, dann ist das normal, aber ihr Büro war vorgestern noch total aufgeräumt.«

»Hat denn außer Ihnen noch jemand einen Schlüssel?«

»Das ist nicht meiner, sondern der meiner Mutter. Ich glaube nicht, dass noch jemand anders einen Schlüssel hat.«

Viktoria Frederiksen seufzte resigniert.

»Aber eigentlich weiß ich das nicht. Ich habe nicht so viel Kontakt zu meiner Schwester.«

»Wann hat sie sich denn zum letzten Mal bei Ihrer Mutter gemeldet?«

»Sonntagabend war das, soweit ich weiß. Karoline hat das ja schon öfter gebracht, nicht wie versprochen zurückzukommen, sich nicht zu melden – aber nicht an Mias Geburtstag. Selbst Karoline vergisst den nicht, vergisst ihn nie«, das junge Mädchen stockte und sah zu Boden, »hab ich jedenfalls bis heute gedacht.«

»Wollen Sie denn jetzt eine Vermisstenmeldung aufgeben?«

Sie wirkte ein wenig unschlüssig, doch dann sagte sie:

»Ich glaube schon. Meine Mutter macht sich wahnsinnige Sorgen. Es wird sie ein wenig beruhigen, wenn sie weiß, dass sich die Polizei darum kümmert. Ich hab wirklich geglaubt, Karoline kommt spätestens heute zum Geburtstag zurück, und habe Mias Ängste nicht ernst genommen. Hoffentlich, ist es jetzt nicht zu spät …«

Das schlechte Gewissen stand der jungen Frau ins Gesicht geschrieben, und sie tat Georg leid.

»Wo mach ich das denn am besten, so eine Vermisstenanzeige?«

Angermüller überlegte kurz.

»Also, Sie müssen sich beim KDD melden …«

»Wo bitte?«

»Beim Kriminaldauerdienst, der sitzt im ersten Stock im Behördenhochhaus in der Possehlstraße. Wissen Sie, wo das ist?«

»In der Nähe vom Berliner Platz?«

»Ganz genau. Sie müssen sich dort gleich unten auf der Wache melden, und ein Kollege wird Sie dann in den ersten Stock zum KDD bringen.«

»Dann mach ich das am besten gleich mal.«

»Genau. Okay, ich muss los. Wenn es Probleme gibt, Sie haben ja meine Nummer.«

»Ja, vielen Dank. Ich muss jetzt noch die Blumen gießen und mich um den Goldfisch kümmern und fahr danach gleich hin.«

»Na dann tschüs, ich drück die Daumen«, verabschiedete sich Angermüller und eilte zurück zu seinen Weinflaschen. Ein Blick auf die Uhr sagte ihm, dass er über eine Viertelstunde später, als verabredet, bei Derya sein würde. Vorsorglich schickte er ihr eine Entschuldigungsnachricht, dass er dienstlich aufgehalten worden war, trat in die Pedale und stieg eine knappe Viertelstunde später vor ihrem Haus erhitzt vom Rad.

»Hallo, Georg.«

Seine Freundin sah auf eine Art niedergeschlagen aus. Er bekam zwei luftige Wangenküsschen und folgte Derya in die Küche, wo es aus dem Ofen verführerisch duftete.

»Was bäckst du da Schönes? Das riecht ja umwerfend!«

»Ach, das ist ein Experiment«, erklärte Derya, ließ sich auf einen Stuhl am Küchentisch fallen und stöhnte. »Ich bin unglaublich kaputt. Hatte für heute Nachmittag einen Riesenauftrag und die ganze Nacht in der Küche gestanden.«

»Und trotzdem schon wieder am Backen. Nun sag doch mal, was wird das denn?«

Georg setzte sich ihr gegenüber und schielte neugierig zum Backofen.

»Das nennt sich ›No Knead Bread‹, ist ein Tipp von einer Freundin. Also ein Brot ohne Kneten. Sie sagt dazu Wunderbrot, weil's so total einfach ist. Ich backe es heute zum ersten Mal.«

Der Kurzzeitwecker piepte, und Derya stand auf.

»Ich muss den Deckel abnehmen, damit es bräunen kann. In spätestens einer Viertelstunde nehme ich es aus dem Ofen.«

Normalerweise blühte Derya auf, wenn sie übers Kochen und Backen erzählte, doch heute hatte sie offenbar keine Lust, mehr über ihr Backexperiment zu berichten.

»Klingt interessant. Kann ich von dem Wunderbrot was kosten, wenn's fertig ist?«

»Mal sehen. Das soll nach dem Backen noch eine Stunde ruhen.«

»Ich freu mich jedenfalls, dass wir es endlich geschafft haben, uns zu treffen. Du warst ja unglaublich eingespannt in den letzten Wochen. Na ja, ich durch unseren neuen Fall mittlerweile ja auch wieder. Aber dein Laden brummt doch wie noch nie. Gratulation!«

Sie sah ihn an, und er fand ihren Blick merkwürdig. Überhaupt – Derya war anders als sonst. Dass sie gerne jammerte, wenn sie nicht so richtig fit war, daran war Georg gewöhnt, aber so einsilbig …

»Es lag nicht allein an der Arbeit, dass wir uns nicht gesehen haben, Georg«, meinte sie schließlich.

»Sondern?«

Ihre Antwort ließ auf sich warten. Sie drehte ein Teeglas, das auf dem Tisch gestanden hatte, wieder und wieder in ihren Händen.

»Willst du vielleicht was trinken? Einen Tee? Ein Wasser?«

»Nein danke. Ich freu mich, wenn du mir verrätst, warum wir uns nicht gesehen haben.«

»Ach, mir sind so viele Dinge durch den Kopf gegangen in der letzten Zeit …«

Abwartend lehnte Georg sich zurück. Er ahnte, dass es keinen Sinn hatte, seine Freundin zu drängen.

»Es ist ja auch so einiges passiert.«

Ach ja? Eigentlich war doch nichts Besonderes geschehen in den letzten Wochen, überlegte Georg, jedenfalls nicht zwischen ihnen. Oder doch?

»Was denn, Derya? Was ist passiert?«

Es fiel ihr offensichtlich sehr schwer, auf den Punkt zu kommen. So kannte er seine Freundin gar nicht. Derya redete normalerweise viel und schnell und ziemlich offen, so zögerlich hatte er sie kaum je erlebt. Er musste an seinen Besuch vom Vortag denken. Da war sie auch schon irgendwie anders gewesen. Und wer dieser Yunus war, woher und wie lange sie sich kannten, wusste er immer noch nicht. Vielleicht war der ja das Problem, oder was auch immer. Er entschloss sich, die Sache zu beschleunigen.

»Sag mal, dein Besuch gestern … woher kennst du diesen Yunus eigentlich?«

Sie spielte wieder mit dem leeren Teeglas.

»Als ich damals in Berlin auf der Schauspielschule war, hab ich ihn kennengelernt. Ist schon ewig her.«

»Und jetzt hat er dich überraschend mal wieder besucht.«

»Nicht überraschend. Yunus lebt seit ein paar Monaten in Hamburg. Wir haben uns zwar ewig nicht gesehen, aber wir waren immer mal mehr, mal weniger in Kontakt. Ach, was soll's«, sie unterbrach sich und schaute Georg ins Gesicht, »Yunus ist Korays Vater.«

Das Gespräch lief schleppend nach dieser Erklärung. Nach zehn Minuten, die so zäh wie dickflüssiger Honig tropften, holte Derya den Topf mit dem fertig gebackenen Brot aus dem Ofen. Sie ließ es auf ein Gitter zum Abkühlen gleiten. Es sah zum Anbeißen aus und duftete verführerisch. Kurz darauf verabschiedete sich Georg, um allein der Einladung bei Steffen und David zu folgen. Derya ließ sich entschuldigen: Kopfschmerzen. Und auf eine Kostprobe des Wunderbrotes musste Georg auch verzichten.

Im Erdgeschoss des Behördenhochhauses saß ein Polizist in Uniform am Empfang und grüßte freundlich.

»Hallo. Ich möchte beim KDD eine Vermisstenmeldung machen.«

Vicky erklärte ihm ihr Anliegen, und als er etwas verunsichert schaute, fügte sie hinzu: »Ich soll einen Gruß von Kommissar Angermüller ausrichten.«

Das stimmte zwar nicht ganz, zeigte aber Wirkung. Der junge Mann griff zum Telefon und schilderte Vickys Angelegenheit. Gleich darauf tauchte aus dem Hintergrund ein ebenfalls uniformierter älterer Kollege auf, der einen eindrucksvollen Bauch vor sich herschob.

»Sie sind also bekannt mit dem Angermüller?«

Er musterte sie neugierig.

»Er ist nur ein Nachbar«, schränkte Vicky ein und fühlte sich ein bisschen unwohl. Der Bulle glotzte sie immer noch aufdringlich an.

Endlich sagte er: »Dann bring man die junge Dame nach oben. Ich sach denen Bescheid und bleib solang hier.«

Im ersten Stock wurde Vicky von einer Beamtin in Zivil empfangen. Auch die schaute sie interessiert an und fragte, noch während sie sich einander gegenüber an einen Schreibtisch setzten, nach Angermüller. Was hatten die nur alle mit dem?

»Der Herr Angermüller ist nur ein Nachbar. Na ja, nicht meiner, sondern von meiner Schwester. Und die will ich als vermisst melden.«

Die Frau tippte Vickys Angaben zu Karolines Namen, Adresse, Alter, Beruf – also, dass sie als Influencerin ihr Geld verdiente – und noch so einiges andere in den Computer, wollte wissen, seit wann sie vermisst wurde, beziehungsweise wann man zum letzten Mal von ihr gehört hatte.

»Seit dem letzten Wochenende hat sie auch nichts mehr gepostet auf ihrem *Instagram*-Account. Das passt gar nicht. Schließlich verdient sie damit ihr Geld.«

Vicky erzählte die ganze Geschichte von Karolines Reise nach Dänemark, dass sie sich auch dort bei der Großmutter nicht gemeldet hatte, und dass sie normalerweise zu Mias Geburtstag hätte auftauchen müssen. Und dass heute jemand in ihrer Wohnung nach etwas gesucht hatte, mit 95-prozentiger Sicherheit nicht sie selbst.

»Ein Einbruch?«

»Nein, derjenige muss einen Schlüssel gehabt haben. Das hat Herr Angermüller überprüft.«

»Und wieso sind Sie so sicher, dass es nicht doch Ihre Schwester gewesen ist?«

»Sicher bin ich mir natürlich nicht, aber Karoline hätte in ihrem Büro doch nicht so ein Chaos angerichtet! Außerdem hat mir Kommissar Angermüller empfohlen, mich an Sie zu wenden.«

»Na, wenn das so ist«, sagte die Kriminalbeamtin nicht ohne Spott in der Stimme, »haben Sie ein Foto von Ihrer Schwester?«

»Nur auf dem Handy.«

»Kein Problem.«

Vicky schickte das Porträtfoto, das Karoline für ihren *WhatsApp*-Account nutzte, an die Email-Adresse, welche die Frau ihr nannte, und die druckte das Foto sogleich aus.

»Fällt Ihnen sonst noch etwas Wichtiges zu Ihrer Schwester ein, das wir wissen müssten?«

Nach kurzem Nachdenken wollte Vicky schon verneinen, da musste sie an Karolines Auto denken. Sie hatte das gegenüber dem Nachbarn gar nicht erwähnt, einfach nicht dran gedacht. War das jetzt geschickt, der Polizei einen Hinweis darauf zu geben? Vielleicht war es ja wichtig.

»Haben Sie noch was?«

Die Beamtin hatte ihr Zögern scheinbar bemerkt.

»Nein, ich glaube nicht«, antwortete Vicky entschieden. »Und wie geht das jetzt weiter?«

»Zuerst checken wir die bundesweite Vermisstendatei, und wenn wir da nicht fündig werden, läuft das nach einem bestimmten System ab. Sicherlich werden wir irgendwann noch Ihre Unterstützung benötigen. Dann melden wir uns. Wir haben ja Ihre Kontaktdaten und die Ihrer Mutter.«

»Melden Sie sich bitte immer zuerst bei mir! Unsere Mutter regt sich immer so schnell auf, und das ist nicht gesund für sie.«

»Alles klar, machen wir. Und ich gebe Ihnen unsere Karte mit Telefon, Mail und so weiter mit, falls Ihnen noch was einfällt, das wir wissen sollten.«

Vicky war froh, die überheizten Räume verlassen zu können. Mittlerweile war es draußen dunkel und kalt, aber wenigstens regnete es nicht mehr. Sie hatte sich entschlossen, erst noch einmal selbst nach Karolines Auto zu schauen. In einer Schale im Flur ihrer Schwester hatte sie zwei Schlüsselbunde entdeckt und diese spontan eingesteckt, als sie sich auf den Weg zur Polizei gemacht hatte. An dem einen Bund waren zwei größere und ein kleiner Schlüssel und außerdem ein goldener Anhänger mit Brillis, also bestimmt keine echten Steinen, wahrscheinlich *Swarovski* oder so, aber sehr auffällig in Form eines A. Null Ahnung, was für Schlüssel das waren. An Karolines Tür passte keiner davon. Aber das andere war 100-prozentig der Autoschlüssel. Er steckte in einer Schutzhülle mit dem Union Jack, an der das geflügelte Mini Emblem hing.

Mit dem Fahrrad benötigte sie weniger als zehn Minuten zur Musterbahn. Der Wagen stand noch an derselben Stelle wie am Morgen. Vicky nahm den Autoschlüssel heraus, drückte darauf, und mit einem Klack sprang die Entriegelung der Türen auf. Sie öffnete die Beifahrertür, und wie sie von außen schon am Vormittag festgestellt hatte, war der Fahrgastraum komplett leer.

Die Abdeckung des Kofferraums war zugezogen. Nach Öffnen der Heckklappe fand Vicky darunter eine große Reisetasche. Gespannt zog sie den Reißverschluss auf. Die Tasche war mit technischem Zubehör gefüllt, wie Karoline es wohl für ihre professionellen Fotoshootings brauchte: Stative, Scheinwerfer, Reflektoren und noch ein paar Sachen, die Vicky nichts sagten. Im schwachen Licht der Innenbeleuchtung fiel ihr Blick in der linken hinteren Ecke des Kofferraums auf etwas Weißes. Da lag etwas, das in weißen fleckigen Stoff gehüllt war: ein schmaler, länglicher Gegenstand. Sie holte ihr Handy heraus, strahlte das Teil mit der Taschenlampe an und erschauderte. Die großflächigen dunklen Flecke auf dem Stoff … Mann, das war unheimlich! Ob das …? Vicky wagte nicht, den Gedanken zu Ende zu führen.

»Das hat wieder so köstlich geschmeckt.«

Mit seiner Serviette tupfte sich Georg den Mund ab und griff nach seinem Weinglas.

»Vielen Dank, lieber Steffen!«

»Es war mir ein Vergnügen. Ich hatte ja nicht so viel Zeit die letzten Tage. Und der gebeizte Lachs mit Wasabi-Kartoffelpüree braucht keinen großen Aufwand, ist dafür aber sehr schmackhaft. Zum Wohle!«

David hatte einen eleganten, vollmundigen Chardonnay aus dem Burgund ausgesucht, der perfekt mit dem Fisch und den kräftigen Beilagen harmonierte. Auch er hob sein Glas.

»Hast du die Idee aus Asien mitgebracht?«, wollte Georg von seinem Freund wissen.

»Höchstens die Inspiration. Wenn du jetzt hochstapeln willst, darfst du es auch als Fusion-Küche bezeichnen.«

»Was mein Mann sicher sehr gern hört«, frotzelte David mit seinem nach wie vor ausgeprägten britischen Akzent und einem netten Lächeln.

»Warum auch nicht? Die Kombination von Rauke mit süßer Sojasoße finde ich ganz toll!«

»Danke, Schorsch, da bin ich von selbst drauf gekommen.«

Die Freude über seine gelungene Kreation war Steffen anzumerken.

»Aber aufpassen, das funktioniert nur mit wilder Rauke, die übrigens schon von den alten Germanen verzehrt wurde, hier aber in Vergessenheit geraten war. Sie hat diesen kräftigen, leicht pfeffrigen Geschmack. Das eher nussige Aroma der zarten Blätter der italienischen Rucola würde von der Sojasoße zu sehr übertönt.«

Über alles, was mit Essbarem, mit Kochen, mit Esskultur im Allgemeinen zu tun hatte, konnten Georg und Steffen sich genüsslich austauschen. Unter anderem dieser gemeinsamen Leidenschaft war das Entstehen ihrer Freundschaft in Georgs Lübecker Anfangszeit zu verdanken.

»Interessant«, meinte Georg, »du hast immer was über die Zutaten zu erzählen, wenn du kochst. Das finde ich gut.«

»Ich will eure küchenhistorischen Gespräche nicht stören. Aber wenn ihr erlaubt, befreie ich euch von den geleerten Tellern und kümmere mich um das Dessert. Ich würde dazu einen Espresso empfehlen. Wollt ihr?«

Die beiden nickten, und David stand auf.

»Ach, dafür warst du wieder zuständig? Irgendwann werdet ihr noch ein richtiges Team in der Küche«, prophezeite Georg.

»We will see. Ich bin da skeptisch. Ich fürchte, für mich wird immer nur eine untergeordnete Rolle bleiben«, meinte David mit einem Augenzwinkern.

»Schade, dass Derya sich das entgehen lässt«, seufzte Georg, nachdem David in der Küche verschwunden war.

»Ja, wirklich schade, dass sie nicht mitgekommen ist«, bedauerte auch Steffen. »Was hat sie denn? Ist sie nur überarbeitet oder ernsthaft krank?«

»Ich weiß es nicht, vermute aber weder noch. Ich glaube, da steckt etwas anderes dahinter …«

»Ach?«

Steffens Interesse war nicht zu überhören. Schließlich kannte auch er Derya recht gut, hatte nicht zuletzt Georg mit ihr zusammengebracht und fühlte sich in gewisser Weise mitverantwortlich für ihre Beziehung.

»Derya hat ein Angebot bekommen, als Küchenchefin in einem Restaurant in Hamburg anzufangen.«

»Wirklich? Das ist ja toll!«

»Ja«, meinte Georg gedehnt. Seit er von Derya weggegangen war, hatte er die ganze Zeit über das nachdenken müssen, was sie ihm erzählt hatte. Korays Vater besaß zwei gut gehende Restaurants in München, hatte vor Kurzem beschlossen, auch in Hamburg eines zu eröffnen, und war deshalb dorthin gezogen. In der vergangenen Woche hatte er sich bei ihr gemeldet und um ein Treffen gebeten.

Yunus war inzwischen Anfang 50 und schien sich plötzlich seines einzigen Kindes zu erinnern, für das er zwar stets aufgekommen war, das er aber nur selten gesehen hatte. Als Koray noch ein kleines Kind war, hatte Derya nach den immer wiederkehrenden Erfahrungen mit seiner Unzuverlässigkeit Yunus' Besuche ganz unterbunden, damit der Kleine nicht jedes Mal wieder enttäuscht wurde.

Doch nun wollte Yunus gern eine Beziehung zu seinem erwachsenen Sohn aufbauen, der in diesen Tagen von einem längeren Aufenthalt in Chile zurückkommen und zum Sommersemester in Hamburg ein Studium aufnehmen würde. Außerdem wusste Yunus von Deryas Catering Service, ihre Kochkünste kannte er sowieso, und so machte er ihr den Vorschlag, in sein Hamburger Restaurant einzusteigen.

Das alles waren ziemlich unerwartete Neuigkeiten für Georg. Derya sagte, sie habe viel nachgedacht, aber noch nichts entschieden. Es fiele ihr sehr schwer, sie bräuchte mehr Zeit. Aber Georg spürte deutlich, dass sich etwas verändert hatte zwischen ihnen. Auch hatten sie beide offen gelassen, wann sie sich wieder sehen würden. Aber dass Derya nach Hamburg gehen würde, das wusste Georg schon jetzt. Ob wegen Yunus oder wegen Koray oder wegen der beruflichen Veränderung, das wusste er nicht. Nur, dass er nicht derjenige war, um dessentwillen sie in Lübeck bleiben würde, das hatte er verstanden.

Er war froh, in Steffen einen Freund zu haben, mit dem er auch über solche persönlichen Dinge reden konnte. In wenigen Worten schilderte er ihm das Auftauchen von

Yunus, der plötzlich seine Vaterrolle entdeckt hatte und Derya nach Hamburg holen wollte.

»Oh, das sind ja erstaunliche Entwicklungen, Schorsch. Das würde ja auch eure Beziehung grundlegend verändern. Wie geht es dir damit?«

Georg hob ratlos die Schultern.

»Das kann ich dir gar nicht sagen. Komischerweise bin ich nicht so schockiert, wie man es vielleicht erwarten würde. Seit letztem Herbst ist sowieso etwas anders geworden zwischen uns. Derya hat immer öfter Andeutungen gemacht, dass sie es besser fände, wenn wir zusammenziehen würden. Aber sie hat es nicht offen ausgesprochen, deshalb haben wir nie richtig darüber geredet. Da ich mit unserem Status quo nie unzufrieden war, sah ich keinen Grund, etwas zu verändern. Das hat sie mir übel genommen, glaube ich. Und vielleicht sieht sie deshalb keine Perspektive mehr für uns. Könnte ich mir jedenfalls vorstellen.«

»Das hört sich aber nach ziemlich vielen Unklarheiten an, mein Freund. Solang du nicht weißt, was du willst …«, Steffen schaute nachdenklich über seine Lesebrille, »im Grunde musst du dir erst einmal selbst darüber klar werden. Dann wird dir die Entscheidung wahrscheinlich ganz leichtfallen.«

»Abgesehen davon, dass Derya sich ja auch noch nicht entschieden hat, weder im Hinblick auf das Restaurant noch auf uns. Sagt sie jedenfalls.«

»So, meine Lieben, seid ihr bereit für eine süße Sünde?«

David kam mit einem Tablett herein, darauf drei Teller mit einer dunklen Köstlichkeit und den duftenden Espressi. Es war Georg ganz recht, dass ihre Unterhaltung unterbrochen wurde. Lösen können würde er seine

Probleme heute ohnehin nicht. Abgesehen davon, dass er mehr und mehr das Gefühl hatte, dass etwas zu Ende ging.

»Was ist das, David? Sieht echt verführerisch und nach sehr viel Schokolade aus!«, sagte er erfreut.

»Das ist ein Salted Caramel Chocolate Cake, ein Rezept von einem Freund aus New York. Hab ich zum ersten Mal gemacht. Dann lasst es uns testen.«

Für einen Moment hörte man nur die leisen Geräusche der Kuchengabeln und sah in konzentrierte, andächtige Gesichter. Ein fast schwarzer saftiger Boden, darauf eine Schicht buttriges Karamell, durchzogen von Salzkristallen und Cashewkernen und darüber wiederum geschmolzene Schokolade – das war kein Kuchen, das war wie eine riesige, köstliche Praline.

»Der Wahnsinn, David! Das schmeckt ja unglaublich. Du musst mir unbedingt das Rezept geben.«

»Klar, das bekommst du natürlich gern«, freute sich David, »und um auch mal als Patissier zu fachsimpeln: Du kannst den Kuchen schon am Vortag vorbereiten und hast das Dessert für die Gäste ganz schnell auf dem Tisch. So hab ich das jedenfalls gemacht.«

Nach Kuchen und Kaffee schenkte Steffen einen sehr aromatischen, weichen Rum von den Philippinen aus, der ihr Mahl harmonisch abrundete.

Sie redeten über dies und das, Georg schilderte Heinis Beerdigung und wie es Astrid und seiner Schwiegermutter inzwischen ging.

»Und wie steht's mit euren aktuellen Ermittlungen?«, erkundigte sich Steffen interessiert.

»Sehr weit sind wir noch nicht gekommen. Es gibt zwei Personen, die im weitesten Sinne verdächtig sind, aber die Spurenlage ist unglaublich dünn. Wir erhoffen uns neue Erkenntnisse aus der Auswertung der Kommunikationsdaten des Handys der Toten.«

»Wer war die junge Frau, was hat sie gemacht im Leben?«

»Sie hat sich als Influencerin betätigt, hauptsächlich auf *Instagram*, träumte von einer großen Karriere. War ein ausgesprochen hübsches Kind, ein lieber Mensch nach Aussage ihrer Familie und Freunde …«

»Wie gut, dass ich nicht immer alles weiß über die Toten, mit denen ich es zu tun habe«, seufzte Steffen.

»Lasst uns von was anderem sprechen, ihr Workaholics«, schlug David vor, »es gibt wirklich angenehmere Themen.«

»Stimmt, ich weiß fast nichts von eurer Reise!«

Manila, Hanoi, Hongkong, Taipeh, Tokio – die beiden Gastgeber erzählten von ihren diversen Stopps in Asien, vor allem auch von ihren zahlreichen kulinarischen Entdeckungen. Georg hätte ihnen noch stundenlang zuhören können, doch schon kurz nach 21 Uhr hatte der Jetlag die Freunde fest im Griff, und sie konnten ihr Gähnen nicht länger verbergen. Mit Dank für den schönen, genussvollen Abend und dem Versprechen einer baldigen Gegeneinladung verabschiedete sich Georg.

Als er sein Fahrrad aufschloss, das er auf der Rückseite der Villa abgestellt hatte, ging sein Blick automatisch zum Haus auf dem dahinterliegenden Grundstück. In Deryas Wohnung brannte Licht. Er stieg aufs Rad. Noch vor ein paar Tagen hätte er um diese Uhrzeit bei ihr geklingelt, ganz selbstverständlich. Heute nicht. Es hatte sich wirklich etwas verändert.

Sollte sie bei Mia anrufen und ihr erzählen, dass sie ihre Schwester bei der Polizei als vermisst gemeldet hatte? Würde das Mia beruhigen? Vicky nahm einen weiteren Löffel von der kräftigen Gemüsesuppe, die ihre Mitbewohnerinnen für sie aufgehoben hatten. Sie wusste einfach nicht, wie sie sich entscheiden sollte. Ins Detail konnte sie ohnehin nicht gehen, wer weiß, wie ihre Mutter darauf reagieren würde. Sie selbst war ja schon ziemlich durcheinander, seit sie Karolines Wagen geöffnet hatte.

Es hatte sie ganz schön viel Überzeugungsarbeit gekostet, bis man bei der Polizei ihren Hinweis auf ihren Fund in Tonyas Wagen ernst genommen und sie mit der Beamtin beim KDD verbunden hatte, die sie von der Vermisstenanzeige her kannte. Sie hatte schließlich einen Streifenwagen vorbeigeschickt. Die Besatzung bestand aus denselben Polizisten, die sie vorhin auf dem Revier in Empfang genommen hatten.

»Ach, das sind ja wieder Sie«, brummte der ältere mit dem Bauch, als er Vicky erkannte. Er klang wenig begeistert. Sein junger Kollege begrüßte sie mit einem freundlichen Hallo.

»Was gibt's denn noch, junge Frau?«

Vicky hörte den unwilligen Unterton in der Stimme des Mannes, der gerade noch seine Pflicht bis zur Pensionierung zu erfüllen schien, mehr aber auch nicht. Wahrscheinlich hätte er um die Uhrzeit am Sonnabend lieber schon mit einem Feierabendbierchen zu Hause gesessen.

»Na ja, ich hab doch vorhin meine Schwester Karoline bei Ihnen als vermisst gemeldet. Und dann hab ich ihr Auto hier stehen sehen. Da hab ich mir den Schlüssel geholt und reingeschaut und dabei was im Kofferraum entdeckt, was mir komisch vorkommt. Wenn Sie vielleicht selbst schauen wollen?«

Sie musste ja nicht sagen, dass sie bereits am Morgen den Wagen gefunden hatte. Während der andere sich nicht bewegte, holte der jüngere eine Taschenlampe hervor.

»Machen Sie den doch mal auf, bitte.«

Gewissenhaft leuchtete er den ganzen Kofferraum aus, bis im Lichtkegel in der Ecke hinten links der weiße Stoff aufschien, auf dem deutlich die großen dunklen Flecken zu erkennen waren.

»Ah ja«, machte er beeindruckt, »schau doch mal, Kollege.«

»Was haste denn gefunden? 'ne Leiche?«

Der alte Macker hat ja ein unglaubliches Zartgefühl, dachte Vicky wütend, während der Dicke näher kam und ebenfalls einen Blick in den Kofferraum warf.

»Der olle Lappen da in der Ecke? Was ist damit?«

»Siehst du die dunklen Flecke? Das könnte doch ...«

Mit einem Seitenblick auf Vicky unterbrach sich der engagierte junge Polizist.

»Blut meinste?«, fragte der andere ungerührt. »Na und?«

Sein Kollege verdrehte die Augen. Er tat Vicky direkt leid, weil er mit diesem bräsigen Alten zusammen Dienst tun musste. Doch das war scheinbar gar nicht nötig, der Junge tat einfach, was er für richtig hielt. Ohne den anderen zu fragen, wandte er sich zum Streifenwagen.

»Ich ruf jetzt an, die sollen jemanden von der Kriminaltechnik schicken.«

Der Dicke widersprach nicht, hob nur kurz die Schultern. Ihn interessierte das alles offensichtlich nicht die Bohne.

Etwa eine halbe Stunde mussten sie warten. Vicky beschäftigte sich mit ihrem Handy, da sie nicht wusste, was sie mit den Polizisten hätte reden sollen. Schließlich tauchte ein Kleinbus in der Musterbahn auf, dem ein Mann mit einer Art Koffer in der Hand entstieg. Von den Hüften zog er sich das Oberteil eines weißen Schutzoveralls hoch und setzte die Kapuze auf. Was Vicky sofort auffiel, war seine miese Laune und dass er nicht sehr groß war.

»Ihr habt ja wohl nix angepatscht, oder?«, knurrte er statt einer Begrüßung seine Kollegen an und öffnete mit behandschuhten Händen den Kofferraum. Aus seinem Koffer förderte er einen länglichen Gegenstand zutage, der sich als Lampe entpuppte, die ein blaues Licht warf. Vorsichtig reckte Vicky den Kopf, um etwas zu sehen. In dem blauen Lichtstrahl leuchteten die dunklen Flecke auf dem Stoff als grelle Spuren auf.

»Eindeutig«, sagte der unfreundliche Beamte. Vorsichtig schlug er den Stoff zurück und enthüllte ein Stativ. Er ließ wieder das blaue Licht darüber gleiten, das auf dem Metall sogleich leuchtende helle Flecke zum Vorschein brachte. Dann warf er noch einen Blick in die Tasche mit der Fotoausrüstung und überprüfte den Inhalt ebenfalls mit seiner Lampe.

»Scheint alles sauber da drin. Es geht hier um einen Vermisstenfall, haben die vom KDD gesagt, wir sollten also eine DNA-Analyse veranlassen«, wandte er sich an die Streifenpolizisten. »Haben wir was für den Abgleich?«

Der junge Mann verneinte.

»Aber vielleicht kann uns die Dame hier weiterhelfen. Sie ist die Schwester der Vermissten.«

»Moin. Meise, Kriminaltechnik. Können Sie so was wie 'ne Haarbürste von Ihrer Schwester auftreiben? Oder 'ne Zahnbürste?«

»Äh, ich?«, fragte Vicky überrumpelt, die die Vorgänge um sich herum staunend beobachtete. Irgendwie war das genau wie in einem Fernsehkrimi, nur dass sie selbst mittendrin steckte. Hoffentlich kein schlechtes Vorzeichen für das, was sich hinter Karolines Abwesenheit verbarg.

»Sehen Sie hier sonst noch 'ne Schwester von Ihrer Schwester?«, blaffte sie der Kleine ungeduldig an.

Jedenfalls waren die Streifenpolizisten mit ihr zu Karolines Wohnung gefahren, sie hatte im Badezimmer eine benutzte Haarbürste gegriffen und diese den beiden übergeben. Es könnte sein, dass man Karolines Wagen sicherstellen müsste, um weitere Untersuchungen vorzunehmen, sagte man ihr. Sie überließ den Beamten die Wagenschlüssel und erhielt dafür eine Quittung. Anschließend war sie mit ihrem Fahrrad, das man im Kofferraum des Polizeiwagens transportiert hatte, nach Hause geradelt.

Vickys Mitbewohnerinnen waren ins Kino gegangen, weshalb sie nun allein bei ihrer Gemüsesuppe saß. Während sie noch überlegte, wie sie sich Mia gegenüber verhalten sollte, meldete sich ihre Mutter auf dem Handy. Kurz hatte sie die Hoffnung, dass Karoline vielleicht doch noch aufgetaucht war, um Mia zum Geburtstag zu gratulieren. Doch natürlich war das nicht der Fall.

Mia war am Boden zerstört.

»Ich war vorhin wieder in Karolines Wohnung, um den Goldfisch zu füttern. Sag mal, hat eigentlich außer dir noch jemand einen Wohnungsschlüssel?«

»Nicht, dass ich wüsste. Warum fragst du?«

»Ach, nur so. Ich schlage vor, ich behalte den erst mal. Dann musst du nicht immer den weiten Weg machen. Von mir mit dem Fahrrad ist das ein Klacks.«

»Na gut, dann kümmere du dich um den Fisch und gieß auch mal die Blumen. Solang Karoline nicht zurück ist, muss ja auch nicht geputzt werden.«

»Übrigens hab ich heute ihren Nachbarn von gegenüber getroffen. Wusstest du, dass der bei der Polizei ist?«

»Diesen großen, netten Mann meinst du? Nein, das wusste ich nicht.«

»Also, der meinte, man könnte für alle Fälle mal eine Vermisstenanzeige aufgeben. Schadet ja nix, und wenn Karoline morgen wieder auftaucht, umso besser. Jedenfalls hab ich das jetzt gemacht.«

»Ach, du warst bei der Polizei? Und was haben die gesagt?«

»Nicht viel. Die haben sich alles aufgeschrieben – Namen, Alter, Adresse, Beruf und so. Ich hab denen gesagt, dass Karoline nach Dänemark wollte und wann sie sich zuletzt gemeldet hat. Ach, und noch alles Mögliche wollten die wissen. Ein Foto hab ich ihnen auch gegeben. Auf jeden Fall kümmern die sich jetzt. Das ist doch schon mal ein gutes Gefühl.«

Vicky hatte sich Mühe gegeben, möglichst zuversichtlich zu klingen.

»Vielen Dank, Vicky. Ja, das hast du richtig gemacht. Die Polizei hat bestimmt so ihre Möglichkeiten.«

Doch im nächsten Moment seufzte Mia schon wieder.

»Aber die Sorgen bleiben natürlich. Ich kann fast an nichts anderes mehr denken. Und nachts mach ich kein Auge zu …«

KAPITEL X

Angermüller hatte es sich in seinem Sessel gemütlich gemacht, um den Abend mit einem Buch ausklingen zu lassen. So früh war er noch nie von einem Essen bei seinen Freunden nach Hause gekommen. Er goss sich gerade ein Glas *Negroamaro* als Schlummertrunk ein, da zeigte sein Handy den Eingang einer neuen Nachricht an.

Teamtreffen morgen um 10 Uhr – okay? Das fragte Ameise! Ein Treffen am Sonntagmorgen! Als Angermüller genauer erfahren wollte, was der Grund dafür sei, kam nur die Antwort, dass der Kollege heute Abend Bereitschaft hatte und zu interessanten, sehr interessanten neuen Erkenntnissen zu ihrem aktuellen Fall gekommen wäre. Natürlich gab der Kriminalhauptkommissar grünes Licht, und Ameise übernahm es höchstpersönlich, auch den Rest des Teams zu informieren. Es schien ihm wirklich verdammt wichtig zu sein.

Angermüller hatte an diesem Sonntagmorgen seiner Schwiegermutter Johanna einen Besuch abstatten wollen, die nach Heinis Tod bestimmt Gesellschaft zu schätzen wüsste. Doch natürlich ging die aktuelle Ermittlung vor, und der Kommissar vertraute darauf, dass Ameise nicht wegen einer Lappalie einen solchen Wind machen würde.

Entsprechend gespannt machte sich Angermüller nach einem ausgedehnten Frühstück mit dem Fahrrad auf den Weg zur Bezirkskriminalinspektion. Er genoss den Weg durch die leeren Straßen. Es war windstill und sonnig und nicht nur, weil er im Kalender stand, wusste man, es ist Frühlingsanfang.

»Einen wunderschönen guten Morgen!«

»Guten Morgen«, antworteten Anja-Lena und Jansen, die schon im Gruppenraum saßen und Angermüller erwartungsvolle Blicke zuwarfen, der aber auch nur mit einer stummen Geste seine Ahnungslosigkeit ausdrücken konnte. Ameise war mit Papieren, Laptop und Beamer beschäftigt und nahm von den anderen keine Notiz. Zwei Minuten später waren auch Mehmet Grempel und Thomas Niemann eingetroffen, und aller Augen hefteten sich auf Ameise, der immer noch an den Gerätschaften fummelte. Als weiterhin nichts passierte, entwickelte sich eine leise Unterhaltung.

»Könnt ihr jetzt mal den Sabbel halten?«, knarzte Ameise schließlich dazwischen, »und die Vorhänge schließen.«

»Guten Morgen, Andreas«, sagte Angermüller aufgeräumt zu dem Kriminaltechniker, »wir sind wirklich neugierig. Ach so, noch eine Frage: Kommt der Chef auch?«

»Nee, wozu?«

Diese Antwort fanden wohl alle im Raum schlüssig, denn keiner widersprach, und dann wandten sie sich aufmerksam den Fotos zu, die Ameise an die Wand warf. Ein aus verschiedenen Perspektiven aufgenommener Kleinwagen leuchtete gelb im Blitzlicht und kam Angermüller irgendwie bekannt vor. Er wusste nur gerade nicht, woher.

»Gestern Abend wurde ich von einer Streife zur Musterbahn gerufen. So ein Mädel hatte die alarmiert, weil sie im Kofferraum dieses Wagens was entdeckt hatte, das ihr merkwürdig vorkam. Das Auto gehört ihrer Schwester. Die hatte sie gerade erst als vermisst gemeldet.«

Das Bild eines geöffneten Kofferraumes erschien, und vergrößert sah man neben einer Art Reisetasche einen in ein weißes fleckiges Tuch gewickelten Gegenstand, der sich, schließlich ausgepackt, als Stativ herausstellte.

»Das Kind hatte den richtigen Riecher gehabt. Ach ja, Angermüller«, unterbrach sich Ameise mit einem anzüglichen Grinsen, »du kennst die blonde Maid übrigens …«

Inzwischen war dem Kommissar auch schon klar geworden, weswegen ihm das Auto so bekannt vorgekommen war: Er hatte es hin und wieder in der Nähe seiner Wohnung parken sehen, er hatte ihren Koffer in den Kofferraum gehoben, es gehörte seiner Nachbarin, deren Schwester er gestern zum KDD geschickt hatte.

»Aber das nur nebenbei. Es gibt Fingerabdrücke mehrerer Personen auf dem Stativ. Keine von denen ist in unseren Datenbanken erfasst. Sowohl auf dem Stoff wie auf dem Stativ finden sich Blutspuren. Ich hab die gleich gestern noch zu einem DNA-Test gegeben. Ergebnis krieg ich demnächst.«

»Wie machst du das denn? So schnell einen DNA-Test und dann noch am Wochenende?«, staunte Thomas Niemann.

»Och, ich hab da so meine Beziehungen«, meinte Ameise geheimnisvoll, »zum Abgleich hab ich mir auch noch eine Haarbürste der Vermissten beschafft. Dann haben wir gleich Klarheit.«

»Und was hat das Ganze mit unserem aktuellen Fall zu tun?«

Angermüller war nicht der Einzige in der kleinen Runde, der bisher keinen Zusammenhang erkennen konnte, wie die Reaktionen der anderen zeigten. Der Kriminaltechniker genoss sichtlich die Aufmerksamkeit genauso wie die Ungeduld der Kollegen.

»Nu wartet doch mal ab, ihr Heinis.«

Er ließ das nächste Foto aufleuchten.

»Wow«, machte Anja-Lena beeindruckt, und auch die anderen gaben ihrer Überraschung Ausdruck.

»Na, hab nicht zu viel versprochen, oder?«

Heute war Ameise der Größte. Jedenfalls fühlte er sich so.

Bevor sie sich zum Lernen an ihren Schreibtisch setzte, gönnte sich Vicky an diesem Sonntagvormittag eine Tour mit dem Rad, ließ sich die milde Luft um ihre Nase wehen und freute sich an den hellen Sonnenstrahlen. Sie war einfach ohne Ziel losgefahren, aber irgendwas zog sie zur Musterbahn, vielleicht ja die Neugierde zu sehen, ob Karolines Auto noch dort stand.

Gemächlich fuhr sie die Straße hinunter. Da vorne kam gleich die Stelle, jetzt erkannte sie schon das schwarze Kabriodach, als der Wagen, der sie eben erst überholt hatte, plötzlich vor ihr bremste und direkt neben Karolines Auto anhielt. Sie beschloss, erst einmal daran vorbeizufahren, und linste, während sie das tat, nach dem Fahrer. Da der sich aber zur Beifahrerseite drehte, wohl um Karolines Auto zu betrachten, konnte Vicky sein Gesicht nicht sehen.

Das konnte jetzt natürlich Zufall sein. Vielleicht war der Fahrer nur ein Fan von diesem englischen Autotyp. Das konnte aber auch etwas zu bedeuten haben. Vicky bewegte sich erst einmal eine ganze Strecke weiter, bevor sie umdrehte und auf der gegenüberliegenden Straßenseite zurückkam. Der Typ stand mit seinem Wagen – so einem weißen Angeberauto, Vicky hatte keine Ahnung, was für eine Marke – immer noch da, den Motor ausgeschaltet. Wieso interessierte der sich so für Karolines Mini? So unauffällig wie möglich musterte sie den Mann am Steuer. Verdammt, den kannte sie doch! Kurz entschlossen überquerte sie mit ihrem Rad die Straße, hielt an und klopfte an die Seitenscheibe.

Verdutzt wandte der Fahrer den Kopf. Dann schien er sie zu erkennen und ließ das Fenster herunter.

»Hey, Vicky, na, das ist ja eine Überraschung. Was machst du hier?«

»Das wollte ich dich auch gerade fragen.«

»Du, ich bin hier ganz zufällig vorbeigekommen, und dann hab ich das Auto gesehen und spontan angehalten. Weiß auch nicht, warum, pure Nostalgie vielleicht.«

»Karoline hast du nicht zufällig auch gesehen?«

»Karoline? Ach so, ich durfte sie immer nur Tonya nennen. Nee, das Auto war hier schon geparkt, und ich hab niemanden aussteigen sehen. Warum? Suchst du deine Schwester?«

»Hast du Karoline in letzter Zeit mal getroffen?«, fragte Vicky, ohne auf seine Bemerkung einzugehen.

Irritiert schaute er sie an.

»Hallo? Was geht das dich an?«

»Interessiert mich halt. Also, wann hast du sie gesehen? Seid ihr wieder in Kontakt?«

»Wie kommst du denn auf so eine absurde Idee? Überhaupt, sag mal, soll das ein Verhör werden? Spielst du jetzt Polizei oder was?«

Vicky merkte, dass er die Geduld verlor.

»Natürlich nicht. Ich dachte nur, du hättest sie vielleicht in letzter Zeit getroffen.«

»Hab ich nicht. Deine Schwester hat mit meinem Leben schon ewig nichts mehr zu tun. Zum Glück.«

Er drückte auf den Anlasser.

»So, jetzt muss ich los. Ich bin zum Lunch mit meiner Verlobten verabredet. Tschüs.«

Er gab Gas und verschwand. Das war nun nicht so perfekt gelaufen, ärgerte sich Vicky. Na ja, war wahrscheinlich wirklich nur ein Zufall, dass er hier vorbeigekommen war. Oder doch nicht? Seinen Nachnamen hatte sie vergessen, aber seinen Vornamen wusste sie noch. Er hieß Adrian. War das jetzt ein verrückter Gedanke? Sie holte das Schlüsselbund aus ihrer Jackentasche und schaute nachdenklich auf das goldgefasste, glitzernde A.

»Das ist ja wirklich der Hammer«, kommentierte Angermüller beim Anblick von Ameises Fund beeindruckt, »aber das kann natürlich auch einer dieser berühmten Zufälle sein.«

»Ja, das wäre dann aber schon ein riesengroßer Zufall, oder?«, widersprach Thomas Niemann.

»Dann lasst uns doch den Ohrring, den Andreas gefunden hat, mit denen von den Fotos im Internet vergleichen. Ob die wirklich zu 100 Prozent identisch sind.«

»Hab ich doch längst gemacht, Angermüller. Kannst mir glauben, das ist dasselbe Modell«, beharrte Ameise gereizt, »bin ja kein Anfänger.«

»Wenn du das schon erledigt hast, Andreas, umso besser. Und wenn dieser Herzchenohrring wirklich der von Jasmina Bogdanovic ist, dann gibt es hier etwas ziemlich Bemerkenswertes: Es geht um zwei Influencerinnen.«

»Woher weißt du das denn schon wieder?«, staunte Jansen.

»Die Besitzerin des Autos ist eine Nachbarin von mir. Sie heißt Karoline Frederiksen. Ich kenne die nur vom Sehen. Ihre Mutter, die ich ab und zu im Hausflur getroffen habe, hat mir neulich zufällig erzählt, dass ihre Tochter als Influencerin tätig ist. Das Interessanteste daran ist aber, dass die Frau sich seit einer Woche nicht bei ihrer Familie gemeldet hat. Deshalb hat mich gestern die Schwester, die sich um den Goldfisch meiner Nachbarin kümmert, um Hilfe gebeten, und ich hab mich kurz in der Wohnung umgeschaut. Es war nämlich mittlerweile jemand in Karolines Wohnung, offensichtlich mit einem Schlüssel. Und derjenige hat im Arbeitszimmer ein echtes Chaos hinterlassen, als ob er nach etwas gesucht hat. Daraufhin habe ich der Schwester geraten, beim KDD eine Vermisstenanzeige aufzugeben, was sie offensichtlich getan hat.«

Für einen Moment sagte niemand etwas. Jeder schien zu überlegen, was diese Informationen für ihre Ermittlungen bedeuteten, bis Jansen sich als Erster meldete.

»Heißt das jetzt, wir suchen nach einem Täter, der es auf solche Influencerinnen abgesehen hat?«

Diese Überlegung fand Anja-Lena schlüssig.

»Das könnte schon sein. Es gibt ja so ’ne Menge Irre, die im Internet unterwegs sind. Wer sich da in den sozialen Medien mit Fotos und Filmchen exponiert, zieht solche Leute geradezu an. Die fangen vielleicht an mit Cyberbullying, dann stalken sie ihr Opfer, und dann …«

»Wir sollten auch überprüfen, ob es zwischen den beiden Frauen irgendeine Verbindung gibt. Vielleicht kennen die sich. Liegt ja nahe«, schlug Thomas Niemann vor. »Ich schau mir nachher auf *Instagram* den Account von Karoline Frederiksen an.«

»Gute Idee, Thomas. Wie weit sind wir mit den Kommunikationsdaten für Jasminas Handy, Mehmet?«, wollte Angermüller wissen.

»Bisher keine Rückmeldung. Ich rechne frühestens am späten Nachmittag damit, wenn wir Glück haben.«

Der Kriminalhauptkommissar dachte kurz nach.

»Also ich würde vorschlagen, wir vertagen uns erst mal und telefonieren uns zusammen, sobald Ergebnisse aus den laufenden Untersuchungen vorliegen. Okay?«

Die Runde trennte sich, die meisten wahrscheinlich froh, wenigstens ein paar Stunden sonntägliche Freizeit genießen zu können. Angermüller schaute nach der Uhrzeit. Es war kurz nach 11 Uhr, und er nahm seinen ursprünglichen Plan auf, bei seiner Schwiegermutter vorbeizuschauen.

»Georg, was für eine Freude! Tritt ein«, begrüßte ihn Johanna herzlich. Sie hatte eine Schürze umgebunden, sah trotzdem elegant aus wie immer. Aus der Küche waberte kräftiger Bratengeruch.

»Hat dir Astrid Bescheid gesagt? Sie kommt doch mit den Mädchen zum Mittagessen zu mir. Und du bist natürlich auch herzlich eingeladen. Es gibt Rouladen.«

»Mmh, deshalb duftet es hier so köstlich«, schwärmte Georg und schnupperte, »davon wusste ich nichts. Aber ich will mich nicht aufdrängen, das ist nur ein ganz spontaner Besuch, um zu sehen, wie es dir geht. Und hier hab ich noch eine selbst gekochte Orangenmarmelade für dich.«

»Danke sehr!«

Johanna drückte Georg die Hand.

»Ach, weißt du, es ist nicht einfach, nach so vielen Jahrzehnten plötzlich allein zu sein. Deshalb muss ich mich beschäftigen, und kochen hilft. Und wirklich, es ist genug von allem da. Ich würde mich sehr freuen, wenn du die Einladung annimmst.«

Die alte Dame meinte es ehrlich, das spürte Georg. Ihr Verhältnis war vor nicht allzu langer Zeit noch ziemlich schwierig gewesen. Seine hanseatisch strenge Schwiegermutter hatte an dem Mann, dem man seine oberfränkische Herkunft auch heute, nach mehr als 18 Jahren in Lübeck, immer noch anhörte, so manches auszusetzen. Vor allem hatte sie Georg, der sein Jurastudium für den Polizeidienst aufgegeben hatte, nicht ehrgeizig genug gefunden. Einen Rechtsanwalt hätte sie dem Kriminalhauptkommissar in jedem Fall vorgezogen. So manches Mal hatte Georg auch wegen des eher lässigen Kleidungsstils, den er pflegte, kritische Blicke geerntet, und ebenso war seine zum Barocken neigende Körperform des Öfteren mit einem Tadel bedacht worden.

Doch mit zunehmendem Alter schien Johannas Toleranz zu wachsen – im Gegensatz zu der ihrer Tochter, doch das war ein anderes Thema – und sie begann, die positiven Seiten an ihrem Schwiegersohn zu entdecken. Auch Georg verstand die alte Dame mittlerweile besser, war wohl selbst auch gelassener geworden, während Johanna seine Zuverlässigkeit und seine Offenheit zu schätzen schien. Und so hatte sie auch nach seiner Trennung von Astrid den Kontakt zu ihm stets aufrechterhalten.

Als er sie jetzt so klein und fast zerbrechlich in der Tür stehen sah, tapfer gegen den Schmerz über den Verlust ihres Mannes ankämpfend, überkam ihn ein großes Mitgefühl, und er umarmte sie spontan.

»Ja, wenn das so ist, liebe Johanna, vielen Dank. Dann bleib ich gerne. Ich geh mir kurz die Hände waschen, und dann assistiere ich dir in der Küche.«

Oh Mann, nun quälte sie sich schon Stunden mit diesem Mathekram, und immer noch brauchte sie ewig lange, die Übungsaufgaben zu lösen. Ob Marten wohl Ahnung von Integral- und Differentialrechnung hatte? Aber ihn bei ihrem ersten gemeinsamen Abend heute darauf anzusprechen, war vielleicht irgendwie unpassend. Überhaupt, dieser Abend …

Was sollte sie anziehen? Wie sah sie überhaupt aus? Im Gegensatz zu ihrer Schwester verschwendete sie daran normalerweise keinen Gedanken. Sie würde heute Abend mit dem Rad zu Martens Wohnung fahren, mit Helm natürlich – danach allerdings war ihr Haar immer völlig platt gedrückt. Ob sie eine kleine Haarbürste einpacken sollte, um nach der Ankunft vor der Tür ihren Lockenkopf aufzubürsten?

Bin ich eigentlich bescheuert, fragte sich Vicky im nächsten Moment, was ist mit mir los? Wir gehen nicht zu einer glamourösen Filmpremiere, wir wollen nur gemeinsam kochen und essen. Also, komm runter, Vicky. Außerdem erst mal abwarten, ob sich Marten nicht gleich wieder nach Karoline erkundigt und mich eigentlich nur deswegen eingeladen hat.

Hach, sie war so was von unaufmerksam, das hatte heute gar keinen Sinn mehr, noch länger auf die blöden Zahlen zu glotzen, brachte eh nix. Auch die Tatsache, dass es immer noch kein Zeichen von ihrer Schwester gab, trug nicht zur Verbesserung ihrer Konzentrationsfähigkeit bei. Ihre Augen wanderten ein ums andre Mal zum Fenster, hinter dem immer noch blauer Himmel und schönster Sonnenschein lockten. Und eben aus diesem heiteren Himmel erinnerte sie sich wieder. Der Name des Autofahrers von heute Morgen war Jungbluth, Adrian Jungbluth. In der Zeit, in der Karoline mit ihm zusammenwohnte, hatte Vicky die beiden vielleicht zwei-, dreimal getroffen und mit dem Typen überhaupt nichts anfangen können. Er schien nur an schnellem Geldverdienen, Angeberautos und schicken Klamotten interessiert zu sein – überhaupt nicht ihre Welt. Und umgekehrt fand er Vicky ziemlich schräg, wie Karoline ihr irgendwann auf ihre charmante Art mitgeteilt hatte.

Immer noch spukte dieser Schlüsselanhänger in Vickys Kopf herum. Wenn Karoline seinen Schlüssel hatte, dann er wahrscheinlich auch ihren, kombinierte sie. Aber nach so langer Zeit? Nicht sehr wahrscheinlich. Spontan gab sie »Adrian Jungbluth« in die Suchmaschine ein und hatte sofort einige Treffer. Ach nee, jetzt war der feine Herr als Immobilienmakler unterwegs. Sein Mitarbeiterporträt prangte auf der Website eines scheinbar renommierten Lübecker Maklerbüros. Eine Adresse in der Nähe vom Adolfplatz stand dabei, und es gab Fotos des dort befindlichen eleganten Apartments, das er wohl bewohnte und das gleichzeitig als Musterwohnung für Besichtigungen zur Verfügung stand.

Es war jetzt 12.30 Uhr. So ein sonntägliches Mittagessen oder Lunch, wie der Angeber gesagt hatte, dauerte bestimmt etwas länger. Spontan stand sie von ihrem

Stuhl auf, griff sich das Schlüsselbund aus Karolines Wohnung und machte sich mit dem Fahrrad auf den Weg zu der angegebenen Adresse.

Voll ungeduldiger Erwartung stellte sie ihr Fahrrad neben dem offen stehenden Tor zum Grundstück ab. War ja eine ganz schön feine Bude, wo der Typ wohnte! Sie kramte die Schlüssel aus ihrer Tasche. Doch schon, als sie an die Haustür kam, wurde sie enttäuscht. Um die zu öffnen, benötigte man hier gar keinen Schlüssel, sondern einen Zahlencode. Statt eines mechanischen Schlosses gab es nur eine Tastatur.

»Mist«, fluchte Vicky leise, wandte sich zum Gehen und stand Adrian Jungbluth gegenüber.

»Ey, du schon wieder! Was machst du hier?«, schimpfte er aufgebracht und sah dabei nervös über seine Schulter, »hau ab, und zwar schnell!«

»Mann, reg dich ab. Ich geh ja schon.«

Ein durchdringendes Kläffen erklang hinter Jungbluth. Schnell drehte er sich danach um, und auch Vicky spähte neugierig in die Richtung.

»Schatz, stimmt was nicht?«, fragte die dunkelhaarige Frau argwöhnisch, während Vicky versuchte, unauffällig den Rückzug anzutreten, was nicht einfach war, denn die edel und teuer Gekleidete stand jetzt mit ihrem aufgeregten Hundetier genau vor dem Gartentor.

»Alles in Ordnung, Konstanze«, antwortete Adrian betont munter.

»Adrian, wer ist das?«, wollte diese hartnäckige Person wissen, als sie Vickys ansichtig wurde.

»Keine Ahnung, Liebling, ich kenne die nicht. Sie hat sich wohl nur in der Hausnummer geirrt.«

»Ach ja?«

Die Frau war wohl Adrians Verlobte und mehr als misstrauisch.

»Ja, ich versuch's dann mal nebenan«, sagte Vicky mit einem schiefen Lächeln, »schönen Sonntag noch!«

Schnell drängelte sie sich an dieser Konstanze vorbei, die ihr nur einen unfreundlichen Blick zuwarf, während ihr Hündchen an der Leine zerrte und giftig bellte.

»Sollten wir nicht lieber die Polizei rufen?«, hörte sie die Frau hinter sich fragen.

»Ach, lass doch. Ist ja alles in bester Ordnung.«

Auch wenn Vicky ihre Erwiderung nicht ganz verstehen konnte, seine Verlobte schien anderer Meinung zu sein. Aber Adrian hatte offensichtlich überhaupt keine Lust auf Polizei, warum auch immer. Vicky schnappte sich ihr Fahrrad und fuhr los. Irgendwie komisch hatte er sich schon benommen. Aber zumindest passte der Schlüssel nicht zur Haustür.

Wenn Karoline wirklich etwas passiert war, was sie immer noch ausschließen wollte, aber wenn eben doch – ob Adrian was damit zu tun hatte? Ob es vielleicht um Geld ging? Immerhin hatte er Karoline im Internet als Marke mit aufgebaut – als Tonya eben – und inzwischen schien sie ja wirklich erfolgreich zu sein und ganz schön viel zu verdienen. Vielleicht hatte es einen Streit um seinen Anteil an Karolines *Instagram*-Karriere gegeben? Hinter Kohle war der Typ ja schon immer her gewesen.

Der Klingelton ihres Telefons unterbrach ihre Überlegungen. Sie stoppte am Straßenrand. Eine ihr unbekannte Nummer wurde angezeigt.

»Hallo?«

»Guten Tag, spreche ich mit Viktoria Frederiksen?«

»Ja, und mit wem spreche ich?«

»Hier ist Kommissar Niemann von der Lübecker Kriminalpolizei.«

Johanna selbst aß nur wie ein Vögelchen.

»Ach, mir ist der Magen wie zugeschnürt«, war ihre leise Antwort, als Astrid sie danach fragte. Trotzdem war Georgs Schwiegermutter deutlich anzumerken, wie glücklich sie über ihre kleine Tischgesellschaft war.

»Oma, deine Rouladen sind wirklich die besten!«, rief Judith aus, und Julia, die gerade wegen ihres vollen Mundes nicht sprechen konnte, nickte begeistert.

Das Fleisch war wunderbar mürbe, die Füllung aus Gürkchen, Zwiebeln und Speck schön herzhaft, und die sämige Soße bestach durch ihr warmes Braun und den kräftigen Geschmack. Auch Georg sparte nicht mit Komplimenten. Der Rotkohl und das Karottengemüse schmeckten ebenfalls ausgezeichnet, sicher waren auch die Salzkartoffeln perfekt – da allerdings hätte Georg doch die Klöße seiner Mutter vorgezogen. Doch zu dieser typischen Beilage aus seiner oberfränkischen Heimat hatte er seine angeheiratete Familie in all den Jahren nicht bekehren können. Nur seine Töchter schätzten die samtweichen Begleiter für Bratensoßen, hatten aber auch gegen Salzkartoffeln nichts einzuwenden. Die Mädchen waren eben eine gelungene Mischung aus Süd und Nord.

Auch wenn der kulinarische Genuss ihn kurzzeitig alles um ihn herum vergessen ließ, der Anblick seiner Töchter brachte den Kommissar wieder zu seinem aktuellen Fall zurück. Die Zwillingsmädchen – groß, schlank, die eine mit langer blonder Mähne, die andere mit extrem kurzem Pagenkopf – waren mit ihren 16 Jahren selbstbewusste, starke Persönlichkeiten, die ihre Umwelt wach und kritisch wahrnahmen. Doch immer noch waren die Freiheiten von Frauen und Mädchen eingeschränkt, oft durch Gefahren, die von Männern ausgingen, Gefahren, die manchmal tödlich endeten. Georg mochte sich gar nicht vorstellen, wie es für ihn wäre, wenn Julia oder Judith etwas zustieße.

Johanna hatte auch noch einen Nachtisch vorbereitet. Auch wenn Vanilleeis mit heißen Kirschen wirklich sehr altmodisch war, die Geschmackskombination blieb trotzdem genial, und alle kratzten begeistert ihre Dessertschälchen leer.

Eine zunehmende Ungeduld erfasste Georg. Immer wieder schaute er auf sein leise gestelltes Handy, ob er eine Nachricht oder einen Anruf überhört hatte, aber bisher hatte sich wirklich niemand gemeldet.

Anfangs hatte Astrid ziemlich irritiert auf Georgs Anwesenheit reagiert, was er überhaupt nicht verstehen konnte. Auch wenn sie schon das dritte Jahr getrennt waren, hieß das doch nicht, dass alles zu Ende war, zumal sie bisher noch nicht einmal geschieden waren. Sie hatten schon so viel miteinander erlebt, hatten zwei Kinder groß gezogen und schließlich auch sehr glückliche Zeiten gehabt. Johanna schien da weiter als ihre Tochter zu sein und sah in Georg immer noch ein Mitglied der Familie.

Zum Glück aber hatte Astrid heute ihre Reserviertheit schnell abgelegt. Die Mädchen hatten viele Fragen nach ihrem Großvater gestellt, und es tat Johanna sichtlich gut, über Heini reden zu können. Geschickt hatte Astrid auch immer wieder kleine Anekdoten aus seinem Leben angesprochen, die Johanna dann wiedergab, und die alle zum Lachen brachten, sodass sich eine ausgewogene Mischung aus Trauer und Fröhlichkeit ergab.

Als Georg gerade wieder einmal voller Unruhe auf sein Handy schaute, strich ihm Astrid kurz über die Hand.

»Na, Georg, dein aktueller Fall lässt dich wohl überhaupt nicht los?«

Erstaunt lächelte er sie an.

»Das hast du richtig erkannt. Wir stecken gerade mittendrin. Es ist alles sehr kompliziert. Und momentan laufen im Hintergrund Untersuchungen, die uns hoffentlich einen guten Schritt weiter bringen. Ich warte auf die Ergebnisse.«

»Hat das was mit *Instagram* zu tun, Papa?«

Neugierig fixierte Judith ihren Vater, der kurz nickte.

»Und was genau?«

»Du kennst die Antwort.«

Judith verdrehte die Augen.

»Manno! Darüber darfst du leider nicht sprechen.«

»Genau.«

»Wir haben Papa neulich einen *Instagram*-Kurs gegeben, Mama«, erzählte Julia stolz.

»Damit kennt ihr euch ja bestens aus«, seufzte Astrid. »Ich glaube, ihr verbringt viel zu viel Zeit mit diesem hohlen Zeug. Aber ihr behauptet immer, in eurer Klasse wären alle dabei. Ist zwar kein Argument, aber man kann euch ja nicht vom Freizeitvergnügen eurer Klassengemeinschaft isolieren.«

»Weißt du, Mama, das sind wirklich nur Vorurteile, von wegen ›hohles Zeug‹. Es gibt da auch total engagierte Influencer, die gegen Plastikmüll, für das Tierwohl oder das Klima kämpfen und darüber informieren.« Julia kam jetzt richtig in Fahrt.

»*Insta* ist auch nichts anderes als Fernsehen. Da entscheidest ja auch du selbst, was du anschaust, ob blödes

Krawall-TV oder ein politisches Magazin oder einen guten Film. Und hier kannst du halt auch Modetussis folgen oder Schminktipps gucken, oder aber *Greenpeace* abonnieren oder den Tierschutzbund, *Amnesty* ist auch dabei, ach, so viele, auch der *WWF* und und und …«

»Wenn das so ist«, antwortete Astrid, »sollte ich mir das vielleicht auch mal mit euch zusammen genauer anschauen.«

»Klar, Mama, können wir gerne machen.«

Georg hörte sein Handy ganz leise in der Hosentasche surren.

»Entschuldigt mich bitte.«

Er stand vom Tisch auf und nahm im Flur das Gespräch an. Dabei bemerkte er, dass er 20 Minuten zuvor schon einen Anruf verpasst hatte. Jetzt war Ameise am Telefon. Er klang unzufrieden.

»Die DNA-Analyse des anhaftenden Blutes auf Stoff und Stativ hat keinerlei Übereinstimmung mit der DNA von Karoline Frederiksen ergeben.«

»Was schlägst du vor?«

»Erst mal lass ich den Wagen von der Frederiksen zu weiteren Untersuchungen in die Werkstatt schleppen. Und dann sollten wir uns sobald wie möglich etwas beschaffen, um die DNA von unserer Brandleiche untersuchen zu können, damit wir die mit den Blutspuren abgleichen können. Der Ohrring war leider nicht ausreichend.«

»Stimmt, sollten wir machen. Wer kümmert sich?«

»Ich geb dich mal weiter, Angermüller.«

»Hallo, Georg, hab dich vorhin nicht erreicht. Funkloch?«, fragte Jansen.

»Nee, ich hab's einfach nicht mitbekommen. Was gibt's?«

»Wir müssen mal wieder nach Klingberg. Wir brauchen 'ne Haarbürste, Zahnbürste oder was anderes mit DNA-Spuren von Jasmina.«

»Und das müssen unbedingt wir erledigen? Kann das sonst niemand machen?«

»Es gibt noch was anderes: Der berühmte Krimiautor ist bös verdroschen worden.«

KAPITEL XI

Immer noch strahlte die Sonne unermüdlich vom azurblauen Himmel, und um Bäume und Büsche schwebten Schleier von jungem Grün. Ein Sonntag, wie gemacht für einen ersten Frühlingsausflug. Diesen Gedanken hatten wohl viele Lübecker, denn auf den Straßen hinaus aus der Stadt war es entsprechend voll.

»Dann erzähl doch mal, Claus, was ist mit dem Döpper passiert?«

»Als er gestern nach Hause kam, er war wohl in Scharbeutz was essen gewesen, war es schon dunkel. Die Gartenbeleuchtung, die den Weg von der Garage zum Haus erhellt, funktionierte plötzlich nicht mehr. Er stieg also aus, ging im Dunkeln in Richtung Haus, und plötzlich fielen zwei Männer über ihn her. Sie wollten weder an sein Geld noch an sein Handy, sie haben ihn einfach nur verprügelt. Er meint, er hätte sich tot gestellt, sonst hätten die wahrscheinlich gar nicht aufgehört. Als sie verschwunden waren, hat er auf seinem Telefon die 112 gewählt, und die haben ihn gleich ins Krankenhaus gebracht.«

»Ist er da immer noch?«

»Nein, er wurde gestern Abend nur verarztet. Unter anderem ist sein linker Arm doppelt gebrochen. Sie haben ihn noch zur Beobachtung dabehalten, aber heute Morgen wurde er nach Hause geschickt. Von da hat er bei uns angerufen und den Vorfall gemeldet.«

»Hat Döpper denn einen Verdacht, wer das gemacht hat?«

»Verdacht? Er weiß es. Damit er nicht mehr mit jungen Mädchen rummacht, hat der eine gesagt.«

»Also Bogdanovic und sein Gorilla?«

»Bingo. Er hat auch die Stimme von Bogdanovic erkannt.«

»Und jetzt?«

»Jetzt hat Döpper Schiss, dass die es nochmal versuchen. Hat nach Polizeischutz gefragt.«

»Dann ist die Gelegenheit ja günstig, ihn ein weiteres Mal genauer unter die Lupe zu nehmen, was seine Beziehung zu Jasmina betrifft.«

»Genau. Und dann gehen wir ein Haus weiter, holen die Gegenprobe für die DNA-Analyse und sagen Bogdanovic, dass er eine Anzeige wegen schwerer Körperverletzung kriegt.«

»Was dir ein Vergnügen sein wird, nehme ich an.«

»Aber ein schwaches, denn dieser abgebrühten Type geht das doch sonst wo vorbei.«

»Da hast du wahrscheinlich recht«, stimmte Angermüller zu.

»Von Mehmet und Thomas gibt's nichts Neues?«

»Bisher nicht. Aber die geben uns auf jeden Fall Bescheid. Bist du etwa ungeduldig?«

»Irgendwie schon.« Der Kriminalhauptkommissar warf einen Seitenblick auf seinen Kollegen. »Ich weiß, du natürlich nicht, Claus. Du bist ja immer total cool, die Ruhe selbst.«

Nach zwei weiteren quälenden Stunden am Schreibtisch, die sie nicht weiterbrachten, entschied Vicky, jetzt Feierabend zu machen. Schließlich war Wochenende, und da hatte sie sich auch ein bisschen Freizeit verdient, beruhigte sie ihr schlechtes Gewissen. Sie würde zu Mia fahren, der ging es bestimmt nicht gut, und würde versuchen, ihre Mutter ein bisschen aufzumuntern.

Die Polizei jedenfalls tat ihre Arbeit, wie der Anruf vorhin bewiesen hatte. Dieser Kommissar Niemann, der sich mit Karolines *Instagram*-Account befassen sollte, hatte vergeblich nach Karoline Bertonia Frederiksen gesucht. Auf diesen Namen hatte Vicky gestern die Vermisstenanzeige aufgegeben und total verpeilt, dass ihre Schwester sich im Netz ja Tonya nannte, mit dem schönen Zusatz »das Frollein Wunder«.

Mal sehen, wie viel sie Mia von der Recherche der Kripo berichten würde. Vielleicht war es besser abzulenken, über gänzlich andere Dinge zu reden. Aber bevor sie losradelte, musste Vicky erst einmal die Klamottenfrage klären, denn sie wollte direkt von Mia zu Marten fahren. Einen Moment stand sie ratlos vor dem überschaubaren Inhalt ihres Kleiderschrankes, dann siegte ihr Pragmatismus. Wozu eigentlich aufbrezeln? Sie trug schwarze Jeans und ein grau-weiß geringeltes Shirt, beides Kleidungsstücke, in denen sie sich wohlfühlte, weil sie ihr auch gut standen, wie sie fand – wozu also umziehen? Als einzigen Kompromiss packte Vicky ihre Haarbürste in den Rucksack, wegen des frisurfeindlichen Fahrradhelms.

Da ihr der Gedanke an Karolines Auto keine Ruhe ließ, machte sie einen kurzen Schlenker über die Musterbahn, um zu sehen, ob es noch an Ort und Stelle stand. Gespannt spähte sie die Straße entlang. Es war nicht mehr da. War das jetzt ein gutes oder ein schlechtes Zeichen?

Hatte die Polizei es abgeschleppt oder – kurz blitzte die Hoffnung auf – oder war Karoline selbst damit weggefahren? Jetzt nicht darüber grübeln, beschloss sie und trat in die Pedale Richtung Bornkamp.

»Vicky, wie schön!«, begrüßte Mia sie und schloss sie in die Arme. Gleich darauf fragte sie hoffnungsvoll, ob Vicky etwas von ihrer Schwester gehört habe.

Vicky schüttelte den Kopf.

»Ich dachte, vielleicht kannst du ein bisschen Hilfe beim Aufräumen gebrauchen«, sagte sie munter.

»Ach, Kind, damit bin ich doch längst fertig. Ich kann ja sowieso nicht schlafen, und da bin ich ganz früh aufgestanden und hab klar Schiff gemacht.«

Tisch und Stühle standen wieder an Ort und Stelle, Gläser und Geschirr waren in den Schränken verschwunden, und wären nicht der Gabentisch und einige Vasen mit Geburtstagsblumen gewesen, hätte man von der gestrigen Feier nichts mehr gemerkt.

»Hast wieder alles ganz allein gemacht, was?«

»Ralf hat ja noch geschlafen. Und vorhin ist er zu einem Kumpel gefahren, an den Autos schrauben.«

Typisch. Aber wenigstens ist der Doofmann nicht da und nervt, dachte Vicky.

»Es gibt noch Kuchen von gestern. Magst du was davon essen?«

»Ja, gerne. Dann lass uns einen Kaffee machen und uns nach draußen setzen. Die Sonne scheint schon den ganzen Tag so schön, und auf der Terrasse ist es sicher warm genug, da ist es windgeschützt. Du warst bestimmt noch nicht an der frischen Luft heute.«

»War ich nicht, aber ich glaube, Ralf hat unsere Gartenstühle noch gar nicht aus dem Keller geholt.«

»Na und? Wir nehmen die Küchenstühle, und der Tisch steht sowieso draußen. Gib mir mal einen Lappen, dann wisch ich ihn schnell ab.«

Kurz darauf saßen sie bei Kaffee und den Resten von Drømmekage und Matchacake auf der Terrasse. Ein paar erste Krokusse leuchteten bunt in der schwarzen Erde, und an der kleinen Hängeweide glänzten schon silbrige Kätzchen.

»Das war eine prima Idee, Vicky. Es ist wirklich angenehm in der milden Luft. Das tut richtig gut.«

Mia lehnte sich auf ihrem Stuhl zurück und hielt ihr Gesicht mit geschlossenen Augen in die Sonne.

»Das stimmt«, seufzte Vicky, streckte und dehnte sich wohlig und schluckte genüsslich den letzten Bissen Matchacake mit seinem sanften Aroma von Grüntee hinunter. »Sehr angenehm.«

»Bist du gestern gut nach Hause gekommen mit Hardy? Das war ja wirklich nett von ihm, dich und dein Fahrrad mitzunehmen.«

»Ja, das war perfekt. Das hat ja so gegossen in dem Moment. Er hat mich gerettet. Der Hardy ist wirklich ein Netter. Ich hatte den ewig nicht gesehen.«

»Ach ja«, seufzte Mia. Es klang zustimmend und gleichzeitig nach einem großen Bedauern. Wahrscheinlich lag für Mia die Assoziation mit Karoline nahe, wenn man von Hardy sprach, den sie sich so gut als Schwiegersohn hätte vorstellen können. Da ihre Mutter wieder in Schweigen versank, mühte sich Vicky, die Unterhaltung nicht einschlafen zu lassen. Und etwas interessierte sie wirklich.

»Sag mal, ich weiß ja, es soll ein Geheimnis bleiben, aber weshalb geht Karoline denn nun zu dieser Therapeutin?«

»So ganz genau hat sie mir das nicht erklärt. Du weißt ja, deine Schwester redet nicht gern darüber. Aber ich glaube, ihre ganzen Fans – oder heißt das jetzt Follower?«, unterbrach sich Mia.

»Follower, Abonnenten, aber egal, ich weiß, was du meinst.«

»Also, sie hat mal gesagt, dass ihr diese Leute ihr Leben klauen würden. Sie hätte das Gefühl, dass alles, was sie tut, von anderen bewertet und beobachtet würde. Und manchmal kriegt sie halt auch ganz gemeine Kommentare. Darunter leidet sie sehr. Sie wünscht sich ihre Freiheit zurück.«

Vicky ließ sich nichts anmerken, doch innerlich regte sie sich tierisch auf. Karolines ganze Wohnung glich einem Filmstudio. Neben den professionellen Werbefotos sandte ihre Schwester Bilder in die Welt, wie sie im Schlafzimmer Klamotten anprobierte, im Bad eine Creme auftrug, in der Küche Essen zubereitete. Sie erzählte, wenn sie sich etwas kaufte, jemanden traf, verreiste, sich über etwas freute oder ärgerte, sie stellte ihren gesamten Alltag zur Schau, weil sie damit Geld, viel Geld, verdienen wollte. Je mehr Follower, umso besser, fremde Menschen, die in ihr eine gute Freundin sahen und dafür die Werbung für alle möglichen Produkte in Kauf nahmen. Und wenn diese Leute ernst machten und am Leben ihres Idols teilnehmen wollten, dann litt Karoline darunter? Das eine ging nicht ohne das andere, das war doch nicht überraschend, verdammt! Sicher war das nicht angenehm und manchmal sehr belastend – aber hatte man das nicht vorher gewusst?

»Vielleicht sollte sie einfach mit diesem Kram aufhören«, stellte Vicky nüchtern fest.

»Aber Kind, wie stellst du dir das vor? Sie kann nicht einfach aufhören, Karoline hat ja auch Werbeverträge mit Firmen unterschrieben, und außerdem ist es ihr Beruf.«

»Klar, muss sie ja auch selbst wissen …«, murmelte Vicky halbherzig. Plötzlich fiel ihr ein, dass sie Marten versprochen hatte, heute Abend für den Nachtisch zu sorgen.

»Ich bin bei Freunden zum Essen eingeladen und hab ganz vergessen, dass ich einen Nachtisch mitbringen soll. Hast du eine Idee?«

Bei wem sie eingeladen war, behielt Vicky lieber für sich.

»Mal sehen …« Mia dachte kurz nach. »Wie wär's mit Æblekage? Ich hab alle Zutaten hier und es geht schnell.«

»Super Idee, Mia! Das machen wir.«

Vicky bereitete die Äpfel für die typisch dänische Nachspeise vor, die zwar Apfelkuchen hieß, aber keiner war, und Mia röstete die Semmelbrösel mit Butter und Zucker in einer Pfanne. Schließlich schichteten sie alles in eine Schüssel.

»Ich hab einen Becher Sahne im Kühlschrank, den nimmst du nachher am besten so mit.«

»Danke, Mia, da hast du mir jetzt echt geholfen. Wollen wir uns wieder nach draußen setzen?«

»Ja, wir sollten die schöne Sonne noch genießen.«

Schon bei der Zubereitung des Æblekages, war Vicky etwas ganz anderes durch den Kopf gegangen. Was, wenn einer dieser besitzergreifenden Follower eine Grenze überschritten hätte? In dem Maße, wie die Leute im Internet alle Rücksicht fallen ließen, Beleidigungen und giftige Kommentare posteten, genauso gut konnten sie auch zu realen Aktionen gegen jemanden fähig sein. Was, wenn Karoline sich den Hass irgendeines ihrer Follower zugezogen hatte, der sich nicht genügend von ihr beachtet fühlte? Das Bild des blutdurchtränkten Stoffes im Kofferraum tauchte plötzlich vor Vicky auf. Sie erschauerte trotz der wärmenden Sonnenstrahlen.

Nach ihrem Klingeln dauerte es eine ganze Weile, bis jemand an die Haustür kam, diese erst vorsichtig einen schmalen Spalt aufzog, bevor sie ganz geöffnet wurde.

»Ach, Sie sind das.«

Es klang erleichtert, wenn nicht gar erfreut.

»Kommen Sie doch bitte rein. Sie wissen ja inzwischen, wo es lang geht.«

Der Schriftsteller bot einen erbärmlichen Anblick mit einem Verband um den Kopf und einem tiefblauen Auge. Der linke Arm war im rechten Winkel eingegipst und hing in einer Schlinge. Der Hausherr ging den Beamten mit schleppenden Schritten voraus in das Bibliothekszimmer.

»Sie sind hier wegen des Polizeischutzes?«, fragte Döpper, der sich mit schmerzverzerrtem Gesicht in einen der Sessel hievte. »Tut uns leid, so einfach ist das nicht mit dem Polizeischutz, Herr Döpper«, bedauerte Angermüller, während er und Jansen ebenfalls Platz nahmen.

»Aber wieso? Das gestern war doch nichts anderes als ein Mordversuch!«

»Ante Bogdanovic und sein Kumpan werden wohl eine Anzeige wegen schwerer Körperverletzung erhalten.«

Statt einer Antwort kam von Arthur Döpper nur ein Laut der Empörung, und er schüttelte verständnislos den Kopf.

»Aber schildern Sie uns doch bitte noch einmal, wie das gestern vor sich ging.«

Als der Mann geendet hatte, schaute ihn Angermüller an.

»Haben Sie eine Erklärung, weshalb die Männer auf Sie losgegangen sind?«

»Was weiß ich? Vielleicht, weil Sie hier ständig aufkreuzen! Jetzt glauben die, dass ich was mit Jasminas Tod zu tun habe.«

»Und – haben Sie?«, mischte sich Jansen ungerührt ein.

Völlig entgeistert sah ihn der Schriftsteller an.

»Sagen Sie mal, geht's noch?«, brach es aus ihm heraus, »hab ich Sie nicht gestern mein Handy untersuchen lassen, war ich nicht mehr als kooperativ? Was denn noch?«

»Na gut, Herr Döpper, dann war's das«, befand der Kriminalhauptkommissar. »Übrigens erwarten wir die Kommunikationsdaten von Jasminas Handy. Sollten wir da Anrufe finden, die Sie uns verheimlicht haben oder die Sie vielleicht gelöscht haben, stehen wir natürlich hier wieder auf der Matte.«

Jansen und Angermüller erhoben sich.

»Moment«, räusperte sich Döpper, »mir fällt gerade noch was ein.«

»Ja?«

»Wegen der Telefonate. Nur, dass Sie sich nicht wundern, wenn Sie die Telefonverbindungen auswerten. Ich hatte ganz vergessen zu erwähnen, dass ich öfters vergeblich versucht habe, Jasminas Handy von hier aus übers Festnetz zu erreichen. War aber immer nur ihre Mobilbox dran. Nur einmal noch haben wir in dieser Woche telefoniert.«

Angermüller drehte sich um und schaute Döpper an.
»Interessant. Wann genau?«

»Das war am Montagabend.«

»Sie haben doch gesagt, Jasmina brauchte Sie nicht mehr. Warum wollten Sie sie unbedingt erreichen?«

»Na ja ...«, die Frage war dem Autor sichtlich unangenehm, »das war sehr privat und ist für Ihre Ermittlungen nicht weiter von Bedeutung.«

»Sie wollten Jasmina treffen, denn Sie hatten sehr wohl eine Beziehung zu der jungen Frau, die über gelegentliche sprachliche Unterstützung für ihren *Instagram*-Auftritt hinausging«, stellte der Kommissar fest, »aber sie wollte keine Treffen mehr mit Ihnen. Sie schwärmte jetzt ja für Adrian. War es nicht so?«

Mit gesenktem Kopf hörte sich der Schriftsteller Angermüllers Erklärung an, weder widersprach er noch stimmte er zu.

»Das mit diesem Adrian haben Sie selbst so dargestellt. Was kam bei dem letzten Gespräch mit Jasmina raus?«

»Das muss ich Ihnen nicht sagen.«

»Ich nehme an, sie hat endgültig Schluss gemacht. Und als Krimiautor wissen Sie sicherlich, dass Eifersucht eines der häufigsten Mordmotive ist.«

»Sagen Sie mal, geht's noch? Was wollen Sie mir hier eigentlich unterstellen?«, brach es aus Döpper heraus. »Macht man das so bei Ihnen? Ganz nach Belieben ein Motiv konstruieren und den Täter gleich dazu basteln?«

»Mal abgesehen vom Motiv, Herr Döpper, Ihr Alibi für letzten Dienstag ist auch ziemlich dürftig.«

Unruhig begann der Mann, mit der unverletzten Hand in seinen schütteren Haarsträhnen zu wühlen, die oberhalb des Kopfverbandes heraushingen. Er schien krampfhaft nach einer Möglichkeit zu suchen, die Argumentation des Kommissars zu entkräften.

»Also, ist jetzt auch egal«, sagte er schließlich, »nach dem Telefonat mit Jasmina am Montagabend hab ich erst mal diesen Adrian Jungbluth gegoogelt. Ich dachte, ich könnte ihn – ich wollte ihn – ich weiß auch nicht – einfach mal sehen, oder zur Rede stellen, keine Ahnung. Ich bin am Dienstagnachmittag nach Lübeck gefahren und habe vor seinem Haus gewartet, zwei Stunden oder mehr, aber ich habe ihn nicht angetroffen. Erst anschließend bin ich zu dem Termin mit der Buchhändlerin.«

»Gibt es denn Zeugen für Ihren Aufenthalt vor Jungbluths Wohnhaus?«, fragte Jansen wenig überzeugt.

»Wenn Ihnen ein Strafzettel reicht, den ich kassiert habe, weil ich im Halteverbot stand …«

»Und bevor Sie nach Lübeck gefahren sind, haben Sie den ganzen Tag am Schreibtisch gesessen. Was aber niemand bezeugen kann?«

Fast verzweifelt war der Blick, den Döpper auf Angermüller warf.

»Doch«, rief der Autor plötzlich, »ich habe Zeugen, wenn auch nur telefonische! Ich habe an dem Tag mit meinem Agenten, meinem Verleger und einer Kollegin telefoniert. Übers Festnetz, alles lange Gespräche. Das können Sie gerne nachprüfen!«

»Na gut, das werden wir tun, Herr Döpper. Schönen Sonntag noch und auf Wiedersehen. Komm, Claus.«

»Tschüs, Sie finden allein hinaus, nehme ich an«, murmelte der Schriftsteller, aus dem plötzlich alle Energie zu weichen schien, und der noch tiefer in seinem Sessel versank.

»Ach, die Herren Kriminalpolizisten«, begrüßte Ante Bogdanovic die Beamten mit einem arroganten Lächeln, »na, haben Sie das Schwein?«

»Kommt drauf an, welches Schwein Sie meinen, Bogdanovic«, schnauzte Jansen.

»Guten Tag, Herr Bogdanovic«, grüßte Angermüller höflich, ohne auf die Schweinediskussion einzugehen, »wir müssen einen DNA-Abgleich durchführen und benötigen dafür eine Probe von Jasmina. Eine Haarbürste wäre zum Beispiel perfekt.«

Der Hausherr machte einen Schritt zurück und ließ die Kommissare eintreten.

»Sie haben ihn also immer noch nicht.«

»Dafür wissen wir, wer heute Nacht Ihren Nachbarn Arthur Döpper alias Alain Durand bös zusammengeschlagen hat, Herr Bogdanovic«, antwortete Jansen, um Beherrschung bemüht. »Die Staatsanwaltschaft wird sich bei Ihnen melden. Da das Opfer unter anderem einen komplizierten Armbruch erlitten hat, läuft es wohl auf eine Anzeige wegen schwerer Körperverletzung hinaus.«

Bogdanovic zuckte nur mit den Achseln, als ob ihn diese Anschuldigung nichts anginge.

»Warum nehmen Sie den Wichser von nebenan nicht fest?«, fragte er stattdessen.

»Ganz einfach«, entgegnete Angermüller, »weil Herrn Döpper in diesem Fall bisher keine Straftat nachzuweisen ist.«

»Haben Sie denn nicht gesehen, was der im Internet für einen Schweinkram verzapft hat? Und junge Frauen angegrapscht hat der auch, war sogar vorm Kadi gestanden deswegen. Glauben Sie etwa, dass der seine Finger von Jasmina gelassen hat? Nachdem uns Dragica gestern endlich erzählt hat, wie eng der Typ mit meiner kleinen Schwester war, ist die Sache doch völlig klar.«

Böse funkelte er die Kommissare an.

»Der einzige Vorwurf, den ich mir jetzt mache: Ich hätte Dragica mehr kontrollieren müssen. Ich hätte wissen müssen, dass man ihr nicht die Verantwortung für Jasmina überlassen kann. Vor allem nicht für diesen ganzen Internetirrsinn.«

Er drehte sich um und ging zur Treppe, die ins obere Stockwerk führte.

»Dragica!«, rief, nein, brüllte er nach oben. Die ganze Wut auf seine Schwester lag darin. Sie erschien am Ende der Treppe.

»Dragica! Die Polizei ist hier. Ich schick sie hoch, die wollen was von Jasmina für irgendeine Untersuchung. – Dann machen Sie mal Ihre Arbeit«, wandte er sich wieder an Angermüller und Jansen, »und wenn Sie das nächste Mal hier auftauchen, dann haben Sie ihn. Sonst muss ich das selbst in die Hand nehmen.«

Er meinte das vollkommen ernst. Grußlos ließ er die Beamten stehen und ging davon. Angermüller und Jansen nahmen die Treppe in den ersten Stock, wo Dragica Bogdanovic mit gesenktem Kopf stand, das halbe Gesicht von ihrem dunklen, langen Haar bedeckt.

»Guten Tag, was kann ich für Sie tun?«

Sie sprach leise und sah die beiden Männer nicht an.

»Wir würden gern ein von Jasmina benutztes Utensil wie eine Haarbürste, einen Kamm oder eine Zahnbürste mitnehmen, um einen DNA-Abgleich machen zu können.«

»Dann kommen Sie am besten mit ins Badezimmer, da können Sie nehmen, was Sie brauchen.«

Trotz der darüber fallenden langen Haare war auf Dragicas linker Wange in der hellen Badbeleuchtung deutlich ein Hämatom zu erkennen.

»Frau Bogdanovic, was ist passiert?«, fragte Angermüller betroffen.

»Familienangelegenheiten.«

»Ihr Bruder?«

Sie nickte und begann zu weinen.

»Er kann manchmal sehr wütend werden.«

»Was ist passiert?«

»Er hat rausbekommen, dass unser Nachbar Jasmina Geld für die Operation geliehen hatte und ich davon wusste. Und dass das wohl nicht die einzige Verbindung zwischen den beiden war …«

»Was meinen Sie?«

»Na ja …«, es war ihr offensichtlich unangenehm, darüber reden zu müssen.

»Natürlich habe ich gemerkt, dass Jasmina von Alain Durand total beeindruckt war und sie den Flirt mit ihm im Internet sehr genossen hat. Aber erst jetzt ist mir klar geworden, dass sie sich wohl auch heimlich getroffen haben. Und dann hat Ante gestern das mit den Anzeigen gegen Durand wegen dieser sexuellen Sachen rausgefunden. Ich schwöre, davon wusste ich nichts!«

»Und jetzt glaubt Ihr Bruder, dass Durand beziehungsweise Arthur Döpper Ihre Schwester umgebracht hat?«

»Wahrscheinlich. Und natürlich gibt Ante mir die Schuld an allem.«

Sie schluchzte laut auf, sah dann die Beamten ängstlich an.

»Ist er es denn gewesen?«

»Bisher haben wir dazu keine Erkenntnisse. Wir ermitteln noch in verschiedene Richtungen.«

Dragica nickte stumm, dann zeigte sie auf die Konsole vor dem Spiegel, wo diverse Arten von Bürsten lagen.

»Hier. Suchen Sie sich aus, was Sie brauchen.«

»Hat Jasmina die alle allein benutzt?«, wollte Jansen mit Blick auf vier unterschiedliche Haarbürsten wissen, während er sich ein Paar Schutzhandschuhe überzog. Als Dragica bestätigte, holte er einen Asservatenbeutel hervor und ließ eine große Fönbürste hineinfallen.

»Das war's dann auch schon, danke.«

»Frau Bogdanovic, es wäre vielleicht nicht schlecht, Sie würden für eine Weile woanders unterkommen«, schlug Angermüller vor.

»Ach, das wird vorbeigehen. Ich kenne meinen Bruder. Außerdem brauche ich doch gerade jetzt meine Familie«, sagte sie mit einem hilflosen Lächeln, »aber trotzdem danke, Herr Kommissar.«

Schon als Karoline hier einzog, war Vicky von dem Haus in der Effengrube ganz fasziniert gewesen. Es war mehrere 100 Jahre alt und ziemlich klein. Neben der Haustür im Erdgeschoss gab es nur ein einziges großes Fenster, im ersten Stock zwei und darüber noch eine winzige Mansarde. Im Vergleich zu den meisten Nachbarhäusern war es äußerlich recht schmucklos, einfach nur weiß verputzt mit historischen Sprossenfenstern und einer schweren, alten Holztür. Gleich daneben führte ein schmaler Durchlass auf einen idyllischen Gang, eine Art gemeinsamen Hof, an dem entlang im Sommer die Bewohner vor ihren Häusern zwischen Grün und Blumen sitzen konnten.

Es war Punkt 17 Uhr, was Vicky fast ein bisschen peinlich war. Außerdem war sie ziemlich nervös. Sie drückte auf die Klingel. Verdammt, sie hatte natürlich vergessen, ihr plattgedrücktes Haar kurz mit der Bürste zu bearbeiten. Sie fuhr sich mit beiden Händen durch die weißblonden Löckchen, da riss Marten schon die Tür auf. Er strahlte sie an.

»Hey, komm rein. Super, dass du da bist, dann können wir ja gleich loslegen. Ich hab jetzt schon Hunger.«

Von dem winzigen Flur führte eine steile Treppe in den ersten Stock, wo es zwei Zimmer gab. Im Erdgeschoss ging es links in die Wohnküche, und rechts lag das winzige Badezimmer, erinnerte sich Vicky, obwohl sie nur ein paar Mal hier gewesen war.

»Du kannst deine Sachen hier im Flur lassen.«

»Hier, der Nachtisch, Æblekage.«

Vicky holte Schüssel und Sahne aus ihrem Rucksack und überreichte sie Marten.

»Wie heißt das? Egal, sieht jedenfalls gut aus.«

Es war warm in der Küche und wahnsinnig gemütlich – richtig hyggelig, wie Mia dazu gesagt hätte. Auf dem großen Holztisch leuchtete ein Hokkaidokürbis, Zitronen und Rucola lagen daneben, auch einen Radicchio entdeckte Vicky.

»Du hast ja viel vor! Für wie viele Leute willst du denn kochen?«

Sie lachte und deutete auf das Gemüsestillleben.

»Nur für uns beide. Mein Mitbewohner ist verreist. Ich hab halt viel Hunger!«, meinte Marten. »Und zwei Gänge plus Nachtisch ist doch in Ordnung, oder?«

»Doch ja, das passt. Was machen wir denn?«

Es sollte einen warmen Kürbissalat als Vorspeise geben und danach Nudeln mit Radicchio und Gorgonzola.

»So, ich stell schon mal alle Zutaten, die wir für die Vorspeise brauchen, hier bereit, dann flutscht das besser. Was willst du machen? Kürbis schneiden, Rucola putzen, Dressing mischen?«

»Ich nehme den Kürbis. Den muss man nicht schälen, oder?«

»Genau, nur waschen, dann schneiden und Kerne raus.«

»Okay.«

»Dann putze ich zuerst den Rucola und mache das Dressing fertig. Ich mach ein bisschen Curry rein, Jaipur, das ist so eine fruchtige, scharfe Mischung. Magst du Curry?«

Marten war die Freude am Kochen anzumerken, und er schien auch ziemlich geübt darin.

»Sehr sogar! Leider bin ich nicht so toll im Kochen. Ich überlasse das gern meinen Mitbewohnerinnen. Ich komme aber auch abends oft erst später nach Hause.«

»Von deinem Job im Café?«

»Ja, und dann haben die beiden meistens schon was zu essen gemacht.«

»Lust auf ein Bier? Ich finde, Kochen macht immer so durstig.«

»Gern.«

Sie stießen mit zwei Flaschen eines Lübecker Craftbeers an und werkelten dabei weiter. Marten fragte sie nach ihrem Job, und Vicky erzählte, wie sie die Kollegen, alles Menschen mit Behinderungen, motivierte und unterstützte bei den ihnen übertragenen Aufgaben. Außerdem war sie für den organisatorischen Ablauf verantwortlich.

»Es ist manchmal ziemlich chaotisch und anstrengend,

aber wir haben auch eine klasse Chefin und viel Spaß zusammen. Und es ist so toll zu sehen, wie neue Leute nach einiger Zeit in ihre Jobs reinwachsen, mehr Selbstbewusstsein kriegen und manchmal Riesenschritte in ihrer persönlichen Entwicklung machen.«

»Du scheinst ja richtig begeistert von deiner Arbeit.«

»Bin ich auch irgendwie. Das Büffeln fürs Abi finde ich nicht so geil. Wenn ich halt noch studieren will, geht's nicht anders. Aber ich glaube, ich hab das gefunden, was ich machen will«, meinte Vicky zufrieden. »Was machst du eigentlich?«

»Ich studiere medizinische Ernährungswissenschaften. Den Bachelor hab ich schon, und jetzt bin ich im Masterstudiengang.«

»Hattest du nicht mal Betriebswirtschaftslehre angefangen?«

»Ja, stimmt. Aber irgendwie hab ich gemerkt, das ist wohl nicht mein Ding, irgendwelche Unternehmen zu optimieren. Und für gute Ernährung, vom Anbau über die Verteilung bis zur Zubereitung, habe ich mich schon immer interessiert.«

»Und was kannst du anfangen mit Ernährungswissenschaften?«

»Mich würde die Forschung interessieren, die Zusammenhänge von Ernährung und Klima zum Beispiel, aber vielleicht auch Entwicklungshilfe. Stelle ich mir alles sehr spannend vor und ist vor allem total sinnvoll.«

»Das stimmt allerdings. So, Kürbis fertig geschnitten. Und jetzt?«

Die Kürbisstücke kamen mit Öl und etwas Knoblauch in die Pfanne und wurden kurz gegart. Pekannüsse und Cranberries wurden dazugemischt, dann gab Marten das

Dressing darüber, Vicky musste kosten und fand den Geschmack wunderbar.

»Das war doch schon mal perfekte Teamarbeit«, freute sich Marten und packte zum Warmhalten einen Deckel auf die Pfanne, »so machen wir das jetzt auch mit den Radicchionudeln.«

Sie schnippelten, würzten und rührten weiter, selten hatte Vicky das Kochen so viel Spaß gemacht.

»Na, ist deine schöne Schwester gestern eigentlich noch aufgetaucht?«

Irgendwann hat die Frage ja kommen müssen, dachte Vicky. Aber sie reagierte heute gelassen, vielleicht, weil sie schon fast eine Flasche Bier intus hatte, vielleicht, weil es so gut lief zwischen ihr und Marten, vielleicht aber auch, weil ihre Fantasie immer mal wieder die wüstesten Bilder aufscheinen ließ von dem, was Karoline zugestoßen sein könnte. Die Wut, die Verstimmung, die sie immer empfunden hatte, wenn Marten ihre Schwester erwähnte, war einer Angst machenden Beklemmung gewichen.

»Du sagst ja gar nix. Ist irgendwas, Vicky?«, fragte Marten, dem ihr Zögern wohl aufgefallen war.

Plötzlich hatte Vicky einen ekelhaften Kloß im Hals und brachte erst einmal kein Wort heraus. Da ihre Beine sich plötzlich irgendwie schwach anfühlten, ließ sie sich auf einen Stuhl an dem großen Tisch nieder, und im nächsten Moment begann sie zu heulen wie ein Schlosshund.

Die Sonne stand tief am Himmel, es war klar und kalt draußen, während in ihrem Golf eine angenehme, schläfrig machende Wärme herrschte. Sie befanden sich auf dem Weg zurück zur BKI, wenige Autos waren unterwegs, und gegen seine sonstige Gewohnheit fuhr Jansen ein sehr gemächliches Tempo. Er schien mit Nachdenken beschäftigt.

»Weißte was?«, fragte er plötzlich.

»Nein, Claus, aber du wirst es mir bestimmt gleich sagen.«

»Der Döpper kann einem nur noch leidtun.«

Angermüller zog ein erstauntes Gesicht.

»Claus! Du wirst doch kein Menschenfreund werden auf deine alten Tage?«

Jansen ging auf die Frotzelei seines Kollegen nicht ein.

»Ich glaub dem.«

Wie um seinem Erstaunen über diese Tatsache Ausdruck zu verleihen, klopfte er kurz auf das Lenkrad.

»Der alte Sack hat das Mädchen wirklich geliebt wie so ein verknallter Junge, und der liebt sie immer noch.«

»Woran machst du das fest?«

»Wie er sich verhalten hat, nachdem Jasmina mit ihm Schluss gemacht hat. Dass er zu diesem Adrian gefahren ist. Ich kann mir einfach nicht vorstellen, dass er dem Mädchen was angetan hätte. Siehst du das anders?«

»Zumindest sehe ich es ähnlich«, brummte der Kriminalhauptkommissar, »selbst wenn Döpper zu so einer Tat im Affekt fähig wäre, ich weiß nicht, die Verbrennung im Anschluss – kann ich mir nicht so richtig bei ihm vorstellen. Aber ganz streichen von unserer Liste sollten wir ihn trotzdem noch nicht.«

»Jedenfalls hat uns der Bogdanovic mit seiner Prügelattacke fast einen Gefallen getan. Der Döpper hat unglaublich Schiss vor dem – hätte ich übrigens auch – und wir sind jetzt seine Freunde, und deshalb hat der uns heute auch keinen Mist mehr erzählt.«

»Genau. Der hatte uns gegenüber einfach nichts mehr zu verlieren«, stimmte Angermüller zu. »Ich ruf jetzt mal Mehmet an.«

Die Verbindungsdaten von Jasminas Handy lagen immer noch nicht vor, aber Montagmorgen auf jeden Fall, war Mehmet zugesichert worden.

Als sie in der Kriminalinspektion angekommen waren, übergaben sie Ameise die Haarbürste von Jasmina.

»Ich bring die gleich weg, morgen früh wissen wir mehr«, sagte der Kriminaltechniker. »Mit dem Wagen von der Frederiksen bin ich noch nicht ganz durch. Aber bis auf den gefundenen Ohrring und die Blutanhaftungen bisher keine neuen Spuren. Schönen Feierabend.«

»Dir auch, Andreas«, rief ihm Angermüller erstaunt nach. Solche zwischenmenschlichen Floskeln waren Ameise normalerweise nicht zu entlocken. Es schien seine Laune zu heben, dass vor allem durch seine Recherchen Bewegung in den Fall gekommen war.

»Wenn Andreas uns das schon mal wünscht, dann machen wir doch jetzt auch Feierabend. Kannst du mich bitte bei meiner Schwiegermutter vorbeifahren, Claus? Mein Fahrrad steht da noch.«

Eine gute halbe Stunde später betrat Angermüller seinen Hausflur und wunderte sich über einen Stoffbeutel, der an der Klinke seiner Wohnungstür hing. Auf dem daran gepinnten Zettel erkannte er Deryas Handschrift.

Lieber Georg, hab gestern ganz vergessen, dich mein Brot kosten zu lassen. Hier ist eins für dich allein, heute ganz frisch gebacken. Rezept anbei. Guten Appetit, Derya

Das Brot roch sündhaft gut, und er wusste sofort, wie er es genießen würde. Hingegen konnte er nicht einordnen, was dieses Geschenk zu bedeuten hatte, oder ob es überhaupt etwas bedeutete. Doch Georg hatte keine Lust, sich darüber das Hirn zu zermartern. Wenn Derya ihm etwas sagen wollte, konnte sie ja anrufen oder vorbeikommen. Sie war diejenige, die eine Entscheidung zu treffen hatte. Er hatte schon zwei Anläufe gemacht, die Lage zu klären, jetzt war Derya dran.

Er schob eine Scheibe von Nina Simone in den CD-Player und tanzte mit den ersten Takten beschwingt in die Küche. Dort entkorkte er eine Flasche *Negroamaro* und goss ein Glas davon ein, bevor er den Tisch deckte mit einem kräftigen bulgarischen Schafkäse, Oliven, getrockneten Tomaten, Fleur de Sel und Olivenöl.

Das krachende Geräusch der Brotkruste war vielversprechend, das Innere war löchrig, luftig, trotzdem angenehm feucht. Er gab einen Schuss von dem grüngoldenen Öl auf einen Teller, etwas Salz dazu und tunkte einen Bissen Brot hinein. Es schmeckte einfach himmlisch!

»Liebe Derya, vielen Dank für das tolle Brot! Und auch fürs Rezept, werde ich bald ausprobieren. Schönen Abend, Georg«, tippte er in sein Handy. Später saß er mit einem Buch in seinem Sessel und stellte fest, dass er eigentlich ganz zufrieden war. Auch wenn Derya sich für Hamburg – wegen des Jobs? wegen Koray? wegen Yunus? – entscheiden würde, wäre das schade, aber er würde es wohl verkraften. Dinge änderten sich im Leben, das erfuhr er nicht zum ersten Mal.

Mit Vergnügen vertiefte er sich in eine komplizierte Ermittlung des sizilianischen Commissario Montalbano, bis er seine Lider schwer werden spürte. Georg klappte das Buch zu und ging ins Badezimmer. Bevor er sich schlafen legte, ließ er kurz noch frische Luft herein. Der Himmel war dunkel und sternlos, erste Tropfen fielen.

Mit Zuversicht sah er der Teamsitzung am nächsten Morgen entgegen, bei der er einige wichtige Erkenntnisse erwartete. Er hatte die große Hoffnung, sie würden der Lösung endlich ein Stück näher rücken. Mit diesem guten Gefühl und dem gleichmäßigen Rauschen des Regens, der mittlerweile fiel, dauerte es nur ein paar Minuten, und er war fest eingeschlafen.

KAPITEL XII

So fröhlich war Vicky schon lange nicht mehr an einem Montagmorgen zu ihrem Dienst ins Café gefahren, noch dazu durch dieses graue Schmuddelwetter. Dass sie gestern Nachmittag mit Mia auf der Terrasse gesessen hatte, war heute kaum mehr vorstellbar. Überhaupt, gestern …

»Vicky, was ist denn?«, hatte Marten noch einmal bestürzt gefragt, als sie wie ein Häufchen Unglück heulend am Küchentisch hing, »hab ich was Falsches gesagt?«

Er hatte sich neben sie gehockt, den Arm um sie gelegt und ihr beruhigend über den Rücken gestrichen. Unter Tränen hatte Vicky nur mit dem Kopf geschüttelt. Endlich wurde sie ruhiger, begann zu schniefen und putzte sich mit dem Taschentuch, das Marten ihr reichte, die Nase. Er zog sich einen Stuhl heran, sagte erst einmal nichts, hielt sie nur weiter im Arm.

»Na, geht's wieder? Willst du drüber reden?«

Mitfühlend schaute er ihr in die Augen.

»Manchmal tut das ja ganz gut, wenn man Dinge rauslässt, die einen belasten.«

»Es ist wegen Karoline. Mia ist völlig fertig, weil sie doch schon die ganze Woche weg ist. Und ich war mir so sicher, dass meine Schwester spätestens zum Geburtstag auftauchen würde. Aber sie ist nicht gekommen.«

Unglücklich starrte Vicky auf die Tischplatte.

»Karoline ist ganz schön ... na ja ... aber dass sie sich an Mias Geburtstag überhaupt nicht meldet ... den hat sie noch nie vergessen. Das find ich schon sehr merkwürdig. Und da hab ich gestern eine Vermisstenanzeige bei der Polizei gemacht.«

»So schlimm, echt?«

»Ach, es ist noch viel schlimmer ...«

Und Vicky erzählte von ihrem erschreckenden Fund in Karolines Auto, von ihrem schlechten Gewissen, dass sie nicht eher etwas unternommen hatte, aber dass Karoline auch eine Mitschuld hatte, weil sie schon öfter tagelang weggefahren war, ohne irgendein Lebenszeichen, weil es ihr völlig Banane war, wenn Mia 1000 Ängste durchlitt. Und dass sie selbst nun auch die schlimmsten Befürchtungen hatte.

»Weißt du, deine schöne Schwester denkt eben in erster Linie an sich selbst. Ich hab sie ganz gut kennengelernt in den Monaten, die wir zusammen waren, und sie ziemlich bald durchschaut. Sie ist wahnsinnig selbstsüchtig und nur, wenn sie dich wegen irgendwas braucht, interessiert sie sich für dich. Ich kann sehr gut verstehen, was du meinst«, gab Marten zu. »Aber klar, das wäre natürlich furchtbar, wenn ihr was zugestoßen wäre. Doch du brauchst deshalb wirklich kein schlechtes Gewissen zu haben. Es ist ja das Normale, dass sie sich einfach nicht meldet, also warum solltest du dir Sorgen machen? Außerdem ist doch noch gar nicht klar, was mit ihr ist.«

Martens Worte taten Vicky unheimlich gut. Zum einen fühlte sie sich nicht mehr so schuldig, weil sie Mia die ganzen Tage Hoffnung auf Karolines Rückkehr gemacht hatte, und zum andern war sie froh, dass Marten ihre Schwester sehr realistisch einschätzte. Sie konnte sich nun sicher sein, na ja fast zumindest, dass er nicht Karolines wegen den Kontakt zu ihr gesucht hatte.

»Dann lass uns mal weitermachen, sonst kipp ich noch um vor Hunger.« Er gab ihr einen Kuss. »Und das willst du doch nicht, oder?«

Es war das erste Mal, dass sie sich küssten, aber es fühlte sich für Vicky ganz vertraut an. Der Kürbissalat und die Radicchionudeln schmeckten wunderbar. Sie tranken dazu Rotwein, Vicky nur ein bisschen, denn sie musste ja noch mit dem Rad nach Hause fahren.

»Mann, der schmeckt ja köstlich, dieser Nachtisch. Wie heißt der noch mal?«

»Æblekage«

»Ah ja. So schlecht bist du also gar nicht im Kochen.«

»Na ja, Mia hat mir geholfen«, gab Vicky zu.

Die Themen gingen ihnen nicht aus. Die ganze Zeit quatschten sie über Dinge, die ihnen wichtig waren, die sie liebten, entdeckten viel Gemeinsames und mussten zwischendurch oft lachen. Ihre Hände fanden immer wieder zusammen, noch ein paar Mal küssten sie sich, und dann wollte sich Vicky auf den Heimweg machen, denn sie musste am Morgen früh raus. Inzwischen goss es wie aus Kübeln.

»Bei dem Wetter kann ich dich aber nicht gehen lassen«, grinste Marten, als sie aneinandergeschmiegt in der Haustür standen, vor der pausenlos der Regen fiel. Und so war ihr gar nichts anderes übrig geblieben, als in dem Häuschen in der Effengrube zu übernachten …

Vicky schaute noch einmal glücklich in den düsteren Morgenhimmel, bevor sie die Tür zum Café aufschloss, vor der sie schon zwei eifrige Kollegen erwarteten, mit denen sie heute die Frühschicht hatte.

»Guten Morgen, Jungs! Na, dann wollen wir mal«, sagte sie munter zu den beiden. Was für ein schöner Tag, und heute Abend hatte sie eine Verabredung.

Grell beleuchtete das Deckenlicht die Morgenlage, die sich im Gruppenraum versammelt hatte. Ameise fehlte, dafür gab der Behördenchef Angermüllers Truppe mal wieder die Ehre. Der Kriminalhauptkommissar rieb sich unternehmungslustig die Hände.

»Guten Morgen zusammen, was gibt's Neues? Mehmet, wie sieht's mit den Kommunikationsdaten aus?«, fragte Angermüller gut gelaunt.

»Sind gekommen, sehr früh heute schon, und ich hab die Nummern bereits zuordnen können. Ihr seht ja, was Handy und was Festnetzverbindungen sind. Ich hab die Liste für jeden von euch ausgedruckt.«

Mehmet reichte die Blätter herum, und die anderen begannen sogleich, in dem Papier zu lesen.

»Na prima, dann hat sich mein persönliches Eingreifen beim richterlichen Notdienst ja gelohnt«, freute sich Kriminaldirektor Appels und sah erwartungsvoll in die Runde. Doch seine Mitarbeiter reagierten nicht mit irgendwelchen Lobeshymnen, zu vertieft waren sie in ihre Lektüre.

»Also, wenn ich das richtig sehe, hat der Döpper gestern tatsächlich die Wahrheit gesagt. Siehst du, hier«, Jansen neigte sich zu Angermüller und zeigte auf den Ausdruck, »der hat Jasminas Nummer jeden Tag zu erreichen versucht und immer nur die Mobilbox gekriegt. Nur Montagabend hatten sie ein Gespräch. Da hatte sie mit ihm Schluss gemacht. Und«, er folgte der Liste weiter nach unten, »er hat weiter täglich angerufen, erfolglos natürlich, bis, ja, bis nach unserem Besuch am Freitag, als er erfahren hat, dass sie tot ist.«

»Ja, kann wirklich heißen, dass er nichts damit zu tun hat«, bestätigte Angermüller. »Den Adrian Jungbluth hat meistens sie angerufen, und der ist auch rangegangen. Aber das war nicht vor zwei Wochen zum letzten Mal, wie er selbst angegeben hat. Nein, am Montagabend vor Jasminas Verschwinden gab es ein kurzes Gespräch, und da war sie ganz bei ihm in der Nähe. Heißt vielleicht, dass sie sich da gesehen haben.«

»Dann müssen wir dem schnieken Typen nachher wohl gleich auf den Zahn fühlen. Ich wollte schon immer mal bei *Immobilien Dahnsdorf* reinschauen, ob ich da was Passendes für meine hohen Ansprüche finde«, flachste Jansen und zwinkerte Anja-Lena zu, während Mehmet mit seinen Erläuterungen fortfuhr.

»Ihr seht ja, die anderen Nummern, die ich gecheckt habe, sind von ihrer Schwester Dragica Bogdanovic, von ihrer Freundin Jule und ein paar von Mode- und Kosmetikfirmen. Und dann ist da noch die Nummer von …«

»Karoline B. Frederiksen! Ich fass es nicht, meine Nachbarin!«, rief Angermüller perplex aus, als er den Namen las, »die kannten sich also.«

»Na ja«, meinte Mehmet, »die beiden waren seit ein paar Wochen immer mal wieder in Kontakt.«

»Ich finde das nicht so erstaunlich, die sind ja so eine Art Kolleginnen«, kommentierte Anja-Lena, »beide als Influencerinnen bei *Instagram* unterwegs.«

»Da hast du auch wieder recht«, nickte Angermüller, »lass doch mal sehen, wann haben die beiden denn das letzte Mal kommuniziert … hier, am Dienstagvormittag, dem Tag von Jasminas Verschwinden. Sehr interessant!«

»So, ihr dürft mich Tom Niemand nennen«, meldete sich Thomas Niemann mit einem Zwinkern zu Wort.

»Ach ja?«, wunderte sich Jansen.

»Ja, ich hab mir unter diesem Namen einen *Instagram*-Account angelegt, ohne Anmeldung geht da sonst gar nix. Ich wollte einfach mal sehen, was Karoline Frederiksen, deren Beruf die Schwester ja mit Influencerin angegeben hat, so macht. Musste diese Viktoria gestern noch anrufen, die hatte nämlich vergessen anzugeben, dass Karoline auf *Instagram* als Tonya unterwegs ist. Tonya, das Frollein Wunder.«

»Und jetzt sach, an welche tiefschürfenden Erkenntnisse bist du gelangt?«, drängelte Jansen seinen Kollegen.

»Also im Prinzip macht Tonya Karoline so eine Art Online Modemagazin, ständig andere Klamotten, neue Frisuren, Diäten, Kosmetiktipps – na ja, ist eben fast alles Werbung, aber dazwischen auch viel Zeugs aus ihrem Alltag, sodass man meint, an ihrem Leben teilzuhaben. Sie macht das jetzt schon mehrere Jahre und ist immer professioneller geworden, man merkt, dass sie inzwischen auch mit Profifotografen zusammenarbeitet und ganz schön in der Welt rumkommt. Und sie verdient wohl ganz gut damit.«

Ungeduldig klopften Jansens Finger leise auf die Tischplatte. Thomas Niemann ließ sich davon nicht aus der Ruhe bringen.

»Hartnäckig, wie ich bin, habe ich Tonya bis zu ihren Anfängen auf *Instagram* vor ungefähr drei Jahren zurückverfolgt. Und ihr glaubt nicht, wer ein paar Mal auf ihren Fotos auftaucht, mit verliebten Kommentaren von ihr versehen.«

Fragend schaute Niemann sich um, bevor er sein Wissen mit den anderen teilte.

»Adrian Jungbluth.«

»Von wegen Blut«, platzte Ameise, der gerade zur Tür herein gekommen war, ohne abzuwarten in das Erstaunen der Kollegen. Er wedelte mit ein paar Papieren und musste seine Neuigkeiten sofort loswerden.

»Der DNA-Abgleich hat ergeben, dass das Blut in dem Lappen und auf dem Stativ im Wagen von Karoline Frederiksen eindeutig von Jasmina Bogdanovic stammt. Auch nicht so erstaunlich nach dem Fund des Ohrrings.«

»Guten Morgen erst mal! Danke, Andreas, super, dass das so schnell geklappt hat«, äußerte Angermüller zufrieden, »dann haben wir jetzt mindestens zwei Gründe, Jungbluth schnellstens zu befragen. Er ist bisher das einzige Bindeglied zwischen Jasmina und Karoline. Da müssen wir leider doch bei *Dahnsdorf* aufkreuzen, ob ihm das nun gefällt oder nicht.«

*

Nach der Dienstbesprechung wollten Angermüller und Jansen gerade aufbrechen, da nahm sie der Kriminaldirektor beiseite. Ob mit *Dahnsdorf* wohl der bekannte Immobilienmakler gemeint sei, wollte er wissen.

»Genau. In dessen Firma arbeitet der Zeuge Adrian Jungbluth«, bestätigte Angermüller.

»Und ist mit der Tochter vom Chef verlobt«, warf Jansen hinterher, vieldeutig grinsend.

»Ah ja. Dazu Folgendes …«, Harald Appels senkte seine Stimme, »der Alfred Dahnsdorf ist ein einflussreicher Mann in der Stadt, hat einen untadeligen Ruf. In meinem Golfklub ist er übrigens auch. Also, geht bitte diskret vor.«

»Ham wir das jemals anders gemacht, Chef?«

Mit einem Augenzwinkern schob sich Jansen aus der Tür.

Als sie längst schon auf dem Weg nach Sankt Jürgen waren, schüttelte er seinen Kopf.

»Das war ja wohl wieder ein typischer Appels! Erst mal wollen wir ja gar nichts von dem Dahnsdorf, und selbst wenn, was wäre das Problem? Warum sollen wir diskret sein?«

»Diskret sollten wir natürlich immer sein, Claus, ohne Ansehen der Person. Aber unser Chef hat irgendwie Schiss vor Leuten, die er für bedeutend hält, und wenn sie in seinem Golfklub sind, erst recht. Wenn der Jungbluth wirklich Mist gebaut hat, sollte uns der Dahnsdorf im Übrigen dankbar sein, von wegen Tochter, Schwiegersohn und so.«

Schwungvoll bog Jansen auf den Parkplatz in der Kronsforder Allee, der vor einem modernen Bürohaus lag, dessen Architektur und Materialien dem Betrachter signalisierten »Wenn du edel und teuer schätzt, bist du hier richtig«. In der dritten und vierten Etage residierte *Dahnsdorf und Partner*. Hinter dem eleganten Tresen des lichtdurchfluteten Empfangsraumes begrüßte sie eine freundlich lächelnde junge Frau. Angermüller fragte nach Adrian Jungbluth. Sie schaute auf ihren Bildschirm und bedauerte.

»Sie haben keinen Termin, nehme ich an? Herr Jungbluth ist gerade in einer Besprechung, tut mir leid. Möchten Sie vielleicht mit einer Kollegin oder einem Kollegen sprechen?«

»Danke, wir müssten schon mit Herrn Jungbluth persönlich reden«, entgegnete Angermüller, und er und Jansen zeigten ihre Dienstausweise.

»Oh«, machte die Empfangsdame nur betreten, »ich versuch's mal«, und griff zum Telefon.

Es verging keine Minute, da erschien Adrian Jungbluth.

»Ich hatte Sie doch der Firma gegenüber um Diskretion gebeten«, presste er zwischen den Zähnen hervor, »und jetzt tauchen Sie hier einfach so auf.«

»Guten Tag, Herr Jungbluth«, grüßte ihn Angermüller gelassen, »können wir uns irgendwo ungestört unterhalten?«

»Muss das jetzt sein?«

»Sonst wären wir nicht hier. Aber wenn es Ihnen lieber ist, können wir Sie gerne zu unserer Dienststelle mitnehmen. Sie entscheiden.«

»Debbie, kann ich mich mit den Herren in den kleinen Konferenzraum setzen? Es dauert bestimmt nicht lange.«

Die Frau hinterm Tresen gab grünes Licht, und gleich darauf saßen die Kommissare dem Zeugen in Leder gepolsterten Stahlrohrsesseln an einer ovalen Tischplatte aus fast schwarzem glänzend poliertem Holz gegenüber.

»Danke, wir möchten nichts«, hatte Jungbluth auf die Frage der netten Debbie, ob Kaffee oder sonst ein Getränk gewünscht würde, schroff geantwortet, »aber sorge dafür, dass wir nicht gestört werden.«

Der Mann war höchst verärgert.

»Was gibt es denn noch so Wichtiges, dass Sie unbedingt hier aufkreuzen müssen?«

»Wir würden gern noch einmal hören, wann Sie mit Jasmina Bogdanovic zum letzten Mal Kontakt hatten«, erklärte Angermüller höflich.

»Das habe ich Ihnen doch am Sonnabend schon beantwortet.«

»Tun Sie das bitte nochmal?«

Mit einem Finger seine Stirn reibend, versuchte er wohl, sich seiner Antwort zu erinnern.

»Das war vorletzte Woche … Anfang vorletzter Woche. Ja, Montag war das«, brachte er schließlich mit Erleichterung heraus.

»Unseren Informationen nach war das aber nicht Ihr letzter Kontakt, Herr Jungbluth.«

»Ach ja? Wie kommen Sie denn darauf?«

Immer noch gab Jungbluth den Empörten, doch Angermüller meinte schon, eine leichte Verunsicherung zu bemerken. Er setzte seine Lesebrille auf und holte die Liste mit Jasminas Telefonverbindungen hervor, auf der Mehmet auch vermerkt hatte, in welche Funkzelle das Handy eingeloggt war.

»Jasmina Bogdanovic hat nach vorvergangenem Montag fast jeden Tag bei Ihnen angerufen oder Nachrichten an Sie geschickt. Aber was fast noch wichtiger ist, auch von Ihnen empfangen. Und am letzten Montagabend war Jasminas Handy ganz in der Nähe Ihrer Wohnung eingeloggt, mehr als zwei Stunden. Ich sag Ihnen was, Herr Jungbluth: Am vergangenen Montagabend hatten Sie Damenbesuch!«

»Was für Damenbesuch?«

Kein Regisseur hätte sich den Moment dramatischer ausdenken können. Wie aus dem Nichts stand Konstanze Dahnsdorf plötzlich im Raum hinter Adrian Jungbluth. Der sackte beim Klang ihrer Stimme in seinem Stuhl zusammen und legte sich schockiert eine Hand über die Augen.

»Adrian?«

Die Juniorchefin schritt auf ihren hochhackigen Schuhen um den Tisch herum, bis sie ihrem Verlobten gegenüberstand.

»Schaust du mich bitte an, Adrian! Bekomme ich eine Antwort?«

Ihr anthrazitfarbenes Businesskostüm saß tadellos, und das lange dunkle Haar war zu einer kunstvollen Hochsteckfrisur aufgetürmt. Konstanze Dahnsdorf war vom Aussehen und vom Auftreten her zweifellos eine beeindruckende Person.

»Am Montagabend habe ich meinen Yoga-Kurs. Was für ein Damenbesuch also?«

Adrian Jungbluth wand sich auf seinem Stuhl und wich ihrem Blick aus. Obwohl Angermüller auf diese Frage auch gern eine Antwort bekommen hätte, musste er einschreiten.

»Entschuldigung, Frau Dahnsdorf, würden Sie uns bitte mit dem Zeugen allein lassen? Sollten wir Fragen an Sie haben, melden wir uns.«

Einen Augenblick schien sie irritiert von dem Ansinnen, doch dann gewann sie ihre Souveränität zurück.

»Selbstverständlich, Herr Kommissar«, ihr gelang sogar ein verbindliches Lächeln, »ich bin in meinem Büro, falls Sie mich brauchen.«

Ohne ihren Verlobten weiter zu beachten, wandte sie sich mit großen Schritten zur Tür und entschwand.

Adrian Jungbluth sah gut aus, war charmant und ein paar Jahre jünger als Konstanze Dahnsdorf – reichte das dieser erfolgreichen Frau wirklich schon aus, um ihn zu heiraten? Na ja, jetzt wahrscheinlich nicht mehr, dachte Angermüller.

Kaum hatte sich hinter seiner Verlobten die Tür geschlossen, begann der Zeuge zu reden. Eigentlich hatte er das nicht gewollt, aber ja, er hatte eine Beziehung mit Jasmina gehabt, das Mädchen hätte nicht locker gelassen, ihn regelrecht bedrängt, sodass er gar nicht anders konnte.

»Aber sie hat mich wirklich nur ein paar Mal besucht.«

»Immer nur montags, nehme ich an«, kommentierte Jansen, was Jungbluth gar nicht als Spitze wahrnahm.

»Genau. Sie hätte mich gern öfters getroffen, aber das war mir zu riskant. Ich hab wirklich versucht, das Ganze zu beenden, aber …«

Der Mann machte eine hilflose Geste.

»… Sie wurden die verliebte Jasmina nicht so schnell wieder los«, beendete Jansen den Satz, »und als die Situation aus dem Ruder zu laufen drohte, haben Sie sich Jasminas entledigt. Schließlich stand Ihre ganze private wie berufliche Zukunft auf dem Spiel.«

Geschockt starrte Jungbluth den Kommissar an.

»Sie spinnen ja«, sagte er mit tonloser Stimme, »ich habe Jasmina nicht umgebracht.«

»Hat Jasmina mit Ihnen nicht über ihre Pläne gesprochen? Was für eine Art Termin sie am nächsten Tag hatte?«, wollte Angermüller wissen.

»Das hab ich Ihnen doch schon letztes Mal gesagt, dass wir nur ganz allgemein über das gesprochen haben, was sie so vorhatte«, antwortete Jungbluth ungehalten.

»Vorgestern wussten wir auch noch nicht, dass Sie Jasmina am Vorabend ihres Todes getroffen haben.«

Offensichtlich wollte Jungbluth sich dazu nicht mehr äußern und richtete seinen Blick starr nach draußen, wo hinter der Glasfassade der Verkehr durch den grauen Vormittag rollte.

»Am vergangenen Dienstag hatten Sie am Nachmittag einen einzigen beruflichen Termin in Sierksdorf, Herr Jungbluth«, stellte Angermüller fest.

»Ja, und? Ich hab Ihnen doch die Kontaktdaten meiner Kunden gegeben. Haben Sie das nicht nachgeprüft? Die Besichtigung hat sich über zwei Stunden hingezogen, und anschließend bin ich mit dem Kunden im *Bayside* in Scharbeutz gewesen, um den Kauf vorzubereiten. Wir hatten noch einiges zu besprechen und haben auch da gegessen.«

»Ah ja.«

Aufmerksam betrachtete Angermüller den Zeugen.

»Sagt Ihnen der Name Karoline Bertonia Frederiksen etwas?«

»Bitte?«

Adrian Jungbluth verzog sein Gesicht, als ob er in eine zu saure Frucht gebissen hätte.

»Was soll denn die Frage jetzt?«

»Beantworten Sie sie bitte einfach.«

»Karoline, oder Tonya, wie sie genannt werden will, und ich hatten mal eine Beziehung. Das ist drei Jahre her. Aber was hat das mit Jasmina zu tun?«

»Wann haben Sie mit Frau Frederiksen zuletzt Kontakt gehabt?«

»Keine Ahnung, vor Jahren. Ich war froh, als ich nichts mehr mit Tonya zu tun hatte.«

»Warum?«

»Ich habe Ihnen doch schon vorgestern von den Frauen erzählt, denen ich bei ihrem *Instagram*-Auftritt geholfen habe. Tonya war eine von ihnen. Sie ist eine sehr ehrgeizige Person und lebte irgendwann nur noch für ihre Posts. Unser ganzer Alltag wurde hochgeladen –

wenn wir gekocht haben, in der Dusche, beim Frühstück im Bett, beim Shopping, wenn wir verreist sind. Immer. Ich fand das unheimlich nervig«, er schnitt eine Grimasse, »trotzdem hab ich damals sehr viel Zeit für Tonya investiert, sie war schließlich meine Freundin. Bedankt hat sie sich nie, sie fand meine Unterstützung einfach selbstverständlich, und als sie angefangen hat, ganz gut Geld zu verdienen, tja – da war sie auf einmal weg.«

»Kennen sich Jasmina und Tonya?«

»Keine Ahnung. Jasmina hat darüber nichts erzählt, und da ich selbst schon lange keinen Kontakt zu Tonya habe, weiß ich das nicht.«

»Man hat Gegenstände mit Jasminas Blut im Auto von Tonya Frederiksen gefunden.«

»Was?«

Jungbluth sprang von seinem Stuhl hoch.

»Ganz ruhig, setzen Sie sich bitte wieder«, forderte Angermüller den Zeugen auf.

»Haben Sie Tonya denn nicht gefragt, wie das Blut in ihr Auto kommt?«

»Tonya ist seit einer Woche nicht auffindbar.«

Kopfschüttelnd stieß Adrian Jungbluth die Luft aus.

»Also, langsam reicht's mir. Das ist ja … Was wollen Sie mir denn jetzt noch andichten? Ich sage nichts mehr ohne meinen Anwalt.«

Vicky hatte beschlossen, dem grausamen Spiel ein Ende zu machen. Sollte Karoline deshalb sauer sein, egal. Sie würde heute dem armen Goldfisch seine Freiheit schenken. Na ja, wie frei er in so einer Zoohandlung sein würde, war noch eine andere Frage. Aber sie hatte sich die nächstgelegene schon angesehen, und zumindest hatten die große Aquarien mit permanenter Luftzufuhr, und er war nicht allein. So ein Tier in einem viel zu engen Glas, in zu wenig Wasser mit nicht genügend Sauerstoff im Kreis schwimmen zu lassen, war wirklich reine Tierquälerei.

Gerade wollte Vicky einen Plastikbeutel mit frischem Wasser für den Transport füllen, da klingelte es an der Tür. Wer konnte das sein? Ihre Schwester wohl nicht, die hatte ja einen Schlüssel.

»Sorry, ich bin zu spät! Aber der Verkehr war mörderisch, ich hab nur im Stau gestanden«, stöhnte die Frau mit den langen dunklen Haaren, die mit einer großen Tasche vor der Tür stand. »Ist Tonya sauer?«

»Äh, nein«, sagte Vicky verdattert, »sie ist gar nicht da.«

»Da hab ich ja Glück! Kann ich reinkommen?«

Die Fremde hatte wohl Vickys überraschte Reaktion wahrgenommen und streckte die Hand aus.

»Entschuldige, wir kennen uns ja noch gar nicht. Ich bin Shirin, die Fotografin. Und wer bist du?«

»Ich bin Karolines, äh, Tonyas Schwester. Ich heiße Vicky.«

»Ach, ich wusste gar nicht, dass Tonya eine Schwester hat. Na ja, wir reden ja auch nicht so viel über Privates. Und du willst heute mal bei dem Shooting dabei sein? Geht klar, Vicky. Kann ich reinkommen?«

»Ja bitte, aber eure Verabredung wird leider ausfallen«, erklärte Vicky, während die Fotografin ihre schwere Tasche von der Schulter auf den Boden im Flur gleiten ließ.

»Wieso das denn?«, fragte die Frau entrüstet, »in meinem Auto hab ich noch 1000 Kartons mit der Sommerkollektion, die mir ins Studio geschickt wurden, weil Tonya verreist war. Und ich hab unheimlich geschoben, damit ich das heute hinkriege. Der Termin steht doch schon seit über einer Woche fest!«

»Tut mir leid. Tonya wird heute nicht kommen, also wahrscheinlich nicht.«

»Was denn nun? Kommt sie oder kommt sie nicht? Lass uns mal in die Küche setzen. Ich brauch erst mal 'ne Zigarette.«

Diese Shirin kannte sich offensichtlich aus und ging voraus in die Küche, wo sie sich am Tisch sogleich eine Zigarette anzündete, bevor Vicky protestieren konnte. Na ja, auch egal, wahrscheinlich lässt Karoline sie eh immer hier rauchen.

»Also, Vicky, jetzt sag mal, was ist los?«

»Karoline, du kennst sie als Tonya, ist am vorletzten Wochenende weggefahren. Zu Mia, also unserer Mutter, hat sie gesagt, dass sie spätestens Montagnachmittag zurückkommt. Aber sie ist die ganze Woche nicht aufgetaucht, sogar zum Geburtstag von Mia vorgestern ist sie nicht gekommen und hat sich nicht gemeldet. Sie ist auch nicht erreichbar. Ich meine, ich bin so einiges von Tonya gewöhnt, aber das …«

»Wir sind wahrscheinlich alle so einiges von deiner Schwester gewöhnt«, meinte Shirin, zog eine vielsagende Grimasse und klopfte die Asche auf einer Untertasse ab, die sie sich aus dem Küchenschrank gegriffen hatte. Sie war so um die 30, schätzte Vicky, zierlich und klein, mit wachen dunklen Augen, denen so leicht wahrscheinlich nichts entging, was für eine Fotografin sicher von Vorteil war.

»Wann hast du denn Tonya das letzte Mal gesprochen?«

»Gesprochen?«

Shirins Stirn legte sich in Falten, und sie holte ihr Handy aus der Hosentasche.

»Also gesehen haben wir uns am Montag vor 14 Tagen für ein Shooting. Die Verabredung für heute haben wir später ausgemacht, über WhatsApp. Moment, das war …«, sie tippte auf dem Bildschirm herum, »am Mittwoch vorletzter Woche. Ich hab ihr noch eine gute Reise gewünscht. Sie wollte wohl Aufnahmen machen, mit wem auch immer. Mich wollte sie offensichtlich nicht dabei haben, vielleicht war ich ihr zu teuer.«

Shirin ließ ein spöttisches Lachen hören.

»Und wohin und für wie lange sie unterwegs sein wollte …?«

»Das hat sie nicht gesagt. Ist aber normal. Wir haben ein Arbeitsverhältnis, Freundinnen sind wir nicht. Ich bin eh erstaunt, dass wir noch zusammenarbeiten.«

»Wieso?«

»Sagen wir es mal so: Deine Schwester hat genaue Vorstellungen, wie etwas sein muss, und sie ist sehr anspruchsvoll. Sie erwartet von allen 200-prozentigen Einsatz, und wer nicht dazu bereit ist, für ein lächerliches Geld zu ackern wie bekloppt, kann gleich wieder gehen. Assistent:Innen, Stylist:Innen, Fotograf:Innen – die Fluktuation in ihrem Team ist legendär.«

»Und warum bist du noch dabei?«

Sie zuckte mit den Schultern.

»Bei mir ist das ein wenig anders. Wir arbeiten schon seit über einem Jahr zusammen, und Tonya scheint mit den Ergebnissen ganz zufrieden zu sein. Natürlich weiß sie auch, dass ich nicht auf sie angewiesen bin. Vor mir hat sie Respekt, und mein Honorar stimmt auch einigermaßen.«

»Verstehe. Ich habe übrigens am Sonnabend eine Vermisstenanzeige bei der Polizei für meine Schwester gemacht.«

Von Karolines Auto und dem gruseligen Fund darin erwähnte Vicky lieber nichts. Sie kannte diese Frau schließlich überhaupt nicht.

»Echt jetzt?«

»Na ja, ist doch schon irgendwie komisch, dass sie sich nicht meldet und keiner sie erreichen kann.«

»Stimmt«, meinte Shirin nachdenklich, »und dass sie einen Termin platzen lässt und überhaupt nicht Bescheid sagt, ist auch nicht normal. Na, dann hoffen wir mal, dass sie sich im Anschluss an ihre Aufnahmen mit irgendeinem Lover noch eine nette Auszeit gönnt und ihr nix passiert ist.«

»Hat sie denn einen Freund?«

»Du fragst Sachen!«

Shirin lachte.

»Wenn überhaupt, dann keinen festen. Sie ist wohl manchmal von einem Mann abgeholt worden, aber nie von demselben. Ich kenne niemanden aus Tonyas privatem Leben. Ich bin immer nur den paar Leuten begegnet, die bei Shootings dabei sind, und, wie gesagt, die wechseln ständig.«

Sie drückte die Zigarette aus.

»Dann hau ich mal wieder ab. Tonya wird sich ja melden, sollte sie heute noch zurückkommen.«

»Ja, bestimmt.«

Im Flur hievte die Fotografin ihre schwere Tasche auf die Schulter.

»Na, dann tschüs, Vicky, war nett, dich kennenzulernen«, sie hielt inne, »aber was mache ich jetzt mit den ganzen Klamottenkartons? Mein Assistent ist heute und morgen nicht da, und ich hab keine Lust, das ganze Zeug allein wieder in die Fabriketage zurückzuschleppen. Ich kann das doch einfach hierlassen, oder? Ist ja eh alles für Tonya. Kannst du mir bitte kurz helfen?«

»Klar.«

Gemeinsam holten sie die Kartons aus Shirins Bus in Tonyas Wohnung und stapelten sie in einer freien Ecke des Schlafzimmers. Vor der Tür bedankte sich die Fotografin, hupte zum Abschied und fuhr davon, während Vicky ihre Aktion Goldfisch wieder in Angriff nahm.

Seit Claus Jansen mit der Kollegin Kruse liiert war, war er kulinarisch schon um einiges mutiger geworden, hatte Angermüller festgestellt. Als er heute sein persönliches Lieblingsbistro mit vietnamesischer Küche für einen Mittagsimbiss vorgeschlagen hatte, war das sofort auf Jansens Zustimmung gestoßen.

Während der Kollege gebratene Nudeln mit knuspriger Ente plus einer Extraportion Gemüse geordert hatte, die er wie stets mit unglaublicher Geschwindigkeit verdrückte, hatte Angermüller sich für Pho, eine typische vietnamesische Suppe entschieden. In einer mit Kardamom, Sternanis, Zimt und Ingwer gewürzten Brühe schwammen Reisbandnudeln und Rindfleisch, verfeinert mit frischen Kräutern, Limettensaft und Chilis – für den Kommissar ein echter Genuss.

»Ich weiß, du hättest es gern gesehen, wenn wir den Jungbluth festgenommen hätten, Claus. Aber dafür ist die Beweislage zu dünn«, stellte Angermüller fest und schlürfte hingebungsvoll einen Löffel der kräftigen Brühe. Natürlich war die Vernehmung Adrian Jungbluths das beherrschende Thema, von dem sie redeten, seit sie die Maklerfirma verlassen hatten.

»Aber findest du nicht auch, dass er wirkt, als ob er ein schlechtes Gewissen hätte?«

»Ja, schon, aber das muss für unseren Fall gar nichts bedeuten. Denk doch mal an seine Verlobte.«

Jansens Gesicht verzog sich zu einem frechen Grinsen, und er verschluckte sich fast vor Schadenfreude.

»Haha, da hast du natürlich recht. Bei der Vernehmung wäre ich gern dabei!«

»Claus, reiß dich zusammen«, mahnte Angermüller nicht ganz ernst, »wir wissen nur, dass er höchstwahrscheinlich am Abend vor ihrem Verschwinden mit Jasmina Bogdanovic zusammen war und am Dienstagnachmittag, als sie mutmaßlich getötet wurde, sich zumindest in der Nähe des Fundorts ihrer Leiche aufhielt.«

»Und dass er eine Beziehung mit der Frederiksen hatte, in deren Auto das Blut von Jasmina gefunden wurde.«

»Tja, das ist wirklich ein sehr merkwürdiger Zufall. Es ist allerdings schon Jahre her, dass die beiden ein Paar waren – sagt er jedenfalls. Dazu könnten wir natürlich Viktoria, die Schwester von Karoline befragen, aber ob die das genauer weiß?«

»Wieso?«

»Die beiden Schwestern scheinen kaum Kontakt zueinander zu haben.«

»Hmm, dann lass uns jetzt zuerst die Angaben von Jungbluth zu letztem Dienstag überprüfen. Zu dieser Viktoria können wir später immer noch. Bist du langsam mal fertig mit deiner Suppe?«

Eine Stunde später verließen die Kommissare in Bad Schwartau die Praxis des Orthopäden, mit dem Jungbluth besagten Termin gehabt hatte. Der Mann war gerade dabei, seine Praxis abzugeben.

»Wissen Sie, meine Herren, auf meine alten Tage will ich es ruhig haben, die gute Ostseeluft genießen und aufs Meer gucken. Der Herr Jungbluth hat mir dieses Objekt oberhalb der Steilküste in Sierksdorf angeboten, historische Villa, erste Reihe, unverstellter Blick. Ich hab's mir angesehen, und es ist perfekt. Da hab ich zugeschlagen. Anschließend haben wir das Geschäft gleich im *Bayside* begossen. Sollten Sie eine Immobilie suchen, kann ich Ihnen den jungen Mann nur empfehlen. Hat er denn was verbrochen?«

»Nein, alles gut. Er ist für uns ein wichtiger Zeuge, und dazu gehört eine gewisse Befragungsroutine. Vielen Dank für Ihre Zeit.«

Auch wenn damit noch weniger Verdachtsmomente gegen Jungbluth blieben, war er für Jansen noch lange nicht aus dem Spiel. Sie saßen mittlerweile wieder in ihren Büros im Behördenhochhaus, rekapitulierten und diskutierten die gesammelten Erkenntnisse, Angermüller bei einem Milchkaffee, Jansen bei seiner tiefschwarzen Filterbrühe.

»Hallo, Kollegen, störe ich?«

Thomas Niemann streckte den Kopf um die Ecke.

»Nicht unbedingt. Was gibt's denn?«, fragte Jansen.

»Tja, ich glaube, es gibt da ein Detail bei Karoline Frederiksen, dem ich bisher zu wenig Aufmerksamkeit geschenkt habe.«

Neugierig hob Angermüller den Kopf.

»Ach, und was meinst du?«

»Karoline nennt sich im Netz ja Tonya. Aber dazu führt sie den Beinamen ›das Frollein Wunder‹.«

»Das sagtest du schon. Und was interessiert das jetzt uns?«, fragte Jansen verständnislos.

»Ja, und wir haben doch festgestellt, dass Jasmina bei *Instagram* die Bezeichnung ›Mademoiselle Miracle‹ nutzt, was ja praktisch die Übersetzung ist.«

»Ja und?«, insistierte der ungeduldige Jansen schulterzuckend.

»Na ja«, schloss Thomas Niemann seine Erklärungen, »was ist, wenn die nicht nur Kolleginnen, sondern auch oder vor allem Konkurrentinnen waren?«

»Wäre zumindest eine interessante Perspektive«, brummte Angermüller zustimmend.

»Die Frederiksen hat sich jedenfalls als Erste den Beinamen ›Frollein Wunder‹ gegeben, Jasmina Bogdanovic nannte sich erst sehr viel später ›Mademoiselle Miracle‹.«

»Aber deshalb begeht man doch keinen Mord!«

Jansen war nicht überzeugt.

»Vergiss nicht, es geht dabei auch ums Geldverdienen«, argumentierte Niemann, »Anja-Lena und ich haben die beiden Accounts mal verglichen, und man kann schon feststellen, dass Jasmina die Frederiksen ziemlich offen kopiert hat. Die Posen, die Ideen, die Schauplätze. Und seit ein paar Wochen hat Jasmina mindestens für drei Modemarken Werbung gemacht, mit denen auch die Frederiksen zusammenarbeitet.«

»Ist auf jeden Fall interessant, Thomas, bleib dran«, forderte der Kriminalhauptkommissar den Kollegen auf und zückte sein Handy.

»Und wir sollten jetzt mit der Schwester vom ›Frollein Wunder‹ reden, Claus. Ich versuch mal zu checken, wo die gerade steckt.«

KAPITEL XIII

»Tut mir leid, Fisch, das dauert wohl noch ein bisschen mit deinem Umzug«, seufzte Vicky und entließ das Tier aus der Plastiktüte zurück ins Kugelglas, nachdem sie das Wasser erneuert hatte. Dann fiel ihr ein, dass sie noch bei Mia anrufen wollte. Ihre Mutter klang unendlich erschöpft, und Vicky mühte sich nach Kräften, ihr Mut zuzusprechen. Sie hatte gerade aufgelegt, da klingelte es an der Tür. Der Nachbar von gegenüber hatte sich telefonisch angekündigt und stand nun draußen, nicht allein. Den schmalen Mann mit Kurzhaarfrisur, in Jeans und abgeschabter Lederjacke, der ihn begleitete, hätte Vicky niemals für einen Polizeibeamten gehalten. Doch dieser Angermüller stellte ihn als seinen Kollegen Jansen vor. Irgendwie sah der unauffällig und verdächtig zugleich aus.

»Vielen Dank, dass Sie für uns Zeit haben, Frau Frederiksen.«

»Kein Ding.«

Vicky führte die beiden in die Küche und schloss das Fenster. Es roch immer noch ein wenig nach Rauch.

»Über den Verbleib Ihrer Schwester wissen wir leider nichts Neues. Aber es stellen sich uns ein paar Fragen, von denen wir hoffen, dass Sie uns weiterhelfen können«, begann Kommissar Angermüller.

»Okay. Haben Sie schon herausgefunden, was mit dem Blut an den Sachen in Karolines Auto ist?«

Diese Frage beschäftigte Vicky, seit sie den unheimlichen Fund gemacht hatte, und allein bei seiner Erwähnung beschlich sie schon wieder ein ganz komisches Gefühl.

»Die DNA-Analyse hat eindeutig ergeben, dass das Blut nicht von Ihrer Schwester stammt.«

Auch wenn das nicht unbedingt Entwarnung hieß, fühlte sich Vicky durch diese Auskunft erst einmal erleichtert. Sofort allerdings ploppte in ihrem Kopf die Frage auf, von wem das Blut dann stammte? Und wie kam es in Karolines Auto?

»Jasmina Bogdanovic«, begann der Kommissar, »sagt Ihnen der Name etwas?«

Den Namen hatte Vicky sicher noch nie gehört.

»Ich glaube nicht …«

»Das ist eine junge Frau, die auch als Influencerin auf *Instagram* aktiv ist. Sie trägt den Beinamen ›Mademoiselle Miracle‹, ist sozusagen eine Kollegin Ihrer Schwester.«

Kurz dachte Vicky noch einmal nach.

»Tut mir leid, das sagt mir alles nichts. Aber ich bin auch nicht viel auf *Instagram*.«

»Sie haben mir ja gesagt, dass Sie wenig Kontakt zu Karoline beziehungsweise Tonya haben und auch ihren Freundeskreis nicht gut kennen. Können Sie uns wirklich keinen Namen aus ihrem privaten Umfeld nennen?«

»Ich weiß, das ist komisch, aber wir haben uns in den letzten Jahren praktisch nur auf Familienfeiern getroffen. Und das hat vorgestern ja nicht mal am Geburtstag unserer Mutter geklappt. Unser Onkel, Tante Sonja, unser Kinderfreund Hardy, unsere alte Nachbarin Irmi – alle waren da und hätten sich bestimmt gefreut,

Karoline mal wieder zu sehen. Aber sie ist leider nicht aufgetaucht.«

»Kennen Sie einen Adrian Jungbluth?«, wollte der Kollege von Angermüller wissen. Ein brummiger Typ, fand Vicky, und dazu ziemlich ungeduldig.

»Klar, das ist ein Ex-Freund von Karoline.«

Auf Jansens Nachfrage erzählte sie, dass die beiden sich vor ungefähr zwei Jahren getrennt hätten.

»Und ich glaube, die haben auch gar keinen Kontakt mehr.«

»Wissen Sie das genau?«

»Eigentlich nicht. Aber ich hab den Adrian gestern zufällig getroffen.«

»Ach nee! Wann denn? Wo denn?«

Dieser Jansen wirkte plötzlich wie alarmiert.

»Das war gestern Vormittag. Ich bin in der Musterbahn vorbeigefahren, um zu sehen, ob Karolines Auto noch da steht. Da hat er gerade neben dem Mini gestoppt und hineingeschaut. Den Wagen hatte sich meine Schwester gekauft, als sie noch mit Adrian zusammen war.«

»Wieso haben Sie uns das nicht gleich erzählt, als wir nach Karolines Freunden gefragt haben?«, meckerte Jansen sie an.

»Puh, keine Ahnung. Wusste ja nicht, dass das irgendwie wichtig ist.«

Der Polizist hob genervt die Brauen, sagte aber nichts. Vicky schilderte ihre Unterhaltung und dass Adrian behauptet hatte, Karoline schon seit Jahren nicht mehr gesehen zu haben.

»Haben Sie ihm das geglaubt?«

Vicky machte eine unentschiedene Geste.

»Ich weiß es nicht. Ich war irgendwie unsicher …«,

und nach einer Pause, »sagen Sie, hat eigentlich die Polizei den Mini in die Werkstatt geschleppt? Gestern Nachmittag war er nämlich nicht mehr da.«

»Genau.«

Angermüllers Antwort zerstörte Vickys leise Hoffnung, dass vielleicht doch Karoline mit ihrem Wagen weggefahren war.

Soll ich jetzt die Geschichte mit dem Schlüssel erzählen, überlegte sie gerade, als der Kommissar sich erkundigte: »Ist Ihnen vielleicht doch noch jemand eingefallen, der einen Schlüssel zu dieser Wohnung haben könnte?«

»Äh, nein. Es gibt wohl nur den unserer Mutter, den ich jetzt nutze.«

»Das heißt also, dass vielleicht doch Karoline selbst Freitag oder Sonnabend hier in der Wohnung gewesen sein könnte«, überlegte Angermüller.

»Also, ich hatte da gestern so eine Idee …«, Vicky brach ab, als sie Jansens skeptischen Blick sah.

»Inwiefern?«

Sie holte aus der Schale im Flur das Schlüsselbund mit dem A-Anhänger, das sie vorhin dort wieder deponiert hatte.

»Ich hab diese Schlüssel mit dem Anhänger gesehen, und da dachte ich, vielleicht gehören die zu Adrians Wohnung – wegen des A, verstehen Sie? Und er hat vielleicht Karolines, auf Gegenseitigkeit, wenn man mal verreist ist und so. Aber es sind nicht seine Schlüssel. Die haben da so ein elektronisches Schloss mit Zahlencode.«

Angermüllers Kollege sah sie erstaunt an.

»Woher wissen Sie das denn?«

»Äh, ich hab das kurz gecheckt«, murmelte Vicky, der ihre Idee jetzt ziemlich peinlich war und sah zu Boden.

»Okay, ist ja nett, dass Sie uns helfen wollen, aber so was kann auch ins Auge gehen.« Die Aktion schien den Jansen ziemlich aufzuregen. »Nur mal angenommen, Adrian Jungbluth hätte wirklich was mit dem Verschwinden Ihrer Schwester zu tun, und er würde mitkriegen, wie Sie das mit dem Schlüssel ›checken‹. Was denken Sie, was dann passiert?«

»Hat er aber nicht mitgekriegt«, sagte Vicky kleinlaut, »glaube ich jedenfalls.«

Angermüllers Kollege guckte nur noch böse.

»Er hat halt nur gesehen, dass ich vor seinem Haus war. Hinter ihm kam seine Verlobte, und da wollte er, dass ich schnell abhaue. Hab ich auch gemacht.«

»Na gut, Frau Frederiksen, das war's dann erst mal. Oder hast du noch was, Claus?«

Dieser Claus Jansen stieß aufgebracht die Luft aus.

»Nee. Nur, dass Sie solche Alleingänge in Zukunft unterlassen sollen, Frau Frederiksen. Ist das klar?«

»Klar«, bestätigte Vicky leise.

»Dann verabschieden wir uns, Frau Frederiksen. Und lassen Sie den Kopf nicht hängen. Es besteht immer noch Hoffnung, dass Ihre Schwester wieder auftaucht«, machte der Nachbar ihr Mut. Er war wirklich ganz nett, vor allem im Gegensatz zu seinem muffeligen Kollegen.

»Vielleicht«, stimmte Vicky wenig überzeugt zu, »aber vorhin ist hier eine Fotografin aufgetaucht, die heute mit Karoline eine Verabredung für ein Shooting gehabt hätte. Also, die hatten sich schon vorletzte Woche verabredet. Und die fand das auch total ungewöhnlich, dass Karoline den Termin hat platzen lassen. Das hätte sie noch nie bei ihr erlebt.«

»Das ist interessant. Haben Sie den Namen der Fotografin?«

»Nur den Vornamen. Sie heißt Shirin und hat ein Studio in einer Fabriketage, mehr weiß ich nicht.«

Es war nicht schwierig, die Adresse des Studios der Fotografin herauszufinden. Es firmierte unter der Bezeichnung *Atelier Shirin* in einem historischen Lagerhaus aus dem 19. Jahrhundert an der Trave. Der volle Name der Frau war Shirin Parsipour, und sie war nicht irgendeine Fotografin, wie die Kommissare bald mitkriegten, sondern offenbar ziemlich gefragt. Zahlreiche Konterfeis mehr oder weniger prominenter Menschen aus der Kunst-, Mode – oder Politikwelt hingen an den Wänden ihres Ateliers, geprägt von dem ganz eigenen Stil der Modefotografin und Porträtkünstlerin.

Was sich für Angermüller durch den Besuch bei Shirin Parsipour weiter herauskristallisierte, war, dass diese Karoline oder Tonya kein einfacher Mensch zu sein schien, schon gar nicht für die Leute, mit denen sie zusammenarbeitete. Und ob die Frau überhaupt so etwas wie ein Privatleben hatte oder nur nicht darüber redete, blieb ihm ebenfalls ein Rätsel.

»Sagen Sie, Frau Parsipour, hat Tonya Ihnen gegenüber irgendwann eine Jasmina Bogdanovic erwähnt?«

»Ich glaube, nein. Wie gesagt, wir haben fast immer nur über unsere aktuelle Arbeit gesprochen, unsere Vorstellungen abgeglichen, damit das Ergebnis uns auch beide zufriedenstellte. Was nicht immer ganz einfach war«, lächelte die Fotografin vieldeutig.

»Jasmina ist ebenfalls Influencerin. Sie nennt sich auch

›Mademoiselle Miracle‹«, versuchte es Angermüller noch einmal.

Bei der Nennung dieser Bezeichnung bekam die Fotografin einen nachdenklichen Blick.

»Also gehört hab ich das wohl schon mal. Ich fand diesen Namen ziemlich albern und überhaupt nicht cool. Aber ob Tonya es war, die das erwähnt hat?«

Sie schien intensiv zu überlegen.

»Es ist sowieso schon eine ganze Weile her, dass jemand über diese Mademoiselle Miracle gesprochen hat. Aber ja, ich glaube, es war Tonya. Sie hatte wohl das Profil der Influencerin gerade erst entdeckt.«

»Wissen Sie noch, ob sie was dazu gesagt hat?«

»Puh … wenn ich mich recht erinnere, sagte sie nur, dass sie nicht glaubt, dass man mit so einem komischen Namen irgendwas reißen kann.«

Als Shirin Parsipour Angermüllers fragenden Blick auf sich gerichtet sah, hob sie abwehrend die Hände.

»Also mehr ist wirklich nicht drin, tut mir leid, Herr Kommissar. Das ist alles, was ich aus dem hintersten Winkel meines Hirns hervorzerren kann.«

»Kein Problem. Vielen Dank trotzdem, Frau Parsipour«, antwortete der Kriminalhauptkommissar freundlich.

»Glauben Sie denn, Tonya ist was passiert?«, fragte die Fotografin, als sich Angermüller und Jansen am Ausgang des Ateliers von ihr verabschiedeten.

»Momentan ist noch alles offen. Wir bleiben optimistisch. Tschüs und danke nochmal!«

Es wurde langsam dunkel, als die Kommissare in Richtung Behördenhochhaus unterwegs waren.

»Was denkst du, Claus, ob die verschwundene Karoline oder Tonya was mit dem Tod von Jasmina zu tun hat?«

Jansen zog ein ratloses Gesicht.

»Ich weiß nicht. Ist das nicht nur so ein Zickenkrieg? ›Ich bin die Schönste und ich hab mehr Likes als du, ätsch!‹ Dass man deswegen jemanden umbringt, kann ich mir eigentlich nicht vorstellen.«

»Wir haben doch schon festgestellt, dass es dabei um viel Geld geht. Das Ganze ist ein aufreibendes Geschäft. Ich rede jetzt von Millionen Abonnenten, wovon zumindest Jasmina noch ziemlich weit entfernt ist. Aber nach dem, was wir über die Frederiksen gehört haben, denke ich, die will an die Spitze und zieht das total professionell durch. Und jemanden wie Jasmina, so unbedarft die auch immer an die Sache rangehen mag, sieht sie natürlich als Konkurrenz, vor allem, weil sie sich von ihr kopiert fühlt. Das könnte schon ein Motiv sein.«

»Stimmt natürlich. Und dass die beiden in Verbindung standen, ist ja klar durch den Fund in ihrem Wagen. Wenn allerdings jemand anders Jasmina getötet hat, dann ist auch die Frederiksen in Gefahr oder …«

»Oder was?«

»Vielleicht schon tot.«

Die nächsten Minuten vergingen schweigend. Sie stocherten im Trüben, mit finsteren Szenarien, das führte nicht weiter und verdarb die Stimmung, also sagten sie lieber gar nichts. Im K1 angekommen, brachten Angermüller und Jansen das Team auf den neuesten Stand. Ameise hatte keine weiteren signifikanten Spuren in dem sichergestellten Wagen entdecken können, und auch die anderen Kollegen hatten nichts Neues zu vermelden. So vertagte man sich bis zum nächsten Morgen.

»Soll ich dich rumfahren?«

»Danke, Claus, aber ich wollte im Biomarkt noch was fürs Abendessen einkaufen.«

»Trifft sich gut. Da will ich auch vorbei. Anja-Lena hat mir eine Einkaufsliste mitgegeben.«

»Na prima, dann lass uns los.«

Als sie nach ihrem Einkauf wieder im Wagen saßen, überlegte Angermüller, wieder einmal einen Versuch zu machen und Derya zum Abendessen einzuladen, auch wenn er am Tag zuvor noch gedacht hatte, sie wäre am Zug, Kontakt aufzunehmen.

»Lust auf Mangold mit Gnocchi und Ziegenkäse?«, tippte er in sein Handy. »Wenn ja, bitte melden!«

Zwei Minuten später hatte er eine Antwort: »Danke für die Einladung – komme sehr gerne! Wann soll ich da sein?«

Sie verabredeten sich für 19.30 Uhr, und zu Hause angekommen, stellte Angermüller sich sogleich in die Küche. Natürlich fragte er sich, was Deryas schnelle Zusage alles bedeuten konnte. Hatte sie ihre Entscheidung getroffen? Und wenn ja, welche? Hör auf rumzurätseln, sagte er sich, bald wirst du es erfahren. Er putzte und wusch das Gemüse, schmorte in einem großen Topf eine grob gewürfelte Zwiebel in Olivenöl an und gab den Mangold hinein. Dann goss er eine Tasse passierte Tomaten dazu, in die er drei klein gehackte Knoblauchzehen gemischt hatte, würzte mit Salz und frisch gemahlenem Pfeffer und schmeckte mit einer Prise Zucker und einer ordentlichen Portion Chiliflocken ab. Fruchtig und scharf, so wie er es liebte.

Gerade stellte er einen Topf mit Salzwasser für die Gnocchi bereit, da hörte er die Melodie seines Handys.

Zehn Minuten später saß Angermüller schon wieder neben Jansen im Dienstwagen. Der Kollege schob sich den Rest einer dick belegten Wurststulle in den Mund.

»Wer weiß, wie lange das jetzt dauert«, murmelte er beim Kauen. Da hatte Jansen verdammt recht. Hätte er sich bloß auch eine Wegzehrung mitgenommen, ärgerte sich Angermüller und spürte bereits erste Hungersignale. Jetzt war es zu spät.

Zügig wie immer lenkte sein Kollege den Wagen über die A1 durch die Dunkelheit. Natürlich konnte auch Angermüller Auto fahren, er fuhr gar nicht mal schlecht, aber es war nicht gerade seine Leidenschaft. Jansen hingegen, der früher sogar an Rallyes teilgenommen hatte, empfand immer noch große Freude daran, und so überließ der Kommissar stets ihm das Lenkrad. Inzwischen hatte er sich an den manchmal sehr sportlichen Fahrstil des Kollegen gewöhnt und genoss es, auf dem Beifahrersitz seinen Gedanken nachhängen zu können.

An der Ausfahrt Scharbeutz wechselten sie auf die Landstraße. Der Lichtkegel der Scheinwerfer erfasste die hohen Stämme des Laubwaldes an den Straßenrändern, und der Kriminalhauptkommissar fühlte sich wie in einer Zeitschleife gefangen.

»Irgendwie merkwürdig. Das war doch erst letzten Mittwoch, oder?«

»Genau«, bestätigte Jansen, »und ewig grüßt das Murmeltier.«

Das Gefühl verstärkte sich noch, nachdem sie ausgestiegen waren und den unbefestigten Weg in Richtung des alten Strandbades nahmen, wo sie derselbe modrige Erdgeruch wie vor ein paar Tagen umfing und über den Gebäuden heller Lichtschein hing. Die beiden Streifenpolizisten, die hinter dem Absperrband vor dem Eingang standen, grüßten sie wie alte Bekannte.

»Letzte Woche dat Dingen und heute schon wieder. Nää …«, der Hundefreund wartete ebenfalls wieder rauchend daneben und konnte es einfach nicht fassen.

»Dat darf ich meiner Frau gar nich erzählen. Die will hier nie wieder her. Dat Häusken muss ich wohl verkaufen.«

»Guten Abend, Herr Burdinski? Richtig?«

Der Mann nickte und freute sich, dass Angermüller sich seines Namens erinnerte.

»Genau. Dat war wieder meine Susi, die hat die Leiche gefunden. Wenn ich die mal von der Leine lasse – ausnahmsweise nur, Herr Kommissar – kommt ihr Jagdtrieb durch, und dann wird die zu einem echten Spürhund.«

Der Rauhaardackel bestätigte mit einem kurzen Bellen.

»Aber Sie wollen bestimmt erst mal gucken gehen. Ich warte«, sagte der Zeuge, der sich ja mit den Gepflogenheiten schon auskannte, großzügig zu den Kommissaren.

»Richtig, wir kommen gleich auf Sie zurück.«

Angermüller und Jansen nahmen den Durchgang zwischen den Umkleidekabinen und folgten dem Plattenweg in Richtung des von Büschen umstandenen Wäldchens. Jasminas Leiche hatte man an dessen Rand gefunden. Diesmal befand sich die Tote, denn es handelte sich um eine Frau, hatte der KDD gemeldet, offensichtlich mitten zwischen den Bäumen. Von unangenehmen Ahnungen getrieben, drängte es Angermüller, die Tote in Augenschein zu nehmen. Er strauchelte kurz, als er am Ende des Weges über die Rasenkante stolperte, welche den Weg aus groben Waschbetonplatten begrenzte. Direkt daneben kauerte Ameise im weißen Overall und ging seinem Job nach. Er warf dem Kommissar einen warnenden Blick zu.

»Vorsicht, ja? Die Spuren hat sowieso der Scheißregen schon wieder fast alle unbrauchbar gemacht, da musst du nicht auch noch dazwischentrampeln, Angermüller.«

Etwas entfernt bewegte sich Mehmet suchend und fotografierend auf einem von Scheinwerfern ausgeleuchteten Areal zwischen den Büschen und Bäumen hin und her, das von rot-weißem Flatterband eingerahmt wurde.

»Mehmet, können wir näherkommen?«, erkundigte sich Angermüller vorsichtshalber.

»Könnt ihr machen. Bin hier ohnehin gleich fertig.«

Die beiden Kommissare bewegten sich mit großer Vorsicht dorthin, wo Steffen von Schmidt-Elm am Boden hockend seine Untersuchungen machte.

»Hallo, Steffen«, begrüßte Angermüller seinen Freund. Dann verstummte er. Sein Blick blieb an dem Opfer hängen.

»Ich hab mich wirklich beeilt, tut mir leid, ich bin trotzdem zu spät, aber …«

Erhitzt und mit knallrotem Gesicht stand Vicky vor Martens Tür.

»Komm doch erst mal rein«, beruhigte er sie belustigt, »ist doch kein Beinbruch. Was war denn los?«

»Ich wollte doch den Fisch wegbringen, und auf einmal rief Karolines Nachbar an, der ist Polizist …«

Vicky bemerkte, dass Marten ihren hastigen Ausführungen nicht richtig folgen konnte, und löste sich aus seiner Umarmung.

»Mann, ich glaub, ich muss mich erst mal abkühlen!«

In dem winzigen Badezimmer ließ sie kaltes Wasser

über ihre Handgelenke laufen und sprengte es sich ins Gesicht.

»So, jetzt ist mir wenigstens nicht mehr ganz so heiß.«

Sie setzten sich in die Küche, und Vicky erzählte von dem armen Goldfisch, den sie gerade noch kurz vor Ladenschluss in der Zoohandlung abgegeben hatte, und von dem Gespräch mit den Polizisten.

»Gibt's denn was Neues von Karoline?«, wollte Marten wissen.

»Nicht direkt. Die haben mich nach einer Jasmina Sowieso gefragt, die auch Influencerin ist, aber den Namen hab ich noch nie gehört. Ach ja, vor der Polizei ist noch eine Fotografin da gewesen, die heute einen Termin mit Karoline hatte. Die war auch ganz erstaunt, dass meine Schwester ihr nicht abgesagt hat. Ist schon alles sehr merkwürdig.«

Plötzlich musste Vicky lachen.

»Was ist denn los?«

»Ach, der Kollege von dem Angermüller hat sich unglaublich aufgeregt, weil ich am Sonntag selbst versucht hab, was rauszufinden. Du erinnerst dich an Adrian?«

»Natürlich, der war mein Nachfolger. Karoline ist direkt von mir zu ihm gezogen.«

»Genau.«

Und Vicky erzählte, wie sie Adrian am Auto ihrer Schwester getroffen hatte und später mit dem Schlüssel zu seinem Wohnhaus gefahren war.

»Das A an dem Schlüsselbund, verstehst du? Adrian! Ach, hier!«

Sie wusste nicht wozu, aber sie hatte das Teil wieder aus der Wohnung mitgenommen und holte es nun aus ihrer Tasche. Die Steine blitzten im Licht der Küchenlampe.

»Boah, ist das hässlich. So kitschig und protzig.« Marten schüttelte sich. »Klar, ich verstehe deine Überlegungen. Aber ich finde das auch ziemlich leichtsinnig, ehrlich gesagt. Du hast mir von dem Blut im Auto erzählt.«

»Das stammt aber nicht von Karoline!«, unterbrach ihn Vicky schnell, »das haben sie schon herausgefunden.«

»Ist ja egal. Aber die Kripo hat dich ja von sich aus nach Adrian gefragt. Könnte doch sein, dass er wirklich hinter Karolines Abwesenheit steckt.«

»Der Schlüssel passt aber nicht zu seinem Haus.«

Marten musste lachen.

»Okay, Miss Marple, ich passe. Dann bist du mit deinem Einsatz ja scheinbar zufrieden.«

Unschlüssig hob Vicky die Schultern und grinste, dann wurde sie wieder ernst.

»Um Mia mache ich mir richtig Sorgen. Meine Mutter neigt ja leider sowieso zu Depressionen, und vorhin am Telefon klang sie total mutlos.«

»Das kann ich mir vorstellen. Sie war ja schon auf ihrer Geburtstagsfeier nicht gerade fröhlich.«

Bevor sie selbst wieder von den Problemen eingeholt wurde, welche Karolines Abwesenheit verursachten, wechselte Vicky schnell das Thema.

»Sag mal, wonach riecht es hier eigentlich?«

Sie schnupperte nach dem kräftigen Aroma, das in der Luft lag.

»Ich habe gerade den Lauch blanchiert. Ich dachte, wir könnten eine Quiche machen, mit Lauch und Schafskäse.«

»Ui, blanchiert! Du bist ja ein richtiger Kochprofi!«

»Mir macht Kochen einfach Spaß. Und gemeinsam kochen finde ich noch besser.«

»Gut, was kann ich machen?«

»Wie wär's mit Salat putzen?«

Eine Stunde später holte Marten die goldbraune Quiche, die umwerfend duftete, aus dem Ofen, dazu stand eine Schüssel Römersalat auf dem Tisch. Vicky hatte richtig Hunger. Im Café hatte Hochbetrieb geherrscht, und sie hatte sich gerade mal zwischendurch ein Sandwich zwischen die Zähne schieben können. Umso mehr genoss sie die mit reichlich Curry gewürzte Quiche und den Salat. Beides schmeckte fantastisch.

Nach dem Abwasch blieben sie in der gemütlichen Küche sitzen, tranken Wein, quatschten, lachten. Wie gut ich mich mit ihm verstehe, dachte Vicky erstaunt, die fast schon ihr ganzes Leben eine große Portion Skepsis gegenüber Menschen mit sich herumschleppte, um nicht enttäuscht zu werden – egal von wem. Gerade begann sie zu überlegen, warum sie wohl immer so misstrauisch war, da klingelte ihr Handy. Sie sah auf die angezeigte Nummer.

»Das ist dieser Kommissar Angermüller«, sagte sie verwundert zu Marten, »was will denn der schon wieder?«

KAPITEL XIV

»Georg, wo bist du?«

Was sollte die Frage? Sekundenbruchteile später kapierte Angermüller.

»Oh Mann, Derya, ich bin so ein Idiot! Es tut mir wirklich leid.«

»Es ist halb acht, und ich stehe vor deiner Tür. Du hast mich zum Essen eingeladen …«

»Wirklich, so sorry! Ich bin – wir sind zu einer Leiche gerufen worden, Jansen hat mich sofort abgeholt, und in der Eile hab ich unsere Verabredung völlig vergessen. Ich weiß, das geht gar nicht. Derya, ich bitte dich 1000 Mal um Entschuldigung!«

Sie ging darauf nicht ein, sagte nur, dass sie jetzt wieder nach Hause gehe.

»Derya, wir holen das so bald wie möglich nach, ja? Wir stecken mitten in einem komplizierten Fall. Ich melde mich, sobald ich überschauen kann, wann ich Zeit habe. Okay?«

»Das wird schwierig. Koray landet übermorgen in Hamburg, und wir bleiben erst einmal dort. Wann ich wieder in Lübeck bin, weiß ich nicht. Dann mach's mal gut, Georg.«

Die Verbindung war unterbrochen. Derya hatte aufgelegt. Das war verdammt blöd gelaufen, aber jetzt hatte er den Kopf ganz gewiss nicht frei für seine privaten Probleme. Angermüller ging die paar Schritte zurück zu den anderen.

»Entschuldigung. Also, wie ich eben schon sagte, Steffen: Ich weiß, wer die Tote ist. Das ist Karoline Frederiksen, und sie wohnt in der Wohnung gegenüber meiner. Wir befassen uns schon seit dem Wochenende mit ihr, da hat ihre Schwester sie als vermisst gemeldet. Seit einer guten Woche hat ihre Familie nichts von ihr gehört. Außerdem gibt es eine Verbindung zu Jasmina Bogdanovic, unserer Brandleiche von letzter Woche, wir wissen nur noch nicht genau, welche.«

»Das hab ich auch schon vermutet«, sagte der Rechtsmediziner, »dass es einen Zusammenhang gibt. Wäre sonst ja ein sehr merkwürdiger Zufall. Derselbe Ort, wieder eine junge Frau …«

Der Kriminalhauptkommissar schaute auf die rotblonden Locken, welche die Blässe im Gesicht der Toten noch betonten. Sie lag auf dem Rücken und trug den grauen, vom Regen der vergangenen Tage jetzt unansehnlichen Hosenzug, in dem er sie vor ihrer Abreise zum letzten Mal gesehen hatte.

»Kannst du schon sagen, ob sie auf die gleiche Weise getötet wurde wie Jasmina?«

»In diesem Fall sieht es eher nach einem Berstungsbruch aus mit dem Zentrum in der Hutkrempenlinie, also da, wo sich der größte horizontale Kopfumfang findet. Das Frakturzentrum auf dieser Höhe könnte für einen Sturz sprechen, eventuell hat jemand mit einem kräftigen Schubs nachgeholfen. Darauf deuten die ausgedehnten blauen Flecken an beiden Handgelenken hin. Das Opfer wurde festgehalten, so …«

Steffen demonstrierte mit seinen Unterarmen, die er in die Höhe streckte, was er meinte.

»Sie hat versucht, sich dagegen zu wehren, wurde schließlich mit Vehemenz weggestoßen und fiel auf den Boden.«

Der Rechtsmediziner hob vorsichtig den Kopf der Toten an.

»Und hier, siehst du diese Hautabschürfung am Hinterkopf? Die hat ein Muster, und das passt zu den Waschbetonplatten auf dem Weg dort. Was vor allem aber stark für eine ausgedehnte Schädelbasisfraktur nach einem Sturz spricht, ist das Blut in den beiden äußeren Gehörgängen. Ganz genau wissen werden wir das alles nach der Obduktion, wie immer.«

»Das ist ja schon eine ganze Menge für den Anfang, danke, Steffen.«

»Ziemlich klar ist, dass man das Opfer in dieses Wäldchen geschleift hat«, stellte Mehmet Grempel fest, der hinzugekommen war, »das zeigen die Spuren an der Kleidung und an den Haaren, das sieht Andreas genauso. Leider hat die Witterung die gesamte Spurenlage extrem verschlechtert. Aber der Kollege ist ja der hartnäckigste überhaupt. Vielleicht wird er doch noch fündig auf den Betonplatten. Ich hab auch noch etwas: eine Sonnenbrille, soweit ich das erkennen kann, eine ziemlich teure Marke, ein Damenmodell.«

Er zeigte den spurensicher in einen Plastikbeutel verpackten Fund.

»Lass doch mal sehen«, bat Angermüller, »ja, ich würde sagen, das ist die Brille von Karoline Frederiksen.«

»Wenn sie die Sonnenbrille noch aufhatte, ist die Tat

wohl vor Sonnenuntergang geschehen«, folgerte Grempel sofort.

»Das ist leider kein Beweis. Meine Nachbarin trug grundsätzlich Sonnenbrille, ob die Sonne schien oder nicht, ob spät am Abend oder früh am Morgen.«

»Ansonsten hat sie keinerlei persönliche Sachen bei sich gehabt, kein Portemonnaie, keine Schlüssel, kein Handy.«

»Danke, Mehmet.«

Der Kriminalhauptkommissar wandte sich wieder zu Steffen von Schmidt-Elm.

»Kannst du eine Einschätzung zur Liegezeit abgeben oder zum Todeszeitpunkt?«

Der Rechtsmediziner wiegte seinen Kopf.

»Eine sehr schwierige Frage. Angesichts der wechselhaften Witterung der letzten Tage lässt sich weder das eine noch das andere genau bestimmen. Die Totenflecke sind nicht mehr wegdrückbar, was bei den momentan herrschenden Temperaturen auf mindestens 36 Stunden, wenn nicht länger postmortal hindeutet. Andererseits gibt es keine Fäulniserscheinungen, was für eine Liegezeit definitiv unter einer Woche spricht. Exakter geht's unter den gegebenen Umständen leider nicht.«

»Heute haben wir Montag«, rechnete Angermüller, »das heißt also, Todeszeitpunkt zwischen Dienstagabend und Sonntagmorgen. Am Mittwoch wurde Jasmina hier gefunden, da lag definitiv keine weitere Leiche hier. Das bedeutet, Karoline Frederiksen ist irgendwann zwischen Mittwochnacht und der Nacht zum Sonntag gestorben.«

»Nicht vergessen, ich bin am Donnerstagvormittag auch noch einmal vor Ort gewesen, und da lag noch niemand im Gebüsch«, gab Mehmet zu bedenken.

»Stimmt! Also dann zwischen Donnerstagmittag und der Nacht zum Sonntag«, korrigierte sich Angermüller.

»So sieht es aus«, bestätigte Steffen von Schmidt-Elm.

»Und jetzt haltet ihr alle den Sabbel«, befahl Ameise auf seine unnachahmlich nette Art, »ich hab was gefunden, da an der Rasenkante. Ich nehme an, es ist das Blut unseres Opfers, hat sich in den tiefen Furchen in dem groben Waschbeton da trotz der Witterung gehalten.«

»Sie ist also höchstwahrscheinlich hier gestorben. Und man hat ihre Leiche versteckt oder zumindest versucht, sie zu verstecken«, resümierte Angermüller mehr für sich als für die anderen.

»Ich hätte es nicht besser formulieren können, Herr KHK«, spottete Ameise, »morgen wissen wir mehr.«

Damit vertiefte er sich wieder in die akribische Untersuchung des Bodens.

»Okay, komm, Claus, lass uns jetzt mit unserem Zeugen sprechen.«

»Jawoll, mit dem einzigen, den wir haben und zwar jedes Mal«, witzelte Jansen.

»Echt jetzt?«, fragte Mehmet.

»Ja, echt. Der hat einen Hund, das ist so eine Art Leichenspürhund, der hat schon vorige Woche die Tote gefunden und heute wieder.«

»Das ist ja verrückt!«

Mehmet staunte.

»Ach, Claus, erzähl dem Kollegen doch keinen Quatsch. Susi ist ein kleiner Rauhaardackel, und sein Herrchen lässt ihn gern gegen die Vorschriften ohne Leine rumstromern, deshalb hat der Hund die Leichen gefunden.«

Das folgende Gespräch mit dem Zeugen Burdinski war tatsächlich fast identisch mit dem von letzter Woche.

Dem Mann war nichts Außergewöhnliches aufgefallen, er hatte nichts gesehen und nichts gehört. Nach wie vor war seine größte Sorge, seine Frau könnte von den Toten am See erfahren und nie mehr hier Urlaub machen wollen. Trotz der Erfolglosigkeit bedankte sich Angermüller bei Burdinski und ging mit Jansen zurück zu den Kriminaltechnikern und dem Rechtsmediziner. Der zog gerade die Schutzhandschuhe aus und klappte seinen Koffer zu. Mit dem Kopf wies er zum Durchgang zwischen den Umkleidekabinen.

»Ah, da kommen schon die Herren vom Bestattungsinstitut. Sie können anschließend hier übernehmen, Mehmet«, Steffen von Schmidt-Elm erhob sich, »dann verabschiede ich mich, und wir sehen uns morgen bei der Obduktion, Schorsch. Tschüs, Jansen, wir uns natürlich auch.«

In ihrem Dienstwagen glitten die beiden Kommissare kurz darauf durch die Dunkelheit in Richtung Lübeck. Nach dem Aufenthalt in der feuchten Kälte tat die Wärme im Auto richtig gut. Angermüller spielte in Gedanken die verschiedensten Szenarien durch, was wohl hinter den toten Influencerinnen stecken könnte. Seinen Hunger hatte er komplett vergessen. Auch Jansen schien intensiv nachzudenken. Schließlich war er der Erste, der sprach.

»Tscha, was bedeutet das nu für den Döpper? Ist der raus?«

»Sagen wir mal so, er ist auf der Liste der Verdächtigen ganz weit hinten gelandet. Allerdings haben wir ja bisher nicht so viele davon«, meinte Angermüller trocken.

»Bleibt der Jungbluth. Der kennt immerhin beide Opfer. Und was wollte der am Auto von der Frederiksen? Und vor allem: Der hat ein Motiv! Mit beiden Frauen hatte er eine Beziehung, aber heiraten will er die Tochter vom Chef. Wir müssen unbedingt sein Alibi checken, auch nochmal für letzten Dienstag. Vielleicht haben wir was übersehen.«

»Dazu müssten wir exakt den Todeszeitpunkt von Karoline Frederiksen kennen, und so, wie ich Steffen verstanden habe, wird das wohl kaum genauer einzugrenzen sein.«

»Dann müssen wir überprüfen, was der Jungbluth zwischen Donnerstagmittag und Sonntagmorgen so getrieben hat. Bin echt gespannt, wie der auf die Nachricht vom Tod der Frederiksen reagiert.«

»Ach, Claus, wer weiß, vielleicht gibt es doch den großen Unbekannten, der sich im Netz seine Opfer sucht. Das hast du doch neulich selbst gesagt!«

»Stimmt«, brummte Jansen, »irgend so ein Psychopath. Dann haben wir womöglich bald das nächste Opfer.«

»Das wollen wir nicht hoffen. Aber mir geht da eben was durch den Kopf …«

»Was meinste?«

»Weißt du noch, der junge Mann, der sich öfter in der Nähe von meinem Wohnhaus aufgehalten hat? Du hast den doch auch mal gesehen!«

»Ja, stimmt, ich erinnere mich.«

»Ich hatte meiner Nachbarin gesagt, sie soll die Polizei einschalten, sollte der Typ öfter dort rumlungern und sie stalken. Aber sie meinte, sie kennt ihn, der wäre nur ein treuer Follower und harmlos.«

»Hast du einen Namen?«

»Ich meine, sie hätte ihn Fabi genannt. Vielleicht heißt er ja Fabian. Thomas soll in ihrem *Instagram*-Account danach suchen, wobei er das leider nur als Follower tun kann. Im Gegensatz zu Jasmina haben wir bei Karoline niemanden, der die Passwörter kennt, und ihre Laptops haben wir auch nicht.« Angermüller stockte. »Wenn wir davon ausgehen, dass es der Täter war, der am Freitag oder Sonnabend die Sachen aus Frederiksens Wohnung mitgenommen hat, könnte sie zu dem Zeitpunkt schon tot gewesen sein. Ihren Schlüssel scheint er ja an sich genommen zu haben.«

»Sie kann aber auch zuvor noch mit ihm zusammen da gewesen sein.«

»Ja, ist leider alles möglich. Das macht es nicht einfacher. Ich ruf jetzt Thomas an, der soll mal wieder im *Instagram*-Account von der Frederiksen stöbern, nach diesem Fabi suchen und nach anderen auffälligen Followern. Außerdem brauchen wir eine Ortung für die Handynummer von der Frederiksen. Und ich spreche gleich mit Staatsanwalt Lüthge wegen ihrer Handyverbindungen. Der hat's ja heute wieder nicht zum Ortstermin geschafft.«

Angermüller fingerte nach dem Handy in seiner Jackentasche, was unter dem Sicherheitsgurt und mit seinem im Winter leider etwas vergrößerten Bauchumfang nicht ganz einfach war. Gegen letzteres musste er dringend etwas tun, das würde ihm sein Arzt beim nächsten Gesundheitscheck wahrscheinlich auch wieder nahelegen. Aber gerade jetzt hatte er dafür überhaupt keinen Nerv.

»Und nun kommen wir zum schlimmsten Teil des Abends«, seufzte er, nachdem er beide Gespräche erledigt hatte. »Ich versuche jetzt, die Schwester des Opfers zu erreichen. Es wäre nämlich gut, wenn sie mit uns zu ihren Eltern kommen könnte, wenn wir die Todesnachricht überbringen.«

Das Warten war eine Qual. Da half es auch nicht, dass Marten neben Vicky saß und sich nach Kräften bemühte, sie abzulenken und zu beruhigen. Seit dem Anruf von diesem Angermüller war ihr übel, sie hatte eiskalte Hände, und ihr Herz klopfte wie wild. Auch wenn er am Telefon nichts Genaues hatte verlauten lassen, sie wusste, welche Nachricht er ihr überbringen würde. Als es schließlich klingelte, sprang sie wie elektrisiert auf und stürzte zur Haustür.

Sie stand einfach nur da und starrte in die Gesichter des Kommissars und seines Kollegen, die mit ernsten Mienen draußen warteten.

»Hallo, Frau Frederiksen, dürfen wir kurz reinkommen?«

Mit einem stummen Nicken zeigte Vicky zur Küche, wo sie sich zu Marten an den Küchentisch setzten.

»Soll ich Sie mit Vicky alleinlassen?«

»Wer sind Sie, wenn ich fragen darf?«

»Ich bin Marten Wolff. Ich bin Vickys Freund und wohne hier.«

»Sie können gern dabeibleiben, wenn Sie wollen. Oder, Frau Frederiksen?«

Stumm zeigte sie ihr Einverständnis.

»Wahrscheinlich können Sie sich schon denken, warum wir hier sind. Es gibt leider keine guten Nachrichten«, begann der Kommissar und schaute sie aufmerksam an. »Wir haben Ihre Schwester gefunden. Sie ist tot.«

1000 Fragen gingen Vicky durch den Kopf, doch sie konnte nicht sprechen. Auch wollten keine Tränen fließen. Sie konnte einfach nur dasitzen, hörte das Blut in ihren Ohren rauschen und fragte sich, ob all das vielleicht doch nur ein schlechter Traum sei.

»Hier, trink mal einen Schluck.«

Marten stellte ein Glas Wasser vor sie hin.

»Wenn es Ihnen recht ist, sage ich Ihnen jetzt, wo wir Karoline gefunden haben und was wir bisher ermitteln konnten«, schlug Kommissar Angermüller vor, »einverstanden?«

Wieder konnte Vicky nur nicken.

»Heute am frühen Abend wurden wir zum Pönitzer See gerufen, da gibt es eine kleine Badeanstalt …«

»Was?«

Vicky fuhr auf ihrem Stuhl auf.

»Da haben Sie Karoline gefunden?«

»Ja. Kennen Sie den Ort?«

»Natürlich! Unsere Mutter arbeitet in der Saison für das kleine Café dort. Sie bäckt Kuchen und Torten und manchmal kellnert sie auch.«

Wie schrecklich! Was hatte Karoline mit dem Café zu tun? Warum war sie gerade dort gestorben? Oh Gott, wie wohl Mia reagierte, wenn sie das erfuhr? Auf der anderen Seite war es eigentlich auch egal, wo es passiert war. Karoline war tot. In Vickys Gedanken herrschte ein wildes Durcheinander, aber jetzt hatte sie wenigstens ihre Sprache wiedergefunden.

»Was ist mit meiner Schwester passiert? Warum ist sie tot? Wurde sie ermordet?«

»Soweit wir das bis jetzt sagen können, ist sie gestürzt und an ihren schweren Kopfverletzungen gestorben. Sie war auf keinen Fall allein dort, das ist klar. Es ist auch möglich, dass sie jemand zu Boden gestoßen hat. Vielleicht gab es eine Auseinandersetzung, aber genauer wissen wir das noch nicht.«

»Und wann ist es passiert?«

»Auch das können wir noch nicht mit Sicherheit sagen. Wir glauben, dass es zwischen Donnerstagmittag und Sonntagmorgen gewesen sein muss.«

»Aber warum ausgerechnet bei dem Café, wo Mama in der Saison arbeitet? Es ist um die Jahreszeit ja auch noch geschlossen.«

Kommissar Angermüller hob ratlos die Hände.

»Tut mir leid, dafür haben wir auch keine Erklärung. Außerdem liegt der Fundort zwar auf dem Gelände der Badeanstalt, hat aber mit dem Café direkt nichts zu tun. Sie haben also auch keine Vermutung, was Ihre Schwester dort wollte?«

»Ich habe keinen Schimmer. Karoline kennt sicher den Ort, aber warum sie gerade jetzt da gewesen ist …?«

Eine Frage gab es, die Vicky unbedingt noch loswerden musste.

»Haben Sie denn schon herausgefunden, mit wem Karoline dort war? Und ob derjenige schuld an ihrem Tod ist?«

»Leider nein.«

Es entstand eine Pause, niemand sagte etwas. Dann räusperte sich der Kommissar.

»Frau Frederiksen, wir hätten eine Bitte.«

»Ja?«

»Würden Sie uns zu Ihren Eltern begleiten, wenn wir ihnen die traurige Nachricht überbringen?«

So sehr sie sich vor dieser Situation fürchtete, war es für Vicky keine Frage, mit den Polizisten zu Mia zu fahren. Wer weiß, wie sie reagierte, ihre instabile Psyche, ihr schwaches Herz und ein Mann wie Ralf, der so viel Feingefühl hatte wie eine Dampframme.

»Jetzt gleich?«

»Ja, bitte. Das wäre sicher hilfreich.«

»Klar, ich komme mit.«

»Soll ich dich begleiten?«, fragte Marten sofort.

»Danke, das ist lieb. Aber ich mach das lieber allein. Wenn du dabei bist, versucht Mia nur, sich wieder total zusammenzureißen, und der Zusammenbruch anschließend wird umso schlimmer.«

Sie umarmte ihn.

»Ich schaff das schon. Vielleicht übernachte ich auch dort.«

»Melde dich, ja? Und wenn du doch Unterstützung brauchst, bin ich sofort da.«

»Danke, Marten«, Vicky stand auf, »dann können wir los.«

Eine heftige Unruhe hatte sie gepackt. Die innere Spannung war fast unerträglich. Zum einen graute ihr vor dem Moment, wenn Mia von Karolines Tod erfahren würde, zum anderen wollte sie es so schnell wie möglich hinter sich bringen.

Sie saß im Dunkel des Dienstwagens, sah die nächtliche Szenerie der Stadt draußen vorbeiziehen, hörte die Kommissare leise reden und dachte an Karoline. Sie wartete auf die Tränen, auf die Trauer, aber außer einem Wust von Fragen war da nichts. Was war ihrer Schwester geschehen? Es war alles so verworren. Wer hatte die Sachen aus ihrer Wohnung mitgenommen? Und warum? Was wollte Karoline an dem See?

Sie waren vor dem kleinen Haus angelangt. Aus dem Wohnzimmerfenster fiel ein matter Lichtschein. Wahrscheinlich saß Mia wieder vor dem Fernseher, wie meist am Abend, wenn sie nicht gerade ihrer Lieblingsbeschäftigung nachging und in der Küche stand und Kuchen, Torten oder köstliches Gebäck aus ihrer dänischen Heimat fabrizierte.

Vicky versuchte, tief und ruhig zu atmen, um ihre Aufregung zu bekämpfen, die gewachsen war, je näher sie ihrem Ziel kamen. Als sie Ralf erkannte, der auf das Klingeln der Polizisten öffnete, war sie fast erleichtert. Die beiden zeigten ihre Dienstausweise, stellten sich vor und baten, eintreten zu dürfen.

»Wir würden gern mit Frau Mia Frederiksen sprechen. Ist sie zu Hause?«

»Ja, kommen Sie doch rein.«

»Und Sie sind?«

»Ralf Ziegner, der Ehemann.«

Die Antwort kam prompt und zackig. In seiner Dienstfertigkeit erkannte Vicky den übergroßen Respekt, den ihr Stiefvater allen Amtspersonen entgegenbrachte. Er machte immer den Macker und war doch so ein feiger Idiot. Angewidert sah sie über ihn hinweg. In die Wohnzimmertür war Mia getreten. Mit ängstlich aufgerissenen Augen hielt sie sich am Türrahmen fest.

»Guten Abend, Frau Frederiksen«, grüßte Kommissar Angermüller und stellte seinen Kollegen vor, »können wir uns irgendwohin setzen?«

»Guten Abend, Herr Angermüller. Kommen Sie doch bitte mit ins Wohnzimmer.«

Schnell schob sich Vicky zu ihrer Mutter, umarmte sie kurz und hakte sie unter. Sie blieb auch neben ihr, als sie um den Couchtisch Platz nahmen. Ralf Ziegner stand erst unbeholfen dabei, bis er sich etwas abseits einen Stuhl heranzog.

Selbst in dieser schrecklichen Lage, als die Kommissare ihr die Nachricht vom Tod ihrer geliebten Tochter überbrachten, versuchte Mia, die Fassung zu behalten, schien aufmerksam zuzuhören, nickte verstehend, wollte den Herren von der Polizei keinesfalls Scherereien machen. Selbst die Tatsache, dass Karoline unweit des Cafés am See gestorben war, nahm sie anscheinend ohne große Regung wahr.

»Wann kann ich Karoline sehen?«, war die einzige Frage, die sie den Polizisten stellte.

»Auf jeden Fall noch in dieser Woche, Frau Frederiksen«, antwortete der Kommissar, »wir geben Ihnen rechtzeitig Bescheid.«

»Das ist sehr nett von Ihnen, vielen Dank.«

Mia riss sich ungeheuer zusammen. Es tat Vicky im Herzen weh, sie so zu erleben, wusste sie doch genau, welche Wunde dieser Verlust in die Seele ihrer Mutter reißen würde. Seit Langem daran gewöhnt, einfach da zu sein, wenn Mia Unterstützung, Trost und Hilfe brauchte, hatte sie bereits beschlossen, hier zu übernachten. Der Zusammenbruch würde kommen, sobald dieser Angermüller und sein Kollege gegangen waren, das war Vicky klar. Pragmatisch, wie sie war, würde sie dann als Erstes Mias Medikamentenvorrat checken, ihr ein starkes Beruhigungsmittel heraussuchen, damit sie wenigstens schlafen konnte. Und wenn es gar nicht ging, würde sie den Notarzt rufen. Die nächsten Tage würden schwer werden, aber was sie für Mia tun konnte, das würde sie tun.

KAPITEL XV

Im Vergleich zur Woche zuvor war die Prozedur an diesem Dienstagmorgen fast harmlos zu nennen. Kein widerwärtiger Gestank im Sektionsraum, kein verunstalteter Körper, bis auf die Verletzung am Kopf – alles lief mit eingeübter Routine ab. Belastend war für Angermüller nur, dass er das Opfer gekannt hatte, das da auf dem kalten Metalltisch lag. Er dachte daran, wie selbstsicher und optimistisch Karoline Frederiksen sich am Morgen ihrer Abreise von ihm verabschiedet hatte. Nicht ganz 23 Jahre hatte ihr Leben gedauert, und jetzt war alles vorbei. So flüchtig ihre Begegnungen auch gewesen sein mochten, der Tod der jungen Frau ließ ihn nicht unberührt.

Nach gut zwei Stunden war die Obduktion überstanden, und im Prinzip hatten sich Steffens Theorien, die er bereits am Fundort erhoben hatte, alle bestätigt. Nach einem kurzen Kampf, während dem das Opfer an den Händen festgehalten worden war, war sie durch einen kräftigen Stoß mit dem Hinterkopf auf die Waschbetonplatten gestürzt und aufgrund einer intrakraniellen Blutung binnen weniger Minuten gestorben.

Mit größter Wahrscheinlichkeit hatte man den Körper erst danach in das Wäldchen geschleift. Eine engere Eingrenzung des Todeszeitpunkts blieb aufgrund der Witterungsverhältnisse außerhalb der Möglichkeiten.

Wie nach diesen Terminen üblich, standen die Kommissare mit Lüthge auf den Stufen des Instituts und tauschten sich zu dem Fall oder besser zu den Fällen aus. Allerdings konnten sie über die Zusammenhänge nach wie vor nur spekulieren.

»Ja, sorry, dass ich gestern Abend wieder verhindert war, aber ich hab zumindest gleich noch den richterlichen Beschluss für die Abfrage der Handyverbindungen unseres Opfers auf den Weg gebracht. Ich nehme an, Ihre Leuten müssten jetzt grünes Licht haben.«

»Danke, sehr gut, das hilft uns bestimmt weiter«, lobte Angermüller zufrieden den Staatsanwalt. Als der sich gerade eine Zigarette anzündete, was er meist nach einer Obduktion tat, trat aus der Institutstür Maike Witt und gesellte sich zu dem Grüppchen. In Jeans und Lederjacke gekleidet, unter der sie einen Hoodie mit dem Schriftzug *»FCK/NZS«* trug, konnte man sie auf den ersten Blick für eine Studentin halten. Auch sie holte ihre Zigaretten hervor.

»Ah, die hab ich jetzt wirklich gebraucht«, seufzte sie nach dem ersten Zug und stieß eine Rauchwolke aus, »schon wieder so ein bedauernswertes Mädel! Das geht ganz schön an die Nieren.«

Plötzlich hielt sie Angermüller ihre Hand hin.

»Die beiden Herren hab ich ja schon kennengelernt, aber wir beide hatten persönlich noch gar nicht das Vergnügen. Kommissar Angermüller, richtig?«

»Genau, Frau Doktor Witt, freut mich.«

Er schüttelte ihr die Hand. Ihr Händedruck war kräftig und ihr Blick offen und von einer gewissen Neugier. Aus dieser Entfernung konnte Angermüller die vielen Lachfältchen um ihre blauen Augen erkennen. Dem Studentinnenalter war sie wohl doch schon entwachsen.

»Tja, ich hätte Ihnen ja gerne weitergeholfen, was die Liegezeit des Körpers anbetrifft. Ich kenne mich ganz gut aus in Entomologie, Sie wissen schon, die lieben kleinen Kerbtiere. Zum einen ist in diesem Fall die Liegezeit für diese Bestimmungsmethode aber relativ kurz, zum anderen sind im März zwar hin und wieder schon Fliegen unterwegs, aber bei dem Wetter der letzten Tage sind sie nicht gerade paarungswillig und eiablagefreudig. Und selbst wenn, würden die Larven bei der Witterung keine Lust haben, ihre Eihülle zu verlassen, die sie vor dem Wetter schützt. Schade«, bedauerte die Rechtsmedizinerin.

»Kann man nicht ändern. Vielleicht beim nächsten Mal, Frau Doktor. Wir werden bestimmt mal wieder das Vergnügen haben, sofern man es so nennen kann«, erwiderte Angermüller.

»Das meinen Sie jetzt ja hoffentlich nicht persönlich!« Empört sah ihn die Rechtsmedizinerin an.

»Natürlich nicht«, beeilte sich Angermüller klarzustellen, »das bezog sich selbstverständlich nur auf den Anlass unserer beruflichen Zusammentreffen.«

Maike Witt stieß ein lautes Lachen aus und boxte Angermüller kumpelhaft gegen den Oberarm.

»Sie dürfen nicht alles so ernst nehmen, was ich im Laufe des Tages von mir gebe. Mein Job ist traurig genug, da muss man auch mal ein paar Scherze machen können, sonst wird man ja depressiv.«

Sie trat ihre Zigarettenkippe aus und sammelte sie in ein kleines Schraubglas, das sie aus der Jackentasche zog.

»So, ich muss dann wieder, die Arbeit ruft. Vielleicht

sieht man sich ja mal außerhalb des Pflichtprogramms, wäre doch nett. Tschüs, tschüs.«

Mit einem Winken sprang sie die Stufen hoch und verschwand im Institut. Auch Lüthge verabschiedete sich, und die Kommissare machten sich auf den Weg zur Polizeidirektion.

»Na, Angermüller, vielleicht sieht man sich ja mal nach Feierabend«, stichelte Jansen, »die Frau Doktor mag dich wohl?«

»Ich finde sie sympathisch. Du nicht? Die hat so eine offene Art«, antwortete der Kommissar, ohne auf die Anspielung einzugehen.

»Doch, die ist ganz nett. Und sie spricht Hochdeutsch, nicht so ein Kauderwelsch wie unser Schwabe. Das ist auch von Vorteil.«

»Der war Badenser, der Eberle.«

»Macht das einen Unterschied? Gesprochen hat er wie ein Schwabe«, beharrte Jansen, und Angermüller ließ es gut sein. Es brachte eh nichts, seinem Kollegen die feinen Unterschiede zu erklären.

Wenig später hatten sie sich mit dem gesamten Team im Gruppenraum versammelt und versuchten, sich eine Übersicht über den aktuellen Ermittlungsstand zu verschaffen. Auch der Leitende Kriminaldirektor hatte sich dazu gesellt und saß interessiert lauschend in einer Ecke.

Mehmet warf mit dem Beamer Fotos der toten Karoline Frederiksen, der wenigen gesammelten Asservaten und der Fundsituation an die Wand und kommentierte sie.

Angermüller ergänzte die Erkenntnisse aus der Obduktion zur Todesursache und nannte noch einmal die Spanne zwischen Donnerstagmittag und der Nacht zum Sonntag als mögliche Zeit ihres Todes. Ameise steuerte seine wenigen Ergebnisse bei, unter anderem, dass das Blut auf den Waschbetonplatten vom Opfer stammte.

»Und ich war mal wieder ein bisschen auf *Instagram* unterwegs«, begann Thomas Niemann seinen Bericht.

»Scheint dir richtig Spaß zu machen«, stellte Jansen fest.

»Na ja, der Spaß hält sich in Grenzen, Kollege. Aber das Netz vergisst bekanntlich nichts. Insofern kann es auch für polizeiliche Ermittlungen eine wertvolle Quelle sein. Karoline, oder Tonya, hat zum Beispiel schon Sonntag vor einer Woche ihren letzten Post abgesetzt. Außerdem ist mir aufgefallen, dass Jasmina Bogdanovic eine treue Followerin von Tonya war. Sie hat ihre Fotos sehr oft geliked oder kommentiert, natürlich unter ihrem Internetnamen Mademoiselle Miracle. Umgekehrt ist Tonya ihr nicht gefolgt und scheint null Interesse an Jasminas Account gehabt zu haben.«

Auf dem Whiteboard hielt Thomas Niemann, während er berichtete, mit großen Buchstaben Personen und Orte fest, versuchte mit Pfeilen und Linien die Zusammenhänge zu skizzieren und eine gewisse Systematik in die gesammelten Erkenntnisse zu bringen.

»Natürlich tummeln sich da auch viele Typen, die nicht an Tonyas Modefotos, sondern an einem Date und so interessiert sind. Aber ich konnte soweit nichts schlimm Übergriffiges oder in Richtung Stalking finden. Angermüller, du hattest ja gefragt, ob es einen Fabi unter Tonyas Followern gibt. Den gibt es tatsächlich, und ich würde den als ›Hardcore Fan‹ bezeichnen. Fast alles, was

Tonya gepostet hat, wurde von ihm mit positiven Kommentaren versehen, mit ganz vielen Küsschen und Herzchen, und sie hat auch oft darauf reagiert. Und wenn jemand mal was Negatives gegen Tonya abgelassen hat, wurde sie sofort von Ritter Fabi verteidigt.«

»Ja, so was hat sie mir auch gesagt«, meinte Angermüller, »dass dieser Fabi immer auf ihrer Seite ist. Aber das grenzte schon an Belästigung, wie er sie immer wieder vor dem Haus abgepasst hat. Hast du sonst etwas über ihn rausbekommen?«

»Och, nur seinen Namen und seine Adresse«, grinste Niemann zufrieden und schrieb mit schwungvollen Buchstaben »Fabian Dahlberg« ans Whiteboard.

»Sehr gut, dann werden wir den doch gleich besuchen, bevor wir mit Adrian Jungbluth sprechen.«

Harald Appels meldete sich.

»Äh, Entschuldigung, wenn ich frage, aber müsst ihr den Mann wieder im Maklerbüro aufsuchen?«

»Das kommt ganz darauf an, wo er sich gerade aufhält. Dass wir diskret sind, Harald, das weißt du«, argumentierte Angermüller, »aber wir sollten die Vernehmung möglichst bald durchführen.«

Mit einer stummen Geste zeigte der Kriminaldirektor, dass er verstanden hatte.

»Von mir wär's das«, beendete Thomas Niemann seinen Beitrag. »Anja-Lena, jetzt du.«

»Okay. Ich habe mir zuerst die Kommunikationsdaten von Karoline Frederiksens Handy angeschaut, in welche Funkzellen es innerhalb der letzten zwei Wochen angemeldet war. Im Prinzip war das Handy fast ausschließlich in Ostholstein und im Stadtgebiet Lübeck, obwohl sie angeblich ja hatte verreisen wollen. Interessant ist, dass es am Dienstag vergangener Woche zeitgleich mit Jasminas Handy in den Handymast bei der Autobahnpolizei Scharbeutz eingeloggt war. Wäre also gut möglich, dass sich die beiden dort getroffen haben und Karoline Frederiksen Zeugin vom Mord an Jasmina geworden ist. Danach hat sich das Handy wieder in Lübeck eingeloggt, in verschiedene Handymasten in der südlichen Altstadt, bis es sich Freitag am frühen Abend wieder zum Pönitzer See bewegt hat. Seit Freitag um Mitternacht ist es nicht mehr zu orten.«

Anja-Lena machte eine kurze Pause, und alle schienen über ihre Zeuginnen-Theorie nachzudenken. Wenn Karoline tatsächlich eine Mordzeugin war, dann wäre sie natürlich hoch gefährdet gewesen, und der Kampf, an dessen Folgen sie gestorben war, hätte wohl zwischen dem Mörder und ihr stattgefunden.

»Dann können wir wahrscheinlich auch davon ausgehen, dass die Frederiksen Freitag um Mitternacht nicht mehr am Leben war. Was die Todeszeit eingrenzen würde zwischen Donnerstagmittag und Freitagnacht«, rechnete Jansen, und die anderen nickten zustimmend.

»So«, ergriff Anja-Lena wieder das Wort, »ich habe euch die Handyverbindungen von Karoline Frederiksen ausgedruckt. Sie liegen uns für die letzten zwei Monate vor. Daraus ersieht man, dass es Karoline war, die telefonisch den Kontakt zu Jasmina aufgenommen hat und zwar vor circa sechs Wochen. Ab da haben sie hin und wieder telefoniert, und die Gesprächsfrequenz hat sich in der Woche vor Jasminas Tod deutlich erhöht, auf zwei- bis dreimal am Tag. Zum letzten Mal haben sie am vergangenen Dienstagvormittag ein kurzes Gespräch geführt.«

Die Kollegen schauten interessiert auf die vor ihnen liegenden Datenausdrucke.

»Ansonsten ein paar Gespräche mit Firmen, der Fotografin, anderen Kontakten im Zusammenhang mit ihrer Online-Werbung, aber nicht mehr nach letztem Dienstag. Anrufe und Nachrichten, die danach eingingen, hat Karoline Frederiksen nicht beantwortet. Ein paar Nummern muss ich noch überprüfen, sind vielleicht Freunde. Mal sehen, ob dieser Fabian Dahlberg darunter ist. Ach so, und ein paar Mal hatte sie Kontakt mit ihrer Mutter. Was ich aber überhaupt nicht finden konnte, war eine Verbindung mit Adrian Jungbluth oder diesem Arthur Döpper.«

»Hmm, das ist dann halt so. Aber muss ja noch nichts heißen«, meinte Angermüller, »der jungen Frau muss die Gegend an der Badeanstalt übrigens bekannt gewesen sein, denn ihre Mutter arbeitet für das nebenan liegende Café. Ob das eine Rolle spielt, keine Ahnung.«

In der kleinen Pause, die entstanden war, meldete sich plötzlich der Leitende Kriminaldirektor.

»Die Unterrichtung der Presse sollten wir wohl noch aufschieben? Also, ich frage ja nur.«

Allein der Gedanke daran ließ Angermüller die Haare zu Berge stehen.

»Natürlich. Du siehst ja selbst, Harald, der Fall hat durch das zweite Opfer eine ganz neue Dimension angenommen und ist äußerst komplex«, wandte er sich im geduldigen Ton eines Therapeuten an den Chef, der sich nur zu gern auf ein Podium setzte. »Wir arbeiten auf Hochtouren, und momentan wäre eine Pressekonferenz nur kontraproduktiv. Wir müssen erst einmal selbst mehr Klarheit haben. Sollten wir im Lauf der Ermittlung auf

Hinweise aus der Bevölkerung angewiesen sein, müssen wir uns zu gegebener Zeit sowieso an die Öffentlichkeit wenden.«

»Ich verstehe.« Harald Appels erhob sich. »Ich muss dann mal weiter. Wichtige Videokonferenz der gesamten Leitungsebene mit dem Innenministerium. Dann wünsche ich einen erfolgreichen Tag.«

»Und wann ist bei dem mal was nicht wichtig?«, knurrte Jansen gewohnheitsgemäß in seiner Ecke.

Hinter Vicky lag eine unruhige Nacht. Wie befürchtet, war Mia zusammengebrochen, kaum, dass die Polizisten sich verabschiedet hatten. Vicky hatte die von Weinkrämpfen Geschüttelte, so gut sie es vermochte zu beruhigen versucht. Natürlich war es fast unmöglich, für das Ungeheuerliche, das Schlimmste, was einer Mutter widerfahren konnte, tröstende Worte zu finden. Womit konnte man einer Frau, die gerade ihre geliebte Tochter verloren hatte, Mut und Zuversicht spenden? Eigentlich gar nicht.

Auch Ralf hatte die Nachricht von Karolines Tod erst einmal ganz schön geschockt, was Vicky von ihm so gar nicht erwartet hätte. Es machte ihn ihr fast ein wenig sympathisch. Sie hatte ihn gleich eingespannt, das Gästezimmer herzurichten, damit sie dort übernachten konnte, und für Mia einen Melissentee zu kochen. Ralf führte ihre Anweisungen ohne Widerspruch aus. Vicky hoffte, die Aufgaben würden ihn aufrichten und er seine Verantwortung gegenüber der labilen Mia übernehmen. Er sollte die Notwendigkeit erkennen, dass er es war, der sich in der nächsten Zeit intensiv um Mia kümmern musste.

Sie hatte ihre Mutter überzeugt, ein starkes Beruhigungsmittel einzunehmen. Genug Vorrat davon war in der Hausapotheke ja vorhanden, wie sie zuvor festgestellt hatte, und heute gab es wirklich einen Anlass, das Zeug einzusetzen. Gegen Mitternacht schließlich war Mia eingeschlafen, da schnarchte Ralf Ziegner, der sich mit reichlich Bier betäubt hatte, schon eine Weile.

Vicky dagegen kam im Gästezimmer, das früher einmal das gemeinsame Jugendzimmer mit Karoline und später ihr alleiniges gewesen war, sehr schlecht zur Ruhe. Was war mit ihrer Schwester passiert? Mit wem war sie am See gewesen? Und warum dort? Schmerzhaft wurde ihr bewusst, wie wenig sie über Karoline wusste. War das mein Fehler, fragte sie sich, dass ich mich nicht für ihr Leben interessiert habe? Sie wollte keineswegs alle Schuld von sich weisen, doch sie erinnerte sich genau an die Zeit nach Karolines Auszug vor vier Jahren. Sie vermisste anfangs die bewunderte große Schwester sehr. Doch alle ihre Versuche, sie öfter zu treffen oder wenigstens zu telefonieren, liefen ins Leere.

Karoline schien ein ganz neues, anderes Leben führen zu wollen. Platz für ihre Familie war nicht darin vorgesehen. Immer seltener kam sie nach Hause, eigentlich außer zu Familienfeiern nur, wenn sie Hilfe für bestimmte Dinge benötigte, wie der 16-jährigen Vicky damals schon auffiel. Die fand das total daneben, aber Mia und auch Ralf tanzten nur zu gern nach Karolines Pfeife. Vicky war scheinbar die Einzige, die ihre egoistische Art nicht ertragen wollte. Ja, so war es gekommen … Trotzdem hatte Karoline so ein Ende nicht verdient.

»Hej, Bente«, begrüßte Vicky ihre Großmutter am Telefon, »ich hab dich hoffentlich nicht geweckt.«

»Hej, min slangekrøller! Wie schön, von dir zu hören. Du weißt doch, ich bin ein Nachtmensch. Um die Zeit schlaf ich noch lange nicht. Was gibt es denn so Wichtiges?«

»Ach Bente, ich muss dir was sehr Trauriges sagen: Karoline ist tot.«

»Oh nein! Das ist ja schrecklich. Was ist denn geschehen?«

Vicky erzählte Bente das Wenige, was sie von der Polizei erfahren hatte.

»Deine arme Schwester, so jung und auf diese Weise zu sterben, wie furchtbar.«

Ihre Betroffenheit war Bente durchs Telefon deutlich anzumerken.

»Wie geht es denn Mia?«

»Das kannst du dir ja vorstellen. Wie immer tut sie so, als ob sie ganz einfach damit fertig wird, und zwischendurch bricht sie dann wieder zusammen. Ich versuche halt, mich um sie zu kümmern, so viel ich kann.«

Sie sprachen noch eine Weile, und Vicky versicherte ihrer besorgten Großmutter, dass es ihr gut ging. Normalerweise hätte sie Bente bestimmt verraten, dass sie einen neuen Freund hatte und total glücklich war, doch das passte heute irgendwie nicht.

Nachdem sie sich verabschiedet hatten, rief Vicky noch kurz bei Marten an. Seine unaufgeregte, ehrliche Art tat ihr unendlich gut.

Irgendwann nach 1 Uhr war sie in einen unruhigen Schlaf mit verrückten Träumen gefallen, aus dem sie immer wieder hochschreckte. Noch in der Morgendämmerung war sie aufgestanden und hatte begonnen, das Frühstück vorzubereiten. Sie hatte das meergrüne dänische Geschirr aufgedeckt und einen Geburtstagsblumenstrauß, der noch ganz passabel aussah, in die Mitte des Tisches gestellt. Als Ralf nach 7 Uhr in der Küche auftauchte, schickte Vicky ihn zum Bäcker. Er schien geradezu dankbar für die Anordnungen, die sie ihm gab.

Vicky befüllte die Kaffeemaschine und holte Butter, Marmelade und Käse aus dem Kühlschrank.

»Na, mein Kind, schon ausgeschlafen?«

Wie es ihre Art war, versuchte Mia erst einmal, so zu tun, als ob alles in Ordnung wäre. Ohne ein Wort ging Vicky zu ihr und schloss sie in die Arme. Leise begann Mia zu weinen, und auch Vicky fühlte ein paar Tränen auf ihren Wangen. Ihre Mutter tat ihr so unendlich leid.

»Gut, Mama, weine nur. Du musst deine Trauer nicht verstecken, im Gegenteil, du musst das rauslassen. Solche unterdrückten Gefühle machen einen nur krank.«

Vicky führte Mia zum Tisch.

»Setz dich schon mal. Du wirst heute verwöhnt. Ralf kommt gleich mit frischen Brötchen, und ich stell jetzt die Kaffeemaschine an.«

»Du hast ja so schön gedeckt, danke«, lächelte Mia unter Tränen, »ich weiß gar nicht, ob ich was essen kann.«

Man hörte den Schlüssel in der Haustür, und mit einer Riesentüte Brötchen kam Ralf herein.

»Hier kommt der Frischeservice!«, rief er laut und betont munter, für Vicky zu laut und zu munter. Aber bevor er sich an den Frühstückstisch setzte, beugte er sich zu Mia und nahm sie kurz in den Arm.

»Ich bin für dich da, meine Lütte, ich pass auf dich auf«, hörte Vicky ihn flüstern. Na, Gott sei Dank, sogar er hatte anscheinend verstanden, was jetzt wichtig war.

Anfangs sprachen sie nicht viel. Immerhin schaffte es Mia, ein halbes Brötchen zu essen. Und als sie zögernd zu reden begannen, ging es erst einmal um die vielen Rätsel, die mit Karolines Tod verbunden waren. Warum gerade in der alten Badeanstalt neben dem Café, das schien Mia sehr zu beschäftigen. Mit wem war sie da? Was wollte sie dort? Sie fanden natürlich keine Antworten.

»Das Café am See«, sagte Mia auf einmal, »ich glaube, da möchte ich nie mehr hin.«

»Musst du ja auch nicht«, bekräftigte Ralf.

»Aber ich muss ja irgendwie Geld verdienen.«

»Da finden wir was anderes. Du kannst so tolle Kuchen backen, du bist nicht auf die Behrens angewiesen.«

Wirklich überraschend, wie aufbauend Ralf auf einmal mit Mia redet, dachte Vicky. Sie war im Geiste schon bei den vielen praktischen Dingen, die noch zu erledigen waren.

»Wir müssen ja auch an die Beerdigung denken und all das«, begann sie, »die ganzen Adressen raussuchen für Traueranzeigen, einen Text überlegen, vielleicht wollt ihr ja auch was in die Zeitung setzen. Wäre gut, wenn du dich kümmern würdest, Ralf. Du bist doch so ein Organisator.«

Sie wunderte sich über sich selbst, wie diplomatisch, na ja eher pädagogisch, sie auf einmal mit ihrem ungeliebten Stiefvater umgehen konnte. Auch Mia tat Vickys energische, zupackende Art gut, vor allem wurde sie abgelenkt, denn das schwarze Loch, das ihr ohnehin oft drohte, war durch Karolines Tod noch viel tiefer geworden.

»So, ich kann noch bis Mittag hierbleiben, dann hab ich Dienst im Café. Ich hoffe, das ist okay. Aber vielleicht magst du ja jemanden anrufen, vielleicht deine Schwägerin? Dein Bruder muss ja wahrscheinlich bis abends arbeiten.«

»Ja, vielleicht hat Sonja heute Nachmittag Zeit, das wäre schön.«

»Oder du versuchst es bei deiner Freundin Irmi.«

»Ja, das kann ich auch machen.«

Brav stimmte Mia allen Vorschlägen zu.

»Ich könnte auch Hardy anrufen. Der hätte Karoline auf meiner Geburtstagsfeier so gerne gesehen. Oh Gott, der arme Junge, wenn der das hört …«, seufzte sie.

»Ich weiß nicht, ob der noch in Lübeck ist. Er hat mir gesagt, dass er diese Woche wieder nach Hamburg zur Uni muss«, gab Vicky zu bedenken. »Aber ist egal. Du wirst es ja sehen. Ich decke jetzt den Tisch ab, setz du dich mal ins Wohnzimmer. Hier, nimm das Telefon mit. Ich komme dann gleich zu dir.«

Als Vicky sich später zu ihrer Mutter gesellte, saß die auf der Couch, vor sich einen Stapel Fotoalben.

»Schau mal hier, was war deine Schwester für ein süßes Baby. Da, mit drei Monaten, so was Niedliches!«

Langsam schlug Mia eine Seite nach der anderen um. Zwei Jahre später neigte sich ein blondlockiges Mädchen über ein Babybett, aus dem nur der dunkle Kopf eines Neugeborenen herausschaute. Ah, jetzt bin ich auch auf der Welt, dachte Vicky und verfolgte, wie Mia langsam durch die Jahre blätterte.

»Du warst so ein liebes Kind«, kommentierte Mia ein Foto von Vickys ersten Gehversuchen, da musste sie etwas über ein Jahr gewesen sein. Auf den meisten Bildern sah man Karoline strahlend in die Kamera lächeln, während Vicky oft nur etwas verschämt daneben stand.

»Da, Karolines erster Schultag. Du hast natürlich auch

eine kleine Schultüte bekommen, ach, und Hardy war auch dabei. Der war ja schon ein großes Schulkind, kam in die zweite Klasse.«

Und immer wieder ihre Schwester in verschiedensten Verkleidungen, im Dirndl als Heidi und Hardy mit einem Tirolerhut als Geißenpeter. Dann Karoline im blauen Gewand von Arielle, der Meerjungfrau, mit einer großen Schleife im Haar und neben ihr Hardy als Prinz Erik in einer Art weißem Piratenhemd. Schon damals wusste Karoline zu posieren und stets mit ihrer Schokoladenseite schöne Bilder zu produzieren.

Selbstvergessen schaute Mia auf die Fotos und versank völlig in der Vergangenheit. Zuweilen streichelte sie zärtlich mit dem Finger über Karolines Porträt.

»Sieh mal hier, Pünktchen und Anton! Da war sie eine Zeit lang total verrückt nach«, erinnerte sich Mia, »weißt du noch, wie Karoline sich diese T-Shirts wünschte?«

Ja, dachte Vicky, und ich durfte nie mitspielen, was auf den wenigen Fotos deutlich wurde, auf denen sie meist am Rande platziert war und trotzig einen Flunsch zog. Die Geschichte vom reichen Pünktchen und dem armen Anton hatte Karoline scheinbar besonders fasziniert, wobei es zwischen Hardy und ihr ja eher umgekehrt war. Die drei Stolzes in ihrer geräumigen, zweistöckigen Villa, und Mia, die Haushälterin, mit ihren beiden Mädchen im Souterrain in der kleinen Einliegerwohnung.

»Ach, guck mal, da waren es dann Vampire. Mannomann, was haben die mich damals geärgert!«

Karoline und Hardy blass geschminkt mit Vampirgebissen, davon ließ sich Vicky auch noch mit sieben Jahren total beeindrucken und gruselte sich fürchterlich, zur großen Freude ihrer Schwester. Auch wenn die Fotoalben für Vicky nicht unbedingt nur heitere Kindheitserinnerungen bargen, war sie froh, dass ihre Mutter dadurch abgelenkt wurde. Sie sah es als eine Art Trauerarbeit für Mia.

Es klingelte an der Haustür, und Vicky stand auf.

»Wer kann das sein?«, wunderte sich Mia, »Irmi kann doch erst nach 14 Uhr, hat sie gesagt.«

Mit hängenden Schultern wartete Hardy vor der Tür. Wortlos umarmte er Vicky.

»Es tut mir ja so leid, Vicky«, sagte er dann, sichtlich bewegt, »Mia hat mich angerufen. Eigentlich will ich gleich nach Hamburg, aber ich dachte, ich muss vorher auf jeden Fall noch zu ihr. Wo ist sie?«

Vicky schickte ihn ins Wohnzimmer, wo er und Mia sich sofort in den Armen lagen und weinten. Sie selbst ging in die Küche. Dort saß Ralf und las gerade die Zeitung mit den großen Buchstaben.

»Hardy ist zum Kondolieren gekommen«, erklärte sie, als sie seinen fragenden Blick sah.

»Habt ihr eigentlich was fürs Mittagsessen im Haus?«

»Bestimmt gibt's was im Tiefkühler. Aber da musst du deine Mutter fragen, ich kenne mich damit nicht aus. Und ob's was Vegetarisches gibt, keine Ahnung.«

»Ich bleib nicht zu Mittag, muss doch sowieso bald los ins Café. Dann such mal was zum Essen für euch aus dem Vorrat.«

Er schaute sie unsicher an. Das schien ihn nun doch zu überfordern. Egal, sie würden schon nicht verhungern. Vicky packte ihre Sachen zusammen. Das Gästebett zog sie nicht ab, vielleicht musste sie ja bald wieder hier übernachten.

Im Wohnzimmer beugten sich Mia und Hardy immer noch über die Fotoalben. Er hatte den Arm um sie gelegt, und sie sprachen leise miteinander.

»So, Mia, ich muss dann mal los. Du hast ja gesagt, Irmi kommt nachher. Das finde ich gut. Ich melde mich, wenn ich Feierabend habe. Okay?«

»Ja, vielen Dank, Vicky, für alles, was du gemacht hast.«

»Mama, is doch kein Ding!«

»Wie kommst du jetzt eigentlich in die Stadt?«

»Ganz einfach, ich nehme die Bahn.«

»Kann aber sein, dass du länger warten musst.«

»Ich wollte jetzt sowieso auch los. Ich kann dich ja kurz rumfahren«, bot Hardy an.

»Aber du willst doch nach Hamburg.«

»Die paar Minuten machen wirklich nichts aus. Also komm, ich fahr dich. Wo musst du hin?«

»In die Nähe vom Dom, da steht mein Fahrrad.«

Mia und Hardy verabschiedeten sich mit einer innigen Umarmung und er versprach ihr, sich bald wieder einmal telefonisch zu melden.

»So, ich muss dir erst mal den Beifahrersitz freiräumen, war nicht auf Begleitung eingestellt«, entschuldigte sich Hardy und nahm einen Stapel Zeitschriften und Bücher hoch, ein Päckchen Papiertaschentücher, Schlüssel und ein Thermobecher rutschten zu Boden.

»Mann, kein Problem«, lachte Vicky und bückte sich nach den Sachen, die in den Fußraum gefallen waren, »ich find's echt toll, dass du mich fährst!«

Auf dem Weg nach Buntekuh hatten sie auf Jansens Empfehlung bei einem Pizzaladen in Sankt Lorenz ein spätes

Mittagessen eingelegt. Es gab die abenteuerlichsten Kreationen mit Gyros oder eine Pizza mit Chili con Carne, die Jansen tatsächlich orderte, wie Angermüller mit leichtem Schaudern feststellte. Nun gut, man musste den Teigfladen ja nicht gerade Pizza nennen, denn mit dem Original hatte er nichts mehr tun. Seine Wahl fiel auf eine klassische *Napoletana* mit Tomate, Mozzarella und Basilikum. Die hatte leider auch mit einer echten Pizza wenig zu tun, aber sie stillte wenigstens seinen Hunger.

Kurz darauf klingelten sie bei Fabian Dahlberg, der in einem Apartment im achten Stock in der Karavellenstraße wohnte.

»Na, sach ma, der muss zu Hause sein. Den Lärm da drin bilde ich mir doch nicht ein!«

Noch einmal drückte Jansen lang und ausdauernd auf den Klingelknopf. Als wieder keine Reaktion kam, hämmerte er mit der Faust gegen die Tür. Die merkwürdigen Brüll- und Kampfgeräusche im Inneren brachen ab.

»Wer ist denn da?«, fragte jemand und schaute offensichtlich durch den Türspion. Die Beamten zückten ihre Dienstausweise und hielten sie hoch.

»Wir sind von der Kriminalpolizei und würden Ihnen gern ein paar Fragen stellen.«

Als er schließlich geöffnet hatte, schwankte der Gesichtsausdruck des jungen Mannes zwischen absoluter Verblüffung und einem offensichtlich schlechten Gewissen. Trotz der recht kühlen Witterung standen in der Küche und dem gegenüberliegenden Wohnzimmer sämtliche Fenster offen. Jansen hielt im Flur witternd seine Nase in die Höhe.

»Na, haben wir ’ne schöne Tüte geraucht?«

»Nee, wieso denn?«

»Weil ich dafür ’nen Riecher habe.«

»Okay, okay, es war wirklich nur eine kleine Menge für mich privat. Ich handle nicht mit dem Zeug.«

»Das werden wir noch nachprüfen«, mischte sich Angermüller ein, »aber wir sind wegen etwas anderem hier, Herr Dahlberg. Dürfen wir reinkommen?«

Wortlos ging Fabian Dahlberg voraus in eine Art Wohnzimmer, nahm dort auf einer weitläufigen Sofalandschaft Platz und hörte nicht auf, Angermüller anzustarren. Außer einem Couchtisch voller leerer Dosen, Kartons und Tüten diverser Essenslieferdienste gab es an der Wand gegenüber einen großen Flachbildfernseher und auf einem Schreibtisch an der Seite noch einen riesigen Monitor, davor eine Tastatur und diverse Gerätschaften – für Computerspiele, vermutete Angermüller, der von diesen Dingen keine Ahnung hatte. Auf dem Monitor waren zombieartige Figuren mitten im Massaker mit einer Kettensäge eingefroren. Vor dem geöffneten Fenster wehte ein Vorhang im Wind.

»Das können wir ja mal wieder schließen, damit wir uns keinen Schnupfen holen«, schlug Jansen vor, machte das Fenster zu und setzte sich neben Angermüller auf die dem jungen Mann gegenüberliegende Sofaecke.

»Sagen Sie mal«, fand der seine Sprache plötzlich wieder, »sind Sie nicht der Freund von Tonya?«

Angermüller lächelte nur und wandte sich an seinen Kollegen.

»Nimmst du bitte mal die Personalien von Herrn Dahlberg auf?«

Der junge Mann war 22 Jahre alt und ausgebildeter Einzelhandelskaufmann, hatte zuletzt in einem Elektronikladen gejobbt, war aber zurzeit arbeitslos.

»Und was für eine Beziehung haben Sie zu Tonya?«, fragte ihn Angermüller.

Fabian Dahlberg schaute überrascht, dann überlegte er einen Moment.

»Tonya und ich sind befreundet, schon ziemlich lange.«

»Befreundet? Wie lange genau?«

»Wir kennen uns über *Instagram*, schon fast drei Jahre.«

»Und was heißt das, über *Instagram*? Sehen Sie sich auch mal in der echten Welt?«

»Eigentlich sind wir fast jeden Tag in Kontakt.«

»Das heißt, Sie treffen sich, gehen zusammen Kaffee trinken oder ins Kino, oder wie muss ich mir das vorstellen?«

»Nee, wir chatten oder ich sende private Nachrichten an Tonyas Account. So richtig getroffen haben wir uns bisher nur ein paar Mal, da war zum Beispiel so ein Empfang von einer ihrer Modefirmen, und da hatte sie mir eine Eintrittskarte geschenkt.«

Angermüller versuchte vergeblich, sich den dicklichen Jungen, der in Jogginghose und ausgeleiertem Sweatshirt vor ihnen saß, beim Empfang eines angesagten Modelabels vorzustellen.

»Und ab und zu haben Sie auch versucht, sie zu Hause zu besuchen, stimmt's?«

»Ja, na ja, wir haben auch mal vor ihrer Tür ein bisschen geklönt.«

Man hörte ihm an, dass er das für eine große Gunst der von ihm verehrten Tonya hielt.

»Wann hatten Sie denn das letzte Mal mit Tonya Kontakt?«, mischte sich Jansen ein.

»Seit Montag letzter Woche habe ich nichts von ihr gehört.«

»Haben Sie eine Handynummer von ihr?«

Fabian Dahlberg schüttelte den Kopf.

»Nein, das will sie nicht. Kann ich auch verstehen. Ist ihr wahrscheinlich zu viel. Wir schreiben uns immer private Nachrichten auf *Insta.*«

»Und was wollten Sie letzten Donnerstag vor unserem Haus?«

Dahlbergs blasses Gesicht überzog sich dunkelrot. Er strich nervös das strähnige Haar zur Seite.

»Na ja, ich wollte nur mal sehen, ob Tonya schon von ihrer Reise zurück ist. Sie wollte doch nur fürs Wochenende zu Modeaufnahmen nach Dänemark.«

»Das hat sie Ihnen so gesagt?«

»Na ja, geschrieben hat sie mir das als Nachricht auf *Instagram.*«

»Wann?«

»Am Freitag vor einer Woche. Ich hab doch gesehen, wie Sie Tonya mit dem Koffer zu ihrem Wagen gebracht haben, und da wollte ich wissen …«

Er brach plötzlich ab.

»Sagen Sie mal, warum fragen Sie mich das eigentlich alles? Ist irgendwas mit Tonya?«

Angermüller und Jansen wechselten einen Blick. Sie beobachteten Fabian Dahlberg genau, als Angermüller ihn aufklärte: »Tonya, oder Karoline Frederiksen, wie sie mit bürgerlichem Namen heißt, wurde gestern Abend tot aufgefunden.«

»*Was?*«

Wie ein aufblasbares Schwimmtier aus dem die Luft entweicht, sackte der junge Mann auf dem Sofa in sich zusammen und fing herzzerreißend an zu schluchzen. Die Kommissare warteten einen Moment ab. Jansen hob verunsichert die Brauen.

»Herr Dahlberg?«

Als keine Reaktion kam, neigte sich Angermüller zu dem Angesprochenen und tippte ihm vorsichtig auf die Schulter. Dahlberg hob sein verheultes Gesicht und schniefte vernehmlich.

»Haben Sie mal ein Taschentuch?«

Angermüller holte eine Packung aus seiner Jackentasche und legte sie auf eine freie Ecke auf dem Couchtisch.

»Danke.«

Nachdem er sich lautstark geschnäuzt hatte, schien der Junge etwas ruhiger zu sein.

»Was ist mit Tonya denn passiert? Hatte sie einen Unfall? Oder ist sie etwa …?«, fragte er mit ängstlich aufgerissenen Augen.

»Darüber können wir momentan leider keine Auskunft geben. Wir wüssten aber gerne, was Sie so in der vergangenen Woche gemacht haben, beginnen wir mal mit Montag.«

»Aber wieso das denn? Sie denken doch nicht, dass ich …?«

Und schon liefen wieder ein paar Tränen über sein Gesicht.

»Reine Routine, Herr Dahlberg. Sie sind für uns nur ein Zeuge. Beantworten Sie einfach unsere Fragen, tut auch nicht weh«, forderte Jansen, schon leicht ungeduldig geworden.

»Ich war eigentlich immer zu Hause. Ein paar Mal bin ich im Supermarkt gewesen, einkaufen, aber das war's auch schon.«

Angermüller und Jansen sagten nichts, schienen nur auf mehr zu warten.

»Ach ja, nur am Donnerstag, da war ich vor Tonyas Haus. Aber das wissen Sie ja.«

»Gibt es jemanden, der Ihre Aussagen bestätigen kann?«, erkundigte sich Angermüller.

Mutlos hob der junge Mann die Schultern.

»Zwei-, dreimal kam der Basti vorbei, aber meistens bin ich ja allein hier. Da fällt mir ein, fragen Sie einfach die Nachbarn unter und über mir, die beschweren sich immer, dass es bei mir zu laut ist.«

Nach einer kurzen Pause fuhr er plötzlich hoch.

»Aber eines sage ich Ihnen, hätte ich geahnt, dass Tonya in Gefahr ist, dann hätte ich hier nicht so einfach rumgesessen!«

Wie bemitleidenswert sein Ausbruch wirkte, war dem Jungen bestimmt nicht bewusst, dachte Angermüller. Jansen notierte die Kontaktdaten des Freundes, dann fragte er:

»Sagen Sie, können wir uns die Nachrichten mal ansehen, die Sie sich mit Tonya in den letzten Tagen so geschickt haben?«

»Klar.«

Eilfertig griff Fabian Dahlberg nach dem Smartphone vor sich, rief *Instagram* auf, tippte auf das Nachrichtensymbol, das wie ein Papierflieger aussah, und übergab Jansen das Handy. Der scrollte sich durch die Mitteilungen der letzten Wochen und fand sämtliche Angaben des jungen Mannes bestätigt, so auch den Austausch von Montag vergangener Woche. Da hatte Tonya mitgeteilt, dass sie wohl noch etwas länger wegbleiben würde und sehr beschäftigt sei.

»Okay, vielen Dank.«

Jansen legte das Handy zurück auf den Tisch.

»Noch eine andere Frage: Sagt Ihnen der Name Jasmina Bogdanovic etwas? Oder auch Mademoiselle Miracle?«

»Ja, Miracle, die kenn ich irgendwie. Genau, die folgt Tonya auf *Insta*. Die macht auch auf Influencerin.«

»Folgen Sie ihr auch?«

»Nee, bloß nicht«, machte Dahlberg abfällig, »ich find die auch nicht gut. Hab mir nur mal ihr Profil angeschaut. Die hat höchstens halb so viele Follower wie Tonya.«

»Und was für ein Auto fahren Sie?«, wollte Jansen plötzlich wissen.

»Hä? Ich hab ja nicht mal 'n Führerschein.«

»Verraten Sie mir noch eines, Herr Dahlberg: Was finden Sie eigentlich so gut an Tonya, dass sie Ihnen so wichtig ist?«

Angermüller interessierte das wirklich.

»Weiß nicht.«

Die Frage war dem Zeugen erst ziemlich unangenehm, doch dann kam er regelrecht ins Schwärmen.

»Tonya postet immer so viele interessante Sachen, oft auch witzige, man kann an ihrem Leben irgendwie richtig teilnehmen, und natürlich sieht sie toll aus.«

»Und die ganzen Modefotos und so?«

»Na ja, die gehören halt dazu, ist schließlich ihr Job. Aber was ich am allerbesten finde: Sie ist überhaupt nicht arrogant oder so, sie redet mit uns Followern, so ganz normal.«

»Redet?«

»Na ja, natürlich online, manchmal in Videos, manchmal schriftlich. Man hat einfach das Gefühl, sie nimmt einen ernst. Sie ist einfach ein ganz toller Mensch.«

Er hielt inne.

»Sie *war* ein ganz toller Mensch. Oh Mann …«

Er verbarg sein Gesicht in den Händen, denn die Tränen begannen wieder zu fließen.

KAPITEL XVI

Fast alle Tische waren an diesem grauen, windigen Tag mit Gästen besetzt. Das sanfte Gemurmel ihrer Gespräche erfüllte das Café, und zwischendurch hörte man das Zischen der Kaffeemaschine. Warm und gemütlich war es zwischen den Möbeln aus Omas Zeiten, und eine wunderbare Mischung aus Kaffeeduft und frisch Gebackenem lag in der Luft.

Vicky war ganz schön am Rotieren, um die Bestellungen der Besucher flink auszuführen. Zwei ihrer drei Schutzbefohlenen waren alte Hasen und im Service echte Profis, aber eine Frau, heute zum zweiten Mal dabei, entpuppte sich als richtiges Nervenbündel, konnte sich nichts merken, verwechselte sämtliche Kuchensorten, konnte keine Tasse ohne Überschwappen zu den Tischen befördern und schien schon nach einer Stunde den Tränen nahe.

»Hör mal, du bist noch neu, Nicole. Ist doch klar, dass du dich noch nicht so gut auskennst. Das kommt mit der Zeit von ganz allein. Deine beiden Kollegen haben auch nicht gleich den großen Durchblick gehabt.«

»Nö, hatten wir nich«, grinste Paule mit der dicken Brille, der gerade ein voll beladenes Tablett zu einem der Tische schleppte.

»Pass auf, du bleibst jetzt hier bei mir hinterm Tresen, bist für die Kuchen und die Sandwiches zuständig, räumst schmutziges Geschirr in die Spülmaschine, und wenn du was nicht weißt, fragst du mich. Okay?«

Die vielleicht 30 Jahre alte Nicole antwortete mit einem dankbaren Nicken. Puh, was für ein Tag! Obwohl sie ihren Wollpulli schon ausgezogen hatte und nur noch ein Kurzarmshirt trug, war Vicky unglaublich heiß. Dazu kam diese innere Unruhe, die sie alle fünf Minuten zur Uhr schauen ließ. Wie ging es wohl Mia?

Als das Café sich zwischendurch etwas geleert hatte, nutzte Vicky die Gelegenheit und ging kurz für einen Anruf nach draußen. Natürlich gab Mia sich Mühe, munter zu klingen. Um das Mittagessen hatte sich Ralf gekümmert, erzählte sie beeindruckt. Er war losgefahren und hatte Würstchen und Kartoffelsalat besorgt. Zwar hatte Mia wenig Appetit, aber ihm zuliebe hatte sie zumindest ein Würstchen gegessen. Gerade war Irmi gekommen, und auch mit ihr betrachtete Mia die Fotoalben, wie sie erzählte.

»Na gut, Mama, ich muss wieder. Ich melde mich nach Feierabend noch mal. Und falls du das möchtest, komme ich gern heute Abend noch mal vorbei.«

Natürlich fand Mia das überhaupt nicht nötig.

»Das sehen wir noch, ja, Mia? Dann bis später!«

Wie gerne hätte sie mit Marten geredet, über alles, was passiert war, alles, was ihr durch den Kopf ging, aber der steckte noch bis heute Abend in dem Praktikum, das er bei einem kleinen Biotech-Unternehmen absolvierte. Und sie steckte tief in den Zweifeln und Fragen, die sie seit heute Mittag wieder umtrieben. War es nur eine fixe Idee, oder war tatsächlich etwas dran an ihren Überlegungen? Und hatte sie sich irgendwie auffällig verhalten? Sie konnte sich so wahnsinnig schlecht verstellen. Auch darin unterschied sie sich komplett von ihrer Schwester. Oh Mann, die Zeit verging quälend langsam. Frühestens um 16 Uhr würde sie endlich hier rauskommen, wenn ihre Chefin sie, wie versprochen, ablösen würde.

Als Vicky das Café wieder betrat, räumte Nicole gerade die Spülmaschine aus, ohne dass sie ihr das vorher aufgetragen hatte.

»Mensch, toll, dass du dir einfach selbst Arbeit suchst, Nicole. Siehste mal, das wird doch!«

Die Neue bekam einen roten Kopf, aber sie lächelte zufrieden in sich hinein. Nach diesem Lob aus Vickys Mund lief es in der nächsten Stunde erheblich besser mit ihr, sie stellte sich auch einmal zu den Kollegen, wenn Gelegenheit dazu war, und schien wohl langsam Spaß an ihrem Job zu finden. Von Ungeduld beherrscht, nahm Vicky das alles eher am Rande wahr. Dann endlich, um kurz nach 16 Uhr, erschien ihre Chefin im Café.

»Na, dann mal los, Vicky! Hast hoffentlich was Schönes vor?«

»Nichts Besonderes, aber der Termin ließ sich nicht anders legen. Vielen Dank, dass ich schon Feierabend machen kann«, flunkerte Vicky, die noch niemandem vom Tod ihrer Schwester erzählt hatte. Es war ja noch so vieles unklar, wie und warum Karoline hatte sterben müssen, und sie musste erst einmal selbst Klarheit haben, bevor sie mit anderen darüber reden konnte.

Den ganzen Tag über war es heute nicht richtig hell geworden. Auch jetzt fühlte es sich schon an wie Dämmerung, obwohl es noch gut zwei Stunden bis Sonnenuntergang waren. Vicky schwang sich auf ihr Fahrrad. Sie benötigte fünf Minuten bis zu ihrem Ziel. Ja, sie erkannte das Haus sofort. Besser gesagt war es eine Doppelhaushälfte, die schon durch ihre extravagante Architektur auffiel. Vicky stellte ihr Fahrrad ab. Ihre Spannung stieg mit jeder Sekunde, als sie in ihrem Rucksack nach dem Schlüsselbund fingerte. Der kleinere Schlüssel, nein, das war nicht der richtige, aber vielleicht ja der große. Vor Aufregung zitternd steckte sie ihn ins Schloss. Er glitt ganz leicht hinein. Wow! Er passte!

Aber was bedeutete das, beziehungsweise hatte das überhaupt was zu bedeuten? Um sich zu beruhigen, zog Vicky den Schlüssel wieder aus dem Schloss und ging ein paar Schritte weiter die Straße hinunter, am Nachbarhaus vorbei. Sie musste erst einmal nachdenken. Sollte sie wirklich hineingehen? War das nicht ein riesiger Vertrauensbruch? Aber was erwartete sie eigentlich zu finden? Mann, wenn sie doch nur mit Marten reden könnte, aber der war mindestens noch eine halbe Stunde nicht erreichbar.

Ich schicke ihm einfach eine Nachricht, dann kann er sich melden, sobald er die Möglichkeit dazu hat, beschloss sie.

Mittlerweile stand Vicky wieder vor der Haustür, in ihr tobte immer noch ein Kampf. Sie steckte das Handy weg. In dem Moment, da sie den Schlüssel wieder zur Hand nahm, war ihre Entscheidung gefallen. Energisch schloss sie die Tür auf, schlüpfte hinein und blieb in dem offenen Flur erst einmal stehen. Hier drin war es so still, dass sie ihr wild klopfendes Herz zu hören vermeinte. Ihr letzter Besuch lag Jahre zurück, aber sie erinnerte sich, dass es im Untergeschoss einen riesigen Wohnraum mit offener Küche und eine Gästetoilette gab. Im Obergeschoss, das man linker Hand über eine Freitreppe erreichte, befanden sich noch mindestens zwei Zimmer sowie ein weiteres Badezimmer. Aber wonach suchte sie hier, was erwartete sie eigentlich?

Die Beleuchtung einzuschalten, wagte sie erst einmal nicht. Inzwischen hatten sich Vickys Augen schon besser an das Zwielicht gewöhnt, und sie machte ein paar Schritte in Richtung Küche. Plötzlich fuhr sie erschrocken zusammen. Doch es war nur der Kühlschrank, dessen Aggregat mit einem leisen Summen ansprang. Die Küche war mehr als aufgeräumt und machte selbst in dem wenigen Licht, das durch die verglaste Terrassentür von draußen hereinfiel, einen blitzsauberen Eindruck.

Vicky bewegte sich weiter hinein in den Raum, wo direkt vor der Küchenzeile ein großer Tisch mit vielen Stühlen stand. An einer Seite des großzügigen Wohnraumes erkannte sie einen gemauerten Kamin, an der Wand gegenüber schimmerte ein riesiger Flachbildfernseher, und davor verteilten sich die Umrisse unterschiedlichster Sitzmöbel. Was für eine luxuriöse Behausung, dachte sie gerade, als sie plötzlich aus dem Hintergrund jemanden sagen hörte:

»Hallo, Vicky.«

»Also, der Jungbluth ist nicht in der Firma und hat auch keinen geschäftlichen Termin. Vielleicht haben wir ja Glück und erreichen ihn zu Hause. Ich ruf da jetzt nicht an, wir machen lieber einen Überraschungsbesuch.«

Angermüller steckte sein Handy ein, und sein Kollege startete den Wagen.

»Na gut, dann besuchen wir den wieder in seinem Luxusapartment. Aber sach ma«, Jansen schaute noch einmal am Karavellenhochhaus nach oben, bevor er losfuhr, »den Jungen können wir doch wirklich von der

Liste streichen. Der spielt zwar die krassesten Computerspiele, aber im echten Leben ist der ein total armes Würstchen.«

»Ist ja oft so.«

»Das stimmt auch wieder. Der ist so einer, den würde ich am liebsten erst mal kräftig schütteln und dann aus seiner dunklen Wohnung an die frische Luft zerren, zum Fußballspielen verdonnern, ihn unter Leute bringen. Meine Güte, der verplempert einfach so seine Jugend! Und der ist doch auch gar nicht glücklich dabei!«, regte sich Jansen auf.

»Ich wusste ja gar nichts von deinen pädagogischen Ambitionen, du weiser alter Mann.«

»Ach was, Pädagogik, der Typ kann einem doch einfach nur leidtun.«

»Der Junge war ja auch ausgesprochen kooperativ. Und was er über seine Kommunikation mit Tonya über *Instagram* erzählt hat, entsprach voll und ganz den Tatsachen«, äußerte Angermüller zustimmend.

»Genau. Der arme Kerl. Das war zum Fremdschämen.«

Auf dem Steinrader Weg gerieten sie in einen Stau, was Jansens Geduld sogleich wieder auf die Probe stellte und ihn nervös aufs Lenkrad trommeln ließ.

»Es kommt auf ein paar Minuten nicht an, Kollege. Wir wissen ja nicht mal, ob unser Mann daheim ist«, versuchte Angermüller, ihn zu beruhigen. Jansen antwortete nur mit einem Unmutsgeräusch und war erst zufrieden, als sie die Trave überquert und wieder freie Fahrt hatten.

Adrian Jungbluth war zu Hause. Es war nicht nötig, dass die Kommissare sich anmeldeten. Über die Videosprechanlage hatte er sofort gesehen, wer da vor der Haustür stand.

»Oh nee, Sie haben mir heute gerade gefehlt. Was wollen Sie denn noch von mir? Meine Wohnung durchsuchen, ob Tonya hier irgendwo gefesselt und geknebelt rumliegt?«

»Wären Sie so freundlich, uns reinzulassen, Herr Jungbluth? Wir haben noch ein paar Fragen.«

Der Summer ertönte, und sie nahmen den Fahrstuhl nach oben. Die Wohnungstür stand offen.

»Kommen Sie rein. Und vergessen Sie nicht, in den Flurschrank zu schauen, der eignet sich bestens als Verlies bei einer Entführung«, rief der Hausherr auf Angermüllers höfliches Anklopfen mit provokantem Unterton irgendwo aus den Tiefen des Apartments. Die Beamten durchquerten den Flur, in dem zwei Reisetaschen und ein Koffer standen, auf die Jansen sofort mit bedeutsamer Miene zeigte, und landeten in dem weitläufigen Wohnraum.

»Setzen Sie sich schon mal. Ich komme gleich«, meldete sich Jungbluth aus dem Nebenzimmer, »muss nur noch den Knebel überprüfen. Wäre ja zu dumm, wenn das Entführungsopfer ausgerechnet jetzt um Hilfe schreien würde.«

Jansen verdrehte genervt die Augen.

»Findet der das irgendwie witzig?«

Sie nahmen wieder in der offenen Küche an dem großen Holztisch Platz, und gleich darauf erschien Adrian Jungbluth, heute in Jogginghose und T-Shirt einer teuren Sportmodemarke gekleidet.

»Na, schon was Verdächtiges gefunden?«

Er rutschte auf einen Stuhl, nahm seine schicke Goldrandbrille ab und rieb sich mit zwei Fingern um die Augen. Er wirkte auf eine Art mitgenommen.

»Also, was gibt's denn noch?«

»Karoline Frederiksen wurde gestern Abend tot aufgefunden«, informierte ihn Angermüller.

»Oh.«

Jungbluth stutzte einen Moment.

»Was ist denn mit ihr passiert?«

»Wir dachten, Sie könnten uns vielleicht weiterhelfen.«

Mit einem Sprung war der Mann auf den Beinen.

»Das glaub ich jetzt nicht! Sie haben ja wohl nicht mehr alle Latten am Zaun! Ich habe also nicht nur Jasmina abgeschlachtet, sondern Tonya gleich noch dazu. Hab ich Ihnen nicht gestern schon gesagt, dass es Jahre her ist, dass ich Tonya gesehen habe? Mann, Sie wissen ja gar nicht, was Sie mit Ihren wüsten Verdächtigungen anrichten.«

Adrian Jungbluth schüttelte in einem fort den Kopf und wurde immer wütender.

»Darf ich fragen, ob Sie verreisen wollen?«, erkundigte sich Angermüller höflich, als der Zeuge nichts mehr sagte.

»Auf diese blöde Frage hab ich nur gewartet«, brüllte Jungbluth auf einmal los. »Sie mit Ihrer Schnüffelei machen mir mein Leben kaputt! Ich verreise nicht, ich muss raus aus der Wohnung. Die gehört nämlich der Firma, und meine Verlobte findet, solang diese ganze Sache nicht geklärt ist, schadet das dem Ruf von *Dahnsdorf und Partner*, wenn ich hier wohne. Ich weiß nicht einmal, ob wir noch verlobt sind. Konstanze möchte eine Beziehungspause einlegen.«

Er hielt inne und starrte die Kommissare feindselig an.

»Ich habe Glück, wenn ich meinen Job nicht auch noch verliere. Und das ist allein Ihre Schuld!«

Erschöpft ließ er sich wieder auf seinen Stuhl fallen. Ohne auf seine Vorwürfe einzugehen, bat Angermüller: »Erklären Sie uns bitte erst einmal, was Sie am Sonntagmorgen an Frau Frederiksens Auto wollten?«

Sofort kehrte seine Wut zurück.

»Wie kommen Sie denn jetzt da drauf? Es ist doch einfach unglaublich!«, rief er aus. »Hat Ihnen das diese dumme Kuh erzählt? Ich hab mich sowieso schon gewundert, was die am Sonntag hier vor meiner Haustür wollte. Diese Vicky hat mich also bei Ihnen angeschwärzt!«

»Was haben Sie denn nun beim Auto von Karoline Frederiksen gewollt?«, beharrte Angermüller.

»Das war ein reiner Zufall, Mann, ein Zufall!«, schnaubte Jungbluth aufgebracht, »aber so was kennen Sie in Ihrem Job wohl nicht. Da ist alles und jeder verdächtig, wenn es nur Ihrer beknackten Ermittlung dient.«

»Erzählen Sie uns trotzdem noch einmal, was am Sonntagmorgen los war?«

Nachdem er tief durchgeatmet hatte, sichtlich bemüht, sich zu beruhigen, schilderte Adrian Jungbluth seine Version.

»Ich war unterwegs zum Mittagessen mit Konstanzes Familie, und plötzlich sah ich den Mini in der Musterbahn stehen. So ein Clubman Cabrio in diesem auffälligen Gelb sieht man selten. Als Tonya sich das gekauft hat, waren wir noch zusammen. Ich hab ganz gut Ahnung von Autos und hab sie damals beim Kauf beraten. Nennen Sie es Nostalgie. Ich wollt's einfach nur mal anschauen, wusste in dem Moment nicht mal, dass es wirklich ihr Auto war, bis die bekloppte Vicky plötzlich auftauchte und mir dumme Fragen stellte.«

»Und dann?«

»Nichts und dann. Ich bin zum Mittagessen gefahren und danach mit Konstanze zu mir. Und vorm Haus hat mir diese Vicky schon wieder aufgelauert, keine Ahnung, was die von mir wollte. Zum Glück hat sie sich ganz schnell verpisst, denn seit Konstanze von Jasmina weiß, ist sie höchst misstrauisch. Nach Ihrem Besuch in der Firma gestern …«

Jungbluth verstummte und stand auf.

»War's das dann? Ich muss weiter packen.«

»Verraten Sie uns noch, was Sie in der letzten Woche zwischen Donnerstagmorgen und Freitagnacht gemacht haben?«

Wortlos zückte der Zeuge sein Handy. Dann gab er ein minutiöses Protokoll beider Tage wieder, die mit beruflichen und privaten Terminen mehr als vollgepackt waren. Jansen notierte sich Zeiten, Namen und Orte.

»Glauben Sie mir jetzt, dass ich in dieser Zeit gewiss keinen kleinen Mord dazwischenschieben konnte?«

»Wir werden das überprüfen, Herr Jungbluth. Vielen Dank, das war's für heute. Wo werden Sie jetzt eigentlich wohnen?«

»Das weiß ich noch nicht genau. Es gibt ein paar Optionen. Heute bin ich noch hier und am Abend gibt es noch einmal eine Aussprache mit Frau Dahnsdorf. Vielleicht …«

Er brach ab. Angermüller und Jansen erhoben sich.

»Auf Wiedersehen, Herr Jungbluth«, verabschiedete sich der Kommissar freundlich.

»Na, hoffentlich nicht. Sie finden allein raus, nehme ich an.«

Als Vicky plötzlich aus dem Halbdunkel die bekannte Stimme hörte, glaubte sie im ersten Moment, ihr bliebe das Herz gleich stehen.

»Äh, ich dachte, du wolltest nach Hamburg«, war alles, was sie als Antwort stotternd hervorbrachte.

»Das wollte ich auch«, erwiderte Hardy, »aber ich wusste sofort, was dir durch den Kopf geht, als du vorhin im Wagen mein Schlüsselbund aufgehoben hast.«

»Was? Wieso? Wie bist du darauf gekommen?«

»Na ja, du hast zwar so cool getan, aber ich hab dir sofort angesehen, dass du plötzlich total nervös wurdest. Du hast gar nicht mehr aufgehört zu quasseln, um davon abzulenken. Eigentlich nicht so deine Art.«

Vicky sah schemenhaft eine Bewegung seines Arms und konnte nur ahnen, dass er auf ihre Hand zeigte, die immer noch die Schlüssel mit dem auffälligen glitzernden Anhänger umschloss. »Außerdem hab ich am Montagabend schon mitgekriegt, dass das Teil nicht mehr in der Schale im Flur gelegen hat.«

»Du bist Montagabend in Karolines Wohnung gewesen? Warum?«

»Eben deshalb. Ich wollte diese Schlüssel holen, die du da hast.« Er machte eine Pause. Vicky fühlte sich ziemlich unwohl, zumal sie sein Gesicht nicht lesen konnte, er nur wenig mehr als ein Schattenriss war.

»Woher wusstest du es, Vicky?«

»Was?«

»Na, dass es die Schlüssel zu meinem Haus sind?«

»Ich wusste es nicht. Ich habe immer rumgerätselt, hab sogar gedacht, die gehören Adrian. Aber dann musste ich heute Morgen mit Mia die Fotoalben anschauen und sah euch beide mit diesen bescheuerten

Pünktchen und Anton T-Shirts. Da hab ich irgendwas geahnt. Karoline hat damals so lange gequengelt, bis deine Eltern sie für euch haben drucken lassen. P und A, und dann habt ihr die monatelang kaum abgelegt. Und ich hab mich auch erinnert, dass ihr diese Spitznamen noch ewig geführt habt, mindestens, bis wir bei euch ausgezogen sind.«

»Du hast ein sehr gutes Gedächtnis, Vicky, und sehr scharfsinnig bis du auch.«

Wie meinte er das? Sie sah misstrauisch in seine Richtung. Zu blöd, dass sie in diesem diffusen Licht seinen Gesichtsausdruck nicht erkennen konnte. Überhaupt, was hatte er jetzt vor?

»Aber ich war mir nicht sicher, nicht einmal, als ich dieses glitzernde P in deinem Auto gesehen habe. Aber dann dachte ich mir, es ist einen Versuch wert. Und ich lag ja wohl richtig.«

»Was schließt du daraus?«

»Ich glaube, dass du es gewesen bist, der letzte Woche in Karolines Wohnung war, ihre Laptops und alle möglichen Sachen mitgenommen hat, weil …«

Vicky verstummte. Sie wusste nicht, was das bedeuten konnte, aber im schlimmsten Fall … Sie wagte nicht, es sich vorzustellen, geschweige denn, es auszusprechen. Plötzlich flammte das Licht einer Stehlampe auf. Hardy saß daneben in einem Klubsessel, zusammengesunken, blass, elend, aber merkwürdig wach.

»Entschuldige, Vicky, ich bin unhöflich. Setz dich doch bitte.«

Er klopfte auf den Sessel neben sich. Musste sie Angst haben? Sollte sie lieber versuchen abzuhauen? Sie würde sowieso nicht weit kommen, so sportlich war sie nicht.

Aber was sollte er ihr schon tun? Was konnte er ihr tun? Vor allem, warum sollte er ihr etwas tun? Also nahm sie Platz neben ihm und hoffte, er würde ihr die flatternden Nerven nicht anmerken.

»Möchtest du wissen, was passiert ist?«

Hardy schaute sie fragend an. Vicky konnte nur kräftig nicken. Ihr Herz schlug immer noch viel zu schnell. Komm runter, Mädchen, ermahnte sie sich. Was auch immer geschehen sein mag, Hardy wird dir nichts tun. Schließlich kennt ihr euch schon seit Kindertagen. Er war einmal fast so etwas wie ein Bruder …

»Vicky, calm down. Hast du etwa Angst vor mir?«, fragte er, als ob er ihre Gedanken lesen konnte, und schaute ihr ins Gesicht. Zwar sah er ziemlich erschöpft und auf eine Art traurig aus, bemühte sich aber um ein nettes Lächeln. Im nächsten Moment zuckte Vicky erschrocken zusammen. Hardy hatte plötzlich seine Hand auf ihre gelegt und strich sanft darüber.

»Also, du kannst dich beruhigen. Auch wenn es lange her ist, du kennst mich doch. Ich würde dir nie etwas tun. Ich hab großen Mist gemacht mit deiner Schwester, das stimmt, aber …«

Er fuhr sich mit der Hand in einer fahrigen Bewegung durch das kurze blonde Haar.

»Das Einzige, worum ich dich bitte, ist, mir zuzuhören. Ich erzähle dir, was passiert ist, dann kannst du selbst urteilen. Ja, ich habe Fehler gemacht. Aber nicht so wie du vielleicht denkst.«

Endlich hatte Vicky ihre Sprache wiedergefunden.

»Okay, Hardy, fang an, ich hör dir zu.«

»Danke, Vicky.«

Er lehnte sich auf seinem Sessel zurück und atmete

tief durch, als ob er erst einen inneren Widerstand überwinden müsste, bevor er reden konnte.

»Du weißt ja, dass deine Schwester an ihrer großen Karriere bei *Instagram* arbeitete, und mit 500.000 Abonnenten ist sie ja auch schon ziemlich weit gekommen. Aber Karoline wollte ganz nach oben, mindestens eine Million, besser zwei Millionen Follower sollten es schon sein. Schlicht gesagt, sie wollte reich und berühmt werden und war ja auch auf dem besten Weg dahin.«

Hardy hielt inne und starrte in irgendeine Ferne.

»Dafür opferte Karoline alles. Sie sah überhaupt keine Freunde mehr und euch, eure Familie, ja auch nur höchst selten. Sie hatte nur noch Kontakt mit Fotograf:innen, Visagist:innen, Stylist:innen und solchen Leuten.«

»Aber scheinbar auch mit dir«, warf Vicky ein und spürte im selben Moment ihr Handy in der Hosentasche vibrieren, wahrscheinlich Marten. Aber sie wollte jetzt kein Gespräch annehmen. Auch wenn sie nicht mehr glaubte, dass Hardy ihr gefährlich werden könnte, er befand sich doch in einer Art psychischem Ausnahmezustand und da konnte man nie wissen.

»Ich bin … ich war ihr einziger Freund, den sie noch hatte. Wir waren ja die ganzen Jahre in Verbindung geblieben. Diese Schlüsselanhänger hab ich machen lassen, als Karoline damals von zu Hause ausgezogen ist. Seitdem besaß jeder für Notfälle die Wohnungsschlüssel des anderen. Wenn wir uns auch nur selten gesehen haben, es gab so ein Band zwischen uns«, er hielt kurz inne und machte eine Bewegung, als ob er etwas abschütteln wollte, »ist ja auch egal.«

Das Handy in ihrer Hosentasche gab keine Ruhe, doch Vicky bemühte sich, es weiter zu ignorieren, während Hardy zu überlegen schien, wo er weitermachen sollte.

»So vor ungefähr zwei Wochen erzählte mir Karoline von einer Idee. Es gäbe da eine Influencerin namens Jasmina, ein hübsches, junges Girl so um die 20, die noch ziemlich am Anfang ihrer Karriere sei. Sie schien Karoline total zu bewundern, folgte ihr auf *Instagram* und likte Karolines Posts und Fotos. Sie nannte sich Mademoiselle Miracle, quasi eine etwas unelegante Übersetzung von Frollein Wunder, wie sich ja deine Schwester im Netz betitelt. Jedenfalls wollte Karoline dem jungen Talent einen Gemeinschaftsauftritt vorschlagen, so sagte sie mir. Davon könnten sie beide nur profitieren: Jasmina von Karolines bereits beträchtlicher Prominenz, und sie selbst, weil sie ein junges Talent fördere, das wäre gut fürs Image. Eine typische Win-win-Situation. Ob ich sie bei diesem Vorhaben unterstützen könnte? Ich war in Lübeck, ich hatte Zeit, selbstverständlich hab ich ja gesagt. Wenn ich gewusst hätte …«

Was Hardy da erzählte, kam Vicky ziemlich verwirrend vor. Aber hatte nicht die Polizei gefragt, ob sie den Namen Jasmina schon einmal gehört hätte? Bevor sie sich selbst ein Urteil bilden konnte, musste Vicky erst einmal die ganze Geschichte hören, und so ließ sie Hardy einfach weiterreden. Zweimal noch hatte sich ihr Handy gerührt, ohne dass sie darauf reagierte, aber jetzt herrschte Stille.

Jedenfalls war ihre Schwester am Freitag vorvergangener Woche mit einem Koffer bei Hardy aufgetaucht und hatte sich bei ihm einquartiert, weil das die Logistik vereinfachen würde, wie sie meinte. Zwar hatte Hardy das nicht ganz verstanden, aber in dem Fall war Karoline der Boss. Von *Instagram* und dem ganzen Drumherum hatte er sowieso keine Ahnung.

Eigentlich hatte er Vickys Schwester für eine perfekte Planerin gehalten, doch sie schien noch gar nicht so genau zu wissen, wie die Aktion mit dieser Jasmina ablaufen sollte. Erst stand eine Reise nach Dänemark auf dem Programm, dann fuhren sie auf der Suche nach Hintergrundmotiven am Wochenende verschiedene Lost Places in Schleswig-Holstein an, und schließlich legte sich Karoline auf die kleine Badeanstalt am Pönitzer See fest, in deren unmittelbarer Umgebung diese Jasmina wohnte.

»Im Winter sei es da leer und böte mit dem See und dem Steg gute Motive für ein Shooting. Letzte Woche Dienstag war es dann so weit. Ich holte Jasmina mit meinem Wagen ab, und deine Schwester erwartete uns am See. Mich bezeichnete sie als ihren Assistenten – ja gut, mehr war ich auch nicht. Ich hatte ihr gleich gesagt, dass ich nicht wüsste, ob Modeaufnahmen so mein Ding wären. Karoline meinte, das würde ich schon hinkriegen, und sie sei ja auch noch da.«

Für einen Augenblick schien Hardy in seiner Erinnerung zu versinken, dann begann er wieder zu sprechen.

»Diese Jasmina war total aufgeregt, mit ihrem großen Idol persönlich arbeiten zu dürfen. Ich musste Aufnahmen von den beiden machen, mal mit einer Kamera, mal mit dem Handy, dann von Jasmina allein, in wechselnden Outfits, mal Fotos, mal Videos. Die Kleine posierte, was das Zeug hielt, flirtete mit der Kamera – wäre ich ein professioneller Fotograf, hätte ich wahrscheinlich gesagt: ein Naturtalent. Karoline hatte das offensichtlich schon früher erkannt. Sie hatte es gewusst und ihr Plan war von Anfang an ein anderer«, endete Hardy mit tonloser Stimme.

»Wieso? Was meinst du? Was wollte Karoline denn?«

»Sie wollte eine Konkurrentin ausschalten, die ihr nacheiferte, die sie imitierte, nachahmte, die sogar die Frechheit besaß, in gewisser Weise ihren Namen zu kopieren. So jedenfalls erklärte es mir Karoline danach.«

»Wonach? Was meinst du?«

Hardy hob den Blick und sah Vicky geradewegs in die Augen.

»Nachdem sie Jasmina getötet hatte.«

Für Sekundenbruchteile blieb Vicky die Luft weg.

»Du lügst«, sagte sie mit fester Stimme.

»Ich wollte, es wäre so.«

In ihren Büros angekommen, schmiss Jansen erst einmal seine Kaffeemaschine an und bereitete eine Kanne von seinem schwarzen Gebräu. Es war zwar schon später Nachmittag, aber er konnte das Zeug ja zu jeder Tages- und Nachtzeit trinken.

»Auch 'ne Tasse?«

Angermüller zögerte kurz. Er wusste ja, was ihn erwartete.

»Ja bitte, mit …«

»Mit viel Milch. Weiß ich doch.«

Kurz darauf stellte Jansen seinem Kollegen die wie stets randvoll gefüllte Tasse auf den Schreibtisch und nahm ihm gegenüber auf einem Stuhl Platz. Er schlürfte geräuschvoll einen ersten Schluck.

»Ah, das tut jetzt richtig gut. Mit Kaffee kann ich einfach besser denken. Was ist denn nun mit unseren drei Jungs? Bleiben wir dran?«

Auch Angermüller trank von seiner Tasse. Es schmeckte wie erwartet. Ein Klopfen an der geöffneten Bürotür unterbrach ihr Gespräch.

»Jemand zu Hause?«

»Hallo, Anja-Lena, gibt's was Neues?«, begrüßte Angermüller die Kollegin. Jansen wirkte erfreut, seine Freundin zu sehen, und winkte ihr zu. Dass die beiden ein Paar waren, merkte man ihnen im Dienst normalerweise nicht an. Beziehungen unter Kollegen waren zwar nicht verboten, wurden aber in der Behörde auch nicht allzu gern gesehen.

»Ich habe hier noch die fehlenden drei Anschlüsse, mit denen Karoline Frederiksens Handy Kontakt hatte. Die eine Nummer gehört einem gewissen Hardy Stolze. Mit dem hat sie bis zum Tag ihrer Abreise häufiger telefoniert. Ich konnte den bisher nicht erreichen. Eine ist von einer Visagistin, mit der Karoline regelmäßig zusammengearbeitet hat, und die dritte Nummer von einer Doktor Magdalena Hardinghaus, bei der sie eine Therapie gemacht hat.«

Die Kollegin legte das Blatt mit den Daten der Teilnehmer und ihrer Verbindungen auf den Schreibtisch.

»Na dann, noch frohes Schaffen. Ich muss jetzt mal paar Überstunden abfeiern.«

»Was machste?«, wollte Jansen wissen.

»Ich kauf was Leckeres. Vielleicht klappt es ja heute Abend mal mit einem gemeinsamen Abendessen.«

Sie zwinkerte ihm zu.

»Danke, Anja-Lena! Schönen Feierabend, wir machen

auch bald Schluss für heute«, kündigte Angermüller an, und zu Jansen gewandt: »Dann noch einmal zurück zu unserem Trio. Bei Döpper ist bisher keine Verbindung zu Karoline Frederiksen aufgetaucht, Alibi für die Zeit des Mordes an Jasmina ziemlich lückenlos. Und Fabi und Jungbluth, also vom Bauchgefühl her sehe ich auch bei den beiden keinen hinreichenden Tatverdacht. Alles, was wir gesammelt haben, sind keine Beweise, höchstens Indizien, und das meiste nicht einmal das. Aber so weit das möglich ist, sollten wir natürlich ihre Alibis nachprüfen, klar.«

Eine halbe Stunde später hatten sie die Termine von Adrian Jungbluth, die dieser mit Kunden, einem Freund und seiner Verlobten für Donnerstag und Freitag der vergangenen Woche angegeben hatte, nachgeprüft und auch den einzigen Freund von Fabian Dahlberg erreicht.

»Bei unserem kleinen Kiffer klaffen zwar so manche Lücken, aber ehrlich, außer, dass der sich hin und wieder ein bisschen Dope besorgt und bei seinen Nachbarn durch nächtliche Ruhestörung auffällt, halte ich den für absolut nicht kriminell, oder?«

»Ich weiß, du hast ein Herz für arme Würstchen, Claus. Aber ich stimme dir zu. Das Einzige, was an dem allen gar nicht schön ist: Wir tappen wieder völlig im Dunkeln. Wenn wir nicht bei dem Döpper noch irgendwas zutage fördern … Das wird den großen Chef gar nicht freuen.«

Auf Angermüllers Schreibtisch klingelte das Telefon. Es war die Zentrale.

»'n Abend Angermüller, ich hab einen jungen Mann in der Leitung, der will dich unbedingt sprechen«, meldete sich der Kollege, »er sagt, du kennst ihn.«

»Was will er denn von mir?«

»Das hat er nicht gesagt. Er scheint irgendwie ganz schön aufgeregt. Er heißt Marten Wolff.«

»Okay, stell durch.«

Noch während sie den Parkplatz der Polizeidirektion verließen, ließ Jansen das Fenster herunter und setzte das Blaulicht aufs Dach.

»Aber nicht die Sirene, Claus. Wir sollten kein Aufsehen erregen.«

»Klaro. Jetzt erzähl doch mal genau, was dieser Wolff gesagt hat.«

»Seine Freundin Vicky, die Schwester von Karoline, du weißt, die mit der Theorie über den Schlüsselanhänger in Form eines großen A …«

»Die am Sonntag gecheckt hat, ob die Schlüssel bei Jungbluths Wohnhaus passen?«

»Genau die. Sie hat Marten Wolff vorhin eine Nachricht geschickt. Sie hat offensichtlich nicht aufgegeben und tatsächlich die Tür gefunden, zu welcher der Schlüssel passt. Und sie hat ihrem Freund angekündigt, in das Haus reinzugehen. Dieser Marten war bei der Arbeit und hat das eben erst gelesen. Daraufhin hat er mehrfach versucht, sie zu erreichen, aber sie geht nicht an ihr Handy. Und jetzt macht er sich Sorgen.«

»So ein verrücktes Mädel aber auch! Okay, du hast gesagt, das Objekt befindet sich An der Mauer, Richtung Fleischhauerstraße. Dann fahren wir am besten über die Hüxtertorallee. Und wer wohnt in dieser Wohnung oder dem Haus?«

»Dieser Hardy Stolze, mit dem Karoline Frederiksen öfter telefoniert hat, wie Anja-Lena recherchiert hat.

Wenn ich es richtig verstanden habe, ist das ein Freund der Frederiksen-Mädchen aus Kinderzeiten.«

Als sie in die Straße An der Mauer einbogen, schaltete Jansen das Blaulicht aus und nahm es vom Dach.

»Meinst du, wir brauchen Verstärkung?«, fragte er seinen Kollegen.

»Wir wissen doch gar nicht, ob die Tatsache, dass Karoline Frederiksen seinen Wohnungsschlüssel hatte, überhaupt etwas zu bedeuten hat. Ich würde sagen, wir sondieren erst mal die Lage. Dann sehen wir weiter.«

»Oh Gott.«

Erschüttert von dem, was Hardy ihr soeben offenbart hatte, hing Vicky kraftlos in dem Sessel neben ihm. Dabei waren es weniger die Umstände von Karolines Tod, die sie entsetzten, als das, was ihre Schwester selbst getan hatte. Minutiös hatte Hardy geschildert, was an jenem Dienstag am See passiert war. Auch wie Karoline das tote Mädchen erst nackt ausgezogen hatte, und sie anschließend gemeinsam alle Spuren zu beseitigen versuchten, was aber nicht so einfach funktionierte, wie Karoline sich das vorgestellt hatte. Allein die Andeutung, die Leiche angezündet zu haben, versetzte Vickys Inneres in Aufruhr, sodass es eine Weile dauerte, bis sie ihre Sprache wiedergefunden hatte.

»Aber warum hat Karoline das getan? Realistisch betrachtet, war dieses junge Mädchen doch gar keine Gefahr für ihre Karriere. Nur weil sie diesen bescheuerten Namen geführt hat? Dafür hat Karoline einen Mord begangen? Wie viele ihrer Follower haben das denn mitbekommen, und wem davon war klar, was Mademoiselle Miracle überhaupt heißt? Ich verstehe es einfach nicht!«

»Karoline fühlte sich wie in einem Krieg. Der Influencerjob, so wie sie ihn betrieben hat, ist ein beinhartes Geschäft. Diese Jasmina hatte inzwischen ganz selbstbewusst Kontakt zu den gleichen Firmen aufgenommen, bei denen auch deine Schwester unter Vertrag war, und die empfand das als Kriegserklärung«, versuchte Hardy eine Begründung. »Karoline hat das Mädchen gehasst. Das habe ich in ihrem Blick gesehen. Da war keine Vernunft mehr, da war nur noch blinder Hass, als sie plötzlich dieses Stativ nahm und …«

Vicky wollte einfach nicht kapieren, wie das hatte geschehen können, wie der Freund es hatte geschehen lassen können.

»Aber, Hardy, du hättest doch da nicht mitmachen müssen!«

Er seufzte.

»Ich ahnte ja wirklich nicht, worauf es hinauslief. Und in dem Moment, als sie zuschlug … Verstehst du, ich stand da mit der Kamera und konnte es einfach nicht glauben, ich war plötzlich bewegungsunfähig, wie in einem Albtraum. Karoline würde doch so etwas Schreckliches nie tun, dachte ich immerzu. Und dann war es einfach zu spät.«

Was Hardy da schilderte, war für Vicky kaum zu ertragen. Dieses Monster war ihre Schwester! Es gab so manche negative Eigenschaften, die ihr an Karoline aufgefallen waren, manche Gemeinheit, die sie ihr zugetraut hätte. Aber dass sie so weit gehen würde, niemals hätte sie im Entferntesten auch nur daran gedacht.

»Sag mal, hat Karoline eigentlich geglaubt, sie würde unentdeckt bleiben?«

»Wahrscheinlich schon. Sie meinte, alle Hinweise vom

Tatort entfernt zu haben. Sie plante, in meiner Wohnung untergetaucht zu bleiben und erst nach ein paar Tagen wieder auf der Bildfläche zu erscheinen mit der Erklärung, sie hätte eine Auszeit gebraucht und sei verreist gewesen. Ihre Follower haben ihren *Instagram*-Account mit Fragen bombardiert, wo sie ist, was sie macht, ob es ihr gut geht. Ihr Leben gehörte nicht mehr ihr selbst, sondern diesen Leuten.«

»Das hat sie doch selbst so gewollt! Du klingst immer noch so, als ob du sie verteidigen musst«, regte sich Vicky auf, »und ich frag dich noch mal: Warum hast du das alles mitgemacht?«

Als sie sah, wie er hilflos die Schultern hob und mit den Tränen kämpfte, da wusste sie auf einmal, was der Grund war.

»Du hast meine Schwester geliebt, oder?«

Erschöpft lehnte sich Vicky in ihrem Sessel zurück, dann beugte sie sich zu Hardy hinüber, dessen Blick nur noch Trauer und Verzweiflung war. Sie legte ihm ihren Arm um die Schultern.

»Du Armer! Es tut mir so leid für dich. Mann, wo hat sie dich da nur reingezogen! Wenn ich irgendwas für dich tun kann …«

»Ach, weißt du, ich hätte ja wirklich Stopp sagen können ab einem gewissen Punkt. Aber ich hab's einfach nicht geschafft. Nach Karolines Tod hab ich versucht, meine Spuren zu verwischen, klar. Aber eigentlich hab ich gleich gewusst, dass das nicht geht. Also muss ich jetzt die Konsequenzen tragen.«

Sie saßen eine Weile stumm nebeneinander, bis der Gong der Türklingel die Stille beendete. Hardy hob den Kopf, machte aber nicht den Eindruck, als ob er öffnen wollte. Ob das Marten war, überlegte Vicky, vielleicht, weil er sie telefonisch nicht erreichen konnte? Er wusste ja, dass sie hierher gewollt hatte. Wieder erklang der Gong.

»Soll ich öffnen gehen?«, wandte sie sich an Hardy. »Ist vielleicht mein Freund.«

»Mach, wie du willst, Vicky, für mich ist jetzt eh alles egal«, sagte er.

Vicky stand schließlich auf, um die Haustür öffnen zu gehen, da bemerkte sie eine Bewegung neben der verglasten Terrassentür und erschrak fürchterlich, als sie diesen Jansen mit gezogener Pistole davor stehen sah. Unmerklich schüttelte sie den Kopf, in der Hoffnung, dass Hardy es nicht mitbekommen und der Polizist ihr Zeichen verstehen würde. Als sie die offene Küche durchquerte, erkannte sie Kommissar Angermüller, der vor der Haustür stand. Schnell ließ sie ihn herein.

»Hallo, hier ist alles in Ordnung«, antwortete sie auf seinen fragenden Blick, »ich bin hier mit unserem Freund Hardy.«

Sie führte den Kommissar in den hinteren Teil des Wohnraums, wo Hardy immer noch an derselben Stelle saß. Sein hellblauer Pullunder war blutgetränkt, und in seinem Bauch steckte ein riesiges Küchenmesser. Draußen vor der Terrassentür war Angermüllers Kollege hektisch am Telefonieren.

ZUM BITTEREN ENDE

»Schön, dass du es einrichten konntest. Willkommen!«

»Danke für die Einladung, Schorsch. Nur wir zwei, fast wie in alten Zeiten.«

Georg und Steffen umarmten sich freundschaftlich.

»Komm rein. Ich dachte, wir bleiben in der Küche, wenn dir das recht ist. Dann sitzt du nicht allein rum, während ich an den Herd muss.«

»Gerne, und ich kann dir beim Kochen über die Schulter schauen. Ich hab einen *Nero d'Avola* mitgebracht. Ist kein *Negroamaro*, aber ein kraftvoller Sizilianer. Bin gespannt, wie er dir schmeckt.«

Steffen überreichte seinem Freund die Flasche und holte noch ein kleines Alupäckchen aus einer Tüte.

»Und mit lieben Grüßen von David etwas Torta Caprese al Limone, seine neueste Kreation, für uns zum Nachtisch. Hat er noch vor seinem Abflug gebacken.«

»Vielen Dank, dann ist unser Mahl perfekt.«

Sie setzten sich in die Küche, wo es köstlich nach frisch gebackenem Brot duftete, das Georg erst vor einer Stunde aus dem Ofen geholt hatte. Auf dem Tisch standen Oliven, Olivenöl, Salz, getrocknete Tomaten, ein Teller Bergschinken und daneben das Brot nach Deryas Rezept für die Vorspeise bereit.

»Sag, Schorsch, was ist mit Derya und dir? Du wolltest ja gestern am Telefon nicht so richtig raus mit der

Sprache. Entschuldige, wenn ich frage, aber ich kenne und mag euch beide. Das interessiert mich einfach. Ich versteh aber auch, wenn du nicht drüber reden willst.«

»Kein Problem, aber lass uns erst einmal anstoßen, Steffen.«

Sie hoben ihre Gläser, in denen der *Nero d'Avola* mit seinem dunkelbeerigen, würzigen Aroma lockte, und kosteten aufmerksam einen kleinen Schluck. Georg nickte zufrieden.

»Ein wunderbares Stöffchen. Aber von dir ja auch nicht anders zu erwarten. Vielen Dank.«

Er stellte sein Glas ab.

»Greif zu, Steffen. Das Brotrezept habe ich von Derya bekommen. Tja, Derya. Ich weiß nicht genau, was ich sagen soll. Zum letzten Mal habe ich Montagabend von ihr gehört. Da hatten wir den zweiten Leichenfund am Pönitzer See, wie du weißt. Jansen und ich sind so schnell wie möglich dahin gefahren, und ich hab dabei völlig vergessen, dass ich Derya zu mir zum Abendessen eingeladen hatte. Sie stand bei mir zu Hause vor verschlossener Tür, als sie mich anrief.«

»Oh, oh, schwerer Fehler«, machte sein Freund, »das ist gar nicht gut.«

»Natürlich, aber das allein ist es nicht, Steffen. Irgendwie stimmt es schon seit Längerem nicht mehr zwischen uns, hab ich dir ja neulich schon gesagt. Am Mittwoch ist Koray aus Chile zurückgekommen, und sie hat ihn vom Flughafen abgeholt. Sie sind beide scheinbar noch in Hamburg, ich nehme an, bei Yunus. Seit Montag hat Derya sich nicht bei mir gemeldet.«

»Und wie geht es dir damit?«

»Genau weiß ich das noch nicht. Derya sagte, sie

wüsste nicht, wie lange sie in Hamburg bleibt. Ich habe nicht mehr versucht, sie zu erreichen. Sie schien auch kein großes Interesse daran zu haben.«

Georg hob unentschlossen seine Schultern.

»Natürlich bin ich auf eine Art traurig. Mit jedem Ende ist Trauer verbunden. Aber auch wenn das jetzt paradox klingt, es macht mir gar nicht so viel aus, glaube ich.«

»Alles hat seine Zeit im Leben. Das gilt eben auch für Beziehungen. Traurig, aber wahr. Außerdem gibt es nach jedem Ende einen neuen Anfang, wenn wir den Tod mal ausklammern.«

»Dann trinken wir jetzt auf neue Anfänge, denen ja ein Zauber innewohnen soll. Santé, Steffen!«

»Santé, Schorsch! Da fällt mir ein, ich soll dich von meinem Mann grüßen und von seiner Schwester Elizabeth. David hat in London beruflich zu tun und wohnt bei Liz, erinnerst du dich?«

Wie konnte Georg die selbstbewusste, humorvolle Frau mit dem rotblonden Lockenkopf vergessen? Sie hatte anlässlich der Hochzeit von Steffen und David ein paar Tage in Lübeck verbracht, und Georg hatte nur die besten Erinnerungen daran.

»Liz, natürlich. Würde sie gerne mal wieder sehen«, meinte Georg gedankenverloren.

Sie aßen von den Kleinigkeiten, die der Gastgeber aufgetischt hatte, und vor allem das Brot schmeckte herrlich, war allein mit Olivenöl und Salz schon ein Hochgenuss.

»So, dann kümmere ich mich mal um den nächsten Gang.«

Bald stand eine Schüssel Feldsalat mit Kürbisöl und gerösteten Walnüssen auf dem Tisch und je ein Teller gebratene Lammleber mit Balsamicozwiebeln und Pastinaken-Kartoffelpüree vor den beiden Freunden.

»Schmeckt ganz wunderbar, Georg.«

»Vielen Dank, freut mich. Und du kennst ja sicher auch die Devise, wenn man schon Fleisch isst, dann wenigstens ›From nose to tail‹. Im Rahmen der Nachhaltigkeit sollten alle Teile vom Tier verwertet werden.«

»Selbstverständlich«, nickte Steffen, »auch wenn es bei mir bei Kutteln dann doch aufhört.«

»Ich mag die ganz gerne, aber nur von meiner Mutter zubereitet.«

Nachdem die Teller geleert waren, plauderten sie über dies und das, doch irgendwann, das war klar, landeten sie natürlich bei den Fällen der zwei toten jungen Frauen, die sich schließlich als einer entpuppt und ihre Arbeit der letzten beiden Wochen bestimmt hatten. Steffen, dessen Erkenntnisse wie stets einen wichtigen Beitrag zu den Ermittlungen geleistet hatten, war begierig, aus erster Hand zu hören, wie sich alles zugetragen hatte und wie die genauen Zusammenhänge waren.

»Es war wohl einer der verwirrendsten Fälle, mit denen ich je zu tun hatte«, stellte Georg fest, »und wir tappten erst einmal völlig im Dunkeln. Sicher sind wir irgendwann auf die Verbindung von Karoline Frederiksen zu Jasmina Bogdanovic gestoßen, aber geahnt haben wir da überhaupt nicht, was sie genau miteinander zu tun hatten.«

Er legte Steffen den perfiden Plan dar, mit dem Karoline ihre Konkurrentin ausschalten wollte.

»Sie hatte wohl anfangs erwogen, Jasmina mit Cyberbullying zu überziehen. Du weißt, dass davon schon Leute in den Selbstmord getrieben worden sind. Aber zum einen fand sie das zu unsicher und zu langwierig, und zum anderen hätte sie es nicht tun können, da sie selbst dann im Netz zum Ziel von Shitstorms geworden wäre, wenn sie Jasmina ständig beleidigt und bloßgestellt hätte. Und jemanden dafür zu bezahlen, war ihr zu riskant. Sie wäre erpressbar gewesen, und wer weiß, ob derjenige nicht irgendwann mit ihren Gemeinheiten an die Öffentlichkeit gegangen wäre. Wahrscheinlich hat sie von einem gewissen Zeitpunkt an tatsächlich konkret den Tod ihrer Konkurrentin geplant.«

»Unglaublich! So schockierend, was diese junge Frau für ihre Karriere zu tun bereit war«, äußerte Steffen betroffen.

»Ja, Karoline Frederiksen glaubte wohl an das perfekte Verbrechen, hatte ihr Abtauchen nach der Tat schon vorher genau geplant. Stell dir vor, sie hatte sich sogar so eine Abschirmtasche gegen Handyortung besorgt! Aber sie schien sich sehr sicher zu fühlen, denn sie hat das Teil gar nicht benutzt. Das hat nach ihrem Tod erst ihr Freund Hardy getan und ihr Handy hinein gepackt.«

»Sag doch mal, dieser Hardy, wie geht es dem?«

»Also, der junge Mann hatte großes Glück, dass er seinen Harakiriversuch überlebt hat. Wir konnten ihn am Donnerstag und gestern jeweils kurz vernehmen. Körperlich ist er auf dem Weg der Besserung, aber psychisch – puh, da schleppt der einiges mit sich rum. Ansonsten ist er vollumfänglich kooperativ. Alle Details über Karoline stammen von ihm.«

»Ist das denn glaubhaft, dass er an dem Mord an Jasmina wirklich nicht beteiligt war? War er nicht ihr Komplize?«

»Das konnte er 100-prozentig beweisen, Steffen«, Georg seufzte hörbar, »er hat die Tat auf einem Video festgehalten, das er gerade von Jasmina in irgendeinem Mode Outfit drehen sollte.«

Erschrocken schlug Steffen die Hände vor den Mund.

»Ja, grässlich. Er reagierte natürlich total geschockt. Man hört ihn panisch schreien, als Jasmina zusammensackt, während Karoline ihn beschimpft, sich zusammenzureißen. Grausam. Diesen Mord anschauen zu müssen … das war für uns, also für das ganze Team, absolut schrecklich.«

»Oh, mein Gott! Schlimmer geht es ja wirklich nicht.«

»Wir sind automatisch immer von einem männlichen Täter ausgegangen. Dass diese junge Frau zu so etwas fähig wäre …« Angermüller machte eine ratlose Miene. »Sie war meine Nachbarin. Gut, ich kannte sie nur vom Sehen, von einigen kurzen Begegnungen, eine schöne, charmante Person auf den ersten Blick. Aber das … Nie hätte ich so was geahnt. Sie hatte wirklich unglaublich viel kriminelle Energie. Die tote Jasmina zu entkleiden und ihre Leiche zu verbrennen, alles ihre Ideen.«

»Und wie kam sie eigentlich auf diesen Brandbeschleuniger?«

»Der Vater von Hardy hat eine *Cessna* auf dem Flugplatz Grube stehen, was sie wusste. Dorthin musste Hardy nach der Tat mit ihr fahren und zwei Kanister von dem Flugzeugtreibstoff holen, den sein Vater dort gebunkert hatte. Ich weiß gar nicht, ob das überhaupt erlaubt ist.«

»Und die Kleidung von Jasmina, ihr Handy und was sie sonst dabei hatte, die leeren Kanister – haben sie das alles gleich entsorgt?«

»Nur einen Teil davon in irgendwelche Abfalltonnen an Parkplätzen geworfen. Das meiste ist noch in Hardy Stolzes Wohnung.«

»Und was ist das für ein Typ?«

»Wie ich sagte, der arbeitet mit uns zusammen. Man hat das Gefühl, er muss über all das reden, um es selbst zu verarbeiten. Ich halte ihn für total glaubhaft, ein freundlicher, höflicher junger Mann. Sieht gar nicht schlecht aus, studiert Jura, stammt aus einem wohlhabenden Elternhaus und kannte Karoline und ihre Schwester Vicky seit Kindertagen. Jedenfalls gab es nach dem Mord an Jasmina wohl ständig Auseinandersetzungen zwischen ihm und Karoline. Wobei es meist sie war, die Streit anfing. Und so ein Streit war letztendlich auch der Grund für ihren tödlichen Sturz. Sie wollte unbedingt noch einmal zum See fahren, um zu sehen, was aus Jasminas Überresten geworden ist. Das allein fand Hardy schon völlig daneben. Aber er war ihr wie stets unterlegen. Und dort am Ufer ist der Streit dann eskaliert, sie hat ihn verhöhnt, beschimpft, ein Feigling, ein Schwächling zu sein, und ist auf ihn losgestürzt. Er hat versucht, sich zu schützen, hat sie an den Handgelenken gepackt, sie hat ihn abgewehrt, den Rest kennst du.«

»Aber warum hat der Mann das alles mitgemacht?«

»Rate mal, mein Freund«, seufzte Angermüller, »wie heißt es in so einem alten Schlager: Die Liebe ist ein seltsames Spiel. Hardy Stolze hat Karoline geliebt, mehr, als für ihn gut war. Und sie hat ihn an der langen Leine gehalten, was er sich über Jahre hat bieten lassen. Er war ihr treuester Gefährte. Hardy Stolze war ihr hörig, würde ich sogar sagen. Und sie hat das brutal ausgenutzt. Armer Kerl.«

»Dann könnt ihr den Fall jetzt ja zufrieden abschließen, gratuliere.«

»Na ja, es bleibt ein schaler Geschmack. Den größten

Anteil an der Aufklärung hat die Schwester von Karoline Frederiksen, die so hartnäckig ihrer Theorie mit den Schlüsseln nachging. Wir hatten das überhaupt nicht auf dem Schirm. Und die junge Frau war natürlich verdammt leichtsinnig. Das hätte vollkommen schiefgehen können. Angenommen, Hardy Stolze hätte ihr aus Angst vor Entdeckung auch noch was angetan?«

»Stimmt natürlich. Und was liegt dir sonst noch quer?«

»Dass wir die ganze Zeit auf falschen Fährten waren, ziemlich viel Staub aufgewirbelt und unschuldigen Leuten geschadet haben, zumindest unschuldig in Beziehung auf die toten Frauen. Einer wurde zusammengeschlagen, einer muss aus seiner Wohnung raus, verliert vielleicht seine Verlobte. Gut, das hat er sich auch selbst zuzuschreiben, aber ohne uns wäre es wahrscheinlich nicht so weit gekommen.«

Die beiden Freunde schwiegen nachdenklich. Georg drehte sein Rotweinglas in den Händen, dann nahm er einen großen Schluck.

»Selten hab ich mich am Ende einer Ermittlung so unwohl gefühlt.«

»Ich kann dich ja verstehen. Trotzdem, der Fall ist geklärt, Schorsch, und aus euren Fehlern könnt ihr nur lernen. Gib dich damit zufrieden, auch wenn ein bitterer Nachgeschmack bleibt«, versuchte Steffen, seinen Freund zu trösten, »wir sollten uns jetzt den süßen Dingen des Lebens widmen, finde ich. Nachtisch?«

»Nachtisch!«

- E N D E -

ANHANG

ZU GAST BEI FREUNDEN

Martens lauwarmer Kürbissalat

Zutaten für 4 Portionen:
300 g Hokkaidokürbis, gewaschen, entkernt, in mundgerechte Stücke geschnitten
2 Knoblauchzehen, geschält, entkeimt, fein gewürfelt
Olivenöl

für das Dressing:
2 EL Zitronensaft
4 El Olivenöl
1 EL Ahornsirup, oder mehr, nach Geschmack
Salz
Pfeffer
Curry, mindestens 1 TL, nach Geschmack auch mehr

1 Bund Rucola, geputzt, gewaschen
1 Handvoll Pecannüsse oder Walnüsse, grob gehackt
1 Handvoll Cranberries

Aus den angegebenen Zutaten das Dressing mischen und abschmecken. Die Kürbisstücke 5 – 6 Minuten in Olivenöl scharf anbraten, um Röstaromen zu entwickeln, Knoblauch zugeben, kurz weiterbraten. Nun vom Feuer nehmen, das Dressing zugießen, alles gut durchmischen und abgedeckt warmhalten. Rucola auf vier Tellern verteilen, den warmen Kürbissalat darauf platzieren und zum Schluss Nüsse und Cranberries darüber streuen – fertig ist eine vegane Vorspeise.

Gekrönt mit einem Ziegenfrischkäse und mit Baguette als Beilage, wird daraus eine kleine vegetarische Hauptspeise.

*

Radicchio-Nudeln nach Martens Rezept

Zutaten für 4 Portionen:
500 g Radicchio, geputzt, gewaschen, grob geschnitten
Olivenöl
1-3 Knoblauchzehen, geschält, entkeimt, fein gehackt

Salz
frisch gemahlener schwarzer Pfeffer
1 Becher Sahne
150 g Gorgonzola
geröstete Walnüsse, grob gehackt
Parmesan

300 g Nudeln z. B. Südtiroler Schüttelbrotnudeln oder Vollkorntagliatelle

Den vorbereiteten Radicchio in dem Öl andünsten, Knoblauch zugeben, mit Salz und Pfeffer würzen und insgesamt 5 Minuten weiter dünsten. Dann Sahne und Gorgonzola zugeben und so lange köcheln, bis der Käse geschmolzen ist.

Die Nudeln nach Packungsvorschrift al dente kochen. Meine Schüttelbrotnudeln waren ein Mitbringsel und sie passten fantastisch zu diesem Gericht.

Die Nudeln auf tiefe Teller geben, mit Radicchio-Käse-Soße auffüllen, Walnüsse darüber streuen und wer mag, mit frisch geriebenem Parmesan krönen. Molto delicato!

*

Steffens Fusion-Küche: gebeizter Lachs mit Wasabi-Kartoffelpüree und Raukesalat

Zutaten für 4 Personen:
48 Stunden vor dem Servieren:
ca. 800 g Bio Lachs/Lachsforellenfilet in 2 Hälften mit Haut
Schale einer unbehandelten Zitrone in dünnen Streifen (Zestenreißer)
1 EL Korianderkörner, angeröstet, im Mörser zerstoßen
1 TL schwarzer Pfeffer, grob gemahlen
2 gehäufte EL brauner Zucker
2 EL Salz

Die gewaschenen, abgetrockneten Lachshälften mit der Hautseite nach unten zum Beispiel in eine Auflaufform legen und gegebenenfalls mit einer Grätenzange noch vorhandene Gräten entfernen. Anschließend gleichmäßig die Gewürze, Salz und Zucker darauf verteilen. Die beiden Hälften übereinander klappen, Hautseite außen, und den Fisch mit Klarsichtfolie fest einpacken, Brettchen darüber, beschweren (zum Beispiel mit voller Glasflasche) und für 24 Stunden in den Kühlschrank stellen. Danach wenden und weitere 24 im Kühlschrank ruhen lassen.

Am Tag des Essens aus der Folie nehmen, die Gewürze vorsichtig abstreifen und den Fisch mit einem Küchenpapier trocken tupfen. Durch den Beizvorgang wird Wasser entzogen, das austritt, der Fisch wird weich und zart.

Schräg mit einem großen, scharfen Messer das Filet von der Haut lösen und Scheiben abschneiden, vielleicht einen halben Zentimeter dick (je nach Wunsch dünner oder dicker) und auf Serviertellern anrichten.

Natürlich kann man viele andere Gewürze, je nach Geschmack, zum Beizen verwenden, auch frische Kräuter. Im Grunde ist Graved Lachs, der meist mit Dill zubereitet wird, auch ein gebeizter Lachs, nur dass man ihn früher zum Reifen vergraben hat – das bleibt uns zum Glück erspart.

Wasabi Kartoffelpüree

12 mittelgroße Kartoffeln, geschält, geviertelt
Milch
1 Stich Butter
Salz
Wasabi-Pulver
schwarzer Sesam

In einem Topf die Kartoffeln knapp mit Wasser bedeckt gar kochen. Das Wasser abgießen und die Kartoffeln zu Püree stampfen, zurück auf die Herdplatte bei schwacher Hitze, Milch zugeben und verrühren, so viel, bis die gewünschte Konsistenz des Pürees erreicht ist. Butter zufügen, salzen und mindestens 1 TL Wasabi Pulver einrühren, nach Geschmack gern mehr. Die Schärfe darf bis in die Haarspitzen spürbar sein. Jeweils eine Portion auf die Teller neben den Lachs setzen und mit etwas schwarzem Sesam garnieren.

Raukesalat

2 Bund deutsche Rauke, gewaschen, grob geschnitten
süße Sojasoße (z. B. indonesische Ketjap Manis)

Die Rauke auf den Teller neben Lachs und Püree geben und mit der Sojasoße beträufeln.
Guten Appetit!

*

Davids unvergleichlicher Salted Caramel Chocolate Cake

Zutaten für eine runde Springform für den Teig:
100 g gute dunkle Schokolade, z. B. 75% Kakao, besser mehr
100 g Butter
50 ml Kaffee
je 60 g weißer und brauner Zucker

2 Eier
1 Msp. Vanillepulver
40 g Mehl
15 g Kakaopulver

für die Füllung:
400 g Karamellcreme
100 g geröstete, gesalzene Cashewkerne
Fleur de Sel
200 g gute Vollmilchschokolade

Die dunkle Schokolade und die Butter in einem Gefäß verflüssigen (Wasserbad oder Mikrowelle) und den warmen Kaffee einrühren. In einer Schüssel die Eier, den Zucker und die Vanille mit der Küchenmaschine/dem Handrührgerät vermischen. Nun die geschmolzene Schokoladen-Kaffee-Mischung sowie Mehl und Kakaopulver unterziehen. Den Teig in die gefettete, bemehlte Springform streichen und im Ofen bei 180 Grad circa 20 Minuten backen. Anschließend die Karamellcreme auf den Kuchen streichen, die Cashewnüsse darauf verteilen und 1-2 TL Fleur de Sel darüber streuen. Für eine Stunde kalt stellen.

Nun die helle Schokolade schmelzen, darüber verteilen und das Ganze mindestens 30 Minuten kalt stellen. Aus der Form auf eine Platte gleiten lassen und dann nur noch genießen!

AUS MIAS KÜCHE

Grünkohlbouletten

Zutaten für 8 Stück:
250 g Grünkohl (ggfs. auch tiefgekühlt)
1 kleine Zwiebel, geschält, fein gewürfelt
250 g gekochte Pellkartoffeln, geschält
25 g geriebener Meerrettich
50 g zarte Haferflocken
2 Eier
50 ml Milch
1 ½ EL Zitronensaft
1 ½ EL Ahornsirup
1 geh. TL Salz
1 TL frisch gemahlener schwarzer Pfeffer
Butterschmalz zum Braten

Grünkohl putzen, gründlich waschen, die Blätter von den Stielen streifen und nach Belieben kurz in Salzwasser blanchieren, um Bitterstoffe zu entfernen, abtropfen. Nun die Blätter fein hacken und mit der gewürfelten Zwiebel in Butterschmalz für etwa 10 Minuten dünsten. Abkühlen lassen.

Die Kartoffeln in einer ausreichend großen Schüssel grob pürieren, und nach und nach alle anderen Zutaten sowie den Grünkohl dazugeben und mischen, bis ein formbarer Teig entsteht. Sollte er zu flüssig sein, mehr Haferflocken zufügen. Acht gleichgroße Bouletten formen und in einer Pfanne im heißen Butterschmalz von beiden Seiten circa 5 Minuten knusprig braten. Dazu passt ein schöner frischer Salat. Oder aber man nimmt die Boulette für einen Grünkohl-Burger.

Sie können Mias dänischem Rezept zum Beispiel mit Frühlingszwiebel, frischem Inger, Knoblauch und Garam Masala auch einen Hauch Exotik verleihen, oder es mit Chiliflocken schön schärfen – ganz nach Geschmack, und dazu Reis und Joghurt reichen.

Kanelsnegle (dänische Zimtschnecken nach Anni A.)

400 g Mehl
1 Würfel Hefe
200 ml Milch, lauwarm
2 EL Zucker
100 g flüssige Butter
2 Eier, zimmerwarm
½ TL grobes Salz

Füllung:
150 g weiche Butter
90 g Zucker
2 EL Zimt

Zum Bestreichen:
1 Eigelb mit 1 EL Milch verschlagen

Die flüssige Butter mit der Milch mischen, die Hefe hineinbröseln und rühren, bis sie sich aufgelöst hat.

Das Mehl in eine Schüssel geben, eine Mulde hineindrücken, Zucker, Salz und Eier zugeben, sowie die Butter-Milch-Hefe-Mischung und alles mit dem Knethaken der Küchenmaschine oder per Hand zu einem glatten Teig kneten. Zugedeckt 30 Minuten gehen lassen.

In dieser Zeit die weiche Butter, Zucker und Zimt für die Füllung gut miteinander verrühren.

Nun den Teig in zwei Hälften teilen und jeweils zu einem Rechteck von 20 x 40 Zentimeter ausrollen. Die Füllung auf beiden verteilen und von der längeren Seite her fest und gleichmäßig aufrollen. Jede Rolle in etwa 3 Zentimeter dicke Stücke schneiden und diese Schnecken mit etwas Abstand hochkant auf ein Backblech setzen, oder aber eng aneinander in eine Springform, ein wenig flach drücken und noch einmal 30 Minuten gehen lassen.

Backofen vorheizen (180 Grad Umluft, 200 Grad Ober-/Unterhitze), die Kanelsnegle mit der Eiermilch bestreichen und in circa 15 – 20 Minuten zart goldbraun backen. Schmecken noch warm am besten!

*

Æblekage (nach einem Rezept von Anni A.) – dänische Süßspeise

1 kg säuerliche Äpfel, geschält, in Achtel geschnitten
ca. 50 ml Wasser
Zucker
150 g Semmelbrösel
75 g Butter
75 g Zucker
½ l Schlagsahne

Die Äpfel mit dem Wasser in einen Topf geben und mit Deckel kurz aufkochen. Mit Zucker abschmecken.

In einer Pfanne die Butter schmelzen, Zucker und Semmelbrösel mischen und zufügen und langsam goldgelb rösten. Auch beim Abkühlen immer wieder umrühren. Apfelkompott und Semmelbröselmischung schichtweise in eine Schüssel geben, zuoberst sollen Semmelbrösel sein.

Vor dem Servieren mit der geschlagenen Sahne bedecken.

Wer mag kann auch gehackte Mandeln und/oder Schokoladestückchen unter die geröstete Bröselmischung geben.

*

Matcha Cake

Zutaten für eine Kastenform:
100 g weiche Butter
125 g brauner Zucker
1 Prise Salz
3 Eier, zimmerwarm
Saft ½ Zitrone
200 g Mehl
1 TL Backpulver
1 TL Natron
1 Msp Vanille
12 g Matchapulver

für den Zuckerguss:
200 g Puderzucker
2-3 EL Zitronensaft
1 EL Matchapulver

Den Backofen auf 160 Grad vorheizen, eine Kastenform mit flüssiger Butter ausstreichen und dünn bemehlen.

Butter und Zucker mit einer Prise Salz schaumig rühren. Ein Ei nach dem anderen einarbeiten, sodass eine lockere Creme entsteht. Den Zitronensaft zufügen.

Das Mehl mit den restlichen Zutaten mischen und portionsweise unterrühren, bis man einen glatten Teig erhält. Diesen in die Form geben und unter Beobachtung 30–45 Minuten backen –

aufpassen, jeder Backofen ist anders! Mit einem Holzstäbchen oder einer Stricknadel kontrollieren, ob das Backgut durchgebacken ist.

Nach dem Abkühlen mit Zuckerguß überziehen. Der Kuchen hat ein feines Grünteearoma und eine tolle Farbe!

DAS SCHMECKT KOMMISSAR ANGERMÜLLER

Mangold mit Ziegen- oder Schafkäse auf Gnocchi

Zutaten für 4 Portionen:
500 g Mangold, geputzt, gewaschen, Stiele in ca. 2 cm Stücke geschnitten, Blätter in groben Stücken
1 Zwiebel, geschält, gewürfelt
Olivenöl
1 Dose stückige Tomaten (ca. 400 g)
1 -3 Zehen Knoblauch, geschält, entkeimt, fein gehackt
Salz

frisch gemahlener, schwarzer Pfeffer
Chiliflocken
Zucker

600 – 800 g Gnocchi
200 g Ziegenfrischkäse oder Feta Schafskäse

In einem Topf Olivenöl erhitzen, die Zwiebelwürfel glasig werden lassen und erst die Stiele und nach 3 Minuten die Mangoldblätter hinzugeben, alles zusammen 3 Minuten schmoren. Dann die Tomaten und den Knoblauch zufügen und mit den Gewürzen abschmecken. Der Geschmack sollte fruchtig und scharf sein.

Die Gnocchi in Wasser nach Vorschrift zubereiten, abgießen und auf die Teller verteilen, Mangold darüber geben und jeweils mit Ziegen- oder Schafskäse krönen. Wer mag, kann auch noch geröstete Pinienkerne darüber streuen.

*

Skreifilet mit Roter Beete und Kümmelkartoffeln

Skrei, der magere, sehr aromatische Winterkabeljau ist immer nur ab Januar für drei bis vier Monate erhältlich – sehr zu empfehlen!

Zutaten für 4 Portionen:
400 g Kartoffeln, gewaschen, geschrappt, in Spalten geschnitten
Olivenöl
Salz
Kümmel, im Mörser leicht zerdrückt

Die Kartoffeln in eine Auflaufform geben, von allen Seiten mit 2 – 3 El Öl benetzen, Salz und Kümmel darüber geben und im Backofen bei 200 Grad 15 – 20 Minuten garen.

200 g Rote Beete, gegart, gewürfelt,
Öl
1 kleine Zwiebel, fein gewürfelt
1 EL Ahornsirup
1 EL Zitronensaft
1 Prise gemahlene Nelken
ein Schuss Rotwein
Salz
schwarzer Pfeffer aus der Mühle

Die Zwiebel in Öl glasig werden lassen, Rote Beete, Ahornsirup, Zitronensaft und Nelken zugeben. Alles zusammen erwärmen mit Rotwein, Salz und Pfeffer abschmecken. Warm stellen.

800 g Skreifilet mit Haut ohne Gräten, in 4 Portionen
Salz

8 EL + 4 EL Butter
3 EL Öl

Das Öl in einer Pfanne erhitzen, den zart gesalzenen Fisch mit der Hautseite nach unten hineingeben und in einer Minute scharf anbraten. Die 8 Esslöffel Butter zugeben und circa 2 Minuten weiterbraten. Den Fisch wenden und bei reduzierter Hitze noch einmal 1 – 3 Minuten braten. Den Fisch aus der Pfanne nehmen, bedeckt warm stellen und circa 6 Minuten rasten lassen. In die Pfanne die 4 EL Butter geben und flüssig werden lassen.

Gemüse und Kartoffeln auf einem Teller anrichten, den Fisch dazulegen und flüssige Butter aus der Pfanne darüber geben.

*

Gebratene Lammleber mit warmen Balsamicozwiebeln und Feldsalat

Zutaten für 4 Personen:
ca. 800 g Lammleber in Scheiben von ca. 1 cm Dicke
Salz
schwarzer Pfeffer aus der Mühle
Olivenöl und Butter zum Braten

2-3 große, rote Zwiebeln, geschält, in dicke Scheiben geschnitten
4 EL Olivenöl
2 EL brauner Zucker
4 EL Balsamico Essig
4 EL Wasser

150 g Feldsalat, gewaschen, geputzt
3 – 4 EL Kürbiskernöl
2 EL weißer Essig
1 EL Ahornsirup
Salz
schwarzer Peffer aus der Mühle
geröstete Walnüsse, 2 Handvoll

Die Zwiebeln in einer Pfanne in Olivenöl leicht glasig werden lassen und mit dem Zucker karamellisieren. Mit Balsamico und Wasser ablöschen, abschmecken, warm stellen.

Die Lammleberscheiben waschen, abtrocknen und in der Pfanne in einer Mischung aus Butter und Olivenöl von jeder Seite maximal 3 Minuten braten. Erst anschließend mit Salz und Pfeffer würzen. Die gebratene Leber auf Servierteller geben und darüber die warmen Balsamicozwiebeln.

Den Feldsalat in eine Schüssel geben. Aus den angegebenen Zutaten das Dressing mischen und abschmecken und kurz vor dem Servieren über den Salat gießen. Zum Schluss die gerösteten Walnüsse darüber streuen.

Als Beilage zum Beispiel Kartoffel-Pastinaken-Püree (Rezept in Band 4 *Kochwut*) oder Süßkartoffelmus (Rezept in Band 8 *Unglückskeks*) reichen.

*

Deryas Wunderbrot ohne Kneten – No Knead Bread

Zutaten für 1 Brot:
500 g Mehl
1 – 2 TL Salz
¼ bis ½ TL Trockenhefe
1 TL Zucker
380 ml kaltes Wasser – mit Öl auf 400 ml auffüllen

Etwa 16 – 24 Stunden bevor das Brot gegessen werden soll, alle Zutaten in einer großen Schüssel vermischen und mit der Flüssigkeit zu einem Teig verrühren. Dazu nehme ich (dann doch) die Knethaken meines Rührgeräts, weil mir die Angelegenheit zu klebrig ist. Mit Frischhaltefolie bedecken und den Teig für mindestens 12 Stunden (es können auch bis zu 20 sein) im Raum stehen lassen. In dieser Zeit bildet sich eine blasig-blubbernde, zähflüssige Masse.

Vier Stunden bevor das Brot auf den Tisch kommen soll, in der Schüssel rundum vom Rand her 4 bis 6 mal unter den Teig fassen und ihn quasi zur Mitte hin »klappen«. Wieder mit der Folie bedecken und noch mal 1,5 Stunden gehen lassen.

Danach den Backofen samt leerem Backgeschirr – 1 Topf mit Deckel zum Beispiel Gusseisen oder Edelstahl oder Emaille, alles ohne Holz- oder Kunststoffteile, also feuerfest – für 30 Minuten auf 250 Grad aufheizen. Den heißen Topf herausholen, den Teig mit Hilfe eines Teigschabers aus der Schüssel hineingleiten lassen, Deckel drauf und ab in den heißen Ofen für eine halbe Stunde. Anschließend den Deckel abnehmen und zwischen 5 bis 30 Minuten (mein Backofen benötigt circa 10 Minuten, aber jeder Herd ist anders!) die Kruste Farbe annehmen lassen.

Wenn es genügend gebräunt ist, nimmt man den Topf aus dem Ofen, lässt das Brot heraus gleiten und auf einem Gitter auskühlen – mindestens eine Stunde lang, vielleicht auch zwei.

Danach hat man ein Brot mit einer köstlichen Kruste, das innen wunderbar löchrig und feucht ist. Einfach nur mit Butter oder Olivenöl und etwas Salz ein Hochgenuss!

Bei der Abwandlung der Zutaten sind der Fantasie keine Grenzen gesetzt. Ich nehme zum Beispiel gern 400 g Dinkelmehl gemischt mit 100 g Roggenmehl und füge noch Kümmel, Fenchel und Koriander hinzu. Auch ein Weizenbrot mit Anis gewürzt schmeckt klasse. Oder aber man mischt Sonnenblumenkerne, Sesam oder Kürbiskerne mit hinein, oder getrocknete Kräuter, oder gehackte, schwarze Oliven, oder Röstzwiebeln oder Walnüsse oder Knoblauch oder oder oder …

*

Apple Crumble – die schnelle Süßspeise

1 kg Äpfel, geschält, in mundgerechte Stücke geschnitten
2 EL Zitronensaft
2 EL brauner Zucker
1 Msp Vanille

für die Streusel:
150 g Mehl
120 g brauner Zucker
1 Prise Salz
½ TL Zimt
120 g kalte Butter

Zu den Äpfeln Zitronensaft, Zucker und Vanille geben, durchrühren und in eine feuerfeste, mit Butter ausgestrichene Form füllen.

In einer Schüssel das Mehl mit Zucker, Salz und Zimt mischen, die in Würfel geschnittene Butter beifügen und das Ganze schnell mit den Händen zu Streuseln kneten. Die Streusel über die Äpfel geben und bei circa 180 Grad im Backofen ungefähr 20 Minuten backen. Noch warm servieren – pur, mit Schlagsahne oder Vanilleeis. Ein Genuss!

ENDLICH EINMAL DANKE SAGEN

… möchte ich all denen, die mir bereitwillig und jederzeit mit ihrem Wissen und ihren Tipps auch bei Angermüllers 11. Fall weitergeholfen und geduldig meine vielen Fragen beantwortet haben.

Mein großer Dank geht an Frank-Michael Buchhorn, Erster Kriminalhauptkommissar a.D., der schon von Anbeginn Angermüller und mir als Fachberater und Angehöriger der Kriminalpolizei Lübeck sowie als heimatverbundener Lübecker mit kompetenten Auskünften zur Seite steht.

Ich bedanke mich bei Urs Oliver Wiesbrock, meinem rechtsmedizinischen Berater, dass er mir großzügig seine Expertise zur Verfügung stellt und unsere Zusammenarbeit durch seine schwarzhumorige Freude am Detail äußerst unterhaltsam gestaltet.

Liebe Anni Andersen, für die Rezepte aus deiner dänischen Heimat und die Tipps zur dänischen Schrift und Sprache – mange tak!

Ein großer Dank gebührt natürlich ZF für zahlreiche inspirierende Recherchefahrten durch Ostholstein und kompetente Auskünfte zu Land und Leuten – und das seit Angermüllers 1. Fall.

Und last but not least geht ein dickes Danke an den Gmeiner Verlag und meine allzeit geduldige, keine Mühe scheuende, stets ansprechbare, nie um einen Rat verlegene Lektorin Claudia Senghaas – und das schon seit mehr als 15 Jahren!

Weitere Titel finden Sie auf den folgenden Seiten und im Internet:

WWW.GMEINER-VERLAG.DE

Kommissar Angermüller ermittelt:

1. Fall: Osterfeuer
ISBN 978-3-8392-2922-4

2. Fall: Steilufer
ISBN 978-3-89977-707-9

3. Fall: Nebelschleier
ISBN 978-3-89977-754-3

4. Fall: Kochwut
ISBN 978-3-89977-797-0

5. Fall: Rosenwahn
ISBN 978-3-8392-1056-7

6. Fall: Ballaststoff
ISBN 978-3-8392-1112-0

7. Fall: Geschmacksverwirrung
ISBN 978-3-8392-1248-6

8. Fall: Unglückskeks
ISBN 978-3-8392-1518-0

9. Fall: Schockschwerenot
ISBN 978-3-8392-1766-5

10. Fall: Strandbudenzauber
ISBN 978-3-8392-2340-6

11. Fall: Trugbilder
ISBN 978-3-8392-2790-9

Weitere:
Schatz, schmeckt's dir nicht?
ISBN 978-3-8392-1109-0

Eisige Weihnachten
ISBN 978-3-8392-2468-7